Für meine Familie.
Das Wertvollste, was ein Mensch haben kann.
Danke für alles!

Im Verlag CW Niemeyer sind bereits folgende Bücher des Autors erschienen:

Tödlicher Schnappschuss
WeserTod
WattenMord
TodesDuft
HahnBlues
BlutGrab
Schmutziges Geheimnis
Blutiges Vergessen
WattenBrand
Höhentod
WattenAngst

MIX
Papier aus verantwortungsvollen Quellen
FSC www.fsc.org
FSC® C104608

Der CO_2-Ausstoß dieses Druckproduktes wurde mit ClimateCalc berechnet und kompensiert:
www.climatecalc.eu
Cert. no. CC-000094/DK

Bibliografische Information der Deutschen Nationalbibliothek
Die Deutsche Nationalbibliothek verzeichnet diese Publikation in der Deutschen Nationalbibliografie; detaillierte bibliografische Daten sind im Internet abrufbar über http://dnb.ddb.de

www.niemeyer-buch.de

Umschlaggestaltung: C. Riethmüller
Der Umschlag verwendet Motiv(e) von 123rf.com
Druck und Bindung: Nørhaven, Viborg
Printed in Denmark
ISBN 978-3-8271-9363-6

Andreas Schmidt

WattenZorn

CW Niemeyer

Der Roman spielt hauptsächlich in bekannten Regionen, doch bleiben die Geschehnisse reine Fiktion. Sämtliche Handlungen und Charaktere sind frei erfunden.

Kapitel 1

Friedrichstadt, 20.30 Uhr

Die magische Stille des Augenblicks wurde nur unterbrochen vom Glucksen, das entstand, wenn er die Ruder in das schwarze Wasser der Gracht eintauchen ließ, um das kleine Boot mit seinen muskulösen Armen weiter nach vorn zu drücken.

Verzückt betrachtete Sina ihn im Widerschein der stimmungsvoll beleuchteten Häuserzeilen, die weiter oben am Ufer an ihnen vorüberglitten. Lennard hatte sie in den Abendstunden mit der kleinen Bootsfahrt überrascht, wollte sie durch die Wasserstraßen seiner Heimatstadt führen. Dazu hatte er ihnen sogar einen kleinen Picknickkorb gepackt, über den sie sich später hermachen würden. Seit einem halben Jahr waren sie jetzt ein Paar, und es war, als hätte sie in Lenny, wie sie ihn liebevoll nannte, den Mann gefunden, mit dem sie alt werden wollte. Mit ihren neunzehn Jahren hatte sie noch nicht allzu viele Partner gehabt, doch mit ihm war alles anders. Plötzlich erschien ihr die Vorstellung, eine Familie zu gründen und Kinder zu bekommen, nicht mehr spießig und langweilig. Lennard saß mit dem Rücken zur Fahrtrichtung, weil er so besser rudern konnte, wie er ihr anfangs gesagt hatte. Ihr war es recht, denn so konnten sie sich während der Fahrt in die Augen schauen. Während ihr schlecht geworden wäre, wenn sie rückwärts zur Fahrtrichtung hätte sitzen müssen, schien es ihm nichts auszumachen.

Fasziniert beobachtete Sina Lennard dabei, wie er sie durch die Grachten des Holländerstädtchens fuhr. Sein markantes Gesicht wirkte im Zwielicht geheimnisvoll. Als er bemerkte, dass sie ihn ansah, erwiderte er Sinas Lächeln. „Geht's dir gut?" „ Seine Stimme klang sanft und fürsorglich. Vorhin, als sie losgefahren waren, hatte er eine weiche Wolldecke über ihre Schultern gelegt.

„Aber so was von." Sie lächelte. Am liebsten wäre sie aufgestanden und hätte sich zu ihm gesetzt, doch das sanfte Schaukeln des kleinen Bootes machte jede Bewegung unmöglich. So blieb sie auf der gegenüberliegenden Bank sitzen und genoss die romantische Fahrt durch die Gracht.

Links tauchten die markanten Giebelhäuser am Marktplatz auf. Die kannte Sina von früheren Besuchen in Friedrichstadt, doch noch nie hatte sie die bekannte Häuserzeile in einem derart romantischen Licht und vom Wasser aus gesehen. Sinas Herz klopfte vor Freude. Als sie den Blick wieder nach vorn richtete, sah sie in Lennys Rücken eine Brücke auftauchen, durch die sie gleich fahren würden. Bogenförmig spannte sich das historische Bauwerk über die kleine Wasserstraße. An dem schmiedeeisernen Geländer rankten in den Sommermonaten üppig bepflanzte Blumenkästen. Jetzt, wo der Herbst vor der Tür stand, hatte man die Kästen, wohl aus Angst vor den ersten Herbststürmen, abmontiert. Trotzdem schien etwas am Geländer befestigt zu sein, das Sina im diffusen Licht nicht erkennen konnte.

Lennys nächster Ruderstoß brachte sie näher an das Viadukt heran. Ein schwarzer, großer Gegenstand, der Sinas Aufmerksamkeit in Anspruch nahm, ließ die romantische Stimmung verblassen. Sie versuchte zu erkennen, was dort am Geländer befestigt war. Sina erschauderte, als sie die Konturen eines menschlichen Körpers erkannte. Die Gestalt hing kopfüber an den Verstrebungen des Brückengeländers. Leblos hingen die Arme mit ausgestreckten Händen in die Tiefe.

Eine Puppe, durchzuckte es Sina panisch. *Jemand muss eine menschengroße Puppe kopfüber ans Geländer gehängt haben.*

Auf der Brücke bewegte sich etwas. Ein Schatten, der sich hinter die Verstrebungen geduckt hatte, huschte in die Höhe. Er löste sich aus dem Dunkel und machte sich an der Puppe zu schaffen. Noch während Sina sich fragte, wer so etwas tat, löste sich die Figur genau in dem Augenblick, als sich das kleine Ruderboot kurz vor der Brücke befand. Lenny hatte bemerkt, dass Sina abgelenkt war. Gerade als er sich umwandte, um zu sehen, was ihre Aufmerksamkeit erregte, lösten sich die Stricke, mit denen man die Puppe an der Brücke befestigt hatte. Pfeilschnell stürzte der Körper in die Tiefe. Zeitgleich rannte die schwarz gekleidete Person auf der Brücke davon. Schritte entfernten sich hastig. Sina erkannte noch eine schwarze Kapuze und schwarze Stiefel zu einer dunklen Hose, dann richtete sie ihre Augen wieder auf die Puppe, die innerhalb eines Sekundenbruchteils der Wasseroberfläche entgegensauste.

Kurz bevor der leblose Körper in das Wasser der Gracht eintauchen konnte, blickte Sina in zwei weit aufgerissene

Augen und auf einen Mund, der wie zu einem stummen Schrei geöffnet war.

Das ist keine Puppe, schrie alles in ihr. *Das ist ein echter Mensch.*

Sie wollte Lenny warnen, ihm zurufen, er solle ausweichen, das Boot zum Stehen bringen, brachte aber nur einen spitzen Schrei über die Lippen, der hohl durch die Stille hallte und ihren Freund in Alarmbereitschaft versetzte. Irgendwo klappte eine Autotür. Ein Motor wurde gestartet, der Wagen entfernte sich mit quietschenden Reifen.

Sinas Aufmerksamkeit galt ihrem Freund. Für Lennard war es zu spät, um noch zu reagieren. Als er die Ruder losließ, schlug der Kopf der Gestalt hart auf das Holz des Ruderbootes auf. Der Schädel brach mit einem hässlichen Knacken, als er auf die Bootsflanke schlug. Blut spritzte, dann tauchte die Kreatur mit einem lauten Platschen in die Gracht. Obwohl das Wasser schwarz schimmerte, sah Sina im Lichterschein der umliegenden Gebäude, wie das Blut das Wasser verfärbte. Regungslos tauchte die Gestalt unter, verschwand kurz unter dem Wasser, um schon im nächsten Moment wieder an der Oberfläche zu erscheinen.

Arme und Beine waren weit ausgebreitet, das Gesicht der dunkel gekleideten Gestalt befand sich kurz unter Wasser. Sina und Lenny blickten fassungslos auf die blutende Wunde am Hinterkopf der Gestalt. Fast schien es, als würde sich der Körper bewegen, doch er dümpelte mit den sanften Wellen des Wassers auf und ab und regte sich nicht mehr. Für die jungen Leute bestand kein Zweifel daran, dass die Person tot war.

Sina wusste, dass sie diesen Anblick nie wieder in ihrem noch jungen Leben vergessen würde.

Kapitel 2

Ostenfeld, 21.45 Uhr

„Dein Ernst?“ Eike betrachtete Wiebke mit einer Mischung aus Wut und Trauer. Sein Blick fiel auf die drei Umzugskartons, die Wiebke im Flur ihrer kleinen Dachwohnung aufeinandergestapelt hatte. Auf jeden einzelnen hatte sie mit einem dicken Filzstift seinen Namen gekritzelt. „Du schmeißt mich raus?“

„Bist du nicht schon längst draußen?“ Wiebke versuchte vergeblich, ihrer Stimme einen festen Klang zu geben. Innerlich bebte sie und kämpfte gegen die Tränen an. Sie hatte sich die Entscheidung, sich von ihrem langjährigen Freund zu trennen, nicht leicht gemacht. Wochen und Monate hatte sie mit sich gerungen und war zu dem Schluss gekommen, dass sie oft genug das Gespräch zu ihm gesucht hatte. Erfolglos, wie sie sich eingestehen musste. Denn an Eikes Verhalten hatte sich nichts geändert. Als er an diesem Abend zu ihr kam, konfrontierte sie ihn mit ihrer Entscheidung. Schon an ihrer abweisenden Art schien er bemerkt zu haben, dass etwas nicht stimmte, dass etwas anders war als gewohnt. Bewusst gab Wiebke sich ihm gegenüber kühl und abweisend. Eher ein Selbstschutz, ein Mechanismus, nicht in letzter Sekunde von dem gefassten Entschluss abzuweichen. Oft hatte sie sich in den letzten Tagen ausgemalt, wie dieser Moment wohl aussehen würde. Jetzt war er gekommen, und Wiebke würde sich nicht von ihm umstimmen lassen. Zu oft schon hatte sie in der Vergangenheit nachgegeben und den Schmerz ertragen, wenn er mal wieder mit seiner Band „Sleepless" unterwegs war und sie gnadenlos ignorierte.

Eike schloss die Wohnungstür und hakte die Daumen in den Gürtellaschen seiner verwaschenen Bluejeans ein. Offenbar wollte er nicht, dass Heike Ludzuweit, Wiebkes Vermieterin, das Gespräch vom Treppenhaus aus mithören konnte. „Wiebke", sagte er, „ich liebe dich."

„Warum meldest du dich dann tagelang nicht, wenn du auf Tour bist? Warum hast du nicht einmal die Güte, meine Textnachrichten zu lesen, geschweige denn, sie zu beantworten? Warum hältst du es nicht für nötig, mal zurückzurufen?"

Wiebke registrierte, dass ihre Stimme schrill wurde. Schnell versuchte sie, sich zu beruhigen. In Gedanken zählte sie bis fünf, atmete tief durch und wich seinem flehenden Blick aus. Wiebke ging ins Schlafzimmer und nahm eine gepackte Reisetasche vom Bett, um sie zu den Kartons im Flur zu stellen.

Fassungslos beobachtete Eike sie. „Wiebke, ich …"

Sie brachte ihn mit einer Geste zum Schweigen. „Diese Liste könnte ich beliebig fortsetzen, Eike. So geht es einfach nicht mehr weiter." Kopfschüttelnd senkte sie den Blick. Er sollte nicht sehen, dass ihre Augen feucht schimmerten.

„Ich liebe dich, Wiebke, und ich …", setzte er erneut an.

„Warum sehnst du dich dann nicht nach mir, wenn du weg bist?“, entgegnete sie. „Warum vermisst du mich nicht so, wie ich dich vermisse?“ Als sie ihn mit tränenverschleiertem Blick anschaute, trat er näher, um seine Hände auf ihre Schultern zu legen. Wiebke konnte seine Nähe in diesem Augenblick nicht ertragen. Mit einer einzigen Bewegung schüttelte sie ihn ab.

„Tröstest du dich mit irgendwelchen Groupies im Hotelzimmer, oder was ist es?“

„Das ist Unsinn.“ Eike deutete wütend und enttäuscht auf die gepackten Umzugskartons und die Reisetasche. „Was soll das?“

„Ich kann das nicht mehr“, sagte Wiebke, um einen sachlichen Ton bemüht. Sie wandte sich von ihm ab. Es war eine skurrile Situation. Eike war am Abend zu ihr gekommen, nachdem er tagelang unterwegs gewesen war. In dieser Zeit hatte es von ihm kein Lebenszeichen gegeben. Es war wie zu oft in der letzten Zeit gewesen. Sein Verhalten hatte ihr die Entscheidung abgenommen, hatte ihren Entschluss, sich von ihm zu trennen, sogar gefestigt.

Nun standen sie sich im Flur von Wiebkes kleiner Wohnung gegenüber. In der Stube lief der Fernseher mit geringer Lautstärke. Durch die Milchglasscheibe drang ein bläulich zuckendes Licht in den Flur.

„Eike, ich bin es so satt, mir Sorgen um dich zu machen“, fuhr Wiebke fort. „Und deshalb beende ich unsere Beziehung hiermit.“ Jetzt war es raus.

„Wie stellst du dir das vor?“, fragte Eike und war wohl lauter geworden, als er beabsichtigt hatte. „Ich bin für dich …“

Sie wurden vom Klingeln des Telefons unterbrochen. Wiebke war innerlich froh, seine schwachen Argumente jetzt nicht länger ertragen zu müssen. Schnell murmelte sie eine Entschuldigung, wandte sich ab und betrat die Küche, wo das Smartphone auf dem kleinen Tisch lag. Mit einem Blick auf das Display erkannte sie, dass es sich um Kai Christensen, den Husumer Kripochef, handelte.

„Tote Person in Friedrichstadt", kam er gleich zum Grund seines späten Anrufs. Eine Entschuldigung für die Störung schob er nuschelnd hinterher. „Du solltest hinfahren und den ersten Angriff vor Ort leiten", sagte Christensen. „Und tu mir einen Gefallen und nimm Jan mit – es würde zu lange dauern, bis er mit dem Rad in Friedrichstadt ankommt." Bevor Wiebke etwas sagen konnte, gab er ihr die Adresse des Leichenfundortes durch.

Sekundenlang stand Wiebke mit dem Handy in der Hand am Tisch und starrte auf das Display. Sie hatte nicht bemerkt, dass Eike zu ihr getreten war. Mit verschränkten Armen lehnte er im Türrahmen.

„Du musst also los." Es war keine Frage, sondern eine Feststellung.

Wiebke nickte. „Leiche in Friedrichstadt. Und ich muss Jan noch abholen." Bevor Eike etwas erwidern konnte, drückte Wiebke sich an ihm vorbei. Sie war froh, dieser unangenehmen Situation entkommen zu können. „Den Wohnungsschlüssel kannst du in den Briefkasten werfen", sagte sie leise, dann ließ sie Eike alleine in ihrer Wohnung zurück.

Kapitel 3

Friedrichstadt, 22.20 Uhr

Trotz der späten Stunde herrschte rund um den Marktplatz des Holländerstädtchens hektisches Treiben. Von unterwegs aus hatte Wiebke alles Nötige telefonisch veranlasst, um den „ersten Angriff“, wie Christensen es genannt hatte, so effektiv wie möglich gestalten zu können. Sie hatte die Besatzungen sämtlicher Streifenwagen aus der Umgebung nach Friedrichstadt beordert, um den Einsatzort für Passanten und den Autoverkehr abzusperren. Ehrenamtler der Freiwilligen Feuerwehr waren ausgerückt, um die Szenerie mit leistungsstarken Scheinwerfern rund um die Brücke am Mittellandkanal auszuleuchten. Parallel mit Wiebke hatte Christensen auch die Husumer Kriminaltechniker alarmiert, die jetzt schon vor Ort waren, um Spuren zu sichern.

Wiebke hatte keine Lust gehabt, den Dienstwagen zu holen. So waren sie ohne den Umweg über das Revier an der Poggenburgstraße gleich mit dem Panda nach Friedrichstadt gefahren und hatten wertvolle Zeit gespart. Die Fahrt über die nächtliche Landstraße war weitgehend schweigend verlaufen, wobei Petersen nicht entgangen war, dass seine langjährige Partnerin etwas zu beschäftigen schien. Er hatte es vermieden, sie darauf anzusprechen.

Doch als Wiebke den kleinen Fiat neben dem blau-weiß schraffierten Absperrband parkte, schien er das Bedürfnis zu haben, sie danach zu fragen. Vor diesem Moment hatte sie sich gefürchtet, denn die Trennung von Eike war noch zu frisch, um schon darüber sprechen zu können. Jetzt spürte sie Petersens Seitenblick, während sie starr durch die Windschutzscheibe nach vorn sah.

„Dich beschäftigt was." Besorgt musterte er Wiebke, während er den Sicherheitsgurt des Beifahrersitzes löste.

„Jo." Wiebke wusste nicht recht, was sie ihm darauf antworten sollte. Es war ihr unangenehm, dass ihr Partner sie durchschaut hatte. „Nicht gerade leicht im Moment", murmelte sie halblaut. Im Augenwinkel sah sie Petersen nicken. Vermutlich konnte er sich denken, dass ihr hartnäckiges Schweigen mit Eike zusammenhing. Jan Petersen hatte in der Vergangenheit nie mit seiner Meinung über ihren Freund hinter dem Berg gehalten. Er war schon immer davon überzeugt gewesen, dass Eike nicht der richtige Mann für sie war. Doch jetzt, so hatte Wiebke den Eindruck, tat sie ihm leid. Mitleid konnte sie gerade nicht vertragen.

„Wenn du schnacken willst, dann sach Bescheid."

„Mach ich", versprach sie ihm und war dankbar, dass er nicht weiterbohrte. Vergeblich versuchte sie, die düsteren Gedanken aus dem Kopf zu verdrängen. Jetzt galt es, sich auf den Einsatz zu konzentrieren. Sie seufzte.

„Dann los." Petersen stieß die Tür auf und wuchtete seinen Körper ins Freie. Missmutig betrachtete er die trotz später Stunde versammelten Schaulustigen rund um den Einsatzort. „Großes Kino", brummte er, als sie ausgestiegen war.

Wiebke wusste, dass er die Sensationslust der Anwohner grundsätzlich nicht guthieß, und hoffte, dass ihr eine Auseinandersetzung zwischen ihrem Partner und den Schaulustigen erspart blieb. In Gedanken war Wiebke noch bei dem Gespräch, das sie vor Christensens Anruf mit Eike geführt hatte. Obwohl sie froh gewesen war, der unangenehmen Situation zu entkommen, erschien es ihr jetzt ein wenig unpassend, dass sie das Gespräch – und damit ihre Beziehung – nicht vernünftig beendet hatte.

Doch jetzt war nicht der richtige Moment für Schuldgefühle. Ihr Beruf als Kommissarin fragte nicht nach privaten Problemen. *Das Böse schläft nie*, pflegte ihr Vater Norbert Ulbricht in solchen Fällen immer zu sagen. Und er musste es wissen, war die Ehe des inzwischen pensionierten Ersten Kriminalhauptkommissars nicht zuletzt wegen der ständigen Einsätze zu jeder Tages- und Nachtzeit gescheitert. Es war mehr als drei Jahrzehnte her, als ihn seine Frau in einer Nacht- und Nebelaktion mitsamt der damals noch kleinen gemeinsamen Tochter Wiebke verlassen hatte, um in Nordfriesland ein neues Leben zu beginnen. Viele Jahre lang hatte Wiebke, die inzwischen erwachsen geworden war und die selber eine Laufbahn bei der Polizei eingeschlagen hatte, keinen Kontakt zu ihrem Vater gehabt. Bis zu dem Tag, an dem er irgendwann auf der hölzernen Klönschnackbank neben der Haustür gesessen und auf die Heimkehr seiner einzigen Tochter gewartet hatte.

Ihr wurde plötzlich bewusst, dass sie schon seit geraumer Zeit nichts mehr von ihm gehört hatte, und nahm sich vor, Norbert Ulbricht mal wieder anzurufen, war er doch der letzte lebende Verwandte, von dem sie wusste.

Jetzt konzentrierte sie sich auf den Einsatz und meldete sich bei den uniformierten Kollegen, die sich entlang der Polizeiabsperrung aufgebaut hatten, um allzu neugierige Zeitgenossen auf Distanz zu halten.

Dort wurde sie an Jannis Petridis, den neuen Kriminaltechniker aus Husum, verwiesen. Kaum jemand der Husumer Polizeiinspektion kannte den richtigen Namen des jungen Kollegen – er hörte auf den Spitznamen Tasso. Seit einigen Wochen unterstützte er Piet Johannsen, den altgedienten Leiter der Husumer KTU, der sich seit Ewigkeiten über eine dauerhafte Überlastung beschwerte und sich schon auf den wohlverdienten Ruhestand freute. Tassos Eltern waren Griechen und führten seit Jahrzehnten ein traditionelles griechisches Restaurant in der Nähe des Schlossparks.

Wiebke hatte ein Faible für griechisches Essen und war schon oft bei Tassos Familie zu Gast gewesen. Doch an Freizeitvergnügen war gerade nicht zu denken, und so konzentrierte sie sich auf den neuen Fall.

Gerade war Tasso damit beschäftigt, am grauen Sprinter der KTU die Ausrüstung der HDR-Kamera zusammenzubauen. Offensichtlich war er selber auch noch nicht lange vor Ort. Als der Südländer die Kollegen bemerkte, ließ er den kleinen Koffer mit der 360-Grad-Kamera sinken. „Moin“, grüßte er freundlich und zeigte eine Reihe strahlend weißer Zähne.

„Was machst du?“, fragte Petersen und klopfte dem jungen Kollegen jovial auf die Schultern. Zwei fast schwarze Augen funkelten in einem rundlichen Gesicht, das auch durch den Dreitagebart nicht markanter wirkte. Er zeigte auf die Kamera in seinen Händen. „Das ist euch sicherlich eine große Hilfe, den Fall später zu rekonstruieren, oder?“

„Es spart vor allem viel Arbeit beim Schreiben der Berichte“, brummte Petersen. Mit den Aufnahmen, die Tasso gleich vom Einsatzort anfertigen würde, konnten sie in der Wache mit ein wenig Glück den Hergang rekonstruieren.

Der Wind frischte auf und ließ Wiebke frösteln. Sie wollte sich nicht die ganze Nacht um die Ohren schlagen. „Was ist genau passiert?“, wollte sie von Tasso wissen.

„Wenn mein schlimmster Verdacht sich bestätigt, eine ziemlich kranke Sache.“ Der Grieche betrachtete sie nachdenklich. „Eine Frau ist von der Brücke über den Mittelburggraben ins Wasser gestürzt und dabei mit dem Hinterkopf auf den Rumpf eines Ruderbootes geschlagen.“

„Das klingt nach einem tragischen Unglück – wenn du es nicht so komisch sagen würdest“, fand Petersen.

„Gut zugehört, Jan.“ Tasso nickte. „Als ich mit Piet den leblosen Körper ans Ufer gezogen habe, fanden wir die Rückstände von Klebeband an ihren Hand- und Fußgelenken. Fast so, als wäre sie vorher gefesselt gewesen.“

„Also hat jemand nachgeholfen?“ Wiebke zückte einen Stift und den kleinen Spiralblock, den sie immer mitführte.

Jannis Petridis nickte. „Davon ist auszugehen.“

„War die Frau denn schon tot, als sie von der Brücke gefallen wurde?“ Petersen tauschte einen Blick mit Wiebke.

Tasso zuckte mit den Schultern. „Ich bin nur der Techniker, Jan. Aber wir fanden noch eine Verletzung am Hals, die quer auf Höhe der Kehle verläuft, so, als hätte man die

Frau erdrosselt.“ Er deutete mit dem Kinn zum Ufer der Gracht. „Aber Piet wird euch mehr erzählen können.“

„Ist er nicht auch Techniker?“, konnte sich Petersen nicht verkneifen zu sagen.

„Du bist und bleibst ein Klugscheißer, Jan.“ Tasso grinste. „Piet assistiert dem Notarzt gerade bei der ersten Leichenschau, deshalb dürfte er mehr im Thema sein als ich.“ Er wurde ernst. „Und unter uns: Ich habe mich vom Acker gemacht. Wenn ihr mich fragt, ist der Notarzt ein echter Kotzbrocken.“

„Das klingt nach einem amüsanten Abend.“ Petersen verdrehte die Augen. „Uns bleibt auch nichts erspart heute.“

„Wie dem auch sei, komm schon.“ Wiebke steckte Block und Stift in die Hosentasche und ging voran. Petersen folgte ihr wortlos zu der steilen Böschung, die hinunter zum Ufer des Kanals führte. Sie mussten achtgeben, auf dem feuchten Gras nicht auszurutschen. Petersen ruderte wild mit den Armen, war kurz davor zu stürzen, als seine ausgelatschten Schuhe den Halt verloren. Beherzt griff Wiebke zu und konnte so Schlimmeres verhindern.

Petersen warf ihr einen dankbaren Blick zu, dann erst bemerkte er die Menschenmenge am gegenüberliegenden Ufer der Gracht, die mit ihren Smartphones filmten und Fotos machten. Es war sehr wahrscheinlich, dass sie auch seinen Beinahesturz mitbekommen hatten.

„Ich könnte kotzen, wenn ich so was sehe“, fluchte Petersen außer sich. „Sichtschutzwände“, grollte er in Richtung der Menschenmenge. „Wir brauchen Sichtschutzwände.“

„Sind unterwegs“, erwiderte Wiebke und musste sich ein Schmunzeln verkneifen. Es war offensichtlich, dass ihrem Partner der Ausrutscher unangenehm war. „Und jetzt komm.“ Sie blieb stehen, um sich einen Überblick über das Geschehen am Ufer des Kanals zu verschaffen.

Gleich neben dem Wasser lag das Ruderboot, das sich wohl zum falschen Moment am falschen Ort befunden hatte, im feuchten Gras. Im hölzernen Rumpf sah sie eine Wolldecke und einen Picknickkorb. Neben dem Boot knieten Piet Johannsen, ein Notarzt und zwei Rettungssanitäter um eine leblose Person, die mit einem Tuch abgedeckt war, im Gras. Als sich Wiebke und Petersen ihnen näherten, erhob sich Johannsen.

Wiebke nickte ihm zu. „Was wissen wir?“

Piet Johannsen rieb sich mit schmerzverzerrter Miene den Rücken. „Ich werde alt“, verkündete er.

„Das weiß ich schon lange“, lästerte Petersen und erntete damit einen missbilligenden Blick vom Notarzt, den er aber übersah. „Gut, dass ein Arzt schon vor Ort ist.“

„Mein Interesse gilt vor allem aber der toten Person“, bemerkte Wiebke, die gerade keine Nerven für die flapsigen Sprüche ihres Partners hatte. Das Gespräch mit Eike lag ihr schwer im Magen.

„So empfindlich?“ Piet Johannsen warf ihr einen pikierten Blick zu. „So kenn ich dich gar nicht.“

Wiebke ersparte sich darauf eine Antwort. „Können wir dann?“, fragte sie stattdessen.

Erst jetzt fühlte sich der Notarzt berufen, seine Arbeit zu unterbrechen, um ebenfalls aufzustehen. Der drahtige Mittfünfziger stellte sich distanziert und mit regungsloser Miene als Doktor Carsten Schramm vor. So wie er den *Doktor* betonte, schien er größten Wert auf seinen akademischen Titel zu legen. „Fragen Sie mich nicht zur Todesursache“, warnte er, als würde er die Frage befürchten wie der Teufel das Weihwasser. „Ich weiß nur, dass wir es mit einer weiblichen Person von etwa Mitte dreißig zu tun haben. Sie ist nicht sehr groß und von zierlicher Statur.“

„Kann ich einen Blick auf die Tote werfen?“ Wiebke trat näher und sah dem Arzt dabei zu, wie er neben der abgedeckten Leiche wieder in die Hocke ging und sich dabei so aufbaute, dass er den Schaulustigen keinen Blick auf die Tote ermöglichte, als er das Tuch ein wenig zurückzog.

Wiebke ging nun ebenfalls in die Hocke und schaute in zwei weit aufgerissene Augen und ein blasses Gesicht. Die Haut wirkte wächsern. Die Haare hingen der Toten strähnig ins Gesicht.

Johannsen räusperte sich. „Sie stürzte wohl in dem Augenblick von der Brücke, als sich im Wasser ein Ruderboot näherte. In Folge des Sturzes schlug die Frau mit dem Hinterkopf auf der rechten Bootsflanke auf und zog sich eine schwere Verletzung zu.“ Der Mediziner drehte den Kopf der Frau zur Seite, um Wiebke die klaffende Wunde am Hinterkopf zu zeigen. Sie warf nur einen flüchtigen Blick darauf und bedankte sich.

„Wer fährt zu dieser Jahreszeit so spät abends mit dem Ruderboot durch die Grachten?“, fragte sich Petersen und erhielt einen vielsagenden Blick von Johannsen.

„Ein junges, frisch verliebtes Paar – aber von so was wie Romantik hast du ja keine Ahnung“, flachste der Kriminaltechniker. Wie er so dastand und Petersen angrinste, erinnerte er Wiebke einmal mehr an den Schauspieler Peter Lustig, den sie aus dem Kinderfernsehen kannte. „Sie näherten sich mit dem Boot der Brücke, als die Frau ins Wasser stürzte."

„Wo sind die beiden jetzt?", wollte Wiebke wissen und sah sich suchend um.

„Sie sitzen in unserem Bullen-Bulli." Johannsen grinste schief. Er meinte damit den Polizei-VW-Bus, der am oberen Ende des Marktplatzes stand. Als Wiebke zu dem Fahrzeug blickte, sah sie, dass die Scheiben des Fahrzeuges beschlagen waren. Drinnen brannte Licht. Sie beschloss, das junge Paar im Anschluss zu befragen, und konzentrierte sich wieder auf die Tote.

„Wusstest du übrigens, dass Bulli ein Kunstwort ist, das aus Bus und Lieferwagen besteht?" Petersen freute sich, als er Johannsens Gesicht sah.

Auch den Notarzt schien das Gefrotzel der Polizisten zu nerven. „Ob die Unbekannte zum Zeitpunkt des womöglich durch Fremdeinwirkung herbeigeführten Sturzes schon tot war, muss die Obduktion in Kiel zutage bringen", bemerkte der Mann, der Wiebkes Blick gefolgt war. „Da ist noch etwas, auf das Sie Ihr Augenmerk richten sollten." Carsten Schramm machte sich am Kragen der Toten zu schaffen. Umständlich zog er mit den behandschuhten Fingerspitzen den durchnässten Stoff des Shirts zur Seite, sodass der Hals der Frau sichtbar wurde. Gut zehn Zentimeter unterhalb des Kinns verlief ein roter, blutunterlaufener Streifen. Ein winziger Graben hatte sich in Haut und Fleisch der Frau gegraben und dort tödliche Spuren hinterlassen. „Sehen Sie das?"

Wiebke erinnerte sich an Tassos Worte. Sie nickte. „Das sieht nach einer Strangulation aus."

„Korrekt." Dr. Schramm nickte zufrieden.

„Mein Bauchgefühl sagt mir, dass sie schon tot war, als sie über das Geländer in den Kanal stürzte", bemerkte Wiebke.

Carsten Schramm zog eine Augenbraue hoch und betrachtete sie mit zweifelndem Blick. „Ob Ihr Bauchgefühl Ihnen bei den anstehenden Ermittlungen in einem Tötungsdelikt weiterhilft, vermag ich nicht zu beurteilen."

Wiebke ärgerte sich darüber, dass sie nicht hundertprozentig bei der Sache war, und zwang sich zu mehr Konzentration. Noch immer geisterte ihr die Trennung von Eike im Kopf herum. „Wie dem auch sei", antwortete sie energischer, als sie gewollt hatte, „ich bin sicher, dass mir Ihre Expertise weiterhelfen kann."

„Abgesehen von der Wunde am Hals und den Rückständen des Klebebandes an den Hand- und Fußgelenken gibt es keinen Hinweis darauf, dass hier ein Kampf stattgefunden hat", scharrte Schramm und wirkte sichtlich genervt. „Dennoch muss ich an die Kollegen der Rechtsmedizin verweisen." Er zuckte die Schultern. „Verlässliche Ergebnisse wird erst der endgültige Obduktionsbericht liefern."

Wiebke bemerkte, dass ihrem Partner das arrogante Gehabe des Rechtsmediziners auf die Nerven ging. Petersen räusperte sich. „Jeder tut eben das, was er kann."

„Richtig." Schramm wirkte konsterniert. Er lüftete das Tuch weiter. Dabei gingen ihm die beiden Rettungssanitäter zur Hand. Nacheinander hob er beide Arme der Toten und zeigte auf die deutlich sichtbaren Reste von Klebeband, die auf den Ärmeln hafteten.

„Danke, ich habe genug gesehen." Wiebke erhob sich. Erst jetzt registrierte sie, dass der Arzt von einer Unbekannten gesprochen hatte. Wiebke wandte sich an Piet Johannsen. „Wissen wir, mit wem wir es zu tun haben?"

„Bedaure." Der Kriminaltechniker schüttelte den Kopf und bestätigte so Wiebkes Verdacht. „Sie führt weder Schlüssel noch Papiere oder gar ein Smartphone mit sich."

Petersen fluchte leise. „Das wird 'ne lange Nacht."

„Da ist aber noch etwas", bemerkte Johannsen. Er zeigte den Kollegen einen transparenten Asservatenbeutel. Darin befand sich ein Stück Papier, das im Wasser aufgeweicht war. Johannsen hatte es, als er das Beweisstück gesichert hatte, vorsichtig in dem Beutel glatt gestrichen.

„Da steht was drauf", bemerkte Petersen und beugte sich mit Wiebke über den Zettel. Die Schrift war trotz der Einwirkung des Wassers nicht verwischt.

„Keine Toleranz", las Petersen vor. „Für niemanden."

„Was hat das zu bedeuten?", wollte Wiebke wissen.

„Das herauszufinden ist wohl euer Part", brummte Johannsen. „Gebt mir ein paar Stunden, dann kann ich euch mehr zur Handschrift, zur Beschaffenheit des Papiers und der Art des Stiftes, mit dem geschrieben wurde, sagen."

„Sieht nicht aus, als hätte unser Opfer das geschrieben." Petersen betrachtete Wiebke. „Das ist keine Frauenhandschrift, würde ich meinen."

Doktor Schramm hatte sich zwischenzeitlich erhoben. „Wenn Sie hier fertig sind, würde ich gern meine Arbeit fortsetzen."

„Natürlich." Wiebke trat einen Schritt zur Seite.

„Während ich hier eine Leichenschau mit Hindernissen vornehmen muss, benötigt vielleicht woanders ein noch lebender Mensch meine Hilfe.“ Carsten Schramm schüttelte tadelnd den Kopf.

„Wie kann ein Mensch nur so böse sein?“, fragte Wiebke.

Johannsen grinste schief und schwieg.

„Wer weiß“, mischte sich Petersen ein. „Vielleicht hat ihn seine Frau rausgeworfen, und er ist jetzt frustriert.“

Kapitel 4

Das war verdammt knapp gewesen. Je länger er durch die Nacht fuhr, umso ruhiger wurde er. Um ein Haar wäre er dabei erwischt worden, wie er sie an dem Brückengeländer fixieren wollte. Durch ein Missgeschick war ihm ihr lebloser Körper entglitten und ins Wasser der Gracht gefallen. Eine Frau hatte vor Schreck geschrien wie am Spieß, und erst im zweiten Moment war ihm klar geworden, dass sie in dem Ruderboot gesessen haben musste, das zum falschen Zeitpunkt auf der Bildfläche erschienen war. Er hatte alles durchgeplant und sein Vorhaben gut vorbereitet, doch dass um diese Uhrzeit noch ein Boot im Kanal unterwegs war, hatte er nicht auf dem Schirm gehabt.

So blieb zu hoffen, dass die Leute im Boot ihn nicht erkannt hatten. So schnell wie möglich war er abgehauen, war wie von Furien gehetzt in sein Auto gesprungen und aus Friedrichstadt verschwunden. Fast so, als sei der Leibhaftige ihm auf den Fersen.

Ich bin der Leibhaftige, dachte er mit einem diabolischen Grinsen. Trotzdem war es schiefgelaufen. Er hatte sein Werk nicht beenden können, und das ärgerte ihn jetzt. Beim nächsten Mal musste er fehlerfrei arbeiten, sonst könnte ihm das kleinste Missgeschick zum Verhängnis werden.

Auf der Bundesstraße 5 waren ihm die Einsatzfahrzeuge der Polizei entgegengekommen, auch zwei Krankenwagen hatte er gesehen. Er wusste, wohin sie unterwegs waren, und empfand trotz des Missgeschickes eine tiefe Zufriedenheit.

Man hatte sie gefunden, wenn auch anders, als er es geplant hatte.

Langsam spürte er die Erschöpfung, die von ihm Besitz ergriff. Nach einiger Zeit wusste er nicht mehr, wie lange er ziellos durch die Nacht gefahren war. Seine Augen brannten, als er in das Scheinwerferlicht der entgegenkommenden Fahrzeuge schaute. Je ruhiger er wurde, umso mehr ärgerte er sich darüber, dass er sein Vorhaben nicht wie geplant hatte abschließen können. Durch den Zwischenfall hatte er den Rückzug vorzeitig antreten müssen.

Das war eigentlich gar nicht seine Art. Er hasste es, zurückzustehen und Dinge nicht zu seiner vollsten Zufriedenheit abzuschließen. Doch diesmal war die Flucht in die Nacht die einzige Möglichkeit gewesen, unerkannt zu entkommen. Wenigstens würden sie die Botschaft finden, wenn die Bullen sie aus dem Wasser der Gracht fischten. Das stimmte ihn wieder froh, denn sie würden lange an seinem Rätsel zu knacken haben, da war er sicher.

*

Friedrichstadt, 23.10 Uhr

„Dann wollen wir mal." Wiebke zog, nachdem Petersen auf das Blech des Busses geklopft hatte, die Schiebetür auf und blickte in die verängstigten Gesichter eines jungen Paares, das auf der hintersten Bank kauerte. Man hatte ihnen zwei dieser grauen, kratzigen Behörden-Wolldecken um die Schultern gelegt. Der Junge trug ein weißes Baseballcap mit dem Label eines amerikanischen Footballclubs, dazu ein weißes Sleeve-Shirt mit knallroter Beschriftung. Unter dem Tisch läuerten ausgewaschene Jeans hervor.

Seine Freundin war etwas kleiner als er und stämmig, sie hatte die langen blonden Haare zu einem Zopf gebunden, mit dem sie jetzt gedankenverloren spielte, während sie mit den großen blauen Augen, die Wiebke an eine Manga-Figur erinnerten, ins Leere stierte. Ihr Pulli war dunkelblau und trug die dezente, weiße Beschriftung eines wohl angesagten Modelabels.

Im Bus gab es einen kleinen Klapptisch, der das Paar von der jungen, uniformierten Streifenpolizistin trennte, die sich um die beiden kümmerte. Sie hatte ihnen zwei Becher mit dampfendem Tee hingestellt und war gerade damit beschäftigt, die Personalien der jungen Leute in ein Formular, das sie an ein Klemmbrett geheftet hatte, zu notieren. Wiebke kannte die Kollegin vom Sehen, doch sie ärgerte sich ein wenig darüber, dass ihr der Name nicht einfallen wollte. „Moin Wiebke", sagte sie freundlich und klopfte mit dem Kugelschreiber in ihrer Hand auf das Formular. „Ich habe schon mal angefangen."

„Danke." Wiebke kletterte in den VW-Bus und nahm neben der Streifenbeamtin Platz. Petersen zog es vor, draußen stehen zu bleiben. Wiebke wusste, dass ihm die alten Bullis zu eng waren und ihm Platzangst bereiteten. Sie widmete sich dem Paar und stellte sich und ihren Partner erst einmal vor.

Der Junge räusperte sich. „Ich bin Lennard, Sie können mich Lenny nennen, das tun alle meine Bros." Sein Grinsen misslang ihm. Er deutete auf seine Freundin. „Sina, meine Freundin." Schwermütig seufzte der junge Mann. „Ich habe Sina mit einer kleinen Bootstour überrascht, wollte es uns romantisch machen, als wir …" Er brach ab und senkte den Blick. „Schießen Sie los", sagte der Junge halblaut. „Stellen Sie Ihre Fragen."

So unauffällig wie möglich betrachtete Wiebke die beiden. Der Junge war schlank und groß, ein wenig schlaksig. Das blonde Haar trug er an den Seiten kurz, die buschigen Augenbrauen bildeten fast eine durchgehende Linie über den stahlblauen Augen. Beide waren leichenblass, ihre Bewegungen wirkten fahrig. Wiebke fragte sich, wie lange es dauerte, bis der Seelsorger kam, den sie schon beim Eintreffen angefordert hatte. „Sollen wir jemanden anrufen?"

„Nee, schon gut", sagte der Junge schnell und schüttelte den Kopf. „Wir ziehen das jetzt hier durch."

„Gut." Wiebke nickte. „Ihr habt also gesehen, wie …", setzte sie an, doch der Junge schüttelte den Kopf. „Nee", sagte er schnell, „ich hab nichts gesehen, saß mit dem Rücken zur Fahrtrichtung, aber Sina hat alles mitbekommen."

Jetzt ruckte der Kopf des Mädchens hoch. Sie sah Wiebke aus verheulten Augen an. „Ja", sagte sie leise, „das Bild werde ich nie vergessen. Zuerst dachte ich, da hat jemand eine Puppe an die Brücke gehängt."

Wiebke machte sich Notizen.

„Sina hat erzählt, dass sie jemanden auf der Brücke gesehen hat, der getürmt ist", mischte sich jetzt Lennard ein. Alle Blicke lagen auf dem Mädchen.

„Da war so ein Typ, der abgehauen ist, als die Frau ins Wasser fiel und auf unser Boot …“ Sie brach ab und senkte den Blick.

„Gab es ein Handgemenge oder so etwas vorher auf der Brücke, einen Streit?“, setzte Wiebke nach.

„Nein. Sie hing doch schon an der Brücke.“ Sina wischte sich eine Träne aus den Augen. „Der Mann ist von der Brücke weggelaufen und mit dem Auto verschwunden.“

„Kannst du uns den Mann beschreiben?“

„Nee. Es ist dunkel, und der Typ trug schwarze Klamotten.“ Sie seufzte. „Außerdem habe ich ihn nur von hinten gesehen.“

„Und ich hab nur auf meine Freundin geachtet“, ergänzte Lennard hastig. „Aber den Motor habe ich auch gehört. Das muss eine richtig fette Karre gewesen sein. Achtzylinder oder so was.“

Wiebke schrieb mit, dann wandte sie sich an Sina. „Und du bist sicher, dass die Frau am Geländer der Brücke hing? Dass sie nicht gestürzt ist, warum auch immer?“

Erst nickte das Mädchen, dann schüttelte es den Kopf. „Da war nichts, was mir aufgefallen wäre“, behauptete Sina. „Nur dieser Körper, der kopfüber da hing. Es schien, als hätte der Typ die Befestigungen durchtrennt, als wir mit dem Boot unter der Brücke herfahren wollten. Als hätte er es absichtlich im richtigen Moment getan, um uns den Abend zu versauen.“

„Also hat er euch aufgelauert?“, fragte Petersen vom Türrahmen aus.

„Nee, das glaub ich nicht.“ Lennard schüttelte den Kopf. „Ist doch nicht normal, so was. Ich dachte erst, das wär ein *Prank* oder so was. Wie krank muss der gewesen sein?"

„Das werden wir rausfinden, Lenny", versprach Petersen. Er gab Wiebke ein Zeichen. Offenbar hatte er genug gehört.

Wiebke friemelte im Sitzen eine Visitenkarte aus der Tasche und legte sie zwischen sich und den beiden auf den kleinen Tisch. „Hier", sagte sie, „wenn euch noch etwas einfällt, ruft mich an."

Lennard beugte sich vor und studierte die Karte. „Frau Kriminalhauptkommissarin", sagte er grinsend und zog anerkennend die Mundwinkel hoch, während er Wiebke ansah. „Klingt groß. Dabei sehen Sie noch sehr jung aus."

Wiebke musste schmunzeln. „Danke für die Blumen", sagte sie, während sie aus dem Bulli krabbelte. Den zweifelnden Blick von Petersen ignorierte sie.

*

„Wie geht es weiter?" Petersen stand mitten auf dem Marktplatz und hatte die Hände in den Taschen seines Parkas versenkt. „Hast du mit Flensburg telefoniert?"

„Vorhin schon." Wiebke nickte. Sie wusste um das gestörte Verhältnis ihres Partners zu den Kollegen der Kripo Flensburg, die immer dann auf den Plan gerufen wurden, wenn sie in einem Tötungsdelikt ermittelten. Im Gegensatz zu Petersen hatte Wiebke einige der Kollegen und Kolleginnen durchaus schätzen gelernt.

Wie man in den Wald hineinruft, so schallt es heraus, sagte ihr Vater in solchen Situationen immer.

„Die Kollegen sind unterwegs."

„Oha."

Wiebke blieb stehen und betrachtete Jan Petersen. „Oha?"

Er nickte. „Jo. Oha – das ist eine mittelschwere, norddeutsche Panikattacke." Jetzt grinte er sie an. „Kennste nicht?"

„Doch, doch." Sie nickte. „Ich denke, dass die Kollegen der Bezirkskriminalinspektion innerhalb der nächsten Stunden hier aufschlagen werden, dann können wir mit dem Klinkenputzen in der Nachbarschaft im großen Stil anfangen."

„Sind die Streifenhörnchen nicht schon längst unterwegs?" Petersen runzelte die Stirn.

„Einige Kollegen sind sicher schon unterwegs, um die Anwohner zu befragen", nickte Wiebke, „aber das ist eine Sisyphusarbeit, die Kräfte bindet."

„Und was machen wir jetzt?"

„Wir müssen herausfinden, wer die Tote ist und wer ein Interesse daran hatte, sie kopfüber an die Brücke zu hängen."

„Ich könnte mich mit Tasso zusammensetzen und seine Bilder auswerten, damit wir sie durch die *Vermi/Utot*-Datenbanken jagen können", schlug Petersen vor. Er zeigte zur Brücke, wo die Kriminaltechniker die 360-Grad-Kamera in Position gebracht hatten. Tasso wieselte im weißen Overall herum und machte Aufnahmen mit der Spiegelreflexkamera.

Wiebke hatte keine Einwände. Ihr würde es guttun, wenn sie sich alleine ein wenig am Ort des Geschehens umsehen konnte. „Mach das." Sie waren wieder am Ufer angekommen. Petersen legte zwei Finger auf die Unterlippe und pfiff. Die Einsatzkräfte unterbrachen ihre Arbeit und schauten neugierig auf.

„Tasso", brüllte Petersen, „hast du einen Moment?"

Der Südländer ließ die Kamera sinken und kam ihnen entgegen. Nachdem Wiebke eine Entschuldigung gemurmelt hatte, verschwand sie alleine in Richtung Brücke. Da sich das Hauptgeschehen unterhalb des Bauwerkes abspielte, herrschte hier oben eine fast gespenstische Ruhe. Die Streifenbeamten hatten den Radius der Polizeiabsperrung zwischenzeitlich vergrößert, sodass auch die Schaulustigen die Arbeit der Polizisten nur noch aus größerer Entfernung beobachten konnten.

Wiebke war sich darüber im Klaren, dass sie mit dem Betreten der Brücke möglicherweise falsche Spuren legte, die den Kriminaltechnikern zusätzliche Arbeit machten. Doch für sie war es wichtig, sich in den neuen Fall hineinzudenken. Dazu benötigte sie Ruhe und die Sicht des Täters. Während sie auf die Brücke zumarschierte, versetzte sie sich in die Lage der Person, die sie mit dem Sturz der Frau in die Gracht in Verbindung brachte.

Was hatte ihn dazu bewegt, sie über das schmiedeeiserne Geländer zu stürzen? Hatten die beiden sich zu Lebzeiten gekannt? Hatte es Streit zwischen ihnen gegeben, oder war die Tote ihm völlig unbekannt gewesen und nur zufällig in seine Hände geraten, um so zum Opfer eines möglicherweise spontanen Verbrechens zu werden? Zahlreiche Mörder kannten ihr Opfer vor der Tat. Einige handelten aus einem Impuls heraus und wählten ihre Opfer spontan aus.

Zwischenzeitlich hatte Wiebke die Brücke erreicht. Die Stimmen der Kollegen unter dem Bauwerk und das Krächzen der Funkgeräte klangen wie durch Watte an ihre Ohren. Wiebke blieb am Fuß der Brücke stehen und wandte sich um. Von hier aus konnte man den Marktplatz sehen, geradeaus und rechts lagen die markanten Häuser mit ihren historischen Treppengiebeln. Als sie den Blick nach vorn richtete, erkannte sie jenseits der Brücke kleinere Häuser, die das Ufer des künstlich angelegten Kanals säumten, eine Straße, die Häuserfront und Ufer trennte, und eine Straße, die geradeaus führte – wahrscheinlich aus der Altstadt heraus.

Sie setzte langsam, fast zögernd einen Fuß vor den anderen und blieb erst auf dem höchsten Punkt der gewölbten Brücke stehen. Die Fahrbahn für Autos war an dieser Stelle eng, sie schätzte, dass sich hier zwei Fahrzeuge nicht begegnen konnten. Rechts und links gab es einen ebenfalls schmalen Gehweg für Fußgänger. Alte Bäume säumten den Kanal und spendeten im Sommer Schatten für die Touristen, die eine romantische Fahrt durch die Grachten des Holländerstädtchens gebucht hatten. Jetzt, im Herbst, erzeugte der seichte Wind ein leises, immer gegenwärtiges Rascheln im bunten Laub, das sicher schon in wenigen Tagen zu Boden taumeln und den Winter einläuten würde. Wiebke überlegte, ob die Bäume dem Täter Sichtschutz geboten hatten. Doch da er sich einen sehr präsenten Ort für seine Tat gesucht hatte, war sie sicher, dass ihn Zeugen nicht wirklich störten. Auf der anderen Seite hatte er die Flucht angetreten, als sich unten das Boot genähert hatte. Wollte er sogar auffallen? Wiebke war sicher, dass die Botschaft in der Tasche der Toten von ihrem Mörder stammte. *Womöglich*, dachte sie weiter, *wollte er ein Zeichen setzen.*

Keine Toleranz. Für niemanden, hatte auf dem Zettel gestanden. Was wollte er damit zum Ausdruck bringen? Wiebke schaute auf das eiserne Geländer, das die Brücke zu beiden Seiten säumte. Es bot keinen Sichtschutz, weder von der Gracht aus, noch von den Straßen, die auf die Brücke zuführten. Er wollte gesehen werden, hämmerte es in Wiebkes Kopf. Andererseits stand die Flucht im Gegensatz zu ihren Gedanken. Ein hubraumstarker Motor sei es gewesen, der aufgeheult hatte. Das hatte der Junge angegeben. Wenn die Tote bei ihrer Ankunft auf der Brücke bereits tot gewesen war, wovon sie ausging, musste er sie im Kofferraum seines Autos hergebracht haben. Doch wollte er sein Opfer im Fluss entsorgen, oder war es so, wie das Mädchen vermutet hatte, und er wollte die Frau am Brückengeländer fixieren?

Wiebke schloss die Augen und atmete tief durch. Vor ihrem geistigen Auge sah sie einen Wagen, der sich der Brücke vom Marktplatz her näherte, der stehen blieb, und sie sah, wie der Fahrer, ein hochgewachsener, kräftiger Mann in schwarzer Kleidung, ausstieg und den Kofferraum öffnete. Er schulterte die Ladung und schleppte sie zum Geländer, hängte die leblose Gestalt mit dem Oberkörper über die Brüstung und zog eine Rolle Klebeband aus der Tasche. Mit den Zähnen riss er ein Stückchen ab, war gerade damit beschäftigt, die Fußgelenke der Frau mit dem Klebeband zu umwickeln, um sie an den Eisenstreben des Geländers zu befestigen. Als es im Wasser gluckste, richtete er den Blick auf den Kanal unter der kleinen

Brücke. Erschrocken stellte er fest, dass sich ein Ruderboot näherte. Er erkannte zwei Personen darin. Ein Mann saß mit dem Rücken zur Fahrtrichtung und bekam nichts von dem mit, was auf der Brücke geschah. Doch seine Begleitung, ein junges Mädchen, hatte die Tote längst entdeckt. Kein Wunder, schließlich waren die Gebäude rund um den Marktplatz stimmungsvoll illuminiert und boten genügend Restlicht, um einigermaßen gute Sicht auf das Geschehen auf der Brücke zu haben. Damit hatte er nicht gerechnet. Hastig schob er die Klebebandrolle zurück in die Tasche, versetzte der Toten einen letzten Stoß, wandte sich zum Gehen und sah noch im Augenwinkel, wie der leblose Körper wie ein nasser Sack in die Gracht stürzte, wo er unter den schrillen Schreien des Mädchens im Boot klatschend ins Wasser eintauchte. Doch da war noch ein anderes Geräusch, ein hölzernes Knacken, das nicht passen wollte. Ohne sich um die Ereignisse in der Gracht zu kümmern, umrundete der schwarz gekleidete Mann den Wagen, klemmte sich hinters Lenkrad, startete den Motor und verschwand mit quietschenden Reifen in der Nacht. Stille kehrte ein, als der Schrei des Mädchens verstummte. Tödliche Stille, die nur vom sanften Glucksen des Wassers durchschnitten wurde.

Wiebke spürte, wie ihr Herz raste. Sie schlug die Augen auf und atmete ein paar Mal tief durch. Das, was sie eben erlebt hatte, kam ihr wie die Szene aus einem Thriller vor. Es war, als hätte sie tatenlos daneben gestanden, als der Unbekannte sein Werk begonnen, aber nicht abgeschlossen hatte. Es dauerte einen Moment, bis Wiebke registrierte, dass sie eine Art Vision gehabt hatte. Oder hatte ihr ihre lebhafte Fantasie einen Streich gespielt? Sie wusste es nicht und beschloss, vorerst mit niemandem über das seltsame Erlebnis zu sprechen.

Nachdem sich ihr Kreislauf einigermaßen beruhigt hatte, verließ sie die kleine Brücke über den Mittelburggraben und kehrte zu Tasso und Petersen zurück, die sich am Sprinter der KTU aufhielten.

„Wiebke", begrüßte Petersen sie. „Schön, dass du uns Gesellschaft leistest."

„Ich find das nicht gut", stellte Tasso fest. Seine Miene hatte sich verdunkelt.

„Was findest du nicht gut?", fragte Wiebke.

„Dass du über die Brücke latschst und uns neue und falsche Spuren legst, die wir mühsam aufnehmen und katalogisieren müssen."

„Sorry, es war mir ein Bedürfnis, mir von dort oben einen Überblick zu verschaffen."

„Hör mal zu, Tasso", sprang Petersen jetzt für sie in die Bresche. „Wiebke braucht das, um sich in den Täter hineinzuversetzen, das ist wichtig für unsere Arbeit." Als der Kriminaltechniker nichts erwiderte, wandte sich Petersen an seine Partnerin. „Und?", fragte er, „hast du unseren Mann auf der Brücke getroffen?"

Wiebke wollte nicken, hielt sich aber im letzten Moment zurück und schwieg. Sie hatte nicht vor, den Männern hier und jetzt von ihrem Erlebnis zu erzählen. „Gibt es etwas Neues?", wechselte sie das Thema und zeigte auf den aufgeklappten Laptop, an dem Tasso gerade gearbeitet hatte. Der Südländer nickte. „Ich habe die Fotos der Toten durch die *Vermi/Utot* gejagt", erklärte er und zeigte auf das

Fenster der BKA-Datenbank, in der alle Vermissten und unbekannten Toten aufgelistet waren.

„Und?" Wiebke schob die Hände in die Hosentaschen und blickte den Männern über die Schultern.

„Negativ", bedauerte Tasso. „Es blieb mir nur, sie als neuen Datensatz einzupflegen, in der Hoffnung, dass die Dame irgendwo bekannt ist." Jetzt hatten also alle deutschen Polizeibehörden Zugriff auf das Bild der Toten von Friedrichstadt. Wiebke beruhigte das nicht, sie wusste, dass es einen Täter gab, der frei herumlief – und sich möglicherweise ein nächstes Opfer suchte. Sie wollte keine Zeit verlieren und war sicher, dass die Identität der Toten zu ihrem Peiniger führte.

„Wir sollten herausfinden, ob es in der Vergangenheit ähnlich gelagerte Fälle gab", schlug Wiebke vor.

Petersen nickte. „Ich kümmer mich darum." Er hatte sie aufmerksam beobachtet. Sie arbeiteten lange genug zusammen, dass er ahnte, was sie als Nächstes plante. „Presse?", fragte er und sprach so ihre Gedanken aus.

„Ich muss das erst mit Kai abstimmen, aber ich denke, dass ein Aufruf in den Medien hilfreich sein könnte, wenn wir mit den Datenbanken nicht weiterkommen."

„Es bringt ja auch nichts, nach dem Wagen des Täters zu fahnden – wir wissen so gut wie nichts über Hersteller und Modell, von einem Kennzeichen mal ganz zu schweigen." Petersen seufzte. „Wie machen wir weiter?"

Wiebke wandte sich an Tasso. „Wie hoch ist die Wahrscheinlichkeit, dass du auf der Brücke Reifenspuren sichern kannst?"

Tasso lachte auf. „Verschwindend gering, würde ich sagen. Ich will gar nicht wissen, wie viele Fahrzeuge am Tag die Brücke überqueren." Er sah sich suchend um. „Und es scheint hier keine Webcam zu geben, die etwas aufgezeichnet hat, das uns weiterhelfen könnte."

„Es muss ein großer Wagen gewesen sein", half Petersen. „Ein Lieferwagen, Bus oder Lkw?"

„Nein, eher ein leistungsstarker SUV, ein Geländewagen oder so etwas", bemerkte Wiebke und berichtete dem Techniker von der Aussage des Jungen.

Tasso dachte kurz nach. „Klingt nach einem teuren Mercedes, BMW oder so etwas in diese Richtung."

„Kannst du das irgendwie herausfinden?", fragte Wiebke. Sie wollte sich nicht entmutigen lassen. „Dann hätten wir zumindest einen Hinweis auf das Fahrzeug des Täters, der die Tote zur Brücke gebracht hat."

Tasso seufzte erneut. „Ich werde es versuchen", sagte er gedehnt. „Versprechen kann ich aber nichts."

Wiebke lächelte ihn dankbar an. „Du bist der Beste", sagte sie zufrieden.

Tasso schaute an ihr vorbei zum Ufer. „Lass das nur nicht Opa Piet hören."

*

Drei Wochen zuvor

Es musste schnell gehen. Daran würde sein Vorhaben sicher nicht scheitern. Denn er konnte schnell sein, sehr schnell sogar. Wie ein Geist musste er in ihr Leben eintauchen, unbemerkt seine Arbeit tun und ebenso schnell und lautlos wieder aus ihrer Welt verschwinden. Sie war nicht zu Hause, befand sich noch eine gute Stunde auf der Arbeit. Als examinierte Krankenpflegerin im Husumer Theodor-Storm-Krankenhaus hatte sie Spätdienst und würde erst abends nach Hause kommen.

Er hatte freie Bahn.

Obwohl es gerade einmal später Nachmittag war, breitete sich die Dunkelheit bereits über Eiderstedt aus. Das war gut, denn die Finsternis bot ihm Schutz. Der Regen der letzten Stunden hatte nachgelassen, doch die Fahrbahn war gefährlich glatt, und so konnte er auf der engen und kurvenreichen Landstraße, die sich über die Halbinsel schlängelte, nicht allzu schnell fahren. Der Herbstwind wehte kräftig und ließ das bunte Laub von den windschiefen Bäumen entlang der Straße zu Boden taumeln. In den Fenstern der Häuser brannte bereits Licht. Die Menschen waren um diese Jahreszeit früh zu Hause und machten es sich in ihren vier Wänden gemütlich. So unwirtlich die Halbinsel sich auch in der dunklen Jahreszeit zeigte, so heimelig machten es sich die Bewohner von Eiderstedt in ihren reetgedeckten Häusern, die teils auf sanften, von Grün bewachsenen Warften lagen.

Es war seine Stunde, die er für die Umsetzung seines seit Langem vorbereiteten Plans nutzen würde. Jetzt gab es kein Zurück mehr. Wenn er sich einmal etwas in den Kopf gesetzt hatte, dann konnte ihn nichts und niemand von seinem Vorhaben abhalten. Als er den Abzweig nach Osterhever erreicht hatte, drosselte er das Tempo.

Sie bewohnte eine ausgebaute Dachgeschosswohnung in einem Haubarg, der zwischen Tetenbüll und Osterhever stand. Das Anwesen lag ein wenig versteckt auf der linken Seite und war von der Straße aus kaum zu sehen. Im Schritttempo steuerte er den Wagen über den unbefestigten Weg, der zu dem alten Landgut führte. Im Morast hatten sich tiefe Pfützen gebildet, die nun im Licht der Scheinwerfer glänzten und wie winzige Seen auf ihn wirkten. Die Zweige der Bäume beiderseits des Weges neigten sich tief zur Seite und bildeten ein natürliches Dach aus buntem, nassem Laub.

Als er das ehemalige Bauerngut erreicht hatte, überlegte er kurz, wo er parken konnte. Es musste nicht sein, dass er von ihren Vermietern, die im Hauptgebäude lebten, gesehen wurde. Natürlich durften Imme und Ole Hinrichsen ihm begegnen, immerhin kannte man sich, doch er legte es nicht darauf an.

Nachdem er den Wagen an den Rand des Platzes gelenkt hatte, schaute er sich kurz um. Einst hatte der Haubarg Platz für das Vieh und die Bauern unter einem Dach geboten. Das Heu hatte man früher unter dem Reetdach gelagert, wo es sicher sein sollte vor den Sturmfluten. Irgendwann war ein findiger Investor auf die Idee gekommen, den Haubarg zu sanieren, um hier Ferienwohnungen unterschiedlicher Größe zu errichten. Doch der Geschäftsmann war pleitegegangen, und jetzt lebten Eiderstedter Bewohner in den Einheiten. Einige Stallungen hatte man im Originalzustand belassen. Hier standen auch ihre Pferde, zwei prächtige Friesen, ihr Ein und Alles. Er konnte mit ihrer Liebe für die Gäule nichts anfangen. Wer ein Pferd sein Eigen nannte, der lebte für das Tier. Ihm war das schon immer ein Dorn im Auge gewesen. Lange hatte er darüber nachgedacht, den Tieren ein vorzeitiges Ende zu bereiten. Pferderipper trieben immer wieder ihr Unwesen auf den Weiden des Landes. Auf ihn würde sicher kein Verdacht fallen.

Doch er war nicht gekommen, um den Pferden einen Dolch in die Leiber zu rammen. Er verabscheute Blut, außerdem standen ihre Friesen nachts im sicheren Stall. Und er lebte von den Tieren.

Links neben dem Haubarg schälte sich der Schuppen aus dem Halbdunkel, weiter hinten lag die Koppel im Dunst.

Nachdem er kurz durchgeatmet hatte, nahm er den Rucksack vom Beifahrersitz und stieg aus. Der Wind zerrte an seiner weiten Jacke. Er stieß die Wagentür zu und stapfte zielstrebig auf den Schuppen im hinteren Bereich des Gehöfts zu. Dabei achtete er immer darauf, im Schatten der Bäume zu bleiben. Seine festen Schuhe sanken im weichen Boden ein und erzeugten bei jedem Schritt schmatzende Geräusche. An der Koppel angekommen, hielt er inne, um sich einen Überblick zu verschaffen. Erwartungsgemäß befand sich um diese Zeit kein Pferd auf der Weide. Sie hatte ihre geliebten Friesen in den sicheren Stall gebracht, bevor sie zum Dienst gefahren war, so wie sie es immer tat. Ihre aufopferungsvolle Liebe für Pferde würde er nie verstehen können. Für ihn waren Tiere Mittel zum Zweck, nicht mehr und nicht weniger.

Der Wind wehte den typischen Stallgeruch in seine Nase, als er die einfache Holztür des Schuppens öffnete, der nicht abgeschlossen war. Hier bewahrte sie Strohballen, Sättel, Decken und einige Geräte auf. Das Quietschen der rostigen Türangeln malträtierte seine Ohren, er zog eine Grimasse und hoffte, mit dem Lärm keine ungebetenen Zeugen auf den Plan zu rufen. Bevor er in den Bau schlüpfte, blickte er sich ein letztes Mal um. Von hier aus konnte er den Hintereingang des Gebäudes sehen, in dem sie wohnte.

Unbemerkt konnte er von hier aus in ihr Refugium eindringen. Seine Hand zitterte vor freudiger Erregung, als er über die raue Putzwand neben der Tür wischte. Er suchte und fand den Lichtschalter, zögerte und entschloss sich, das Licht nicht einzuschalten. Er hatte nicht vor, Aufmerksamkeit zu erregen.

Nachdem er einen Moment gewartet hatte, bis sich seine Augen an das Zwielicht im Stall gewöhnt hatten, bewegte er sich zielsicher zu dem Versteck, das sich in einer Nische befand, die man vom Eingang nicht gleich entdecken konnte. Er reckte sich und streckte den Arm zum Balkenwerk der niedrigen Decke aus. Blind tastete er über einen quer verlaufenden Holzbalken. Dabei achtete er darauf, sich in dem rauen Holz keinen Splitter in den Finger zu treiben.

Mit einem zufriedenen Grinsen fand er, wonach er suchte. Er nahm den Schlüssel aus dem Versteck, warf ihn in die Luft und fing ihn wieder auf, dann verließ er den Schuppen. Die Tür ließ er offen stehen. Später würde er den Schlüssel wieder an seinem gewohnten Versteck deponieren, doch jetzt stand erst einmal sein Vorhaben im Vordergrund. So unauffällig wie möglich schob er sich an dem Rancherzaun entlang, der die Pferdekoppel säumte, und stand im nächsten Moment vor dem Hintereingang ihres Hauses. Seine Finger zitterten ein wenig vor Aufregung, als er den Schlüssel ins Schloss schob und die Tür öffnete. Dann setzte er einen Fuß über die Schwelle, hielt kurz inne und atmete mit geschlossenen Augen tief ein. Alles hier duftete nach ihr. Herrlich. Gut, vielleicht roch es auch etwas muffig und nach Stall. Er rümpfte die Nase. Wahrscheinlich hatte sie mal wieder vergessen durchzulüften, als sie das Haus verlassen hatte.

Drinnen zog er seine matschverschmierten Schuhe aus und platzierte sie auf der dafür bereitliegenden Matte neben ihren Gummistiefeln, dann blickte er sich um.

Der Flur war recht eng und fand nur Platz für ihr E-Bike, das er ihr vor einiger Zeit gekauft hatte, um damit gemeinsame Touren zu unternehmen. Jetzt stand es ungenutzt im Flur. Mühsam schob er sich an dem Rad vorbei. Hier unten gab es nur eine kleine Gästetoilette, in der man sich kaum bewegen konnte, und die steile Treppe, die nach oben, in ihre Wohnung führte. Er erinnerte sich daran, wie sie ihm von ihrem Einzug in den Seitentrakt des Haubargs berichtet hatte, als sie sich kennengelernt hatten. Sie liebte das Leben auf dem Land und ihre Pferde. Da war eine kleine Wohnung in einem umgebauten Haubarg fast wie ein Sechser im Lotto.

Dabei störte es sie auch nicht, dass es kein Zimmer für ihn gab. Die Wohnung war eng und klein und genügte gerade einmal für eine Person. Paare, geschweige denn Familien, hatte der Architekt damals wohl nicht auf dem Schirm gehabt, als er das Apartment geplant hatte.

Jetzt war es ihm gleichgültig. Er war gekommen, um ihr künftig näher zu sein. Wenn sie sich alleine in ihr Schneckenhäuschen zurückzog, wollte er wenigstens wissen, was sie gerade tat. Ob sie heimlich einen anderen Kerl in ihr Bett ließ. Allein der Gedanke daran machte ihn rasend vor Eifersucht. Er ballte die Fäuste, bis die Knöchel der Finger weiß unter der Haut hervortraten.

Höchste Zeit, sie im Auge zu behalten, dachte er verbittert und nahm die steile Treppe, die vor einer zweiten Tür endete. Er drückte die Klinke nieder und fand sich im nächsten Augenblick in ihrer schummrigen Wohnküche wieder. Leider war er nicht alleine, ganz im Gegenteil: Es schien, als hätten sie geradezu auf ihn gewartet. Als er ihre Berührungen spürte, war er sicher, ihnen diesmal nicht entkommen zu können, und zerdrückte einen Fluch auf den Lippen.

*

Husum, 3.10 Uhr

„Ich hab mich von Eike getrennt." Wiebke konnte nicht anders. So hatte sie dem dringenden Bedürfnis, sich Petersen anzuvertrauen, nachgegeben. Schon auf der Fahrt nach Friedrichstadt war ihm sicher aufgefallen, dass sie etwas zu bewegen schien, doch er hatte sie nicht bedrängt und ihr den nötigen Raum gelassen. Und sie konnte sich auf die Arbeit am Einsatzort konzentrieren, was ihr aufgrund der harten Entscheidung im Vorfeld schwer genug gefallen war. Nachdem die Flensburger Kollegen in Friedrichstadt eingetroffen waren, konnten Wiebke und Petersen den geordneten Rückzug antreten. Vor Ort liefen jetzt die Befragungen der Anwohner, Tasso und Johannsen sicherten letzte Spuren, bevor auch sie den Heimweg antreten durften. Wiebke und Petersen hatten beschlossen, sich ein paar Stunden zu erholen, um morgen die ersten Hinweise auswerten zu können. Wiebke war sicher, in den kommenden Tagen nur wenig Schlaf zu bekommen. Ob sie aber gleich einschlafen konnte, war fragwürdig. Mit jedem Kilometer, den sie sich Husum näherten, kehrte sie auch in das verkorkste Privatleben einer ehrgeizigen Polizistin zurück, die für ihren Beruf lebte.

„Du hast – was?“ Petersens Augen wurden groß.

Als Wiebke ihm einen kurzen Seitenblick zuwarf, musste sie lächeln. Sie wusste nicht, ob er sich über die Nachricht freute oder ob er entsetzt war.

„Ich hab Eike rausgeschmissen“, wiederholte sie ein wenig leiser. Ruhig lagen ihre Hände auf dem Lenkrad, der Blick war stur nach vorn gerichtet. Um diese Zeit herrschte nicht viel Verkehr auf der Bundesstraße 5. Erst als ihnen ein Milchlaster entgegenkam, kniff Wiebke geblendet die Augen zusammen. Irgendwo im Osten graute der Morgen.

„Na das wurd auch Zeit“, murmelte Petersen und legte die Hände in den Schoß.

Wiebke wusste, wie ihr Partner über Eike dachte. Nie hatte Petersen ein gutes Haar an ihm gelassen. Für einen Augenblick fragte sich Wiebke, ob er ihre Nachricht jetzt mit Genugtuung zur Kenntnis genommen hatte. Oft hatte sie den Eindruck gehabt, dass Petersen eifersüchtig auf Eike war, immer hatte er einen Groll gegen ihren Freund gehegt, wenn Eike sie mal wieder im Stich gelassen hatte und sich tagelang nicht bei ihr gemeldet hatte. Ein Seufzen kam über ihre Lippen.

„Es wird einsam in der nächsten Zeit für mich", vermutete Wiebke.

„Das sehe ich anders", brummte Petersen. „Einsam warst du in der letzten Zeit immer dann, wenn er mit seiner Band auf Tour und für dich nicht erreichbar war, weil er nachts nach den Gigs wer weiß was getrieben hat." Jetzt grinste er versöhnlich. „Du hast es richtig gemacht, Mädchen."

„Meinst du?" Sie warf ihm einen kurzen Seitenblick zu und lächelte.

„Ja, mein ich." Er nickte bekräftigend. „Jetzt musst du dir keine Sorgen mehr machen, dich nicht mehr fragen, wann er endlich die Güte hat, sich bei dir zu melden. Wenn du jetzt abends nach Hause kommst, weißt du, dass die Wohnung leer ist und leer bleibt. Du gewinnst auch eine ganz neue Lebensqualität zurück."

„Klingt irgendwie komisch." Wiebke runzelte die Stirn.

„Denk doch mal nach: Du bist ihm keine Rechenschaft mehr schuldig, denn so wie du immer erzählt hast, war er ein eifersüchtiger Knochen. Jetzt kannst du in deiner Freizeit tun und lassen, was du willst, kannst was unternehmen und dich mit deinen Freundinnen treffen, ohne ihn um Erlaubnis zu fragen."

„Das habe ich nie getan", behauptete Wiebke. „Allerdings habe ich keinen festen Freundeskreis mehr. Entweder war ich mit Eike unterwegs, oder ich habe rund um die Uhr gearbeitet." Sie seufzte. „Aber so ist das wohl als Polizistin. Ich hab es mir selber ausgesucht."

„Wohl wahr." Petersen nickte und blickte aus dem Seitenfenster. Die rotierenden und blinkenden Lichter der Windkraftanlagen zogen seine Aufmerksamkeit auf sich. „Apropos Arbeit: Wo wollen wir ansetzen?"

Wiebke war froh, dass Petersen keine weiteren Fragen zu ihrer Trennung mehr stellte. Sie benötigte selber noch ein wenig Zeit, um das Ereignis vom Abend zu verarbeiten.

Petersen schien zu bemerken, dass sie nicht länger darüber sprechen wollte. Er gähnte herzhaft. „Wie machen wir jetzt weiter?", fragte er, als sie das Ortseingangsschild von Husum passiert hatten.

„Wir werden das soziale Umfeld von Sina und Lennard durchleuchten. An ihre Smartphones kommen wir nicht – das wäre wohl auch zu viel des Guten. Aber ihren Aktivitäten in den sozialen Netzwerken sollten wir unsere Aufmerksamkeit widmen, ein paar Gespräche mit Familienangehörigen und Freunden führen."

Petersen brummte etwas Unverständliches. Dann räusperte er sich. „Meinst du, die beiden haben etwas damit zu tun?"

„Ich weiß es nicht", gestand Wiebke ihm ehrlich. Doch sie wollte nichts außer Acht lassen.

„Ich werde nachsehen, ob es ähnlich gelagerte Fälle gab", erinnerte Petersen an ihre Absprache in Friedrichstadt.

„Klingt gut." Wiebke überlegte, ob sie Kai Christensen aus dem Bett klingeln sollte, um ihn auf Stand zu bringen, entschied sich aber dagegen. Morgen bei Dienstbeginn würde sie ihn über den Stand der Ermittlungen in Kenntnis setzen, um dann in der Morgenrunde das weitere Vorgehen gemeinsam mit den Kollegen aus Flensburg abzusprechen.

Als Wiebke den Panda rechts in die Süderstraße lenkte, streckte Petersen sich. „Ich werde auch ein paar Stündchen an der Matratze horchen, um morgen wieder fit und voller Tatendrang am Start zu sein."

„Klingt gut." Wiebke setzte den Blinker und blieb neben dem kleinen Traufenhaus, in dem ihr Partner alleine lebte, stehen. Es herrschte kein Verkehr auf der Straße, sodass sie niemanden behinderte.

Petersen löste den Sicherheitsgurt und stieß die Tür auf. Schwerfällig wuchtete er sich aus dem kleinen Wagen, wandte sich noch einmal um und hielt den Kopf ins Wageninnere. „Schlaf gut, Mädchen", sagte er. „Und immer dran denken: Du hast alles richtig gemacht." Er reckte den Daumen in die Höhe. „Hau dich auch hin und denk nicht nach." Als sie nur nickte, fuhr er fort: „Schlaf gut, wir sehen uns in ein paar Stunden auf der Wache." Damit schlug er die Beifahrertür zu.

Wiebke blickte ihm nach, bis er in dem windschiefen Haus verschwunden war, dann warf sie einen Blick auf ihr Smartphone. Kein Anruf, keine Nachricht. Weder dienstlich, noch ein Lebenszeichen von Eike. Sie seufzte, als sie den Gang einlegte und anfuhr. Im Radio liefen gerade die Nachrichten auf RSH, und Wiebkes Befürchtungen, dass die Medien sich bereits auf die tote Frau aus Friedrichstadt gestürzt hatten, wurden nicht bestätigt. Der Wetterbericht warnte vor den ersten Herbststürmen des Jahres, die an der Küste mitunter orkanartig ausfallen konnten. Die Tage wurden immer kürzer, morgens wurde es später hell, abends dafür schneller dunkel. Wiebke mochte den Herbst nicht sonderlich, sie neigte an den besonders düsteren Tagen zu Melancholie. Auf der schnurgerade nach Osten verlaufenden Landstraße nach Ostenfeld ging sie den neuen Fall noch einmal in Gedanken durch. Da sie nichts über das Opfer wussten und auch der Mann, der offenbar mit ihrem Sturz in die Gracht zusammenhing, spurlos verschwunden war, standen sie vor dem Nichts. So blieb Wiebke nur die Hoffnung auf die Aussagen der Anwohner. Morgen würde sie überlegen, wie sie die Ermittlungen vorantreiben konnte.

Ein seltsames Gefühl beschlich sie, als sie den Wagen in die Einfahrt an der Hauptstraße lenkte. Ihre Vermieter, Heike und Helmut Ludzuweit, hatten die Dachgeschosswohnung nach dem Auszug ihrer Kinder ursprünglich als Ferienwohnung eingerichtet, doch irgendwann hatte Wiebke das sympathische Ehepaar überreden können, ihr die sechzig Quadratmeter als dauerhafte Bleibe zu vermieten.

Im Erdgeschoss des Hauses brannte kein Licht um diese Zeit. Der Bewegungsmelder sprang an und tauchte die Backsteinfassade und die Einfahrt in ein gleißendes Licht, als Wiebke ausstieg und den Hauseingang betrat. Etwas hielt sie ab, gleich ins Haus zu huschen. Zögerlich zog sie den Schlüssel hervor und warf einen Blick in den Briefkasten. Ihr Blick fiel auf den Schlüssel ihrer Wohnung, den Eike wie verabredet in den Postkasten geworfen hatte, als er gegangen war. Irgendwie fühlte es sich seltsam an, fand

Wiebke. So endgültig. Sein Schlüssel in ihrem Briefkasten, ohne Abschiedsgruß, ohne eine Nachricht. Nicht einmal in ein Kuvert hatte er den Schlüssel gesteckt. Es musste in der Stille der späten Stunde ein höllisches Scheppern verursacht haben, das sicher Helmut oder Heike auf den Plan gerufen hatte. Wiebke spürte ein flaues Gefühl in der Magengegend. Sicher würden ihre Vermieter Fragen stellen. Fragen, zu denen sie die Antworten nicht wusste. Noch waren die Wunden der Trennung zu frisch, um dem Vermieterehepaar Rede und Antwort zu stehen.

Mit einem schweren Seufzer auf den Lippen streckte sie die Hand aus und nahm den Schlüssel an sich. Sie versuchte, den eisernen Postkasten so leise wie möglich zu schließen, und trat dann in das Treppenhaus. Durch die Milchglasscheibe drang ein flackerndes, bläuliches Licht in den Flur. Die beiden waren wohl noch wach und sahen fern. Wiebke hoffte, dass sie ihre Heimkehr nicht bemerkten. Sie fühlte sich übel, drückte die Haustür ins Schloss und schlich auf den weichen Sohlen ihrer Turnschuhe so leise wie möglich über die gefliesten Stufen nach oben.

Auch hier vermied sie jeden Lärm, als sie aufschloss und in die kleine Wohnung huschte. Als sie die Schuhe auszog und in die Ecke unter der kleinen Garderobe kickte, bildete sie sich ein, dass es im Flur noch nach Eikes Aftershave roch, und spürte einen leichten Stich ins Herz. Seufzend streifte sie die Jacke ab und hängte sie an den Haken. In der Küche schaltete sie das Licht ein. Als ihr Blick auf den kleinen Tisch an der rechten Wand fiel, erinnerte sie sich wehmütig an die zahlreichen Mahlzeiten, die sie hier abends bei Kerzenschein eingenommen hatten.

„Schluss mit dem sentimentalen Scheiß jetzt", mahnte sie sich und wandte sich nach links zum Kühlschrank. Wiebke wischte die trüben Gedanken fort und nahm einen tiefen Schluck aus der Milchflasche. Gedankenverloren starrte sie in den offenen Kühlschrank. Dabei fiel ihr auf, dass es höchste Zeit für einen Einkauf war. Viel gaben ihre Vorräte nicht mehr her. Sie liebte Käse. Der Gouda in der Frischhaltebox wies an den Kanten bereits dunkle Ränder auf, auch die Salami mit dem würzigen Pfefferrand, die sie beim Ostenfelder Metzgermeister Uwe Clausen kaufte, bot einen eher trostlosen Anblick. Das Stückchen Butter würde nicht mehr ewig halten.

Nachdem sie sich den Milchbart mit dem Handrücken abgewischt hatte, stellte sie die Flasche zurück in die Kühlschranktür und wandte sich ab. Hunger verspürte sie seltsamerweise nicht. Offenbar war ihr die Trennung von Eike auf den Magen geschlagen.

Wiebke ging ins Bad und entkleidete sich. Während sie die Zähne putzte, betrachtete sie sich kritisch im kalten Licht des Spiegels über dem Waschbecken. *Ich bin alt geworden,* dachte sie, als sie die dunklen Ringe unter den Augen entdeckte. *Oder mir fehlt einfach Schlaf.* Lustlos schminkte sie sich ab, wusch sich das Gesicht, frottierte sich ab und durchschritt den langen Flur, der zum Schlafzimmer führte. Sie schlüpfte in ein weites T-Shirt und kroch unter die kühle Bettdecke.

Dass sie sich Eikes Kopfkissen griff und sich darin einkuschelte, bemerkte sie erst, als sein Duft in ihre Nase stieg. Lange würde sie ihn nicht mehr riechen. Doch als sie in einen unruhigen Schlaf hinwegdämmerte, war Eike wieder da. Mit einem wütenden Funkeln in den Augen stand er vor dem Bett und betrachtete sie. Wut und Enttäuschung lagen in seinem Blick. Fast so wie vorhin, als sie ihm die Trennung bekannt gegeben hatte. „Warum hast du das getan?“, fragte seine Stimme in ihrem Kopf.

„Weil ich es nicht mehr ausgehalten habe“, antwortete Wiebke im Halbschlaf, dann spürte sie eine Träne aus ihrem Auge rinnen, bevor sie in einen tiefen und traumlosen Schlaf sank.

*

Etwa drei Wochen zuvor

Er hasste Katzen. Und sie besaß nicht nur eine Katze, gleich vier dieser Viecher hatten sich bei ihr eingenistet. Kaum, dass er den Schlüssel ins Schloss gesteckt und umgedreht hatte, drang ihr anklagendes Miauen an seine Ohren. Am liebsten wäre er auf der Stelle umgekehrt, doch Aufgeben war keine Option.

Sie liebte diese hinterhältigen Geschöpfe nahezu abgöttisch, sie hatte allen einen Namen gegeben, Namen, die er sich nie gemerkt hatte. Jetzt maunzten sie ihn an, als er die Wohnung betrat, und es klang anklagend in seinen Ohren. Er stieß einen zischenden Laut aus, um sie zu vertreiben, doch sie strichen unbeirrt um seine Beine, betrachteten ihn als Eindringling. Er schaute voller Missachtung zu den Samtpfoten herab, und als ihm ein getigertes und übergewichtiges Exemplar, dessen Name ihm nicht einfallen wollte, über die Schuhe huschte, holte er aus und trat das Tier von sich. Die Katze maunzte vorwurfsvoll und trollte sich. Ihre Artgenossen waren von der Gewaltbereitschaft keineswegs beeindruckt. Sie umgarnten ihn und hofften wohl auf ein Leckerchen.

Doch anstatt an die Schublade zu treten, in der sich die Naschereien befanden, dachte er angewidert an die Katzenklos. Sie stanken bestialisch. Oft genug hatte er ihr dabei geholfen, die Plastikbehälter zu leeren – und dabei jedes Mal gegen den Brechreiz angekämpft. Nein, Katzen waren nichts für ihn. Sie waren hinterhältig und falsch.

Hunde waren eher so seins. Wenn sich niemand freute, wenn er nach acht Stunden Abwesenheit nach Hause kam – ein Hund konnte sich bedingungslos über seine Heimkehr freuen. Für ihn gab es keine treueren Geschöpfe als Hunde.

Katzen hingegen lösten Mordfantasien in ihm aus.

Bei diesem Gedanken besann er sich wieder auf den Anlass seines Besuches in der menschenleeren Wohnung.

Die Ziffern der Quarzanzeige im Herd glühten rot, das monotone Ticken der Standuhr war neben dem Miauen der Katzen das einzige Geräusch in der Küche.

Zielstrebig bewegte er sich durch ihr Refugium, trat ins Schlafzimmer und warf den Rucksack auf das verwühlte Bett. Warum hatte sie das Bett nicht gemacht, bevor sie das Haus verlassen hatte? Was war hier geschehen?

Wut ergriff Besitz von ihm. Anständige Leute machten ihr Bett, legten eine Tagesdecke darauf und zupften so lange daran herum, bis es nicht eine einzige Falte gab, die das Bild störte. Ihr schien das egal zu sein. Sie war eine Schlampe. Ihre Unordnung hatte ihn schon immer gestört.

Er atmete tief ein und schloss für einen Moment seine Augen. Hier roch es wieder intensiver nach ihr, dazu mischte sich der blumige Duft ihres Lieblingsparfüms. Ihm war, als könne er ihr hier und in diesem Moment nahe sein. So nahe, wie er ihr schon lange nicht mehr gewesen war.

Als er neben das Bett trat, stand er sekundenlang an ihrer Betthälfte, starrte das zusammengedrückte Kopfkissen an und war versucht, es zu berühren. Doch stattdessen kniete er sich neben das Bett und beugte sich über die Wäsche. Er schloss die Augen und konnte sie riechen. Ein seltsamer Zustand der Erregung ergriff Besitz von ihm. Jetzt war er ihr ganz nahe.

Als er die Augen öffnete, erblickte er das Sexspielzeug auf dem Nachtkästchen. Er wusste sofort, was sie getan hatte. Seine Hand zitterte, als er den Arm hob und die Fingerkuppen fast liebevoll über das weiche Silikon des Dildos gleiten ließ, während seine andere Hand in seinem Schoß lag. Er spürte seine Erektion und übte ein wenig Druck aus. Hatte sie an ihn gedacht, während sie sich mit diesem Ding befriedigt hatte? Der Dildo war ein Geschenk von ihm gewesen. Sie sollte es benutzen, wenn sie die Lust überkam und er nicht bei ihr sein konnte. Vor seinem geistigen Auge lief ein Film ab. Die Bilder in seinem Kopf erregten ihn.

Jetzt bloß nicht schwach werden, hämmerte es in ihm.

Hastig zog er die Hand zurück und schlug die Augen auf. Er sprang in die Höhe, nahm den Rucksack und begann mit seiner Arbeit. Schließlich war er nicht zum Vergnügen hier.

Kapitel 5

Als Wiebke am Morgen die Polizeiinspektion an der Poggenburgstraße betrat, kreisten ihre Gedanken um den eigenartigen Fall. Sie hatte viel zu kurz und schlecht geschlafen und fühlte sich wie gerädert, als sie die breiten Stufen des Haupteingangs nahm. Eike hatte sich erwartungsgemäß nicht bei ihr gemeldet. Auch einen Abschiedsbrief hatte sie in ihrer Wohnung nicht gefunden. Ein Mann großer Worte war Eike nie gewesen, seine Gefühle drückte er in der Musik und auf der Bühne aus.

Mit dem Thermosbecher schwarzem Kaffee in der Hand stieß sie auf dem Korridor fast mit Kai Christensen zusammen. Wie immer war er adrett gekleidet. Der Kripochef trug ein dunkelblaues Hemd, das mit seiner hellblauen Jacke und dem farblich passenden Sakko korrespondierte. Er wirkte ausgeschlafen und war frisch rasiert. „Moin", sagte er gut gelaunt und hob die Hand, in der er die Kaffeetasse hielt. „Hoffentlich hat der Monteur gestern Abend die Kaffeemaschine zum Laufen gebracht." Er stutzte, als Wiebke nicht gleich antwortete. „Allens kloar?"

„Sicher." Wiebke nickte. Sie hatte nicht vor, sich bei ihrem Vorgesetzten über den Trennungsschmerz auszuheulen. „Hast du gleich mal fünf Minuten?"

„Selbstverständlich."

„Danke." Wiebke machte, dass sie in ihr Büro kam.

„Übrigens", rief Christensen ihr hinterher, „die Kollegen aus Flensburg sind auch schon da."

„Wie schön."

„Nee." Der Erste Kriminalhauptkommissar schüttelte den Kopf. „Dein Partner hat sich schon beschwert, dass er wieder die Drecksarbeit machen musste."

„Wie immer."

„Und dein Freund ist auch da."

Wiebke blieb wie angewurzelt auf dem Gang stehen. „Mein Freund?" Was hatte Eike hier zu suchen? War er hergekommen, um sicher zu sein, sie anzutreffen?

Kai Christensen nickte. „Ja, dein Freund, der Staatsanwalt. Thies Bendix." Er zwinkerte ihr verschwörerisch zu.

„Er ist nicht mein Freund", stellte Wiebke ein wenig zu energisch klar. Ohne seine Antwort abzuwarten, ließ sie ihren Vorgesetzten stehen. Als sie im nächsten Moment die Bürotür aufstieß, schaute Petersen erschrocken auf.

„So hektisch?", fragte er grinsend. Als er ihren Gesichtsausdruck sah, wurde er ernst. „Ist dir eine Laus über die Leber gelaufen?"

„Nee, passt schon." Wiebke stellte den Becher auf der Schreibtischunterlage ab und ging in die Hocke, um den PC einzuschalten. Während der Rechner bootete, zog sie die Jacke aus und warf sie über die Lehne ihres knarrenden Drehstuhls. „Kai nervt", erklärte sie ihrem Partner und berichtete ihm von Christensens vertraulicher Bemerkung auf dem Flur.

„Na na“, machte Petersen und faltete die Hände auf dem Schreibtisch. „Kai kann nicht wissen, was in deinem Privatleben gerade los ist.“

„Ich weiß, und es tut mir leid.“ Wiebke loggte sich in das System ein. „Ich werde mich gleich bei ihm entschuldigen müssen.“

„Tu das. Kai ist nicht nachtragend.“

Wiebke spürte, wie sich ihr Herzschlag normalisierte. „Wo stehen wir?“, fragte sie, während sie ihre Mails überflog. Trotz ihrer schlechten Laune hatte sie nicht vor, mit leeren Händen in die Morgenrunde zu gehen. Eine halbe Stunde blieb ihr noch, um sich vorzubereiten.

Petersen winkte ab. „Bei null.“ Er seufzte. „Die Tote von Friedrichstadt taucht in keiner Datenbank auf. Es ist, als würde sich keiner um sie sorgen.“

„Es gibt sicherlich Verwandte, Freunde oder Arbeitskollegen, die sie vermissen“, überlegte Wiebke.

„Davon ist auszugehen.“ Petersen stimmte ihr zu. „Allerdings wurde sie noch nicht als vermisst gemeldet – was uns die Arbeit nicht eben erleichtert.“

„Wie steht es mit dem Modus Operandi?“, wollte Wiebke wissen. Sie nahm einen Schluck aus dem Thermosbecher und betrachtete ihren Partner. Er war alt geworden, die Falten gruben sich tiefer in seine Haut, doch der treue Hundeblick seiner braunen Augen ließ ihn jünger erscheinen, zumindest wenn er lachte. Doch zum Lachen war ihm gerade nicht zumute.

„Negativ“, brummte er und klickte mit der Maus durch einige Masken. „Es gab keinen ähnlich gelagerten Fall in den letzten Jahren. Nicht in ganz Deutschland.“

„Was ist mit Dänemark?“

„Auch negativ.“ Petersen schüttelte den Kopf. „Ich fürchte, wir haben nichts, wo wir ansetzen können.“

Wiebke fühlte sich wie ausgebrannt. „Dann müssen wir bei null anfangen.“ Sie seufzte. „Gibt es schon erste brauchbare Aussagen von Zeugen?“

„Nur den üblichen Müll.“ Petersen lachte trocken auf. „Wenn du zwanzig Leute befragst, bekommst du dreißig unterschiedliche Aussagen. Scherz beiseite: Die Kollegen werten noch alles aus, das wird wohl bis zum Mittag dauern.“

„Und jetzt?“ Wiebke dachte angestrengt nach. Sie hatte keine große Lust, den Abschlussbericht der Obduktion und die Aussagen der Anwohner auszuwerten. Jede Stunde war eine verlorene Stunde, solange der Täter noch frei herumlief.

*

Osterhever, Vergangenheit

Zufrieden betrachtete er wenig später seine Arbeit. Sie würde nichts bemerken. Wenn sie nach Hause kam, dann würde sie ihre Wohnung vorfinden, wie sie sie verlassen hatte. Er sah sich ein letztes Mal im Schlafzimmer um, spürte, wie sich sein Puls beim Anblick des Sexspielzeugs beschleunigte, und wandte schnell den Blick ab. Hastig zog er die Tür zu und stand in der Wohnküche. Auch hier hatte er keine Spuren hinterlassen. Mit einem zufriedenen Lächeln betrachtete er die große Küchenuhr, die von jetzt an ein Geheimnis barg. Seine Vorbereitung grenzte an Perfektion. Zufrieden stellte er fest, dass sie auch hier nicht ahnen würde, dass er sie besucht hatte. Bevor er sich zurückzog, achtete er darauf, alle Spuren beseitigt zu haben. Als unten ein Auto auf den Hof rollte, zuckte er zusammen. Aufgeregt warf er einen Blick auf die Uhr am Backofen. Kam sie etwa schon nach Hause? Das war unmöglich!

Er machte, dass er aus der Wohnung kam. Als er am unteren Ende der Holztreppe in seine Stiefel schlüpfte, klappte auf dem dunklen Hof eine Autotür. Er fragte sich, wer das sein konnte. Um diese Zeit erwartete sie niemanden.

Verdammt!, schrie alles in ihm. Er schulterte den Rucksack und machte, dass er aus dem Haus kam. Hastig zog er die Tür hinter sich zu und blickte in das erstaunte Gesicht eines untersetzten Mannes in himmelblauem Arbeitsanzug. Auf seiner Brust war das Logo eines Paketdienstes aufgestickt. Als er an ihm vorbeisah, erblickte er den weißen Lieferwagen mit den unzähligen Beulen.

„Moin", sagte der Fahrer und hielt einen Karton hoch. „Ich habe eine Sendung für …"

„Mir egal", zischte er wütend und ärgerte sich darüber, dass er sich von dem Fahrer des Paketdienstes in die Enge hatte treiben lassen. Bevor sich der Mann versehen konnte, drückte er sich an ihm vorbei. Dass er den Boten dabei unsanft anrempelte und dieser den Karton in seinen Händen in den Matsch fallen ließ, ignorierte er ebenso wie die wüsten Flüche, die der Mann ihm hinterherschickte.

*

Sie spürte, als sie sich dem Hauseingang näherte, dass etwas nicht stimmte. Ein Gefühl, eine Ahnung, die sie sich selber nicht erklären konnte, beschlich sie. Es war spät geworden, da die Übergabe an den Nachtdienst mehr Zeit in Anspruch genommen hatte als üblich. Der Zustand einer fast hundert Jahre alten Bewohnerin hatte sich während ihrer Schicht drastisch verschlechtert, und sie hatte mit den Kolleginnen das weitere Vorgehen abgestimmt, bevor sie in den wohlverdienten Feierabend gehen konnte. Entsprechend müde war sie, als sie in der Jackentasche nach dem Haustürschlüssel suchte. Jetzt freute sie sich auf eine heiße Dusche, ein Glas Wein und eine schnell zubereitete Mahlzeit. Kochen gehörte sowieso nicht zu ihren Leidenschaften, und heute musste es schnell gehen. Vermutlich würde sie sich eine Tiefkühlpizza in den Backofen schieben, um dann auf dem Sofa in der kleinen Stube vor dem Fernseher einzuschlafen. Doch zuerst würde sie ihre geliebten Katzen versorgen. Die Stubentiger erwarteten sie sicher schon sehnsüchtig.

Sie überquerte den Hof und ärgerte sich darüber, dass der Bewegungsmelder nicht reagierte, um ihr den Weg zum Haus auszuleuchten. Morgen würde sie Ole Hinrichsen, ihren Vermieter, bitten, einen Handwerker mit der Reparatur zu beauftragen. So stakste sie im Dunkel des Abends zum Haubarg. An ihrer Haustür angelangt, wäre sie um ein Haar gestolpert, als sie mit dem Fuß vor einen Gegenstand stieß. „Mist", fluchte sie und senkte den Blick.

Ein Paket lag genau vor ihrer Tür. Sie vermutete, dass es sich bei der Lieferung um das Katzenfutter handelte, das sie vorgestern online bestellt hatte.

Der Paketbote hatte sie nicht erreicht. *Seltsam,* dachte sie, *normalerweise gibt er seine Sendungen doch immer bei Ole ab, wenn ich nicht zu Hause bin.* Vermutlich war es ein anderer Fahrer gewesen, der seine Kunden noch nicht so gut kannte. Sie fand das nicht schlimm, denn die Wahrscheinlichkeit, dass auf Eiderstedt etwas gestohlen wurde, war äußerst gering. Dennoch … warum hatte der Fahrer den Karton nicht auf der betonierten Türschwelle abgelegt, sondern im Matsch davor? Ein wenig verärgert ging sie in die Hocke und stellte fest, dass der Karton zwar verschmutzt, aber wohl nicht beschädigt war. Als sie das Paket aufheben wollte, stutzte sie.

In der Haustüre steckte ein Schlüssel. Sie drückte mit der Hand gegen die Tür, die aber nicht offen stand. Wer auch immer während ihrer Abwesenheit in der Wohnung gewesen war, er schien es eilig gehabt zu haben wegzukommen. Sie musste nicht genauer hinsehen, um zu erkennen, dass es sich um ihren eigenen Notschlüssel handelte, der im Schloss steckte. Zwei Schlüssel, deren metallische Beschichtung angelaufen und bereits vergilbt waren, hingen an einem einfachen Ring, der mit einer Schlaufe an einem blassgelben Lederetui befestigt war.

Ein Schauer rieselte ihren Rücken herunter. Sie bewahrte den Schlüssel für Notfälle an einem Versteck im angrenzenden Schuppen auf. Schon des Öfteren hatte sie den Haustürschlüssel in der Arbeit liegen gelassen und kam so nicht ins Haus. Deshalb gab es den Schlüssel, doch auch Handwerker kamen so in Absprache mit Ole Hinrichsen ins Haus.

Ihre Hände zitterten, als sie den Karton mit dem Katzenfutter abstellte, um die Tür zu öffnen. Mit dem Fuß schob sie das Paket am Boden in die Diele, drückte sich an ihrem hier abgestellten E-Bike vorbei und zögerte am unteren Ende der steil nach oben führenden Holztreppe. Lauschend legte sie den Kopf schräg. „Hallo?“, rief sie und erschrakt über den Klang ihrer eigenen Stimme. „Ist da wer?“

Nichts außer dem Rauschen des Windes drang an ihre Ohren. Wer auch immer sich mit ihrem Notschlüssel Zutritt zu ihrer Wohnung verschafft hatte, er musste von dem Versteck gewusst haben. Ihre Hand zitterte, als sie nach dem hölzernen Geländer griff. Befand sich der Eindringling noch oben? Erwartete er sie bereits?

Als sie das Licht einschaltete, war sie für einen Augenblick geblendet. Kurz spielte sie mit dem Gedanken, das Handy aus der Jeans zu ziehen, um Hilfe zu rufen. Doch wen wollte sie anrufen? Ihre Mutter, die im entfernten Schleswig lebte? Ihre Freundin? Die Polizei?

Sie verwarf den Gedanken. Wen auch immer sie um Hilfe bat, man würde zu spät eintreffen, um ihr jetzt und hier zu helfen. Mit einem quälenden Gedanken wurde ihr klar, dass sie auf sich alleine gestellt war. Es half nichts. Auch ein Rückzug kam nicht infrage. Sie wollte wissen, wer sich dort oben aufhielt und was ihn dazu bewegt hatte, sich Zutritt zu ihrem Apartment zu verschaffen.

Der Dachdecker, durchzuckte es sie. Finn wusste von dem Versteck des Schlüssels. Und er hatte sein Kommen angekündigt, um in den nächsten Tagen mal nach der verstopften Regenrinne zu sehen. Doch normalerweise rief er kurz an, wenn er sich Zutritt zu ihrer Wohnung verschaffte. Ihr war natürlich nicht verborgen geblieben, dass Finn ein Auge auf sie geworfen hatte. Doch der muskulöse Handwerker war trotz seines guten Aussehens absolut nicht ihr Typ. Das hatte sie ihm in der letzten Zeit auch ein paar Mal zu verstehen gegeben. Nein, Finn kam nicht infrage. Manchmal kam es ihr so vor, als sei er beleidigt, wenn sie ihm mal wieder einen Korb gab, doch das war nicht ihr Problem. Von Männern wollte sie erst mal nichts wissen.

Vielleicht waren es auch ihre Vermieter gewesen, die während ihrer Abwesenheit einen Handwerker ins Haus gelassen hatten. Sie beschloss, Imme und Ole Hinrichsen zu fragen, ob sie heute in ihrer Wohnung gewesen waren. Doch das würde bis morgen warten müssen. Das alte Ehepaar ging früh zu Bett, um mit dem ersten Hahnenschrei im Morgengrauen aufzuwachen. Heute Abend würde sie die beiden in Ruhe lassen. Sie war auf sich alleine gestellt.

Ihre Hand zitterte, als sie den hölzernen Handlauf der steilen Treppe umfasste und so vorsichtig wie möglich nach oben schlich. Am oberen Ende der Treppe gab es nur eine einfache Wohnungstür, die sie nie abschloss. Nachdem sie einen Moment lang regungslos innegehalten und in die kleine Wohnung gelauscht hatte, drückte sie die Klinke herunter und stieß die Tür so energisch auf, dass sie an die dahinterliegende Wand schlug und zurückpendelte. Das entsetzte Miauen ihrer Katzen war die einzige Reaktion.

„Hallo?", rief sie in die dunkle Wohnküche. „Ist hier jemand?" Ihre Stimme vibrierte. *Mein Gott, ich komme mir vor wie in einem schlechten Horrorfilm.* Sie nahm allen Mut zusammen und setzte einen Fuß in die Wohnung. „Hallo?" Die Stille wurde immer wieder vom vorwurfsvoll klingenden Maunzen der Katzen unterbrochen. Doch die Katzen mussten warten. Hier stimmte etwas nicht, das spürte sie. Aufmerksam schaute sie sich um. Alles war so, wie sie es am frühen Nachmittag verlassen hatte. Der benutzte Kaffeepott auf der Spüle, daneben der Teller, auf dem sie ihr Brötchen gegessen hatte, das mit Butterresten verschmierte Messer, die Packung Milch, die sie mal wieder nicht in den Kühlschrank zurückgeräumt hatte, die Packung mit den Leckereien der Katzen, die jetzt um ihre Beine strichen und Zuneigung einforderten, die zerknautschte Wolldecke auf dem Sofa, die aufgeschlagene Fernsehzeitung, in der sie beim Frühstück das Kreuzworträtsel gelöst hatte.

Was zum Teufel …, dachte sie und beugte sich hinab, um die Katzen zu beruhigen. Wer auch immer hier gewesen war, er hatte nichts verändert oder gar mitgehen lassen. Langsam beruhigte sich ihr Herzschlag. Sie drückte die Tür ins Schloss und sah in jedes Zimmer. Sogar das Duschtuch vom Morgen hing noch schief auf der Heizung unter der Schräge, die Zahnbürste lag nur grob gereinigt auf dem kleinen Waschbecken und hatte dort einen unansehnlichen Kranz hinterlassen. Im Schlafzimmer bot sich das gleiche Bild wie bei ihrem Verlassen. Ein wenig peinlich berührt blieb ihr Blick auf dem Sextoy haften, mit dem sie sich am Morgen befriedigt hatte. Sie mahnte sich dazu, das Ding künftig in den Nachtschrank zurückzulegen. Es ging niemanden etwas an, wie sie ihre Lust stillte, solange sie keinen Freund hatte. *Voll peinlich, wenn Imme und Ole das sehen*, dachte sie, bevor sie die Schlafzimmertür wieder zuzog. Offenbar war nichts verändert oder gar gestohlen worden. Dennoch beschäftigte sie die Frage, wer den Notschlüssel benutzt hatte – und warum. Das ungute Gefühl, dass sich jemand ungefragt Zutritt in ihr Refugium verschafft hatte, blieb.

*

Polizeirevier Husum, 8.30 Uhr

Wiebke trat nach Christensens „Herein“ zögernd in das Büro des Kripochefs. Er saß an seinem Schreibtisch und schaute neugierig vom Monitor auf, als sie die Tür hinter sich schloss.

„Hast du einen Moment?“, fragte sie und zog sich, als er stumm nickte, einen der beiden Besucherstühle vor seinem Schreibtisch heran. Während sie Platz nahm, sah sie sich im Büro ihres Vorgesetzten um. Der Raum war nicht sonderlich groß. Die linke Wand wurde fast komplett von einer Landkarte der Husumer Umgebung eingenommen, während sich rechts ein halbhoher Aktenschrank befand, auf dem sich eine Batterie von bunten Ablagekörben stapelte. An der Garderobe daneben hing Christensens dunkelblaues Sakko, natürlich ordentlich auf einem Bügel. Hinter der Tür gab es einen kleinen runden Tisch, auf dem sich Akten stapelten. Nachdem Wiebke ihre Beobachtungen abgeschlossen hatte, wandte sie sich ihrem Vorgesetzten zu.

Kai Christensen saß mit dem Rücken zum Fenster, das zur Poggenburgstraße lag. Gerade schob sich ein Güterzug quälend langsam in Richtung Bahnhof. Das Quietschen der Schienen malträtierte Wiebkes Ohren. Nach der viel zu kurzen Nacht empfand sie den Lärm als unerträglich.

„Was kann ich für dich tun?" Christensen lehnte sich zurück und faltete die gepflegten Hände auf dem Schreibtisch. Die Aftershave-Wolke wehte zu Wiebke.

Davidoff Cool Water, erkannte sie die Marke. Wiebke hatte einen äußerst gut ausgeprägten Geruchssinn. Trotz des angenehmen Dufts ihres Vorgesetzten fühlte sie sich unwohl in ihrer Haut. Der Ausbruch auf dem Flur war ihr unangenehm. Ihr Vorgesetzter konnte schließlich nichts für ihre privaten Sorgen. „Es tut mir leid."

„Wovon redest du?"

„Ich habe dich vorhin blöd angemacht", sagte sie kleinlaut.

„Ach das." Christensen winkte mit einem schiefen Grinsen ab. „Schon vergessen." Er zupfte an seiner dunkelblauen Krawatte herum und öffnete den obersten Hemdknopf. „Ich war auch ein wenig zu vertraulich, was dein Verhältnis zu Thies Bendix betrifft."

„Eben", nickte Wiebke und spürte, wie sie sicherer wurde. „Es gibt nämlich keins. Ich bin Kriminalhauptkommissarin, er ist Staatsanwalt. Dass er im aktuellen Fall wieder die Ermittlungen leitet, bewerte ich neutral."

„Wie schön.“ Kai Christensen winkte ab. „Dann lass uns doch einfach zur Tagesordnung zurückkehren.“

„Gut.“ Wiebke lächelte ihm dankbar zu. Ein Stein fiel ihr vom Herzen, weil der Kripochef kein nachtragender Mensch war. In wenigen Sätzen berichtete sie ihm, was sich in Friedrichstadt zugetragen hatte.

Der Erste Kriminalhauptkommissar hörte aufmerksam zu und machte sich Notizen. Erst als Wiebke ihre Ausführungen beendet hatte, legte er Block und Stift zur Seite und verschränkte die Hände hinter dem Kopf, während er sie musterte. „Du sagtest etwas von einem Zettel, einer Botschaft, die bei der Toten gefunden wurde“, nahm er den Faden wieder auf. „Was stand darauf?“

„Keine Toleranz. Für niemanden“, zitierte Wiebke. „Was hat das zu bedeuten?“

Christensen dachte kurz nach. „Friedrichstadt ist die Stadt der Toleranz“, bemerkte er schließlich. „Vielleicht gibt es da einen Zusammenhang?“

„Es geht in dem Kontext um die religiöse Toleranz nach dem Dreißigjährigen Glaubenskrieg, wenn ich in der Schule richtig zugehört habe.“ Wiebke schmunzelte. „Glaubst du an einen religiösen Hintergrund?“

„Nicht unbedingt, es wäre ein Denkansatz.“ Christensen zuckte mit den Schultern. „Vielleicht nicht unbedingt religiös, aber vielleicht gibt es einen moralischen Hintergrund.“

„Dann könnte es wie ein Racheakt klingen“, murmelte Wiebke. Sie ärgerte sich, dass sie darauf nicht selbst gekommen war.

„Wer verübt einen Racheakt an einer Frau im besten Alter?“ Christensen betrachtete sie nachdenklich.

„Ein eifersüchtiger Mann", kam es über Wiebkes Lippen. „Meinst du, wir haben es mit Eifersucht als Mordmotiv zu tun?"

„Es würde passen." Der Kripochef legte die Stirn in Falten. „Doch um hier anzusetzen, müssten wir erst einmal wissen, wer unsere Unbekannte war und welchen gesellschaftlichen Background sie hatte. Und wenn ich deinen Gedanken weiterspinne, könnte es sich um die Tat eines gehörnten Ehemannes handeln."

„Einen Ring trug die Tote bei ihrem Auffinden nicht", erwiderte Wiebke.

„Dann ein eifersüchtiger Freund." Christensen winkte ab. „Aber wir sollten uns nicht in dieser Theorie verrennen."

Wiebke gab ihm recht. „Zurückliegende Taten mit ähnlichem Muster konnte Jan übrigens nicht finden, also scheint es, als würde unser Täter zum ersten Mal zugeschlagen haben."

„Wenn wir Pech haben, aber nicht zum letzten Mal."

Wiebke runzelte die Stirn. „Was meinst du?"

„Wenn wir mit unserer kühnen Eifersuchtstheorie falschliegen, könnte der Sturz der Toten unter Umständen der Anfang einer Reihe von Gewaltverbrechen sein. Möglicherweise befindet sich unser Täter auf einer Art Rachefeldzug."

„Ich finde, es ist zu früh, davon auszugehen." Wiebke schüttelte den Kopf. „Deine erste Idee gefällt mir besser."

„Dann werden wir das gleich in der großen Runde ansprechen", schlug Kai Christensen vor, als das Telefon auf seinem Schreibtisch klingelte. Er murmelte eine Entschuldigung und griff zum Hörer. Wiebke nutzte nach einem Blick auf die Uhr die Gelegenheit, den Raum zu verlassen. Sie nickte ihrem Vorgesetzten zu und machte, dass sie zu ihrem Partner kam. Es war höchste Zeit, sich auf die Morgenrunde vorzubereiten.

Kapitel 6

Eiderstedt, Vergangenheit

Der muffige Geruch, der schwer wie Blei im Raum hing, störte ihn nicht im Geringsten. Im Gegenteil. Er übte eine gewisse Faszination auf ihn aus und unterstrich den morbiden Charme seines Unterschlupfes. Hier würden sie ihn niemals finden.

Der Eingang seines Unterschlupfes lag versteckt, es gab kein Fenster, das Tageslicht hereinließ. Ihm genügte der Lichtschein der großen Monitore an der Wand des kahlen Raums. Es war ein kaltes und fast schon bizarres Licht, das mehr verbarg, als es preisgab. Der Boden bestand aus bröckeligem Beton, den er vor seinem Einzug eher halbherzig mit einem Straßenbesen gereinigt hatte, um Schutt und Unrat auf einen Haufen zu kehren. Doch noch immer knirschte es bei jedem Schritt unter den Sohlen seiner festen Schuhe. Die Wände waren kahl und wiesen an einigen Stellen Graffiti mit teils anzüglichen Motiven auf. Ihm waren die Schmierereien der Menschen, die einst hier rumgelungert hatten, gleichgültig. Jetzt war dies sein Versteck, und niemand würde sich mehr hierherverirren. Die Räume erfüllten ihren Zweck, so viel stand fest.

Einmal mehr fragte er sich, wann sich zuletzt jemand hier aufgehalten hatte. Schon bald würde er nicht mehr alleine sein. Er trat an den Campingtisch, auf dem die Thermoskanne stand, und füllte Tee in den bereitstehenden Pappbecher. Nachdem er einen Schluck getrunken hatte, durchdachte er seine nächsten Schritte. Mit dem Becher in der Hand durchquerte er den Raum und stand an der Schwelle des angrenzenden Raumes, dessen Decke ein wenig niedriger war. Rohre, von denen die Farbe blätterte, und leere Kabelschächte verliefen wie versiegte Adern über den Betonwänden. An der flachen Decke gab es eine Neonröhre, die für Licht sorgen würde, sobald der Raum bewohnt war. Doch noch war es nicht so weit.

Es gab noch einige Dinge vorzubereiten.

Während er im Rahmen der verrosteten Eisentür stand, betrachtete er sein Werk. Es gab ein improvisiertes Bett, das aus aufeinandergeschichteten Paletten und zwei Decken bestand, einen einfachen Klapptisch und zwei alte Campingstühle. In einer Ecke des Raums hatte er einen Eimer für ihre menschlichen Bedürfnisse und zwei Rollen Klopapier bereitgestellt.

Mehr würde sie nicht benötigen.

Alles war bereit für ihre Ankunft.

Zufrieden betrachtete er sein Meisterwerk, eine bizarr anmutende Konstruktion aus Ketten, die er an massiven Eisenringen in der Decke fixiert hatte. An den unteren Enden der Ketten befanden sich dicke Eisenschlingen, die man verschließen konnte. An der Stelle, wo ihre Füße stehen würden, hatte er eine ausrangierte Bierkiste auf den Kopf gedreht, die sie als Podest nutzen konnte. Auf einem Hocker lagen Stricke, eine Rolle Klebeband und Ledergurte bereit. Dort würde er sie für die erste Zeit festmachen, bis sie sich eingewöhnt hatte. Das würde ihr nicht gefallen, doch er war sicher, sie davon zu überzeugen, dass es das Beste für sie war, um sie zu schützen. Er war gut vorbereitet auf ihre Ankunft.

Es war spät geworden, höchste Zeit zu verschwinden. Ohne Eile verschloss er die schwere Tür. Das Quietschen der rostigen Türscharniere jagte ihm einen wohligen Schauer über den Rücken. Er fühlte sich wie in einem Horrorfilm, in dem er die Regie führte. Jetzt stand er in seinem Versteck. Auf zwei Holzklappböcken aus dem Baumarkt lag eine Arbeitsplatte, die er als provisorischen Schreibtisch nutzte, davor ein ausrangierter Stuhl aus dem Büro. An der Wand hingen vier übergroße Flachbildschirme, die er mit den Mäusen und Tastaturen bedienen konnte. So würde ihm nichts mehr entgehen. Sobald die Bewegungsmelder aktiviert wurden, hatte er sie im Blick. Als er sich umwandte, prüfte er seinen Aufenthaltsraum, der ebenfalls aus aufeinandergestapelten Paletten bestand, die ihm als Ruhestätte dienten, dem Stuhl und dem Campingtisch. In der Ecke gab es ausrangierte Mauersteine und ein Paar Sack Zement. Er würde sein Werk schon bald beginnen können.

Als einer der großen Monitore aus dem Ruhemodus erwachte, richtete er den Blick auf die Überwachungsbildschirme. Jetzt kam es ihm gelegen, dass die Bewohner auf Eiderstedt seit einiger Zeit vom schnellen Internet profitierten.

Es funktioniert, dachte er froh und trat an den Schreibtisch, um zu sehen, was sich in ihrer Wohnung tat.

Ohne den Blick abzuwenden, zog er den einfachen Bürostuhl heran und ließ sich darauf nieder. So wie es aussah, war sie eben nach Hause gekommen. Sie durchmaß die kleine Wohnung mit Schritten, schien etwas zu suchen. Mit einem eigenartigen Gesichtsausdruck, den er nicht zu deuten vermochte, sah sie sich genau in ihrer Wohnung um. Fast so, als sehe sie ihre eigenen vier Wände heute zum ersten Mal. Eigenartigerweise vermied sie es, das Licht einzuschalten. Doch die Kameras waren lichtempfindlich genug, um ihm brauchbare Bilder zu liefern. Warum, zur Hölle, verhielt sie sich denn so seltsam?

Er kannte sie gut genug, um zu wissen, dass sie etwas zu ahnen schien. Lange genug hatte er sie studiert, um zu wissen, wann sie verunsichert, verängstigt oder aufgeregt war.

Etwas stimmte nicht.

Ahnte sie etwas?

Wusste sie, dass er sie in ihrer Abwesenheit besucht hatte?

„Verdammt", gellte seine Stimme durch das Gewölbe. Wütend hieb er mit der Faust auf die Arbeitsplatte. Der Pappbecher mit dem Tee kippte um, der Inhalt sickerte auf die Beschichtung der Platte und hinterließ eine dunkelrote Lache. Er fluchte, als er die Sauerei sah, und sprang von seinem Stuhl auf, um einen Lappen zu holen. Doch seine Gedanken waren bei ihr. Etwas schien nicht zu stimmen. Er musste zu ihr. Hastig verließ er sein Versteck und schenkte dem Geschehen auf den Monitoren keine Beachtung mehr.

*

Husum, Poggenburgstraße, 9.00 Uhr

Auf die Schnelle hatte Wiebke sich auf die Dienstbesprechung vorbereitet. Dennoch blieb das ungute Gefühl, mit nahezu leeren Händen in die Morgenrunde zu kommen. Vielleicht, so dachte sie, hätte sie sich keinen Schlaf gönnen und stattdessen die Kollegen in Friedrichstadt bei der Befragung der Anwohner unterstützen sollen. Wie sie von Christensen erfahren hatte, waren die provisorischen Büros für die Kripo-Beamten aus Flensburg in der Nacht hergerichtet worden. Auch hier herrschte emsiges Treiben.

Der Konferenzraum der Husumer Dienststelle befand sich hinter den notdürftigen Büros der Flensburger Beamten unter dem Dach des Gebäudes. Unter dem freiliegenden, weiß angestrichenen Gebälk gab es einen langen Tisch, der aus insgesamt neun zusammengeschobenen Tischen bestand, darüber einen Beamer, den sie jedoch nicht nutzen würde. Stattdessen zog Wiebke das Flipchart heran und befestigte dort die Fotos vom Einsatzort, eine Landkarte der Umgebung von Friedrichstadt und ein Bild der unbekannten toten Frau.

Jan Petersen war hinter sie getreten. „Eins muss man dir lassen“, meinte er mit einem schiefen Grinsen. „Dekorieren kannst du.“

Wiebke war nicht zum Scherzen zumute. Sie trat einen Schritt zurück und betrachtete ein wenig enttäuscht die Präsentation am Flipchart. „Mehr wird es nicht." Sie wandte sich um. Der lange Besprechungstisch war für das erste Meeting hergerichtet worden. Tee- und Kaffeekannen standen bereit, auch einige Teller mit einer Gebäckmischung. Jemand hatte kleine Blumentöpfe mit Heidekraut aufgestellt. „Sieht aus wie ein gemütliches Kaffeekränzchen", fand Petersen, während er sich setzte. „Hoffentlich haben unsere Kriminaltechniker schon Arbeit für uns."

„Ja." Wiebke nickte und marschierte vor dem Kopf des Tisches auf und ab. Die altmodischen grauen Filzmatten des Fußbodens dämpften ihre Schritte.

„Moin!" Ein freundlich grinsender Lars Tadsen trat an der Seite seines Partners Baumann in den Raum. Wie immer trug er einen weiten Pulli und die obligatorische dunkelblaue Pudelmütze. Heute hatte er sich für das Modell mit dem knallgelben Schriftzug *Moin ihr Spacken* entschieden. Wiebke musste sich ein amüsiertes Lächeln verkneifen und erwiderte den Gruß. Wer Tadsen nicht kannte, würde ihn für den Kapitän eines Fischkutters halten. Niemand ahnte, dass er Abteilungsleiter beim Kriminaltechnischen Institut des LKA Schleswig-Holstein war. Sein Partner Baumann war ein ruhiger und eher introvertierter Zeitgenosse im schlichten Anzug.

„Hier steckt ihr also!" Piet Johannsen und Tasso gesellten sich zu ihnen. Beide brachten ihre Tablets mit. Trotz der kurzen Nacht wirkten die beiden Kriminaltechniker ausgeschlafen.

Kaum dass sich Johannsen über die Vanillekipferl hergemacht hatte, erschienen auch der massige Ostfriesenbulle Tamme Gerdes und sein junger Partner Sönke

Jansen. Gemeinsam mit Henriette Klein und Sebastian Hinrichs hatten sie sich um die Dokumentation und Auswertung der Aussagen aller möglichen Zeugen gekümmert. Sie schienen weniger gut gelaunt zu sein, denn selbst der redegewandte Tamme Gerdes schien heute Morgen wortkarg und übermüdet zu sein. „Immerhin gibt's Kaffee", freute er sich und nahm eine Tasse, um sich einen schwarzen Kaffee einzuschenken.

Wiebke schaltete das Licht ein, da ihr das Dämmerlicht des tristen Herbstmorgens, das durch die Dachgaubenfenster in den Raum eindrang, nicht genügte.

Nachdem sich alle gesetzt hatten, erschienen auch Kai Christensen und Hauke Jensen, der Leiter des Flensburger K1, auf der Bildfläche. Sie nickten in die Runde und nahmen am Kopf des langen Tisches Platz.

„Einlauf der Gladiatoren", brummte Petersen. Während Hauke Jensen die Bemerkung überhörte, erntete Wiebkes Partner einen missbilligenden Blick vom Chef der Husumer Kripo.

Wiebke stieß Petersen unter dem Tisch an und schüttelte den Kopf. Sie hatte keine Lust auf Streit am Morgen und versuchte, sich auf den vorliegenden Fall zu konzentrieren.

„Wir warten noch auf den Staatsanwalt", erklärte Christensen. Sekundenlang herrschte Schweigen unter dem Dach der Dienststelle, irgendwo unten klingelte ein Telefon. Dann näherten sich eilige Schritte, und wenig später betrat Thies Bendix den Raum.

„Damit wäre die Muppet-Show komplett", flüsterte Petersen.

Wiebke versuchte, seine Bemerkung auszublenden, und massierte ihre Schläfen.

Wie immer sah der Staatsanwalt blendend aus, er trug einen taubengrauen Maßanzug sowie ein blütenweißes Hemd zu einer schwarzen Krawatte, und sein gebräunter Teint ließ bei Wiebke den Verdacht aufkommen, dass ein Urlaub unter der karibischen Sonne hinter ihm lag.

Thies Bendix zog sich einen Stuhl heran und nickte freundlich grüßend in die Runde, während er ein Tablet aus der Ledertasche zog und es auf dem Tisch in Position brachte. Dabei fiel Wiebkes Blick auf die gepflegten und manikürten Finger des attraktiven Staatsanwalts.

Kai Christensen sah den Moment gekommen, die Runde zu eröffnen. Nachdem er einige einleitende Worte gesprochen hatte, übergab er das Wort an Wiebke. Sie erhob sich und trat an das Flipchart, um die wenigen Erkenntnisse in knappen Sätzen vorzustellen. „Bisher wissen wir nichts über die Identität des Opfers", schloss sie ihre Ausführungen. „Sie trug weder Papiere noch Schlüssel oder ein Smartphone bei sich."

Nachdem Wiebke ihrem Partner ein Zeichen gegeben hatte, erhob Petersen sich und trat ohne Eile an das Flipchart. „Ich habe das Foto der Toten von Eiderstedt durch sämtliche Datenbanken gejagt – bisher ohne Ergebnis. Auch unsere dänischen Nachbarn habe ich ins Boot geholt, doch auch ihnen ist die Frau nicht bekannt."

„Eine Vermisstenmeldung liegt also immer noch nicht vor?" Thies Bendix massierte seine Schläfen.

„Leider nein", bedauerte Petersen. „Was für eine Frau in ihrem Alter – wir schätzen die Tote auf Mitte dreißig

– eher ungewöhnlich ist. Normalerweise gibt es Freunde, Angehörige und Arbeitskollegen, denen auffällt, wenn jemand von der Bildfläche verschwindet.“ Petersen kehrte die Hände nach oben. „Bedauerlicherweise wissen wir zum jetzigen Zeitpunkt nicht, mit wem wir es zu tun haben.“

Tamme Gerdes stieß einen Seufzer aus. „Das ist nicht viel“, sagte er und erntete zustimmendes Kopfnicken. „Also müssen wir, bis wir das Obduktionsergebnis auf dem Tisch haben, Gehirnschmalz investieren.“ Er trommelte mit den großen Händen auf dem Tisch herum. „Wie steht es mit den sozialen Netzwerken? Soll ich mal auf die Suche gehen?“

Thies Bendix tauschte einen schnellen Blick mit Hauke Jensen. Die beiden schienen sich darüber einig zu sein, noch zu warten. „Ich hoffe, dass die Obduktion Licht ins Dunkel bringt“, sagte der Staatsanwalt. „Dann können wir mit der DNA des Opfers, dem Zahnprofil und ähnlichen Eckdaten arbeiten.“

Petersen verdrehte die braunen Augen. „Also können wir ein, zwei Tage Däumchen drehen, während der Täter auf der Flucht ist?“

„Davon ist keine Rede, Petersen.“ Thies Bendix schüttelte den Kopf. „Ich habe auf der Fahrt hierher schon mit der Rechtsmedizin telefoniert und den Vorgang priorisiert.“

„Wie schön“, brummte Petersen und setzte sich wieder.

Christensen räusperte sich. „Was sind das für junge Leute, die zu später Stunde noch mit dem Ruderboot unterwegs waren? Glauben wir an Zufall?“

Wiebke nickte. „Ja. So wie es aussieht, waren sie schlicht zur falschen Zeit am falschen Ort."

„Warum waren sie denn so spät unterwegs?", wollte der Kripochef wissen.

„Der junge Mann wollte sich von seiner romantischen Seite zeigen und seine Freundin mit der Bootsfahrt durch die Grachten überraschen."

„Das ist ihm gelungen", attestierte der Ostfriesenbulle unbeeindruckt. „Ich fasse zusammen: Wir haben zwei junge Leute, die Zeugen werden, wie jemand eine bis jetzt nicht identifizierte Leiche über das Geländer in der Gracht entsorgt." Er zuckte die breiten Schultern. „That's it – mehr nicht."

„Ist davon auszugehen, dass die jungen Leute tatsächlich nichts mit dem Täter zu tun haben?", hakte Hauke Jensen nach.

Wiebke nickte. „Das ist sehr wahrscheinlich. Beide standen unter Schock und haben die Dienste unseres Polizeiseelsorgers in Anspruch genommen."

Der Chef der Flensburger Mordkommission wandte sich an Piet Johannsen und Jannis Petridis. „Welche Spuren konntet ihr am Auffindeort der Frau sichern?"

Johannsen, der gerade auf einem Kokostaler herumknabberte, wechselte einen Blick mit Tasso und ergriff dann das Wort. „Zunächst zur Toten", sagte er und wischte auf dem Display seines Tablets herum. „Die Tote ist", er wandte Petersen den Blick zu, „Mitte dreißig. Sie ist von zierlicher Statur und trug beim Auffinden dem Wetter und der Jahreszeit durchaus angepasste Kleidung. Jeans, T-Shirt, Pulle, Jacke und Turnschuhe der Marke Adidas.

Der Notarzt konnte die Todesursache noch nicht eindeutig nennen, vermutet aber, dass sie zum Zeitpunkt des Sturzes in den Graben bereits tot war."

„Wie kommt er zu dieser Vermutung?", wollte der Staatsanwalt wissen. „Gibt es Spuren von Gewalteinwirkung?"

Piet Johannsen nickte. „Obwohl sich die Frau beim Sturz auf den hölzernen Schiffsrumpf schwere Verletzungen am Hinterkopf zuzog, die möglicherweise todesursächlich sein könnten, fand der Arzt eine deutlich sichtbare Strangmarke am Hals der Frau, die mit hoher Wahrscheinlichkeit todesursächlich war. Ich habe mir das angesehen, vermag aber noch keine Angaben zum eingesetzten Strangwerkzeug zu machen. Möglicherweise könnte der Täter eine Drahtschlinge eingesetzt haben, um sein Opfer zu erdrosseln." Bevor Johannsen fortfuhr, nahm er die Nickelbrille von der Nase und polierte die Gläser mit dem Saum seines Pullovers. „Zusätzlich fanden wir Rückstände eines haftstarken Klebebands an den Hand- und Fußgelenken der Toten, was darauf schließen lässt, dass der Täter sein Opfer gefesselt hat." Johannsen setzte die Brille wieder auf und erinnerte Wiebke einmal mehr an den Schauspieler Peter Lustig. Er bedachte seinen Kollegen mit einem Blick. „Womit wir bei dir wären."

Tasso räusperte sich. „Genau, ich fand im Rahmen der Spurensicherung dieselben Rückstände auch am eisernen Brückengeländer. Womöglich stand der Täter also gerade im Begriff, die Frau an dem Geländer zu fixieren. Dabei ist er wohl überrascht worden, und sein Opfer stürzte ins Wasser."

„So wie die jungen Leute ausgesagt haben, mit dem Kopf nach unten“, ergänzte Petersen.

„Des Weiteren konnte ich Spuren feststellen, die offenbar den Weg des Täters auf der Brücke abzeichnen“, fuhr der Grieche fort. „Es gibt Reifenspuren, dazu Fußabdrücke der Größe 46, die um das Auto herum und zum Brückengeländer führen, um dann einen Kreis um das Fahrzeug zu beschreiben.“

„Was Jannis meint“, half Johannsen dem Kollegen, „ist, dass wir vermuten, dass der Täter mit seinem Auto mitten auf der Brücke angehalten hat. Er stieg aus, begab sich zum Heck des Fahrzeuges, womöglich, um sein Opfer aus dem Kofferraum zu holen und es zum Brückengeländer zu tragen. Ob er sie tatsächlich an dem Geländer fixieren wollte, lässt sich zum derzeitigen Zeitpunkt noch nicht sagen, die Reste des Klebebandes sprechen aber dafür. Fest steht, dass die erwähnten Fußspuren dann vom Brückengeländer wieder zurück zum Fahrzeug führen, diesmal um den vorderen Bereich, also die Motorhaube, herum, auf die linke Seite. Da sich die Spuren hier verlieren, ist davon auszugehen, dass der Täter eingestiegen und mit dem Auto davongefahren ist.“

„Die Zeugen im Boot bestätigen, dass sich kurz nach dem Sturz der Frau ein Fahrzeug mit leistungsstarkem Motor eilig entfernt hat“, ergänzte Wiebke.

„Eine Fahndung ist raus?“, fragte Thies Bendix mit erhobener Augenbraue.

„Nein“, erwiderte Wiebke kopfschüttelnd. „Wir haben keinerlei Angaben zu Fahrzeugtyp, Modell und Farbe.

Der Junge aus dem Boot hörte lediglich einen *fetten Motor*, so seine Worte."

Thies Bendix nickte. Er musterte die Kollegen des KTI. „Sie sind damit beschäftigt, die Fuß- und Reifenspuren auszuwerten, nehme ich an?"

Lars Tadsen nickte. „Wir analysieren anhand der Fertigungs- und Abnutzungsmerkmale, um welchen Schuh es sich handelt. Dem Profil nach zu urteilen, trug der Unbekannte festes Schuhwerk, möglicherweise Stiefel." Jetzt zwinkerte er Johannsen zu. „Und wie der Kollege eben schon sagte, trägt der Unbekannte Schuhgröße 46, was auf einen großen, stattlichen Mann schließen ließe."

Der Staatsanwalt nickte verstehend. „Vor einigen Jahren hat das Kriminaltechnische Institut die bundesgrößte Referenzmuster-Datenbank für die Unsumme von 80.000 Euro gekauft", sagte er nicht ohne Stolz. „Darin sind 28.000 Schuhmodelle, auch Gummistiefel, Sportschuhe und sogar Plagiate hinterlegt."

„Die werde ich gleich nach dem Meeting durchforsten", versprach Tadsen und richtete seine Pudelmütze.

Thies Bendix war zufrieden. „Analog verfahren Sie mit den Reifenspuren?"

„Selbstverständlich", stimmte Tadsen zu und rückte seine Pudelmütze zurecht.

„Was das Fehlen von persönlichen Gegenständen der Toten betrifft", bemerkte Kai Christensen, „so kann das verschiedene Gründe haben: Entweder, und das ist wahrscheinlich, liegt dem Täter daran, die Identität seines Opfers möglichst lange geheim zu halten." Er schaute in die Runde, bevor er fortfuhr. „Zwar bin ich kein forensischer

Psychiater, aber im Zusammenhang mit der gefundenen Nachricht und einem möglicherweise religiösen Motiv könnte es auch sein, dass er die fehlenden Gegenstände als Trophäe in seinen Besitz gebracht hat – auch um uns seine Macht zu demonstrieren.“

„Wir haben es offensichtlich in Friedrichstadt mit dem Auffindeort zu tun, nicht mit dem Tatort“, zog der Staatsanwalt eine Zwischenbilanz. Niemand am Tisch hatte Einwände. „Dennoch haben wir am Auffindeort Spuren – nicht so viele wie an einem Tatort, aber wir können mit der Auswertung der Spuren sicher etwas anfangen.“ Bei seinen letzten Worten sah er die Kriminaltechniker am Tisch an, die zustimmend nickten.

Obwohl Wiebke den Staatsanwalt mochte, fragte sie sich, woher er seinen Optimismus nahm.

„Was war das für eine Botschaft, die du angesprochen hast?“, erkundigte sich Thies bei Kai Christensen, der das Wort an Piet Johannsen weitergab.

„Wir konnten einen Zettel in der Hosentasche des Opfers sicherstellen“, erklärte der Kriminaltechniker. „Die Aufschrift könnte eine Botschaft sein, womöglich vom Täter.“ Er erhob sich, trat an das Flipchart und tippte auf das Bild, das das verwaschene Papierstückchen zeigte.

Keine Toleranz. Für niemanden.

„Ein Racheakt, ein Verbrechen aus einem religiösen Hintergrund, Fakt ist, dass die Worte auf unterschiedliche Weise interpretiert werden können.“

Tamme Gerdes hob die Hand. „Friedrichstadt ist die Stadt der Toleranz“, sagte er und freute sich, als Christensen und Wiebke zufrieden nickten. „Gemeint ist religiöse Toleranz. Ob das etwas mit unserer Tat zu tun haben könnte, müssen wir wohl selbst herausfinden."

Henriette Klein meldete sich. „Wir sind noch damit beschäftigt, die gesammelten Aussagen der Anwohner auszuwerten, leider bisher mit mäßigem Erfolg. Zwar gibt es Angaben, die sich allerdings widersprechen. Tatsächlich ist von einem Fahrzeug die Rede, das sich zur entsprechenden Uhrzeit mit einem aufröhrenden Motor von der Brücke entfernt haben soll, allerdings gab es unterschiedliche Aussagen zu Farbe und Fahrzeugtyp."

Der Staatsanwalt nickte. „Gab es zur fraglichen Zeit Radarkontrollen in und um Friedrichstadt herum?"

Die unscheinbare Kommissarin schüttelte den Kopf. „Leider ist unser Täter auf seiner Flucht nicht in eine Radarkontrolle gerast."

„Aber es hat den Anschein, dass er während seines Vorhabens von den jungen Leuten im Ruderboot überrascht wurde", resümierte Christensen.

Tamme Gerdes nickte. „Wer rechnet auch damit, dass zur kalten Jahreszeit jemand nach Einbruch der Dunkelheit mit dem Ruderboot eine Grachtenrundfahrt unternimmt?"

Hauke Jensen wandte sich an die Männer vom KTI. „Was wissen Sie über das Klebeband, das der Kollege Petridis erwähnte?"

Lars Tadsen scrollte sich durch das Menü seines Tablets, bevor er antwortete. „Es ist von großer Haftkraft und wird im medizinischen Bereich als Tape angewendet."

„Also sind Krankenhäuser und Arztpraxen unsere Ansprechpartner“, erwiderte Kai Christensen. „Und Apotheken.“

„Das ist die Suche nach der Nadel im Heuhaufen, Kai“, warf Wiebke ein. „Ich glaube nicht, dass der Verlust einer Rolle Tape irgendwo auffällt.“

„Trotzdem sollten wir nichts außer Acht lassen.“

„Gut.“ Wiebke seufzte und nahm Platz am Tisch. Sie war nicht sonderlich begeistert von der Idee ihres Vorgesetzten. Als sie kurz aufblickte, stellte sie fest, dass Thies sie anlächelte. Prompt errötete sie. Kurz erwiderte sie das aufmunternde Lächeln des Staatsanwaltes, dann vertiefte sie sich in ihre Unterlagen.

Thies Bendix wandte sich an Kai Christensen und Hauke Jensen. „Bitte bilden Sie eine Mordkommission.“ Danach erhob er sich. „Wir treffen uns heute Abend um achtzehn Uhr wieder hier.“ Für den Staatsanwalt war die Besprechung damit beendet. Wiebke sah ihm hinterher. Sie kannte ihn gut genug, um zu wissen, dass er keine Zeit verlieren wollte, und erhob sich ebenfalls.

*

„Die Idee, sämtliche Arztpraxen und Krankenhäuser abzutelefonieren, um nach einer Rolle medizinischem Klebeband zu fragen, scheint dir nicht zu gefallen.“ Nach einem kurzen Anklopfen war Thies im Büro von Wiebke und Petersen aufgetaucht. Petersen war irgendwo im Haus unterwegs, wahrscheinlich besuchte er die Kollegen der Kriminaltechnik im Keller. Sie waren alleine.

„Du kennst mich gut.“ Wiebke riss sich vom Anblick ihres Monitors los, lehnte sich zurück und erwiderte sein Lächeln.

„Sicher gibt es andere für diese Sisyphusarbeit“, glaubte Thies und lehnte lässig mit verschränkten Armen im Türrahmen.

„Nein, kein Ding, ich mach das schon“, erwiderte Wiebke eilig. Sie war sich nicht zu fein für Arbeiten, die auch andere tun konnten. Dennoch konnte sie ihren Unmut über die Aufgabe nicht verbergen.

„Ich habe eine andere Aufgabe für dich.“

Wiebkes Wangen wurden rot. Am liebsten wäre sie aufgesprungen und hätte Thies umarmt. Doch sie bemühte sich, ruhig zu bleiben, und schaute ihn neugierig an. Momentan war ihr jede andere Aufgabe recht.

„Eben habe ich mit der Rechtsmedizin telefoniert“, eröffnete er. „Unsere Unbekannte wird vorgezogen. Wir sollten uns beeilen.“

„Wir?“ Wiebke legte die Stirn in Falten.

„Richtig.“ Der Staatsanwalt nickte. „Du wirst mich begleiten, Wiebke.“

*

„Hier stimmt was nicht." Ihre Stimme zitterte vor Aufregung, als sie mit dem Telefon am Ohr durch die kleine Wohnung lief. Ihr Atem ging rasselnd.

„Wovon redest du?" Janas Stimme klang wie immer sachlich, bedacht und irgendwie beruhigend.

„Wenn ich das nur wüsste", entgegnete sie. „Jemand war in meiner Bude."

„Wie kommst du denn darauf?" So leicht ließ sich ihre Freundin nicht aus der Ruhe bringen. „Hat man eingebrochen, oder fehlt etwas?"

„Weder noch." Sie schüttelte den Kopf, was Jana am anderen Ende der Leitung natürlich nicht sehen konnte. Zitternd lehnte sie an der Arbeitsplatte ihrer Küche und ließ den Blick durch den Raum schweifen. Die einzige Lichtquelle war die kleine Leuchte über der Dunstabzugshaube. Aus einem ihr jetzt unerklärlichen Grund hatte sie es vermieden, Licht zu machen. „Ich fühle mich … einfach beobachtet."

„Sitzt du jetzt in deiner dunklen Bude?"

„Du kennst mich gut", stellte sie fest. „Ich wage es nicht, das große Licht einzuschalten, weil ich mich wie auf dem Präsentierteller fühle."

„Dann zieh die Gardinen zu."

„Hab ich schon."

Am anderen Ende der Leitung holte Jana tief Luft. „Also gut", sagte sie. „Du solltest das Licht einschalten und etwas trinken. Aber jetzt erzählst du, wie du darauf kommst, dass etwas nicht stimmt."

Stockend berichtete sie ihrer Freundin von dem Reserveschlüssel, der bei ihrer Heimkehr im Haustürschloss gesteckt hatte. „Und es gibt nicht viele Menschen, die von dem Versteck im Schuppen wissen", schloss sie ihre Ausführungen.

„Hast du sie schon gefragt, ob sie in deine Wohnung mussten?"

„Nein, noch nicht. Ich habe Angst, Jana."

Im Hörer vernahm sie ein schweres Seufzen. „Ich komme." Bevor sie etwas erwidern konnte, unterbrach ihre Freundin die Verbindung.

Sekundenlang hielt sie das Telefon in der Hand und stierte es an. Der Umstand, dass sie nicht wusste, was ihr Angst bereitete, verunsicherte sie. Zwar war sie von Natur aus ängstlich, doch dass sie sich unbegründet fürchtete, empfand sie als beklemmend. Mit zitternden Händen legte sie das Telefon auf die Arbeitsplatte und trat an den Kühlschrank, um etwas Mineralwasser zu trinken. Während sie einen tiefen Schluck aus der Flasche nahm, schielte sie zur Uhr. Die Minuten schienen zäh dahinzurinnen. „Hoffentlich kommt sie bald", sprach sie halblaut zu sich selbst und musste im nächsten Moment lachen. Erst, als sie eine Bewegung an ihrem Fuß verspürte, stieß sie einen spitzen Schrei aus. Die Katzen strichen um ihre Füße und bettelten mit einem anklagenden Miauen um ihr Futter. „Ich bin schon bekloppt", seufzte sie erleichtert und musste lachen. Manchmal spielten ihr die Nerven einen Streich.

Kapitel 7

Kiel, Institut für Rechtsmedizin, 11.35 Uhr

Sie mochte diesen Ort nicht sonderlich. Daran würde sich auch im Laufe der nächsten Dienstjahre bei der Kripo nichts ändern, fürchtete Wiebke, als sie Seite an Seite mit dem Staatsanwalt das Gebäude auf dem Unicampus betrat, in dem sich die pathologische Abteilung der Rechtsmedizin befand. Das Institut lag in einem schlicht erscheinenden Backsteinbau, und wäre da nicht das Parkverbotsschild mit der denkwürdigen Aufschrift „Für Bestatter frei", würde kaum jemand vermuten, dass sich hier Experten um die Menschen kümmerten, die es hinter sich hatten.

Thies Bendix schien den Weg zum Obduktionssaal zu kennen. Zielstrebig marschierte er voran, und Wiebke musste sich beeilen, um mit dem Staatsanwalt Schritt zu halten. Auf dem langen, kahlen Flur roch es nach Desinfektionsmitteln. Menschen in weißen Kitteln und mit teilnahmslosen Mienen begegneten ihnen, ohne Fragen nach ihrem Anliegen zu stellen.

„Kennt man dich hier?"

Wiebke betrachtete Thies Bendix mit einem fragenden Blick. Er blieb kurz stehen und lächelte. Gut sah er aus, fand Wiebke. Über dem grauen Anzug trug er einen leichten Trenchcoat. Jetzt hatte er die Hände lässig in den Hosentaschen versenkt. „Kennen wäre zu viel gesagt. Aber du hast recht, als Staatsanwalt obliegt es mir natürlich, Obduktionen zu veranlassen und mit den Rechtsmedizinern Seite an Seite zusammenzuarbeiten."

„Wie schön." Wiebke machte ein säuerliches Gesicht.

„Das meinst du nicht ernst." Thies lachte amüsiert. „Mach dir nichts daraus: Die Anwesenheitspflicht bei einer Obduktion ist bei niemandem beliebt."

„Da sind Sie ja!"

Thies und Wiebke wandten sich um. Eine untersetzte Frau eilte heran, wobei die Enden des offen stehenden weißen Kittels hinter ihr her wehten und Wiebke an die ausgebreiteten Flügel eines Greifvogels im Segelflug erinnerten. „Sie müssen Staatsanwalt Bendix sein, nehme ich an?"

„So ist es." Lächelnd nickte er. „Schön, dass Sie es so schnell einrichten konnten", sagte Thies Bendix mit einem freundlichen Lächeln.

Die Mittfünfzigerin mit dem rundlichen Gesicht strahlte. „Für Sie mache ich das Unmögliche möglich, Herr Staatsanwalt."

Die beiden reichten sich zum Gruß die Hände. Als die Rechtsmedizinerin Wiebke neugierig betrachtete, hielt Thies den Augenblick für gekommen, seine Begleiterin vorzustellen. „Das ist Hauptkommissarin Ulbricht von der Kriminalpolizei in Husum", stellte er Wiebke vor.

„Wie schön." Die Rechtsmedizinerin, die offenbar auf die Ankunft des Staatsanwalts gewartet hatte, betrachtete Wiebke auf eine eigenartige Weise, fast so, als wäre sie ein

Fremdkörper. Auch die von Wiebke ausgestreckte Hand ignorierte sie. „Doktor Mabuse“, stellte sie sich stattdessen vor, „der Name ist kein Witz, ich heiße bedauerlicherweise wirklich so. Ingrid Mabuse.“

„Können wir dann?“ Thies warf einen Blick auf die Armbanduhr. Im Auto hatte er Wiebke versprochen, sie nach der Obduktion zurück nach Husum zu bringen. Außerdem schien er keine Zeit verlieren zu wollen, um den rätselhaften Fall zu lösen.

„Selbstredend, Herr Staatsanwalt.“ Mabuse nickte und machte kehrt, ohne sich weiter um ihre Besucher zu kümmern. „Schon mal bei einer Obduktion dabei gewesen?“, fragte sie, ohne sich umzudrehen, und meinte damit offenbar Wiebke.

„Es ist zwar schon länger her – aber ja, ich kenne das Prozedere.“ *Und mir wird jedes Mal schlecht*, fügte sie in Gedanken hinzu. Wiebke hoffte, dass man ihr die Unsicherheit nicht anmerkte.

„Ich mache das bis zu vier Mal täglich“, lachte Mabuse. „Heute wird es nicht schlimm. Meistens kippen die Polizisten um, wenn ich jemanden aufschneide, der wochenlang in seiner Wohnung gelegen hat. Dabei verursacht der Geruch Übelkeit, wobei ich den Geruch mit einer Biotonne vergleiche, die in der Sonne stand.“ Mabuse lachte über ihren Vergleich. „Unsere Leiche ist also vergleichsweise frisch.“

Immerhin hat sie Freude an ihrer Arbeit, dachte Wiebke.

„Die Polizeiakten habe ich mir schon zu Gemüte geführt“, plapperte Mabuse weiter und betrachtete Wiebke und Thies. „Aber offen gestanden hat mir das nicht weitergeholfen. Also fange ich bei null an." Sie lächelte milde, als sie Wiebkes enttäuschtes Gesicht sah. „Das hat den Vorteil, dass ich unvoreingenommen in die Untersuchung gehe, was für Sie unter Umständen von Vorteil ist."

Sie erreichten den Obduktionssaal, der bereits für die bevorstehende Leichenschau vorbereitet worden war. „Übrigens war unsere Lady X schon im CT", bemerkte Ingrid Mabuse.

„Und?" Wiebkes Neugier erwachte. „Gibt es Auffälligkeiten?"

Die Rechtsmedizinerin nickte. „Gleich zwei", verriet sie. „Der Arzt, die die Computertomografie durchgeführt hat, berichtet von einer auffälligen Anordnung von Totenflecken am Rücken, die darauf hindeuten, dass die Tote über einen längeren Zeitraum auf dem Rücken gelegen hat."

„Das würde nicht zur Auffindesituation passen", überlegte Wiebke. „Der Auffindeort in Friedrichstadt ist also nicht der Tatort." Sie erinnerte sich an die Strangmarke der Toten.

„Auch der Modus Operandi passt nicht", stimmte Thies Bendix ihr zu. „Wer sein Opfer erdrosselt, tut das oft im Stehen oder im Sitzen, beispielsweise, indem er sich von hinten seinem Opfer nähert."

„Also wurde die Frau an einem anderen Ort erdrosselt", überlegte Wiebke, „sie wurde gelagert und im Auto zum Fundort gebracht."

„Wer weiß, wie lange sie im Kofferraum des Autos unterwegs war." Thies nickte zustimmend. Er wandte sich an Ingrid Mabuse. „Und die zweite Sache?"

„Es gibt Druckstellen vor Mund und Nase, ich arbeite noch dran, um Näheres herauszufinden."

Der Staatsanwalt betrachtete den Leichnam mit regungsloser Miene. „Sie gehen also von Strangulation aus, nehme ich an.“ Die Rechtsmedizinerin betrachtete ihre Besucher mit einem feinen Lächeln.

„Dafür spricht die Strangmarke, die der Notarzt schon bei der ersten Leichenschau vor Ort dokumentiert hat“, nickte Wiebke.

„Das ist richtig.“ Mabuse versenkte die Hände in den Kitteltaschen. „Ihr Zungenbein ist gebrochen, somit dürfte es keine Zweifel mehr über die Todesursache unserer Unbekannten geben.“

„Also lagen wir richtig.“ Wiebke zog die Luft durch die Nase ein.

„Mal ehrlich“, sagte Mabuse mit einem schiefen Grinsen. „Diese Strangmarke sieht ein Blinder mit Krückstock.“ Sie begrüßte die beiden Sektionsassistentinnen und ließ sich beim Anziehen der Schürze helfen. „Alles andere werden wir jetzt herausfinden.“ Mit feierlicher Miene zückte sie das Diktiergerät und trat an den Seziertisch. Unter einem Tuch lag die Tote. Wiebke stockte kurz der Atem. Sie hasste es, bei Obduktionen anwesend zu sein.

Thies warf ihr einen besorgten Blick zu. Als er sah, dass sie blass wurde, lächelte er ihr aufmunternd zu, während Ingrid Mabuse das Tuch mit einem Ruck zur Seite zog und die Leiche in Augenschein nahm.

Wiebke warf einen Blick auf die entkleidete Leiche, die sie schon am Vorabend am Ufer des Burggrabens gesehen hatte.

Wer bist du?, fragte sie in Gedanken.

Wo kommst du her, welches Schicksal hast du erlitten?

Während Wiebke gestern noch die menschliche Tragödie, Opfer eines Gewaltverbrechens geworden zu sein, gesehen hatte, sah sie jetzt nur noch die sterblichen Überreste einer Frau, von der sie fünfzehn Stunden nach ihrem Auffinden nichts wusste. Wiebke atmete tief durch, während ihr Blick über die leblose Hülle des Opfers streifte. Die Haut der Frau wirkte wächsern, man hatte ihr die Augen inzwischen geschlossen. Gebannt starrte sie auf die Strangmarke am Hals.

Wiebke spürte, wie ihre Knie weich wurden. Sie trat zurück und hockte ein wenig abseits auf der Fensterbank. In diesem Raum waren alle Fenster auf halber Höhe mit Milchglasscheiben ausgestattet, sodass sie keinen Blick nach draußen werfen konnte, um sich vom Geschehen im Obduktionssaal abzulenken. So rutschte sie von der Fensterbank, nahm allen Mut zusammen und trat an die Seite des Staatsanwaltes. „Uns ist die Sicherung der DNA enorm wichtig, auch ein Zahnprofil könnte hilfreich sein", bemerkte Thies, der Mabuse interessiert bei der äußeren Leichenschau zusah.

„Kriegen wir hin", nickte Mabuse und ließ sich von der Assistentin das Skalpell reichen.

*

Eiderstedt, Vergangenheit

Er fuhr wie ein Berserker. Es galt, keine Zeit zu verlieren, wenn er nicht vorzeitig auffliegen wollte. Das graue Asphaltband der Straße glitzerte im Licht der Scheinwerfer. Im Sturm schienen sich die windschiefen Bäume am Rand der Straße zu verneigen. Regen setzte ein und erschwerte ihm die Sicht, doch er ging nicht vom Gaspedal. In einigen Kurven schlingerte der Wagen und forderte ihm sein ganzes fahrerisches Können ab. In unregelmäßigen Abständen konnte er aus der Ferne das rotierende Licht des Leuchtturms in Westerheversand erkennen.

Inzwischen ahnte er, warum sie sich so eigenartig verhalten hatte. Es war seine Schuld. Er hatte einen verdammten Fehler begangen, weil er vorzeitig den Rückzug hatte antreten müssen. Wenn er diesen verdammten Paketboten in die Hände bekam, würde er dafür büßen.

Dabei ärgerte er sich auch über sich selbst, darüber, dass ihn ein Lieferant dermaßen aus dem Konzept gebracht hatte. Sein Vorhaben war in großer Gefahr gewesen, deshalb, und nur deshalb war ihm dieser Fauxpas unterlaufen. „Wie blöd muss man sein", fluchte er ungestüm und hieb mit der flachen Hand auf das Lenkrad, just in dem Moment, als der Wagen von einer Windbö erfasst und um ein Haar von der kurvenreichen Landstraße geweht wurde.

*

Kiel, Schwedenkai, 13.00 Uhr

Sie hatten einen Tisch am Fenster im Restaurant *Längengrad* mit Blick auf den Fährhafen gefunden und genossen das bunte Treiben der ein- und auslaufenden Schiffe. Nach der Obduktion im rechtsmedizinischen Institut hatte Thies Bendix Wiebke zum Essen eingeladen. Nach der Sektion der Frauenleiche hatte Wiebke zunächst keinen Appetit, doch die Vorstellung, die Gesellschaft des Staatsanwalts noch länger genießen zu können, fand sie durchaus verlockend und sagte zu. Außerdem fanden sie so noch Gelegenheit, die bisherigen Erkenntnisse noch einmal in Ruhe zu überdenken. Eine Kellnerin hatte ihnen die Speisekarten und Getränke an den Tisch gebracht. Als sie wieder alleine waren, betrachtete der Staatsanwalt Wiebke mit einem prüfenden Blick. Er schien bemerkt zu haben, dass sie sich anders verhielt als bei ihrem letzten Treffen.

„Wie geht es dir?", fragte Thies mit einem sanften Lächeln auf den Lippen, während er einen Schuss Milch in den Tee gab.

Wiebke lächelte. „Jetzt wieder besser." Sie hatte sich eine Latte macchiato bestellt und verrührte gerade den Milchschaum, nachdem die zwei Stückchen Würfelzucker darin versunken waren und Öffnungen hinterließen, die sie an zwei neugierig dreinblickende Augen erinnerten. „Obduktionen sind nicht so meins."

Thies nickte zustimmend. „Manchmal lässt es sich nicht vermeiden, bei einer Leichenschau anwesend zu sein." Dann wurde er ernst. „Aber das meine ich nicht."

Wiebke runzelte die Stirn und legte den langstieligen Löffel auf die Serviette. Sie fühlte sich ertappt. „Was meinst du denn dann?"

„Ich weiß nicht, wie ich es dir sagen soll." Thies wirkte ein wenig unsicher und schien nach den richtigen Worten zu suchen. Seine Finger huschten über das strahlend weiße Platzdeckchen. Kurz glitt sein Blick durch das große Fenster auf die Kieler Förde, bevor er Wiebke ansah. „Heute Morgen, als ich in den Konferenzraum kam und dich sah, bemerkte ich sofort, dass etwas nicht zu stimmen scheint."

Wiebke nippte an ihrem Milchschaumkaffee und nickte nachdenklich. Sie fühlte sich ertappt. Offenbar, so stellte sie fest, war sie nicht die einzige Person am Tisch, die über eine ausgeprägte Menschenkenntnis verfügte. „Erinnerst du dich noch daran, was ich dir damals auf Sylt gesagt habe?"

„Es geht um deinen Freund." Thies nickte verstehend. „Gibt es Probleme?"

„Jetzt nicht mehr." Wiebke zuckte die Schultern. Jetzt war es an ihr, nach der passenden Formulierung zu suchen. Eigentlich fühlte es sich seltsam an, mit dem Staatsanwalt über ihr Privatleben zu sprechen. Sie mochte Thies, doch es gab eine beruflich bedingte Distanz zwischen ihnen, die es ihr erschwerte, über ihre privaten Sorgen zu sprechen. Trotzdem war sie ehrlich zu ihm. „Ich habe mich von ihm getrennt." Jetzt war es raus, und kaum dass die Worte über ihre Lippen gekommen waren, fragte sie sich, ob es richtig gewesen war, ihm von der Trennung von Eike zu erzählen. Ihr war schon in der Vergangenheit nicht entgangen, dass Thies sie anziehend fand und offenbar ein Interesse an ihr hatte. Kurz fragte sie sich, ob er sich jetzt möglicherweise Hoffnungen machte, mir ihr ein Verhältnis anfangen zu können. Doch eigentlich war das nicht die Art von Thies Bendix.

„Das tut mir leid.“ Er wirkte betroffen, streckte die Hand nach ihrer aus, zögerte und zog seine Hand zurück. „Willst du drüber sprechen?“

Wiebke überlegte und entschied sich dagegen. „Es ist noch zu frisch, Thies. Ich habe ihn gestern vor die Tür gesetzt, bevor der Einsatz in Friedrichstadt dazwischenkam. Wir konnten nicht in Ruhe über meine Entscheidung sprechen.“

„Wenn du jemanden zum Reden brauchst, lass es mich wissen.“

„Danke, Thies.“ Wiebke war erleichtert, dass er nicht nachbohrte und sie bedrängte. Aber das war auch nicht seine Art. Wie immer war er höflich und zurückhaltend, wenn es um private Dinge ging. Von ihm wusste sie nur, dass er geschieden war und seiner Ex-Frau das Haus in Glücksburg überlassen hatte. Jetzt wohnte er in einer kleinen Junggesellenbude in Flensburg.

Gerade als Thies etwas bemerken wollte, trat eine Kellnerin an den Tisch und fragte sie nach ihren Wünschen. Während Wiebke sich für einen Spicy Thai Mango Salat entschied, orderte Thies ein Lachsfilet mit Gemüse und Reis.

„Wie gehen wir weiter vor?“, fragte Wiebke und versuchte, sich auf den Fall zu konzentrieren. Auch wenn sie wusste, dass sie sich ihm anvertrauen konnte, so war er immer noch der leitende Staatsanwalt im laufenden Fall.

Thies wiegte den Kopf. „Eigentlich hängt alles von Mabuses Abschlussbericht ab“, sagte er. „Wenn wir keinen Hinweis auf die Identität der Toten erhalten, müssen wir öffentlichkeitswirksam arbeiten.“

„Du meinst, wir sollten an die Presse gehen?“ Wiebke ahnte schon, was Jan Petersen von der Idee hielt. Sein Verhältnis zu den Medienvertretern war kompliziert. Doch wenn Thies einen öffentlichen Aufruf anordnete, hatten sie keine andere Wahl.

„Ich bin sicher, dass wir dann ziemlich schnell wissen, wer unsere geheimnisvolle Tote ist.“ Thies nickte. „Der Strangmarke nach zu urteilen hat sie sich nicht erhängt, denn die Marke am Hals verläuft nicht vom Hals aus nach schräg oben im Nacken. Somit scheidet Suizid definitiv aus, und wir haben es mit einem Tötungsdelikt zu tun. Zwei Fragen aber bleiben: Wer ist die Tote, und wer hat sie umgebracht?“

Das Essen kam. Nachdem die Kellnerin ihnen einen guten Appetit gewünscht hatte, aßen sie und genossen den Blick auf den Fährhafen. Wäre da nicht die Arbeit, würde Wiebke sich in diesem Augenblick ein wenig wie im Urlaub fühlen. Insgeheim wunderte sie sich darüber, dass ihr die Gesellschaft von Thies Bendix gefiel. Er war ein angenehmer Zeitgenosse, trotz seiner analytischen Denkweise empathisch und sensibel, wenn es die Situation erforderte. Prompt erwischte sich Wiebke bei der Frage, warum sich seine Frau von ihm getrennt hatte.

Kapitel 8

Husum, Polizeidirektion, 14.25 Uhr:

„Nee, oder?" Petersen schnaubte wütend ins Telefon. Er hatte den ganzen Tag damit verbracht, die Berichte und Dokumentationen der Aussagen von vermeintlichen Augenzeugen der Tat in Friedrichstadt zu studieren. Ihm rauchte der Kopf, und er sehnte sich nach einem kühlen Flens. Doch der Feierabend war noch lange nicht in Sicht, ganz im Gegenteil. Wiebke rief ihn aus Kiel an, um ihn auf den Stand zu bringen. Und seine Partnerin machte keinen Hehl daraus, dass sie noch immer mit leeren Händen dastanden. Ein nervenaufreibender und sehr unbefriedigender Umstand, denn Jan Petersen wusste, dass der Staatsanwalt nun Druck machen würde.

Mit Wiebkes Anruf rückte der Zapfenstreich in weite Ferne. Petersen wusste, dass sie den Staatsanwalt nach Kiel begleitet hatte, um der Sektion der unbekannten Toten beizuwohnen und dort nach Hinweisen auf die Identität zu suchen. Darum beneidete er seine Partnerin wahrlich nicht. Ein paar Mal schon musste er bei einer Obduktion anwesend sein, doch diesmal war der Krug an ihm vorübergegangen. So erreichte ihn Wiebkes Anruf am Nachmittag.

„Doch, Jan. Thies hat angeordnet, mit unserer Leiche an die Öffentlichkeit zu gehen."

Petersen hörte im Hintergrund Möwengeschrei. „Bist du am Strand?", fragte er ein wenig angesäuert.

„Nee, ich steh in Kiel an der Mole." Wiebkes Stimme klang ernst. „Und offen gesagt bin ich bei ihm, Jan. Wir verlieren zu viel Zeit, wenn wir kleinteilig arbeiten. Der Täter ist auf freiem Fuß, und solange wir nicht wissen, was es mit dieser Botschaft auf sich hat, müssen wir im schlimmsten Fall damit rechnen, dass er sich auf einem Rachefeldzug befindet, der noch weitere Opfer fordert."

„Also geht Bendix von einem Serienkiller aus?" Petersen runzelte die Stirn. Er lehnte sich in seinem knarzenden Bürostuhl zurück und spielte mit dem Spiralkabel des Diensttelefons. „Ist das nicht ein bisschen weit hergeholt?"

„Vielleicht", räumte Wiebke am anderen Ende der Leitung ein. „Aber wir müssen alles auf dem Schirm haben, Jan."

„Was, wenn sich die Rache lediglich auf diese eine Person bezieht, deren Identität uns immer noch Rätsel aufgibt?"

„Dann haben wir ein gutes Gefühl, weil wir nichts außer Acht gelassen haben", gab Wiebke zu bedenken. „Der einzige Vorteil ist, dass wir nicht um mehr Opfer fürchten müssen."

„Also gut." Petersen seufzte. „Wann soll es losgehen mit der Beteiligung der Öffentlichkeit?"

„Sofort." Wiebke holte tief Luft. „Setz dich mit Kerstin zusammen und bereite eine Pressemeldung vor, die heute noch an alle Medien versandt wird."

„Wenn's sein muss." Petersen hasste es, Anweisungen vom Staatsanwalt zu bekommen. Ihm war es lieber, auf eigene Faust zu ermitteln, als sich zum Hampelmann der Flensburger Mordkommission und der Staatsanwaltschaft zu machen.

„Es muss sein, Jan."

„Sie werden uns die Bude einrennen", befürchtete Petersen. „Das ist doch immer der gleiche Mist. Jeder will was gesehen oder gehört haben, jeder glaubt plötzlich, die Frau auf unseren Fotos zu kennen."

„Haben wir eine andere Wahl?"

„Nein."

„Na also. Dann zieh dran, Jan."

„Okay." Petersen seufzte. „Wann bist du wieder hier?"

„Am frühen Abend, wir müssen gleich noch mal zur Rechtsmedizin und bekommen den Abschlussbericht mit nach Hause." Wiebke verabschiedete sich und unterbrach die Verbindung. Petersen beugte sich vor und wählte die Nummer der Pressereferentin. Warum konnte er nicht ein einziges Mal so arbeiten, wie er es für richtig hielt?

*

Osterhever, Vergangenheit:

„Du siehst schrecklich aus", begrüßte Jana sie, als sie ihr wenig später die Tür öffnete. Die Freundinnen umarmten sich und traten in die Wohnküche. Jana streifte die Jacke ab und warf sie über den Sessel.

„Na danke auch." Ein schwaches Lächeln huschte um ihre schmalen Lippen. Sie trat an den Kühlschrank und nahm die Colaflasche heraus. Nachdem sie zwei Gläser gefüllt hatte, setzten sie sich. Eine der vier Katzen sprang zu Jana auf das Sofa, um sich von ihr kraulen zu lassen. Es dauerte nur einen kurzen Augenblick, bis das Tier zufrieden schnurrte und die Augen schloss.

„Also", begann Jana, nachdem sie einen Schluck Cola genommen hatte. „Wer weiß von dem Versteck des Notschlüssels?"

„Meine Vermieter, Finn, Lars, Malte und natürlich du."

„Ich war es nicht und scheide schon mal aus." Jana blickte sich um, als würde sie etwas suchen. Dabei schien es sie zu stören, dass sie noch immer im Halbdunkel saßen. „Kannst du jetzt mal das Licht anmachen?"

„Klar." Sie erhob sich und trat an den Türrahmen. Ihre Hand fuhr über den Lichtschalter an der Wand. „Also, Finn habe ich angerufen. Er war's nicht. Bleiben meine Vermieter und Malte. Beide habe ich telefonisch noch nicht erreicht."

„Traust du Finn zu, dass er die Unwahrheit sagt?", gab Jana zu bedenken. „Ich meine, immerhin ist er scharf auf dich."

„Das ist nicht sein Stil, hier rumzuschnüffeln."

„Gut." Jana sah sich um. „Fehlt denn was?"

„Wie meinst du?"

„Ob man dir etwas gestohlen hat."

„Nee, nicht, dass ich wüsste." Sie schüttelte den Kopf, dann entspannten sich ihre Gesichtszüge. „Schön, dass du da bist."

„So what." Jana winkte ab. „Du bist meine beste Freundin, und du weißt, dass du mich auch mitten in der Nacht anrufen kannst, wenn es ein Problem gibt."

Sie nickte. „Ja", sagte sie leise, „das weiß ich." Irgendwie war es ihr jetzt unangenehm, Jana zu später Stunde mit ihren Problemen zu belästigen. Wahrscheinlich hatte der im Schloss steckende Schlüssel einen ganz einfachen Grund, über den sie sich keine Sorgen machen musste. „Wie geht es dir, jetzt so ohne Peter?", fragte sie, mehr, um das Thema zu wechseln.

Jana schüttelte den Kopf. „Ich bin froh, dass ich mich von ihm getrennt habe." Sie seufzte. „Nur abends, wenn die Wohnung leer ist, fühle ich mich manchmal einsam."

„Das geht vorbei – ich spreche aus Erfahrung." Jetzt kam ein albernes Kichern über ihre Lippen. „Das sind die blöden Kerle doch selber schuld, wenn sie uns nicht zu schätzen wissen."

Jana stimmte in ihr Lachen ein und nickte. „Ja genau."

„Sicher wird dein Traummann dir noch begegnen", vermutete sie und dachte kurz an ihren letzten Freund. Nachdem sie den ersten Trennungsschmerz überwunden hatte, ging es ihr sogar besser ohne ihn. Viel zu lange hatte er sie tyrannisiert. Sie war seinem Kontrollwahn und seiner Eifersucht unterlegen gewesen, bis Jana ihr die Augen geöffnet hatte.

„Also", sagte Jana gedehnt, um zum Anlass ihres Besuches zurückzukommen. Sie blickte sich in der kleinen Wohnung um, als würde sie die Bleibe ihrer Freundin heute zum ersten Mal sehen. „Wollen wir gucken, ob was fehlt?"

„Nein, lass mal."

Jana war bereits vom Sofa aufgesprungen. „Komm schon." Sie trat an die geschlossene Schlafzimmertür. Ihre Hand lag schon auf der Klinke.

„Da nicht", rief sie hastig und spürte, wie ihr das Blut in den Kopf schoss.

„Warum?" Jana stutzte. „Ist dein Bett nicht gemacht? Komm schon, ich weiß, dass du es hasst, das Bett zu machen."

„Das ist es nicht."

„Was dann?"

„Ich habe … nun … ach, fuck, ich habe meine Sextoys nicht weggeräumt." Sie wich dem amüsierten Blick ihrer Freundin aus und nagte auf der Unterlippe.

„Boa, meinst du, ich weiß nicht, wie das Zeug aussieht?" Jana kicherte. „So was hat fast jede Frau im Nachtschrank." Sie stutzte, als die Freundin ihr Lachen nicht erwiderte und mit hochrotem Kopf dastand. „Also gut, ich werde deine Privatsphäre respektieren." Sie wandte sich ab. „Komm schon, lass uns nachsehen, ob wirklich nichts fehlt."

Sie schüttelte den Kopf. „Lass gut sein, echt jetzt." Vielleicht war es doch falsch gewesen, ihre Freundin anzurufen. Wegen einer Sache, die sich bestimmt leicht erklären ließ. „Vermutlich haben meine Vermieter einen Handwerker ins Haus gelassen."

„Gut." Jana nickte. Sie trat an die Station und nahm das Telefon heraus, um es ihr zu reichen. „Dann frag sie."

„Nein, nicht mehr um diese Uhrzeit." Sie fühlte sich nach all der Aufregung der letzten Stunden schlapp. Auch der Spätdienst war anstrengend gewesen, denn gleich zwei Kolleginnen waren krankheitsbedingt ausgefallen. „Ich möchte schlafen."

Jana schüttelte den Kopf. Sie hielt das Telefon immer noch am langen Arm. „Dann ruf die Polizei."

„Weil meine Vermieter so schusselig waren und den Notschlüssel im Schloss stecken lassen haben?"

Jana seufzte. „Du bist ein hoffnungsloser Fall."

„Ich weiß." Jetzt erhellte sich ihre Miene. „Danke, dass du gekommen bist."

„Da nich für." Jana winkte ab. „Ich bin dann auch wieder weg. Morgen muss ich früh raus." Sie trat an den niedrigen Wohnzimmertisch, auf dem ihr Glas stand, trank den letzten Schluck Cola und stellte das Glas in die Spüle. „Und du willst wirklich nichts unternehmen?", fragte sie, als sie vor der Tür stand.

„Nein, alles gut. Es tat gut, mit dir zu quatschen." Sie lachte und umarmte ihre beste Freundin. „Wahrscheinlich bin ich eine hysterische Kuh und sehe schon Gespenster."

*

Wiebke hockte eine Stunde später vorgebeugt auf dem Beifahrersitz im weißen Audi-SUV des Staatsanwaltes und überflog den Abschlussbericht, den Ingrid Mabuse ihnen ausgehändigt hatte. Dabei war ihr etwas aufgefallen, was Mabuse ihnen nicht im Abschlussgespräch mit auf den Weg gegeben hatte. „Beim durchgeführten Drogenscreening wurde Ketamin bei unserem Opfer nachgewiesen."

Thies runzelte die Stirn. „Ich habe das Screening nicht angeordnet", bemerkte er. „Aber gut, dass Mabuse die Möglichkeit des Drogenkonsums berücksichtigt hat."

„Von Konsum ist hier keine Rede", murmelte Wiebke, ohne vom Bericht aufzuschauen. „Hier steht was von Faserresten vor Mund und Nase", bemerkte sie mit gerunzelter Stirn. „Offensichtlich handelt es sich um einen mit Ketamin getränkten Fetzen, der von einem weißen Baumwolltuch stammt."

Thies, der den Blick auf die schnurgerade verlaufende Landstraße gerichtet hatte, warf ihr einen raschen Blick zu. „Klingt, als hätte man der Toten einen Lappen vor die Atemwege gepresst, um sie vor dem eigentlichen Mord zu betäuben."

„Und dazu hat unser Mörder sein Opfer mit K.o.-Tropfen außer Gefecht gesetzt?"

„Möglich." Die gepflegten Hände von Thies lagen ruhig auf dem Lederlenkrad. „Das erspart unserem Täter möglicherweise eine körperliche Auseinandersetzung. Wenn sein Opfer bewusstlos ist, hat er leichtes Spiel mit der Frau. Steht da etwas von Hämatomen, Aufschürfungen oder Ähnlichem, was auf eine Kampfhandlung hinweisen könnte?"

Wiebke blätterte sich durch die Seiten und schüttelte schließlich den Kopf. „Das lässt darauf schließen, dass sie tatsächlich bewusstlos war, als der Täter sie erdrosselt hat."

„Es hat zumindest den Anschein."

„Was steht da noch?“, wollte Thies wissen.

„In Haaren und Knochen konnten außer dem Ketamin keine betäubenden Substanzen nachgewiesen werden“, las Wiebke weiter aus dem Obduktionsbericht vor. Sie seufzte und sah kurz aus dem Seitenfenster. Weite Wiesen und Felder flogen an ihnen vorüber. Wiebke betrachtete das eindrucksvolle Bild der Wolkenformationen und die seltenen Sonnenstrahlen, die wie Finger Gottes auf die Erde zu zeigen schienen.

„Was steht über die Todesursache im Bericht?“, wollte Thies wissen, ohne den Blick von der Fahrbahn zu nehmen.

„Tod durch Strangulation.“ Wiebke blätterte in den Unterlagen, bis sie die richtige Seite gefunden hatte. „Bei der Strangmarke ist davon auszugehen, dass eine Drahtschlinge eingesetzt wurde. Mabuse konnte feinste Reste von Eisen sichern.“

„Reicht es, um den eingesetzten Draht zu analysieren?“

„Leider nicht. Also bleibt uns das Klebeband, mit dem sie fixiert wurde. Vielleicht hat Tadsen zwischenzeitlich Typ und Hersteller des Tapes herausfinden können.“

„Es wäre ein Ansatz.“ Thies nickte zustimmend. „Aber sämtliche Arztpraxen und Krankenhäuser abzuklappern dürfte eine Sisyphusarbeit werden.“

Wiebke gab ihm recht. Sie dachte an das Telefonat mit Petersen, der nicht sonderlich begeistert von der Idee gewesen war, die Öffentlichkeit ins Boot zu holen. Doch sosehr sie sich auch den Kopf zermarterte, eine andere Wahl schienen sie auch zwanzig Stunden nach dem Fund der Frauenleiche nicht zu haben.

*

Osterhever, Vergangenheit

Als sie vor die Tür trat, regnete es. Der scharfe Wind, der von der nahen Küste über die Halbinsel wehte, ließ sie frösteln. Jana zog den Reißverschluss ihrer Softshelljacke zu und schlug den Kragen hoch. Im Halbdunkel des Hofes musste sie höllisch aufpassen, nicht in eine der zahlreichen Pfützen zu treten. So überquerte sie den unbefestigten Weg zu ihrem Auto im Slalom. Als sie hinter dem Lenkrad saß, stierte sie minutenlang durch die Regentropfen, die sich auf der Windschutzscheibe gebildet hatten. Der Wind pfiff um den Wagen und erzeugte ein unheimliches Heulen.

Bevor Jana den Motor startete, um den Heimweg anzutreten, warf sie einen letzten Blick hinauf zur Wohnung ihrer Freundin. Ein wenig wunderte sie sich darüber, dass sie gleich, nachdem sie die Wohnung verlassen hatte, das Licht gelöscht hatte. Mit einem eigenartigen Gefühl in der Magengegend fuhr sie los. Die Scheibenwischer schrabbelten mit einem hässlichen Geräusch über das Glas der Windschutzscheibe.

Kaum, dass sie die Landstraße erreicht hatte, kam ihr ein Wagen in halsbrecherischem Tempo entgegen. Die Scheinwerfer blendeten sie, und Jana stieß einen wilden Fluch aus, als sie dem anderen Fahrer im letzten Moment ausweichen konnte. „Idiot“, schickte sie dem Wagen hinterher. Im zweiten Augenblick rieselte ein Schauer ihren

Rücken herunter. Das Auto, das ihr entgegengekommen war, kannte sie. Was hatte das zu bedeuten?

Warum kam er zu später Stunde noch hierher? Was wollte er von ihr? Langsam ließ sie den Wagen über die einsame Landstraße rollen, während sie mit dem Gedanken spielte umzukehren. Doch aus einem nicht erfindlichen Grund entschied sie sich dagegen und fuhr weiter.

*

Husum, Poggenburgstraße, 18.30 Uhr

Es war ein langer und frustrierender Arbeitstag gewesen. Wiebke fühlte sich matt und ausgebrannt, als sie im Nieselregen vor die Tür der Polizeidirektion trat, sekundenlang fröstelnd am oberen Ende der breiten Treppe stand und die Autoschlange beobachtete, die sich vorbeischob. Heute war es gar nicht richtig hell geworden. Der Herbst hatte Nordfriesland fest im Griff. Eigentlich mochte sie den Herbst, die Zeit der dunklen Tage, an denen man es sich in den eigenen vier Wänden bei einer Kanne Tee auf dem Sofa mit einer Wolldecke gemütlich machte und in einem Buch oder einer Netflixserie versinken konnte.

Wiebke überlegte, ob sie noch kurz in die Stadt gehen sollte, um auf andere Gedanken zu kommen. Manchmal tat es gut, sich ins Tine Café oder in das obere Stockwerk des Husum Pub zu setzen, um das bunte Treiben im Binnenhafen von oben zu betrachten. Wahrscheinlich, so dachte sie weiter, herrschte bei diesem Wetter kein Betrieb in der Stadt. Wer unterwegs war, der hielt sich nicht länger als nötig draußen auf und machte, dass er nach Hause kam. In wenigen Wochen würde der Husumer Weihnachtsmarkt rund um den Tine-Brunnen seine Pforten öffnen und nach der Urlaubersaison wieder etwas Leben in die Stadt zaubern. Doch noch war es nicht so weit, und es schien, als läge die Stormstadt in einer Art Dämmerschlaf.

Wiebke fröstelte und versenkte die Hände in den Jackentaschen. Sie freute sich auf ein heißes Bad und etwas Ruhe. Morgen, so hoffte sie, würden sie mit der Beteiligung der Öffentlichkeit endlich wissen, um wen es sich bei der geheimnisvollen Toten aus Friedrichstadt handelte.

Kapitel 9

Osterhever, 20.00 Uhr

Sandra Mathis erschauderte, als sie die Seite des Radiosenders auf dem Smartphone aufrief. Dort hatte man vor fünf Minuten in den Nachrichten gemeldet, dass die Polizei eine Frauenleiche gefunden hatte, die einem Gewaltverbrechen zum Opfer gefallen war. Ein Foto hatte der Sender auf seine Website gestellt, da die Polizei um die Mithilfe der Bevölkerung bat.

Anfangs war es nur ein dumpfes Gefühl gewesen, das die junge Frau beschlichen hatte, als sie die Nachrichten im Radio der Küche gehört hatte. Das schlechte Gefühl wurde zu einer Ahnung, einer schrecklichen Befürchtung, die sie sich gar nicht traute, zu Ende zu denken. Und dennoch blieb der Verdacht, dass ihrer besten Freundin etwas zugestoßen sein könnte. Normalerweise telefonierten sie fast jeden Tag miteinander. Und wenn die Zeit dazu nicht genügte, schrieben sie sich Textnachrichten. Doch von Jana hatte sie seit zwei Tagen keine Antwort erhalten. Eigenartigerweise waren an den Nachrichten, die sie ihr geschickt hatte, nur einfache Häkchen, was bedeutete, dass Jana die Mitteilungen nicht erhalten oder abgerufen hatte. Das konnte bedeuten, dass ihr Handy ausgeschaltet oder kaputt war. Eigentlich kein Grund zur Sorge, denn Jana war im Umgang mit ihren Smartphones schon in der Vergangenheit nicht sonderlich geschickt gewesen. Ihre Telefone waren Gebrauchsgegenstände, die sie schon mal zwischen den Autositzen eingeklemmt und zerstört hatte. Einmal, so erinnerte sich Sandra, war ihrer Freundin ein erst wenige Tage altes Smartphone aus der Jeanstasche ins Klo gefallen.

Wahrscheinlich war auch jetzt wieder etwas mit ihrem Handy passiert. Eigentlich, so machte sich Sandra Mut, kein Anlass zur Sorge.

Doch mit dem Hilfeaufruf der Polizei im Radio war schlagartig alles anders geworden. *Etwas stimmt nicht mit Jana*, schrie eine innere Stimme in ihrem Schädel. Jetzt zitterten ihre Finger, als sie sich durch das Menü der RSH-App wischte und scrollte.

Die Polizei bittet um Ihre Mithilfe, hieß es in den Nachrichten. Dann wurde die von den Behörden gefundene Frau beschrieben. Und damit stieg Sandras schlechtes Gefühl von Sekunde zu Sekunde an. Die unbekannte Frauenleiche wurde auf Mitte dreißig geschätzt. Sie hatte schulterlange, dunkelblonde Haare und blaue Augen. Wie Jana. Beim Auffinden trug sie Jeans, ein T-Shirt und einen Kapuzenpulli, dazu Turnschuhe der Marke Adidas. *Jana liebt Adidas*, schrie alles in Sandra. Erst jetzt erinnerte sie sich an ein Gespräch im Krankenhaus. Dort hatten sich zwei Kolleginnen im Dienstzimmer darüber unterhalten, dass sie für einige ausgefallene Schichten im Spätdienst Ersatz finden mussten. Die Stationsleiterin war nicht sonderlich erfreut davon, dass jemand fehlte und der Dienstplan irgendwie abgedeckt werden musste. Handelte es sich bei der fehlenden Kollegin um Jana?

Warum habe ich nicht gleich danach gefragt?, hämmerte es in ihrem Schädel.

Sandra holte tief Luft, als sie den Link, der zur Fahndungsseite der Polizei Schleswig-Holstein führte, aufrief. Als sich das Foto öffnete, wurde ihr schwarz vor Augen. Tränen schossen in ihre Augen, das Herz raste, sie bekam weiche Knie und sank zu Boden. Auf dem Bild sah sie ihre beste Freundin. Leblos schienen ihre Augen in die Kamera zu schauen. Ein Schauer des Entsetzens rieselte Sandras Rücken herunter. Sekundenlang starrte sie das Foto an. Fassungslos, entsetzt und starr vor Schreck. Übelkeit stieg in ihr auf. Sie spürte, wie ihr Magen rebellierte, und übergab sich auf dem Fußboden. Krämpfe schüttelten sie. „Nein", wimmerte sie, „das kann nicht sein." Eine Katze kam herangeschlichen. Das Tier schien sich zu wundern, dass Sandra auf dem Dielenboden ihrer Dachgeschosswohnung kniete und weinte. Sie registrierte die getigerte Katze gar nicht, war wie hypnotisiert und weinte haltlos.

Schmerzhaft wurde ihr klar, dass ihre beste Freundin einem Gewaltverbrechen zum Opfer gefallen war. *Jana ist tot*, schrie es in ihr. Bei der toten Frau in Friedrichstadt handelte es sich um ihre beste Freundin. Friedrichstadt … Sie ordnete ihre Gedanken, die nebulös in ihrem Kopf herumgeisterten. Man hatte sie in einer Gracht, einen Steinwurf vom Marktplatz entfernt, gefunden. Langsam lichtete sich der Schleier ihrer Gedanken. Sandra kam ein schrecklicher Verdacht.

„Du Arsch", zischte sie leise. „Du verdammtes Arschloch. Warum hast du das getan?" Sie holte tief Luft und wischte sich die Tränen mit den Ärmeln ihres weiten Pullis fort. So schnell sie konnte, sammelte sie sich. „Das wirst du büßen“, sagte sie, während sie das Bild ihrer Freundin aus tränenverschleiertem Blick betrachtete. Es gab nur noch eines, was sie für Jana tun konnte. Sandra schloss das Fenster auf dem Display und rief die Telefonfunktion auf. Ihre Finger zitterten, als sie die Notruf-Nummer wählte und dem Freizeichen lauschte. Schon nach dem zweiten Klingeln meldete sich am anderen Ende der Leitung jemand. Sandra holte tief Luft, dann schilderte sie mit tränenerstickter Stimme ihr Anliegen.

*

Ostenfeld, 21.55 Uhr

Als sie erwachte, schmerzte ihr Rücken. Sie war vor dem laufenden Fernseher auf dem Sofa ihrer kleinen Stube eingeschlafen. Dort hatte sie eine neue Krimiserie gestreamt, war aber schon zu Beginn der zweiten Folge eingeschlafen. Ein Geräusch, das sie zunächst dem Film, der über die Mattscheibe flimmerte, zugeordnet hatte, riss sie aus dem Halbschlaf. Ihr Smartphone lag auf dem Wohnzimmertisch und erzeugte neben dem Klingelton ein wütendes Brummen. Der Vibrationsakku sorgte dafür, dass das Handy im Takt der Vibration über den Tisch wanderte.

Wiebke schüttelte die Wolldecke, unter der sie es sich gemütlich gemacht hatte, ab und angelte nach dem Telefon. Der Blick auf das Display verriet ihr, dass es sich bei dem Anrufer um Thies handelte. Was wollte der Staatsanwalt zu später Stunde von ihr? Sie tippte auf die grüne Fläche und meldete sich. Dabei ließ sich nicht verhindern, dass ihre Stimme schlaftrunken klang.

„Habe ich dich geweckt?“ Das schlechte Gewissen schwang in seinen Worten mit.

„Nein“, erwiderte Wiebke zu schnell und richtete sich auf dem Sofa auf. Die Wolldecke zog sie sich bis zum Hals. „Das heißt, doch. Ich muss auf der Couch eingeschlafen sein und …“

„Das tut mir leid, ehrlich.“ Thies klang betroffen.

„Schon gut. Was gibt es?“ Wiebke nahm die Fernbedienung, die sie vorhin unter das Sofakissen geschoben hatte, und schaltete den Ton des Fernsehers ab.

„Wir haben sie.“

„Sorry, Thies. Wovon redest du?“

„Nach dem Aufruf in den Medien überstürzen sich die Ereignisse. Die Kollegen der Flensburger Mordkommission arbeiten Tag und Nacht, um allen Hinweisen nachzugehen. Wir wissen jetzt, um wen es sich bei der Toten aus Friedrichstadt handelt, und können mit der Arbeit beginnen.“

Auf der Stelle war Wiebke hellwach. „Erzähl!“

„Der Name des Opfers ist Jana Biel, sie ist 36 Jahre alt, alleinstehend und arbeitet als examinierte Krankenpflegerin im Husumer Krankenhaus.“

„Ich scheine eine Menge verpasst zu haben.“ Wiebke erhob sich vom Sofa und ging mit dem Telefon am Ohr in die Küche. Kurz war sie geblendet, als sie das Licht einschaltete.

„Ich habe nur die Fakten zusammengetragen." Thies lachte verhalten. „Als Erstes hat sich ihre Freundin bei den Kollegen gemeldet."

„Also war sie homosexuell?"

„Nein, aber die beiden waren nach ihren Angaben beste Freundinnen." Er lachte erneut. „Das muss wohl so ein Mädchending sein, das wir Männer nie verstehen werden, Wiebke. Stundenlange Telefonate, gemeinsames Lästern in irgendwelchen Cafés und Klubs und Mädchenabende."

„Ach so." Wiebke nickte und musste kurz überlegen, wer ihre beste Freundin war. Außer Levke, die seit einigen Jahren in Hamburg lebte, weil sie dort für einen Shoppingfernsehkanal moderierte, fiel ihr niemand ein.

„Ich habe die Kollegen in Husum schon informiert. Sandra Mathis steht unter Schock. Sie wird gerade abgeholt und in die Dienststelle nach Husum gefahren, wo sich ein Seelsorger um sie kümmert. Es wäre gut, wenn du dir ihre Geschichte anhören würdest."

„Wird erledigt." Wiebke öffnete den Kühlschrank, um sich einen Schluck Milch aus dem Tetrapack zu genehmigen. „Was muss ich noch wissen?" Die Milch erfrischte sie ein wenig.

„Nichts." Thies räusperte sich. „Ich werde nachkommen, nur dauert es bei mir etwas länger, weil ich in Flensburg bin."

„Mach dir keinen Stress, Thies." Wiebke spürte, wie ihre Müdigkeit verflog. „Ich habe die Lage im Griff." Endlich kam Bewegung in den Fall. Wenn sie endlich wussten, um wen es sich bei der Frau aus Friedrichstadt handelte, kamen sie mit ihren Ermittlungen voran. Sie verabschiedete sich von Thies und begab sich ins Bad, um sich ein wenig frisch zu machen.

*

Petersen war anfangs nicht begeistert, als Wiebke ihn anrief und über die ersten Ermittlungsergebnisse informierte. Er hatte es sich in seiner kleinen Stube gemütlich gemacht und sich bei einem kühlen Flens ein Livekonzert von Santiano gestreamt. Doch es half nichts – die Arbeit rief, und so blieb ihm nichts anderes übrig, als in die ausgebeulte Jeans und den dunkelblauen Pulli zu schlüpfen, um noch mal zur Dienststelle an der Poggenburgstraße zu radeln. Während er sich eine Handvoll Wasser ins Gesicht warf, um frisch zu werden, ging er den Fall noch einmal in Gedanken durch. Wer kam auf die kranke Idee, sein Opfer kopfüber an das Geländer einer Brücke zu hängen?

Sicher jemand, der ein Zeichen setzen will, dachte er, während er das Mountainbike vom Flur des kleinen Traufenhauses an der Süderstraße auf den schmalen Bürgersteig schob. Doch wer will ein Zeichen setzen? Ein psychisch kranker Täter? Jemand, der einen Racheakt bekannt machen will oder der sein Opfer in der Öffentlichkeit anprangern möchte?

Jan Petersen schob das Rad entgegen der Einbahnstraße, bis er den Abzweig zur Straße Plan erreicht hatte. Hier überquerte er die Kreuzung und nahm die Süderstraße, die von hier aus zum Marktplatz führte. *Wie verbittert muss jemand sein, der einen Mitmenschen derart grausam zur Schau stellt?*, fragte er sich, während das Rad über das Kopfsteinpflaster rumpelte. Falsch, dachte er dann und korrigierte sich in Gedanken. Wie krank muss jemand sein, einem Mitmenschen so etwas anzutun? Auf der Höhe des Marktplatzes hielt er sich rechts. Düster wie ein Mahnmal ragte der Tine-Brunnen in den bewölkten Abendhimmel der Grauen Stadt. Er sah einen Obdachlosen, der schwer bepackt über den Marktplatz in Richtung Schlossgang schlurfte und ihm dabei fast vor das Fahrrad lief.

„Pass doch auf, du Döspaddel!“, rief Petersen ihm hinterher, doch der Mann schien ihn gar nicht bemerkt zu haben. Ohne auf den Verkehr zu achten, überquerte er die Straße und verschwand im Halbdunkel unter dem Torbogen des Schlossgangs. Im nächsten Augenblick hatte Petersen ihn schon wieder vergessen. Es galt, sich auf den Fall zu konzentrieren.

Kapitel 10

Husum, Binnenhafen, 22.05 Uhr

Gyde Nissen trat beschwingt vor den *Husum Pub* und zündete sich eine Zigarette an. Mit dem Schließen der Eingangstür drang die laute Musik der Kneipe nur noch gedämpft nach draußen. Sie atmete ein paar Mal tief durch und genoss die Stille hier draußen. Der Regen hatte nachgelassen, trotzdem wehte ein eisiger Wind in der Stormstadt. Fröstelnd zog sie den Reißverschluss ihrer weinroten Steppjacke zu. Während sie rauchte, ließ sie den Blick zum Binnenhafen schweifen. Auf der *Nordertor* brannte noch Licht, im Rathaus auf der gegenüberliegenden Seite waren alle Fenster dunkel. Das Verwaltungshaus befand sich auf dem ehemaligen Gelände der Husumer Schiffswerft und wirkte wegen seines modernen Aussehens wie ein Fremdkörper zwischen den anderen Gebäuden entlang der Schiffbrücke. Nur der historische Tonnenleger *Hildegard* auf der noch in Teilen vorhandenen Slipanlage erinnerte an die Vergangenheit der Werft im Binnenhafen.

Gedankenverloren paffte Gyde den Rauch in Kringeln zum wolkenverhangenen Nachthimmel. Ein geselliger Abend mit Freunden lag hinter der Ärztin aus Niebüll. Sie war bis zum Schluss geblieben und hatte sich noch einen alkoholfreien Absacker an der Bar genehmigt. Zu Hause wartete niemand auf sie, und morgen hatte sie frei. Es gab einige Dinge zu erledigen, die sie unmöglich nach Feierabend schaffte. Als sie sich umwandte, betrachtete sie sich im Spiegelbild der Fenster. Vor ihr stand eine große, schlanke Frau von Ende vierzig mit schulterlangen, dunklen Haaren und strahlend blauen Augen, die sie angeblich von ihrem im letzten Jahr verstorbenen Vater geerbt hatte. Er hatte die Aufregung um seine einzige Tochter nicht verkraftet – das behauptete zumindest ihre Mutter voller Vorwurf, zu der sie seit dem Tod des Vaters keinen Kontakt mehr hatte.

Im Spiegelbild der Scheiben sah sie eine selbstbewusste Frau in hohen Stiefeln mit Absätzen, dazu Nylons und ein figurbetonter Rock, der zwei Handbreit über den Knien endete. Die neue Frisur stand ihr gut, sie wirkte modern und machte die attraktive Ärztin jünger. Zufrieden strich sie sich eine fransige Strähne aus der Stirn und musterte sich im Spiegelbild des Fensters. Wer sie nicht kannte, schätzte sie jünger als Mitte vierzig.

Gyde war glücklich mit ihrem Aussehen.

Sie hatte ein neues Leben angefangen, war aus Husum fortgezogen und nur noch selten in der Grauen Stadt. Zu frisch waren noch immer die Erinnerungen an damals, zu groß die Gefahr, immer wieder auf die Vergangenheit angesprochen zu werden. Damals war ihr Foto durch sämtliche Zeitungen gegangen. Öffentlich an den Pranger gestellt hatte man die bis dato angesehene Kardiologin. Der Skandal hatte das Ende ihrer Laufbahn als Ärztin im Theodor-Storm-Krankenhaus bedeutet.

In Husum kannte jeder jeden, nicht immer eine wünschenswerte Eigenschaft der Grauen Stadt am Meer. Trotzdem trauerte sie der Zeit in Husum ein wenig hinterher, war die Stadt nicht zu vergleichen mit dem ländlichen Niebüll. Doch sie hatte sich mit ihrem neuen Leben schnell arrangiert, nachdem sie unter ihr Leben in Husum einen verbitterten Schlussstrich gezogen hatte.

Auch privat war einiges in die Brüche gegangen. Zwar hatte ihr Frank Fischer, der Kaufmännische Direktor des Krankenhauses, den Rücken freigehalten, doch dass ihre Beziehung daran gescheitert war, das hatte die attraktive Frau bis zum heutigen Tage nicht verkraftet.

Doch so schnell brachte Gyde Nissen nichts aus der Bahn.

Aufstehen, Krone richten und weiter geht's, sagte sie sich immer in solchen Situationen. Seitdem sie Husum verlassen hatte, arbeitete sie vom Homeoffice aus für einen Pharmakonzern in Hamburg. Mit Medikamenten kannte sie sich bestens aus. Dass ihr diese Kenntnisse um ein Haar zum Verhängnis geworden wären, verdrängte sie in ihrem neuen Leben. Ebenso ihre Zeit mit Frank. Es war, als hätte es ihn nie gegeben. Und dennoch schmerzte der Gedanke daran, ihn damals für immer verloren zu haben. Er musste seinen Weg gehen, da passte eine Affäre nicht in seine ehrgeizigen Pläne.

Gyde war eine lebensfrohe Frau, die mit beiden Beinen fest im Leben stand. Und dazu gehörten auch die Veränderungen, zu denen sie sich damals entschlossen hatte.

Nachdem sie einen letzten Zug von ihrer Zigarette genommen hatte, drückte sie den Stummel im Aschenbecher vor dem Pub aus und trat den Weg zu ihrem Auto an, das sie vorhin auf dem großen Platz an der Deichstraße abgestellt hatte. Es hatte den Anschein, als hätte man die Bürgersteige der Stadt hochgeklappt, so menschenleer waren die Straßen. Im Herbst wurde es ruhig in Nordfriesland. Die Touristen blieben weg, und die Einheimischen erholten sich von den arbeitsreichen Monaten in der Hochsaison. Gyde liebte diese Zeit der Stille in Nordfriesland, sie wurde von einer eigenartigen Melancholie begleitet.

Während sie gedankenverloren ihren Weg fortsetzte, überkam sie ein unbehagliches Gefühl, das sie sich nicht erklären konnte. Womöglich lag das daran, dass die Stadt wie ausgestorben war.

Gyde Nissen hielt sich halb rechts und bog in die verlassen daliegende Hafenstraße ab. Tagsüber tummelten sich hier die Menschen, doch jetzt war sie ganz alleine unterwegs. Ihr Weg führte vorbei an kleinen Cafés, Restaurants und Boutiquen, die sich wie Perlen auf einer Schnur aneinanderreihten und am Tage zum Bummeln entlang der Husumer Au einluden. Doch jetzt fühlte sie sich, als wäre sie auf einem fremden Planeten unterwegs. Die Gebäude, in denen tagsüber reges Treiben herrschte, erschienen ihr wie die Kulissen eines düsteren Films.

Hohl klangen die Schritte ihrer hohen Stiefel auf dem Pflaster. Immer wieder wandte Gyde sich im Gehen nach hinten um. Niemand folgte ihr. Im Becken des Binnenhafens herrschte Ebbe. Immer wenn für einen kurzen Augenblick das kalte Licht des Mondes durch die tief hängenden Wolken drang, schimmerte der Schlick im Hafenbecken geheimnisvoll. Gyde bildete sich ein, dass der seichte Wind vom Meer den Duft nach Morast und Verwesung in ihre Nase wehte.

Ein eigenartiges Gefühl überkam sie. Gyde fühlte sich verfolgt und beschleunigte ihre Schritte. Als sie zurücksah, glaubte sie, einen gleitenden Schatten zu sehen, der ihr lautlos folgte. Doch da war niemand, der ihr auf den Fersen war.

„Ich habe schon Halluzinationen", sagte sie leise und schüttelte den Kopf. Doch das Lachen erstickte im Ansatz, denn im nächsten Augenblick schälte sich eine hochgewachsene Gestalt aus dem Dunkel einer Einfahrt neben dem Nationalpark-Haus. Während der Saison konnten sich die Urlauber hier Ausflugstipps holen und einiges über das Weltkulturerbe Wattenmeer erfahren. Wer um diese Uhrzeit hier herumlungerte, der führte sicher nichts Gutes im Schilde.

Ohne anzuhalten, warf Gyde einen ängstlichen Blick über die Schulter. Der Statur und dem Gang nach zu urteilen, handelte es sich bei ihrem Verfolger um einen Mann. Die Hände hatte er in den Jackentaschen vergraben, sein Gesicht lag im Schatten einer Kapuze, die offensichtlich zu einem schwarzen Sleeve-Shirt gehörte. Im Gehen nahm Gyde noch die schweren Schuhe wahr, die er über der schwarzen Cargohose trug. Er ging schnell, hielt bei gleichbleibendem Abstand Schritt mit ihr. Sie überlegte, ob ihr der Mann schon im Pub aufgefallen war, konnte sich aber nicht an ihn erinnern. Sie ging davon aus, dass der Fremde ihr hier draußen aufgelauert hatte. Ihre Unruhe steigerte sich in Angst.

Bin ich ein zufälliges Opfer für ihn?

Panik stieg in ihr auf, Gydes Pulsschlag beschleunigte sich. Sie war eine selbstbewusste Frau, der man so schnell keine Angst einjagen konnte. Zu viel hatte sie schon erlebt, um sich jetzt Bange machen zu lassen. Doch sie musste sich eingestehen, dass sie die Situation als unangenehm, ja, als furchteinflößend empfand. Kurz spielte sie mit dem Gedanken, das Smartphone zu zücken. Doch wen sollte sie anrufen?

Die Polizei?

Nein, die würden ihr sicher nicht helfen. Nicht nach alldem, was geschehen war. Und sie würden keinen Streifenwagen schicken, nur weil sie sich gerade ängstigte.

Warum habe ich das verdammte Tränengas im Handschuhfach gelassen?, fragte sie sich. Normalerweise trug sie die kleine Sprühdose bei sich, doch ausgerechnet heute hatte sie das Gas aus einem schwer zu erklärenden Grund im Auto gelassen. Wahrscheinlich lag es daran, dass sie sich in Husum sicher fühlte. Eine trügerische Auffassung.

Gyde beschleunigte ihre Schritte. Atemlos versuchte sie, sich nicht noch einmal umzuschauen. Sie wollte ihrem Verfolger nicht signalisieren, dass sie sich vor ihm ängstigte. *Nur keine Unsicherheit zeigen*, mahnte sie sich. Doch er hielt Schritt und ging nun auch schneller.

Warum ist niemand mehr unterwegs, den ich um Hilfe bitten kann?, hämmerte es in ihrem Schädel. Immer schneller wurden ihre Schritte, doch der Mann ließ sich nicht abschütteln. Sie bezweifelte keine Sekunde, dass sie ihm körperlich unterlegen war. Inzwischen hatte sie den vorderen Bereich der Schiffbrücke erreicht. Rechts lagen die beiden Fischrestaurants verlassen da, links der gläserne Bau des Husumer Hafenkontors, das den Anfang der Hafenstraße bildete. Auch hier war längst alles dunkel. Sie brauchte nicht auf Hilfe zu hoffen.

Weiter hinten gab es noch das *La Dolce Vita*, ebenfalls ausgestorben. Jetzt wurde es Gyde unheimlich, denn der Fremde hinter ihr hielt sich ebenfalls halb links. Inständig hoffte sie, dass er die kleine Unterführung nehmen würde, die zum Fritz-Lorenzen-Gang am Kutterhafen führte.

Während sie ihre Schritte noch einmal beschleunigte, horchte sie hinter sich. Bildete sie es sich ein, oder holte ihr Verfolger auf? Panisch warf sie einen Blick über die Schulter und stellte fest, dass er den Abstand gefährlich verringert hatte. Sie rannte weiter, war froh, über eine gute Kondition zu verfügen. Das tägliche Joggen machte sich bezahlt. Dennoch klopfte ihr das Herz bis zum Hals. Als sie wieder nach vorne blickte, strauchelte sie. Sie bereute die Entscheidung, sich für die hochhackigen Stiefel entschieden zu haben. Einer der Absätze brach ab und brachte sie aus dem Schritt. Gyde ruderte wild mit den Armen und drohte zu stürzen.

Im letzten Augenblick fühlte sie zwei starke Hände, die sie von hinten packten und den unausweichlichen Sturz in letzter Sekunde abwendeten. Ihre Schultern schmerzten nach dem Ruck entsetzlich, dann fühlte sie seine Arme, roch seinen Atem und sah sein Gesicht übergroß vor ihren Augen auftauchen.

Hatte seine Miene im ersten Augenblick wie versteinert gewirkt, so entspannten sich seine Gesichtszüge ein wenig. Zufrieden lächelte er sie an. Oder war es ein überhebliches Lächeln?

„Du?“, fragte Gyde überrascht und ließ sich von ihm auf die Beine helfen. „Der Absatz ist abgebrochen, so ein Mist.“

„Das ist dein kleinstes Problem“, bemerkte er mit regungsloser Miene und hielt sie mit einer einzigen Hand an den Handgelenken fest.

Die wilde Entschlossenheit in seinem Blick machte ihr Angst. „Was willst du?“

„Dich, Gyde.“ Eine Hand verschwand kurz in seiner Jackentasche, dann hielt er ihr die Hand vor das Gesicht. In seiner Handinnenfläche befand sich ein mit einer Flüssigkeit getränktes Tuch, das er ihr brutal auf Mund und Nase presste.

Gyde wusste, was er vorhatte, doch er war stärker als sie. Unter die Überraschung mischte sich jetzt eine ungeahnte Todesangst. Wild zerrte sie an den Armen, doch er hielt sie unerbittlich fest. Als sie den Mund panisch aufriss, schmeckte sie den bitter-metallischen Geschmack und wusste, womit er sie außer Gefecht setzte. Doch es war bereits zu spät, um Widerstand zu leisten.

Gyde spürte, wie ihr die Sinne schwanden. Übelkeit stieg in ihr auf, gleichzeitig schien sich ihre Umgebung im Kreis zu drehen. Sie fühlte, wie ihre Beine nachgaben, und spürte seine starken Hände. Er verhinderte, dass sie zu Boden sackte. Erst tanzten Lichtblitze vor ihren Augen, dann wurde sie von einer alles umhüllenden Schwärze gepackt. Ihr Herz raste wie verrückt. *Ein Herzinfarkt muss sich ähnlich anfühlen*, dachte sie, bevor sie in eine alles verschlingende Ohnmacht sank.

Was dann geschah, bemerkte Gyde schon längst nicht mehr. Sie war ihm ausgeliefert.

*

Husum, Poggenburgstraße, 22.10 Uhr

Wiebke hatte sich zu Hause noch schnell einen Tee aufgesetzt und in den großen Thermobecher gefüllt, bevor sie nach Husum aufgebrochen war. Unterwegs sinnierte sie über die Tote, deren Identität nun endlich feststand, während sie das *Vitaminfrüchtchen*, das sie sich vor einigen Tagen im Teekontor am Schlossgang besorgt hatte, in kleinen Schlucken trank. Sie genoss die fruchtige Mischung aus Cranberrys, Sanddornbeeren, Apfel und Hibiskus und spürte die angenehme Wärme, die ihr Inneres mit jedem Schluck flutete.

Nachdem sie den Panda auf dem Hof der Dienststelle geparkt hatte, nahm sie den Hintereingang. Das Licht der Neonröhren auf den Gängen der Polizeidirektion blendete sie.

Bevor sie sich in den Verhörraum begab, wo sie erwartet wurde, warf sie einen kurzen Blick in ihr Büro. Hier brannte nur die Schreibtischlampe auf Petersens Platz. Seinen Parka hatte er über die Stuhllehne geworfen. Offensichtlich leistete er dem von Thies bestellten Seelsorger bereits Gesellschaft. Im Vorraum des Verhörzimmers saß niemand. Nur der Monitor auf dem Schreibtisch war eingeschaltet und erlaubte Wiebke einen ersten Blick auf das Geschehen im Innern. Sie erkannte ihren Partner und einen grauhaarigen Endfünfziger, bei dem es sich wahrscheinlich um den Seelsorger handelte. Wiebke kannte den Pfarrer, der in Notlagen der Polizei als Seelsorger zur Verfügung stand, vom Sehen. Vor Kopf saß eine etwas stämmige Frau in sportlicher Kleidung. Die kurze Fransenfrisur verlieh ihrem Aussehen etwas Freches, das nicht zur Situation passen wollte. Die Frau, Wiebke schätzte sie auf Ende dreißig, Anfang vierzig, stierte kopfschüttelnd auf die Tischplatte.

Nachdem Wiebke angeklopft hatte, trat sie ein. „Moin", sagte sie, nickte dem Pfarrer und Jan Petersen zu und stellte sich der Besucherin vor. Danach zog sie sich einen freien Stuhl heran, stellte den Teebecher ab und setzte sich.

„So sieht man sich", grinste Petersen und fing sich prompt einen tadelnden Blick von Wiebke ein. Der Seelsorger stellte sich ihr als Hans Jakobs vor. Sein dünnes Haar war von silbrigen Strähnen durchlaufen, die Augen hellblau und wachsam. Still ruhten seine gepflegt wirkenden Hände auf der Tischplatte.

„Frau Mathis ist entsetzt über die schreckliche Tat", eröffnete er das Gespräch. „Und sie verlangt die umgehende Festnahme des Täters."

„Das klingt, als wüssten Sie schon, an wen wir uns wenden müssen", stellte Wiebke an die Frau gerichtet fest.

Als sie der Blick von Sandra Mathis traf, sah Wiebke ein kämpferisches Blitzen in ihren grünen Augen. „Dieses Schwein", zischte sie und legte die geballten Fäuste auf den Tisch. „Er hat sie umgebracht."

Wiebke verstand nicht. „Von wem reden Sie?"

„Von Peter, dem Arsch." Sandra Mathis blickte Wiebke feindselig an. Tränen traten in ihre Augen. „Dabei war Jana so ein feiner Mensch. Sie hat das alles nicht verdient."

Wiebke trank aus ihrem Becher und betrachtete erst den Pfarrer, der betroffen dreinblickte und schwieg, danach ihren Partner, der sich auf einem Block Stichworte notiert hatte, dann Sandra Mathis. Eine Haarsträhne hing ihr in die Stirn.

„Was genau hat Ihre Freundin nicht verdient?," nahm Wiebke den Faden auf.

„Dass er sie so behandelt hat. Und dass er sie umgebracht hat." Sandra Mathis presste die Worte mühsam hervor. „Dieser Wichser."

„Bitte beruhigen Sie sich", bat Petersen. „Wir versprechen, den Mörder Ihrer Freundin zu finden. Doch erst einmal der Reihe nach."

Sandra Mathis betrachtete ihn feindselig. „Ich weiß schon, dass er es gewesen ist."

Hans Jakobs räusperte sich. „Herr Petersen und Frau Ulbricht werden feststellen, ob sich Ihr Verdacht bestätigt. Sie wollen sicher nicht, dass ein Unschuldiger verurteilt wird und eine langjährige Haftstrafe verbüßt, oder?"

„Nein." Sandra Mathis wich seinem Blick aus und schüttelte den Kopf. Dann schaute sie die Polizisten an. „Was wollen Sie wissen?"

Bevor Wiebke und Petersen ihre Fragen stellen konnten, erhob sich Hans Jakobs von seinem Platz. Erst jetzt wurde Wiebke klar, dass er fast zwei Meter groß war. Sie schaute zu ihm auf, während er Sandra Mathis verbindlich anlächelte. „Ich denke, ich überlasse Sie jetzt den Herrschaften der Kripo, oder brauchen Sie mich noch?"

„Nein", sagte Sandra Mathis. „Es tat gut, über alles zu reden."

Hans Jakobs verabschiedete sich. Als er den Raum verlassen hatte, gab Wiebke ihrem Partner ein Zeichen.

„Wann haben Sie Ihre Freundin zum letzten Mal gesehen?" Petersen war bemüht, seine raue Stimme einfühlsam klingen zu lassen.

„Vorgestern", sagte sie leise. „Sie hat mich besucht."

„Gab es etwas Besonderes zu besprechen?", fragte Petersen.

Sandra Mathis betrachtete ihn nachdenklich, kaute auf der Unterlippe und schüttelte schließlich den Kopf. „Nein", sagte sie, „wir sind … wir waren halt beste Freundinnen." Sie warf Wiebke einen hilfesuchenden Blick zu. „Sie kennen so etwas sicher auch, oder? Sie sind doch eine Frau."

Wiebke schmunzelte, als sie sich an das Telefonat mit Thies erinnerte. Er hatte die teils innigen Freundschaften unter Frauen als *Mädchending* bezeichnet. „Ja", nickte sie. „Ich verstehe, was Sie meinen."

„Woher kannten Sie sich?", fragte Petersen, während er sich Notizen machte.

„Von der Arbeit. Wir arbeiten beide als Krankenpflegerin in der Kardiologie der Theodor-Storm-Klinik." Sandra Mathis rang sich ein schwaches Grinsen ab. „Anfangs konnten wir uns nicht riechen, aber als wir ein paar Mal gemeinsam Nachtdienst schieben mussten, haben wir irgendwie gemerkt, dass wir uns doch ganz gut leiden können … konnten." Sie schnäuzte sich geräuschvoll die Nase. „Ich kann das alles immer noch nicht glauben."

„Gab es gemeinsame Freunde?“

„Ein paar. Aber müssten Sie nicht eher die Feinde interessieren?“

„Gab es denn welche?“ Petersen zog eine Augenbraue hoch.

„Peter, den Wichser.“ Sandra Mathis ballte die Hände zu Fäusten. „Immer wieder gab es Stress mit dem. Nach außen hin ein smarter Typ, aber sobald er gesoffen hatte, wurde er ätzend, hat rumgepöbelt und seine Freundin beleidigt.“

„Verbal, oder kam es auch zu körperlicher Gewalt?“, mischte sich Wiebke ein. Sie betrachtete die Frau und wusste nicht, ob sie den Worten von Sandra Mathis Glauben schenken sollte. Irgendetwas klang aufgesetzt und unschlüssig, schien nicht zu passen, doch Wiebke wusste nicht, was das war. Ihr Bauchgefühl täuschte sie selten, deshalb blieb ein eigenartiges Gefühl. Dennoch beschloss sie, gegebenenfalls zu einem späteren Zeitpunkt darauf zurückzukommen. Jetzt war sie erst einmal auf die weiteren Ausführungen ihrer Besucherin gespannt.

„Körperlich? Verbal?“ Sandra Mathis betrachtete Wiebke nachdenklich. „Ich weiß es nicht“, murmelte sie schließlich. „Jana hat nie darüber gesprochen. Ich denke, dass es ihr peinlich war, weil ich mit meinen Vermutungen recht hatte.“

„Sie waren doch beste Freundinnen“, hakte Petersen nach. „Erzählt man sich da nicht alles?“

„Was wissen Sie schon?“, entgegnete Sandra Mathis kämpferisch. „Sie sind doch ein Kerl.“

„Das tut mir leid.“ Die Ironie in Petersens Stimme war unüberhörbar.

„Also hatten Sie den Verdacht, dass dieser Peter Ihre Freundin verprügelt?“, mischte sich Wiebke ein, bevor die Situation eskalieren konnte.

„Verprügeln weiß ich nicht, also nicht im klassischen Sinne vielleicht. Aber er ist ein Psychopath, und immer wenn ich Jana darauf angesprochen habe, hat sie alles abgestritten.“

Wiebke kannte viele Frauen, deren Männer Probleme mit ihren besten Freundinnen hatten und oft eifersüchtig reagierten, weil sie ein für den Geschmack der Männer ein zu inniges Verhältnis zueinander pflegten.

„Sie haben mit Ihrer Meinung offensichtlich nicht hinterm Berg gehalten“, vermutete Petersen.

„Natürlich nicht – ich bin immer ehrlich, manchmal zu ehrlich.“

„Wie hat Ihre Freundin auf Ihre Meinung reagiert?“, wollte Wiebke wissen.

„Anfangs hat sie ihn in Schutz genommen.“

„Anfangs?“, fragte Wiebke, als Sandra Mathis sich in Schweigen hüllte.

„Ja, irgendwann hat sie mir recht gegeben. Doch sie liebte ihn so sehr – Unsinn, habe ich gesagt, habe ihr vorgeworfen, dass sie ihm hörig ist, vielleicht, weil er so gut fickt oder was weiß denn ich?“ Die junge Frau war aufgebracht, als sie die Polizisten ansah. Ihr rundliches Gesicht hatte eine tiefrote Färbung angenommen.

„Wie lautet der Name von diesem Wichser … ähm, von Peter?“, fragte Petersen, dem der Versprecher offenbar nicht peinlich war.

„Peter Harms, er wohnt in Friedrichstadt.“

„Ach was.“ Petersen warf Wiebke einen vielsagenden Blick zu. „In Friedrichstadt?“

„Ja“, nickte Sandra Mathis kämpferisch. „Jetzt glauben Sie auch nicht mehr an einen Zufall, was?“

*

Husum, Kleikuhle, 22.20 Uhr

„Was tun Sie da?“, rief eine tiefe Männerstimme hinter ihm her. Als er sich umwandte, sah er einen dunkel gekleideten Hünen, der ihm mit großen Schritten folgte. Der Typ war kahlköpfig, fast zwei Meter groß und breitschultrig. Im Schein der Laternen glitzerte ein eiserner Ring im Ohr. Der buschige Bart und das Ehrfurcht einflößende Tattoo auf der Stirn des Mannes erinnerten ihn an den Bösewicht eines Piratenfilms, den er vor einiger Zeit auf Netflix gesehen hatte.

Die schwarze, mit unzähligen Nieten besetzte Lederjacke ließ die Schlussfolgerung zu, dass er einer Rockerbande angehörte. Auch nicht gerade die Klientel, mit der er sich anlegen wollte.

Hastig drückte er Gydes leblosen Körper fester an sich. Ihr Kopf neigte sich zur Seite. Jetzt müsste es im Halbdunkel so wirken, als würde sie sich an ihn anlehnen.

„Allens kloar?“, dröhnte die Stimme des Piratenverschnitts an seine Ohren.

„Ja ja, alles klar“, nickte er hastig und rang sich ein schwaches Grinsen ab, während der Fremde Gyde betrachtete.

„Sieht aber nicht so aus“, warf er ein.

„Meine Freundin hat einen über den Durst getrunken, dabei verträgt sie doch nichts.“ Er schüttelte vorwurfsvoll und entschuldigend zugleich den Kopf. „Ich musste sie abholen und werde sie jetzt nach Hause bringen.“

Der Bärtige hielt einen Gegenstand in die Höhe. „Und der Absatz ist ihr auch noch abgebrochen.“

„Jo“, nickte er und nahm dem Piraten den Absatz aus der Hand, um ihn in der Tasche verschwinden zu lassen. „Dank dir!“

„Brauchst du Hilfe?“ Der Bärtige schien ihm das Märchen abzukaufen.

„Nee, ich pack das schon, lass mal.“ Er schüttelte den Kopf und hielt dem prüfenden Blick seines Gegenübers stand.

„Oki, dann pass man gut auf sie auf.“

„Mach ich.“ Er lächelte und machte Anstalten, seinen Weg fortzusetzen. „Dank dir trotzdem.“

Der Pirat winkte ab und grinste schief. „Da nich für.“ Ohne seine Antwort abzuwarten, hob er die beringte Hand zum Gruß und schob Richtung Wasserreihe davon, ohne sich ein letztes Mal zu dem seltsamen Paar umzuschauen.

Sekundenlang stand er da und blickte dem übereifrigen Helfer hinterher. Nachdem er tief Luft geholt hatte, packte er sein Opfer fester und schob in Richtung Deichstraße davon. Hier stand sein Wagen, gleich neben ihrem. Mit jedem Meter, den sie zurücklegten, wurde sie schwerer. Obwohl er nicht gerade ein Schwächling war, keuchte er wie eine alte Dampflok, als er endlich den Wagen aufschloss. Die Heckklappe öffnete sich automatisch. Er verharrte, schaute sich aufmerksam um. Ein ungebetener Zeuge wäre jetzt fatal.

Nachdem er sich versichert hatte, dass ihn niemand beobachtete, schulterte er die bewusstlose Gyde und beförderte sie unsanft in den Kofferraum. Hastig zog er die Rolle Klebeband hervor und machte sich daran, sie an Hand- und Fußgelenken zu fesseln. Zuletzt tapte er ihr den Mund zu, damit sie nicht um Hilfe rufen konnte, sobald sie zu sich kam. Zwar hatte er sie außer Gefecht gesetzt, doch er wollte sich nicht ausdenken, was geschah, wenn sie trotzdem zu früh zu sich kam. Nachdem er sich davon versichert hatte, dass sie keine Chance hatte, sich aus eigener Kraft zu befreien, schlug er den Kofferraumdeckel zu und klemmte sich hinter das Lenkrad. Der erste Teil seines Vorhabens hatte funktioniert.

*

Husum, Poggenburgstraße, 22.50 Uhr

„Sie lügt“, behauptete Petersen, als sie kurz darauf im Dienstwagen saßen und vom Hof rollten.

Wiebke, die auf dem Beifahrersitz des silbergrauen Ford Focus saß, betrachtete ihren Partner von der Seite. „Wie kommst du darauf?“

„Hast du nicht bemerkt, wie sie gezögert hat, als ich sie nach dem Grund des Treffens mit Jana Biel gefragt habe?“

Wiebke dachte kurz nach und nickte schließlich. „Doch“, stimmte sie ihrem Partner zu, während er die Bahnunterführung passierte. „Sie schien kurz verunsichert zu sein.“ Kurz darauf flogen die dunklen Häuser von Rödemis an ihnen vorüber. „Glaubst du wirklich, sie lügt?“ Die Lichter der Tankstelle in Südermarsch waren dunkel. Rechts reckten sich die klobigen Silobauten der Rödemishallig in den Abendhimmel.

Petersen zuckte mit den Schultern, während sein Blick nach vorn gerichtet war. „Vielleicht sagt sie uns nicht alles.“

Petersen sprach ihr aus der Seele. „Den Eindruck hatte ich auch, aber warum sollte sie uns nicht alles erzählen?“

„Sie scheißt den Ex-Freund ihrer besten Freundin an und scheint ein berechtigtes Interesse daran zu haben, dass er seiner in ihren Augen gerechten Strafe zugeführt wird.“ Petersen schüttelte den Kopf. „Und trotzdem … irgendwas ist faul mit Sandra Mathis.“

„Aber was?“

„Wir werden es herausfinden.“

Petersen nickte mit grimmiger Miene.

„Ich habe Peter Harms, als du den Schlüssel des Dienstwagens geholt hast, mal durch die Datenbanken gejagt“, wechselte Wiebke das Thema.

„Und?“

„Nichts – Peter Harms ist unserem Verein gegenüber nicht auffällig geworden.“

„Das passt so gar nicht zu dem, was diese Sandra Mathis uns über ihn erzählt hat.“ Ihr Partner schien fast enttäuscht zu sein. „Was sie behauptet hat, das klang nach Fahren unter Alkoholeinfluss, nach Körperverletzung und solchen Delikten.“

Wiebke musste Jan Petersen recht geben. „Wenn er Dreck am Stecken hat, dann werden wir es herausfinden.“

„Dein Wort in Gottes Gehörgang.“ Petersen beschleunigte, als sie Südermarsch hinter sich gelassen hatten und er auf die B 5 einbog. Plötzlich schien er es eilig zu haben, Peter Harms kennenzulernen.

*

Friedrichstadt, Prinzenstraße, 23.05 Uhr

Dumpf hallte der Glockenschlag der Remonstrantenkirche durch die verlassenen Straßen des Holländerstädtchens. Gedankenverloren stand er am Küchenfenster und starrte hinaus in die Nacht. Von hier aus konnte er die Kirchturmspitze und die mächtige Glocke im Innern des Turms sehen. Der Mond stand hell wie eine Scheibe über den Dächern von Friedrichstadt. In wenigen Fenstern der alten Häuser brannte noch Licht. Aus einem der alten Bäume am Marktplatz erhob sich eine Schar von Krähen. Kreischend zogen die großen Vögel ihre Bahnen über den Dächern der alten Häuser und umkreisten den Kirchturm.

Er riss sich vom Blick aus dem Küchenfenster los und durchmaß die kleine Küche unter der Schräge, um vor dem Kühlschrank in die Hocke zu gehen. Hastig griff er zu einer

Flasche Flens und ließ den Bügelverschluss mit einem satten Plopp aufschnellen. Gierig trank er, setzte sich an den kleinen Küchentisch und dachte über die vergangenen Stunden nach. Langsam kam er zur Ruhe. In den letzten Tagen hatte er sich gefühlt wie ein einsamer Wolf, der nachts herumstrich und auf der Suche nach Beute war, um seinen Hunger zu stillen. Er trank von seinem Bier, spielte mit dem Bügelverschluss und schüttelte den Kopf. Viel war schiefgelaufen in seinem Leben. Überrollten ihn diese Ereignisse jetzt?

Er hatte Fehler gemacht, darüber war er sich durchaus im Klaren. Doch jetzt war es an der Zeit, nach vorn zu schauen. Er erhob sich und durchmaß den schmalen Flur der Wohnung unter dem Dach des Hauses. Rechts lag das Schlafzimmer. Gedankenverloren lehnte er im Türrahmen und betrachtete das große Boxspringbett, das ihm ab sofort alleine gehörte. Er spürte den stechenden Schmerz in der Brust und wandte sich ab, um seinen Weg fortzusetzen. In der großen Stube brannte kein Licht. Doch der Schein der Straßenlaternen unter ihm genügte ihm, um sich zu orientieren. Er trat an das rechte Fenster und betrachtete die gegenüberliegende Häuserzeile. *Nein*, dachte er, *ich komme einfach nicht zur Ruhe. Noch lange nicht.* Er riss sich vom Blick aus dem Fenster los und sank auf das große Sofa, schloss die Augen, nahm einen Schluck Bier und versuchte, sie zu vergessen. Egal, wohin er auch schaute, alles hier erinnerte ihn an sie. Seufzend sprang er auf und ging zurück in die Küche. Die leere Bierflasche landete mit einem Scheppern auf der Arbeitsplatte. Hier fiel ihm die Decke auf den Kopf. Er musste noch mal raus, an die frische Luft. Vielleicht gelang es ihm dann, endlich zur Ruhe zu kommen und sie aus seinem Kopf zu verdrängen.

Hastig schlüpfte er in die dicke Winterjacke, nahm den Hausschlüssel und verließ die Wohnung. Die grauen, ausgetretenen Filzmatten auf der Holztreppe dämpften seine Schritte. Er umklammerte das blauweiße Holzgeländer fester, als es nötig gewesen wäre, dann stand er unten. In der Weinstube, die sich im Erdgeschoss des Hauses befand, brannte kein Licht mehr. Seine Vermieter Christian und Beate, die die *Wiendruuv* seit einiger Zeit betrieben, lagen längst im Bett. So nahm er den Hintereingang des Hauses und fand sich im nächsten Moment auf dem Hof wieder. Das nasse Laub auf dem Boden schimmerte feucht im fahlen Licht des Mondes. Er musste sich vorsehen, nicht auszurutschen, nahm den kleinen Gang, der zur Hofeinfahrt führte, hielt sich rechts, drückte die Klinke des um diese Zeit verschlossenen Tores und stand auf der verlassen daliegenden Kirchenstraße. Um diese Zeit waren die Bürgersteige des Holländerstädtchens längst hochgeklappt. Er zog den Reißverschluss der Jacke zu, schlug den Kragen hoch und versenkte seine Hände in den Taschen, bevor er sich ohne Ziel in Bewegung setzte.

*

Friedrichstadt, 23.15 Uhr

Der Himmel über Nordfriesland war aufgerissen. Hell schien der Mond auf die Fahrbahn und die Felder beiderseits der Straße. Nachdem sie den Bahnübergang passiert hatten, rollte der Wagen in gemächlichem Tempo über die schmalen Kopfsteinpflasterstraßen des Holländerstädtchens. In den wenigsten Fenstern der kleinen Häuser brannte noch Licht. Friedrichstadt wirkte um diese Uhrzeit wie ausgestorben.

„Er wohnt nur einen Steinwurf vom Fundort der Leiche von Jana Biel entfernt", stellte Wiebke fest, als Petersen in die Prinzenstraße abbog. In der Tat lag der Marktplatz nur wenige Meter von hier entfernt. Die Straße war als Fußgängerzone ausgeschildert, doch Wiebkes Partner ignorierte das Schild. Einen Augenblick später standen sie vor dem Haus, in dem Peter Harms lebte.

„Das ist ein Witz", behauptete Petersen kopfschüttelnd, als er vorgebeugt an der Hausfront emporblickte. „Der Typ wohnt in einer Bar."

„Das ist ein Ladenlokal", berichtigte Wiebke ihn. „Und über dem Laden scheint es Wohnungen zu geben."

„Möglich." Petersen stieg aus und versenkte die Hände in den Taschen seines Parkas.

Wiebke stieg ebenfalls aus. Von der nahen Treene wehte ein kalter Wind in die Straßen des Holländerstädtchens. „Wiendruuv", las sie die Inschrift der Reklametafel über dem Eingang laut vor. „Das ist eine Weinbar." Im Innern der Bar erkannte sie Regale mit unzähligen Weinflaschen, rechts der Eingangstür befand sich der Tresen, davor einige verwaiste Tische. Eine Haustür suchte sie vergebens. „Wie kommt Harms in seine Wohnung? Etwa durch die Bar?"

„Das würde zu dem passen, was wir von Sandra Mathis gehört haben", grinste Petersen, bevor er wieder ernst wurde. „Sicher gibt es einen Nebeneingang, der zu seiner Wohnung führt."

Wiebke nahm die Fassade des Hauses in Augenschein und rüttelte vergeblich an der Eingangstür der Bar, die erwartungsgemäß verschlossen war. „Da gibt es keine Tür, und die Vinothek ist geschlossen."

„Ich kann mir kaum vorstellen, dass man nur durch die Bar zu den Wohnungen in den oberen Stockwerken gelangt", entgegnete Petersen. „Wahrscheinlich gibt es irgendwo einen Hinterhof."

„Aber wo?" Wiebke sah sich ratlos um.

„Keine Ahnung." Petersen legte den Kopf in den Nacken und sah an der historischen Fassade des Giebelhauses hinauf. Über der Bar befanden sich zwar Wohnungen, doch in keinem der Fenster brannte noch Licht. „Die schlafen längst."

„Ich fürchte, darauf können wir keine Rücksicht nehmen", entgegnete Wiebke und legte die flache Hand auf den einzigen Klingelknopf neben der Ladentür. Irgendwo im Haus über ihnen schrillte eine Glocke.

„Die weckt sicher Tote auf." Petersen grinste.

„Hoffentlich", nickte Wiebke, während sie erneut klingelte. Es dauerte einen Moment, bis sich über ihren Köpfen ein Fenster öffnete. Ein verschlafen dreinblickender Mann schaute zu ihnen herab. „Was gibt es um diese Zeit?"

Wiebke entschuldigte sich. „Dürfen wir reinkommen?"

„Wir haben geschlossen." Der Mann schüttelte den Kopf. „Wer sind Sie überhaupt?"

Wiebke hielt den Moment für gekommen, sich vorzustellen. Sie zog den Dienstausweis aus der Tasche und hielt ihn in die Luft. „Wiebke Ulbricht von der Kripo Husum, das hier“, sie zeigte auf Petersen, „ist mein Kollege, Hauptkommissar Jan Petersen. Wir haben ein paar Fragen an Sie, die wir ungern am Fenster klären würden.“

Der Mann am Fenster seufzte. „Ich komme“, sagte er schließlich. „Ich ziehe mir schnell etwas an.“ Ohne die Antwort der nächtlichen Störenfriede abzuwarten, schloss er das Fenster wieder. In der Stube ging das Licht an.

„Üben wir uns also in Geduld.“ Wiebke tippelte frierend von einem Fuß auf den anderen. Nachdem sie ein paar Minuten wartend vor der Weinbar verbracht hatten, drang ein matter Lichtschein aus dem Treppenhaus hinter der Bar hinaus. Der Mann, den sie offenbar geweckt hatten, öffnete ihnen in T-Shirt und Jogginghose die Tür. „Kommen Sie herein“, sagte er wenig erfreut und machte eine einladende Geste. Er war groß und schlank, trug einen Dreitagebart und eine modische Brille. Wiebke und Jan betraten die Weinbar. Sie konnte sich vorstellen, hier einen gemütlichen Abend zu verbringen. Kurz dachte sie daran, wie gern sie solche Unternehmungen mit Eike gemacht hatte. Doch das gehörte nun endgültig der Vergangenheit an. Sie seufzte und schob die düsteren Gedanken fort.

„Wissen Sie schon, wer die Frau in die Gracht geworfen hat?“, fragte er und gähnte herzhaft.

„Wir arbeiten daran, Herr…“, setzte Wiebke an, während sie feststellte, dass sich die Nachricht von der Frauenleiche in dem Holländerstädtchen schnell herumgesprochen hatte.

„Götsch", sagte er, „Christian Götsch, ich betreibe die Bar hier, während meine Frau sich um die Wohnungen kümmert. Zwei davon sind Ferienwohnungen, da gibt es immer was zu tun." Der Inhaber der *Wiendruuv* stutzte. „Was habe ich mit dem Fall zu tun?"

Petersen winkte ab. „Wir wissen gar nicht, ob Sie überhaupt etwas damit zu tun haben." Er zeigte durch die Decke nach oben. „Hier im Haus wohnt ein gewisser Peter Harms, richtig?"

Götsch nickte. Plötzlich wirkte er konsterniert. „Ja, aber was hat Peter damit zu tun?"

„Das wollen wir herausfinden", erwiderte Petersen, der offensichtlich keine Lust auf weitere Fragen des Vermieters von Peter Harms hatte. „Wie kommen wir zu ihm?"

„Nehmen Sie diese Tür." Christian Götsch trat an eine Tür, die in den hinteren Flur des alten Hauses führte. Rechts befanden sich die Gästetoiletten der Bar, links gab es eine Tür, die zum Lager der Vinothek führte. Eine steile Holztreppe führte nach oben.

„Hat Peter denn etwas mit der Toten in der Gracht zu tun?" Christian Götsch betrachtete die Polizisten neugierig.

„Wir werden es sicher herausfinden." Wiebke gab Petersen ein Zeichen. „Ist er denn zu Hause?"

„Das weiß ich nicht", erwiderte der Inhaber der Weinbar. „Meine Mieter sind volljährig und müssen sich weder an- noch abmelden."

„Selbstverständlich." Wiebke nickte. „Wo finden wir ihn?"

„Ganz oben", erwiderte Götsch, und Wiebke bildete sich ein, dass er dabei schadenfroh grinste. „Seine Wohnung liegt unter dem Dach."

„Danke." Petersen tippte sich mit zwei Fingern an die nicht vorhandene Hutkrempe und gab Wiebke ein Zeichen. Während Götsch am unteren Treppenabsatz stehen blieb, war Wiebke froh, dass sie regelmäßig am Dockkoog joggte, um ihre Fitness zu trainieren. Die mit ausgetretenen Filzmatten belegten Holzstufen verlangten ihnen viel ab, und so ließ es sich nicht vermeiden, dass Wiebke völlig atemlos vor der obersten Tür ankam.

„Was ist?", keuchte Petersen, der wenig später oben ankam. Sein Gesicht hatte eine tiefrote Färbung angenommen. „Ich werde alt", japste er und rang nach Atem.

„Ich warte auf dich." Wiebke lächelte ihm nachsichtig zu, dann drückte sie die Türklinke herunter. „Hoffentlich sind wir richtig." Ein Namensschild gab es nicht. Die Tür ließ sich nicht öffnen – es war abgeschlossen. „Und jetzt?"

„Klingel ihn aus dem Bett." Petersen war immer noch kurzatmig, als er auf den unscheinbaren Knopf zeigte, den man auf dem Türrahmen angebracht hatte.

Wiebke betätigte den Knopf. Über ihren Köpfen rasselte die Klingel blechern los. „Was ist das?"

„Eine alte Klingel", sagte Petersen grinsend. „Sehr alt."

Wiebke ließ die Hand sinken. Sie lauschten nach oben. Offenbar führte die Treppe jenseits der verschlossenen Tür noch weiter hinauf. „Nichts", stellte sie fest, als sich oben nichts tat. Sie klingelte erneut und ließ den Zeigefinger diesmal länger auf dem Knopf. Das Rasseln malträtierte ihre Schädel.

Petersen atmete tief durch. Sein Atem normalisierte sich langsam. Er hämmerte gegen das Holz der Tür. „Herr Harms", rief er, „sind Sie zu Hause?"

„Du weckst sämtliche Nachbarn auf“, warnte Wiebke ihn, als sich hinter der Milchglasscheibe der benachbarten Tür etwas rührte. Licht wurde eingeschaltet, die Tür geöffnet.

„Was soll der Scheiß?“ Eine verschlafen wirkende untersetzte Mittvierzigerin in einem pinkfarbenen Mickymaus-Schlafshirt trat in das Treppenhaus. „Ich muss früh raus, was veranstaltet ihr für einen Lärm?“ Sie kratzte sich das wirr vom Kopf abstehende Haar und schüttelte den Kopf.

„Entschuldigung“, sagte Wiebke und zeigte der Frau den Dienstausweis. „Wir würden gern in einer dringenden Angelegenheit mit Peter Harms sprechen. Wissen Sie, ob er zu Hause ist?“

„Woher soll ich das wissen?“ Die Frau fuhr sich mit der flachen Hand durch das Gesicht. „Keine Ahnung, ob Peter da ist. Aber ich glaube, dass er vorhin noch mal rausgegangen ist.“

„Wann war das?“, fragte Petersen.

Die Frau zuckte gleichgültig die Schultern. „Vor einer halben Stunde vielleicht?“

„Macht er das öfters?“, fragte Wiebke. „Also nachts noch mal loszuziehen?“

„In letzter Zeit schon.“ Es folgte ein erneutes Schulterzucken. „Weiß auch nicht, was mit ihm los ist.“

Jan Petersen gab Wiebke ein Zeichen. „Danke“, sagte er an die Frau gewandt. „Legen Sie sich wieder hin. Wir waren quasi gar nicht da.“ Während er Anstalten machte, die Treppe wieder hinunterzusteigen, zog Wiebke noch eine ihrer Visitenkarten aus der Gesäßtasche ihrer Jeans, um sie der Nachbarin in die Hand zu drücken. „Würden Sie

Herrn Harms bitten, uns in einer dringenden Angelegenheit anzurufen, sobald er nach Hause kommt?"

„Hat er was angestellt?" Die Frau studierte die Inschrift der Karte.

Wiebke hatte nicht vor, der Frau Rede und Antwort zu stehen. „Wenn es so wäre, würden wir es herausfinden." Nachdem sie sich verabschiedet hatten, fiel die Tür ins Schloss, und sie machten sich an den Abstieg.

„Meine Fresse", brummte Petersen. „Wenn du da oben wohnst, brauchst du keine Muckibude mehr."

„Es ist gut für die Kondition." Wiebke nickte. „Stell dir mal vor, du musst deinen geliebten Kasten Flens da hochbringen."

„Da lob ich mir die ebenerdige Küche in meinem schiefen Traufenhaus." Petersen winkte ab.

„Und?" Götsch nahm sie in der Bar in Empfang. „Haben Sie ihn angetroffen?" In der Zwischenzeit hatte er sich einen Tee zubereitet, der jetzt vor ihm auf dem Tresen stand. Die Tasse dampfte, das fruchtige Aroma drang in Wiebkes Nase.

„Entweder hat er einen sehr festen Schlaf, oder er ist nicht da", erwiderte Petersen. Er musterte Götsch. „Was ist Peter Harms für ein Mieter?"

Schulterzuckend rührte der Hausbesitzer in seinem Tee. „So viel weiß ich gar nicht von ihm. Er arbeitet wohl im Husumer Krankenhaus, hat kaum Freunde und lebt zurückgezogen."

Wiebke zog sich einen Barhocker heran. „Gibt es eine Frau in seinem Leben?" Sie achtete auf jede Regung im Gesicht ihres Gegenübers. „Hat er eine Freundin?"

„Nicht dass ich wüsste."

Wiebke warf ihrem Partner einen Blick zu. „Also bringt er nie jemanden mit nach Hause?", hakte sie nach.

Der Betreiber der Weinstube schüttelte den Kopf. „Und wenn, dann habe ich das noch nicht mitbekommen." Er lachte auf. „Aber er ist mir auch keine Rechenschaft schuldig, solange er sich an die Regeln hier im Haus hält."

Wiebke nickte verstehend. „Und sonst?", fragte sie. „Auffälligkeiten? Streit mit den anderen Mietern? Laute Musik, sonstige Angewohnheiten?"

„Nichts dergleichen." Götsch nippte an seinem Tee. „Wie gesagt, er ist ein eher unauffälliger Zeitgenosse."

Petersen schien keine weiteren Fragen zu haben. Er zeigte auf den Eingang der Vinothek. „Gibt es nur diesen einen Eingang?"

„Tagsüber kommen meine Mieter durch die Bar, ansonsten durch den Hinterhof. Es gibt eine Hofeinfahrt in der Kirchenstraße."

„Danke." Petersen gab Wiebke ein Zeichen. „Dann war es das erst mal." Sie verabschiedeten sich und standen im nächsten Moment auf der verlassenen Straße.

*

Er würde sie nie wieder sehen. Nachdenklich stand er auf der Brücke, die sich in einem Steinbogen über die Gracht am Marktplatz spannte. Die Lichter der umliegenden Häuser spiegelten sich im Wasser, irgendwo unter ihm gluckste es. Hier war sie von der Brücke ins Wasser gestürzt.

Ein eigenartiges Gefühl beschlich ihn. Zweifel kamen in ihm auf. Hatte er alles richtig gemacht? Er dachte an ihre letzten Tage. Unschöne Szenen waren es gewesen, die sie miteinander verlebt hatten. Doch musste es so enden?

Irgendwo quakte eine Entenfamilie am Ufer. Er ließ den Blick über das schwarze Wasser des Grabens schweifen und lauschte dem Rauschen der Trauerweiden in seinem Rücken. Die feuchte Herbstkälte kroch unter seine Kleidung und ließ ihn frösteln. Wie gern würde er jetzt im warmen Bett liegen. Doch er konnte nicht nach Hause. Dort würde ihm die Decke auf den Kopf fallen. Als er kurz die Augen schloss, sah er Janas Gesicht vor seinem geistigen Auge auftauchen. Es war traurig und wutverzerrt zugleich. „Warum?“, schrie sie ihm entgegen. Doch er kannte die Antwort selber nicht. Seine Hand zitterte, als er einen letzten Zug an der Zigarette nahm, um die Kippe mit einem eleganten Schwung in das Wasser der Gracht zu schnippen. Mit einem leisen Zischen ertrank die Glut im Wasser. Er stieß sich vom Brückengeländer ab und versenkte die Hände in den Jeanstaschen. Der Wunsch, ihr an diesem Ort noch einmal nahe zu sein, war nicht in Erfüllung gegangen. *Nein*, dachte er, *es war keine gute Idee gewesen hierherzukommen.*

*

Friedrichstadt, 23.30 Uhr

„Und jetzt?“, fragte Wiebke, als sie wieder im Wagen saßen.

Petersen zuckte mit den Schultern. „Richten wir uns auf eine lange Nacht ein.“

„Du willst hier auf Harms warten?“ Wiebke unterdrückte ein Gähnen.

Ihr Partner nickte. „Hast du eine andere Idee?“

„Was ist, wenn er den Hintereingang nimmt, während wir hier vorne auf ihn warten?“

Petersen zog das Telefon hervor. „Sicherheitshalber brauchen wir Verstärkung, die hier vorne aufpasst.“

Bevor er die Nummer der Polizeiinspektion wählen konnte, klingelte Wiebkes Smartphone. Bei dem Anrufer handelte es sich um Thies. „Der Staatsanwalt“, erklärte Wiebke.

„Was mischt der sich in unsere Arbeit ein?“ Petersen schnaufte. „Hat der kein Privatleben?“

„Er steht auf mich.“ Wiebke lächelte süffisant, als sie den Anruf annahm.

„Ihr solltet euch die Wohnung von Jana Biel ansehen, bevor es andere tun“, empfahl er, nachdem Wiebke ihm berichtet hatte, was in Friedrichstadt passiert war. „Eben habe ich mit Jutta Kaup, der Vermieterin, telefoniert. Sie erwartet euch bereits.“

„So spät noch?“

„Es scheint ihr wichtig zu sein.“ Thies nannte ihr eine Adresse in Simonsberg. „Johannsen und Jannis Petridis sind bereits unterwegs.“

„Ich freue mich.“ Wiebke rollte mit den Augen, als Petersen den Kopf schüttelte und sich anschnallte. „Kannst du uns zwei Fahrzeuge schicken, die beide Hauseingänge hier überwachen?"

„Wird gemacht, ich rede gleich mit Christensen."

„Danke, Thies."

„Willst du nicht wissen, was ich tue?" Fast klang der Staatsanwalt ein wenig pikiert.

„Was tust du gerade?", fragte Wiebke und konnte sich ein Schmunzeln nicht verkneifen, als Petersen kaum hörbar *mi mi mi* machte.

„Ich fahre gleich nach Itzehoe."

„Soll ein schönes Städtchen sein." Wiebke zwinkerte ihrem Partner zu. „Aber mal im Ernst: Was willst du um diese Zeit in Itzehoe?"

„Dort lebt die Mutter von Jana Biel. Sie war erschüttert, als sie durch die Medien vom Tod ihrer einzigen Tochter erfahren hat."

„Okay, viel Erfolg." Wiebke legte auf und startete den Motor des Dienstwagens. Eine Sache bewegte Wiebke seit ihrem vergeblichen Besuch bei Peter Harms. „Sag mal", sagte sie, während sie den Wagen durch die romantischen Straßen des Holländerstädtchens rollen ließ, „glaubst du eigentlich, dass Christian Götsch nichts von der Freundin seines Mieters wusste?"

Petersen verschränkte die Arme vor der Brust und schien die Aussicht auf die historischen Gebäude zu genießen. „Möglich ist alles. Vielleicht hat er sie nicht jeden Tag hierhergeschleppt. Oder sie sind immer durch den Hof von hinten ins Haus gegangen."

Wiebke dachte daran, wie das mit ihr und Eike gelaufen war. Die knappe gemeinsame Zeit hatten sie in ihrer Wohnung in Ostenfeld verbracht, dennoch kannte sie seine bescheidene Bleibe in Büsum. „Wenn ich mit jemandem zusammen bin", überlegte sie, „dann will ich doch wissen, wie mein Freund wohnt."

„Ist klar." Petersen grinste. „Du willst wissen, ob er die Bude ordentlich und sauber hält."

„Blödmann", erwiderte Wiebke lächelnd und trat das Gaspedal tiefer durch, als sie die B 5 erreicht hatten. Der Feierabend ließ anscheinend noch länger auf sich warten.

*

Husum, Kutterhafen, 23.35 Uhr:

Er hatte auf dem Weg nach Simonsberg die erste Ausfahrt im kleinen Kreisverkehr genommen und ließ den Wagen in gemächlichem Tempo durch das verlassene Hafengelände auf der Rödemishallig rollen. Um diese Zeit herrschte hier kein Betrieb, sodass er unbeobachtet war und sich nicht der Gefahr aussetzte, von ungebetenen Zeugen überrascht zu werden. Der große Fischmarkt würde erst morgen früh seine Pforten wieder öffnen. Jetzt ließ er den Wagen in gemächlichem Tempo an den Tiefkühl-Lkw vorbeirollen, die an den Rampen geparkt waren.

Vor ihm lagen die blauweißen Fisch- und Krabbenkutter im Hafenbecken. Die *Ostpreußen* von Fischer Sönke Hansen war an einer Kaje vertäut und schien auf ihren nächsten Einsatz zu warten. Sein Blick streifte im Vorbeifahren die Halle mit der meeresblauen Fassade, in der sich früher eine Krabbensortieranlage befunden hatte. Jetzt war hier, nur zwanzig Meter von der Hafenkante entfernt, der Fischmarkt von Volker Pauls beheimatet. Einen maritimeren Ort für den Handel mit fangfrischen Meeresfrüchten gab es wohl nirgendwo anders in Nordfriesland.

Doch er war nicht hergekommen, um die Besonderheiten des Kutterhafens zu bewundern. Er stoppte den Wagen und legte den Rückwärtsgang ein, um so dicht wie möglich an die Rückseite der Halle zu gelangen. Als sich das Signal des Abstandswarners in ein nerviges Dauerpfeifen steigerte, zog er die Handbremse an und schaltete den Motor ab. Sekundenlang saß er hinter dem Steuer des Wagens und starrte hinaus auf das Hafenbecken. Im Wasser spiegelte sich die flache Skyline der Grauen Stadt. Er lauschte ins Heck des Wagens, doch im Kofferraum tat sich nichts. Wahrscheinlich, so mutmaßte er zufrieden, wirkte die Betäubung noch. Nachdem er sich vom Blick auf die Mühlenau gelöst hatte, stieß er mit einem energischen Ruck die Tür auf und umrundete den Wagen. Er wollte es hinter sich bringen.

*

Völlige Dunkelheit umschloss Gyde Nissen, als sie langsam aus dem tranceartigen Zustand in die Realität zurückkehrte. Ihr Körper schmerzte, es war, als würde sie jeden einzelnen Knochen spüren. Sofort erinnerte sie sich an die Ereignisse, bevor sie in der trügerischen Sicherheit der Bewusstlosigkeit versunken war. Ihr war es, als würde sie aus einem Albtraum erwachen. Doch das, was ihr widerfahren war, war bittere, beängstigende Realität. Er hatte sie unweit des Husumer Binnenhafens überfallen und betäubt. Was dann geschehen war, entzog sich ihrer Kenntnis.

Panik überkam Gyde. Sie riss die Augen auf und versuchte, die Dunkelheit mit ihren Blicken zu durchdringen. Doch nicht der Ansatz von Licht drang zu ihr durch. Es roch nach Gummi und Reinigungsmitteln. Sie hatte keine Ahnung, in welcher Umgebung sie sich befand. Doch immer wenn sie die Beine ausstreckte, stieß sie an ein Hindernis. Auch der Kopf wurde ihr durch die Enge des Verstecks, in dem sie sich befand, auf die Brust gedrückt. Sie wähnte sich in einer Kiste oder einem Verschlag. Kälte kroch an ihr hoch, durchdrang ihre Kleidung und ließ sie frösteln.

Am liebsten hätte sie geschrien, um Hilfe gerufen, doch er hatte ihren Mund verschlossen. Ein eigenartig duftendes Klebeband spannte sich über ihre Lippen. Sie überlegte, woher sie den Geruch kannte.

Gyde spannte die Muskeln an und registrierte, dass man sie an Armen und Beinen gefesselt hatte. Es waren keine Stricke, die er verwendet hatte, sondern Klebeband. Hilflos lag sie in unbequemer Seitenlage und fühlte sich zusammengeschnürt wie ein Paket, zusätzlich eingeengt durch die Gegebenheiten ihres Gefängnisses. Das Blut rauschte in ihren Ohren. Gyde zwang sich dazu, die Ruhe zu bewahren. *Panik hilft dir nicht weiter*, durchzuckte es sie, während sie möglichst kontrolliert ein- und ausatmete.

Sie hielt die Luft an und lauschte in die Finsternis ihres unbequemen Verstecks. Ein leichtes Säuseln des Windes umfing sie, doch den Windzug selber verspürte sie nicht. Ab und zu drang das Krächzen einer einsamen Möwe an ihre Ohren, die trotz später Stunde ihre Bahn zog. Weit konnte die Küste also nicht weg sein. Gyde fragte sich, wie lange sie wohl bewusstlos gewesen war, und stellte panisch fest, dass sie jegliches Gefühl für Raum und Zeit verloren hatte. Jetzt glaubte sie, Schritte zu hören.

Bevor sie darüber nachdenken konnte, was man mit ihr vorhatte, wurde ein Deckel geöffnet. Scharniere quietschten eisern. Licht und frische Luft drangen in ihr Versteck. Sie atmete tief durch die Nase ein. Mit einem Blick stellte sie fest, dass sie sich im Kofferraum eines Fahrzeugs befand. Ihr Entführer hatte sie so verfrachtet, dass ihr Blick auf die Rückwand der hinteren Sitzbank gerichtet war. Sie wollte sich umsehen, was aber nicht gelang. Fast spürte sie die Blicke ihres Peinigers im Nacken. Ihr Herz schlug wie verrückt, als sie wahrnahm, dass er sich über sie beugte. *Was hat er vor?*, schrie alles in ihr.

Obwohl es ein sinnloses Unterfangen war, spannte sie ihre Muskeln an, um sich von den Fesseln zu befreien. Mit eisigem Entsetzen spürte sie einen Gegenstand, der sich von hinten um ihre Kehle legte.

Sie musste sich nicht zu ihrem Entführer umdrehen, um zu sehen, was er vorhatte. Dennoch wuchs der Wunsch in ihr, ihm in die Augen blicken zu können. Sie versuchte, sich umzudrehen, doch er drückte sie brutal mit einem Knie zurück.

Bei der Schlinge, die er um ihren Hals legte, handelte es sich um einen Draht oder ein dünnes, reißfestes Seil. Kalt schnitt ihr das Eisen in die Haut. Sie ahnte, was das zu bedeuten hatte, und stieß panische Laute unter dem Klebeband hervor. Schweißperlen standen trotz der Kälte auf ihrer Stirn. Ihr Peiniger hockte hinter ihr, fixierte sie mit beiden Knien und zog den Draht stramm zu. Gyde konnte fühlen, wie der Strick in ihre Haut schnitt, sie immer tiefer einkerbte und wie die Wunde zu bluten begann. Dabei wurde ihr schwindelig. Die Luft blieb ihr aus, der Impuls, die Schlinge mit beiden Händen wegzureißen, misslang aufgrund der Fixierung im Ansatz.

So versuchte sie, dem Schmerz zu entkommen, indem sie den Kopf nach hinten in den Nacken legte. Doch er drückte mit beiden Knien fester zu und entlockte ihr einen dumpfen Schmerzenslaut, der unter dem Knebel erstickte. Sie hatte keine Chance, dem tödlichen Draht zu entkommen. Übelkeit stieg in ihr auf, als sie den Kopf wegdrehen wollte. Irgendwo im Rücken knackte ein Knochen, den sie aufgrund ihres brennenden Schmerzes nicht näher lokalisieren konnte. Die Gedanken rasten durch ihren Kopf, ohne einen Ausweg zu finden. Jetzt spürte sie seinen heißen Atem in ihrem Nacken. Er war direkt hinter ihr, sie konnte ihn riechen, seinen rasselnden Atem hören.

Warum schaut er mich nicht an?, fragte sie sich. *Warum tut er das?*

Die Sekunden schlichen dahin wie zäher Sirup, und die Zeit schien stillzustehen. Gyde Nissen war bei vollem Bewusstsein, als sie spürte, dass sie den Kampf ums nackte Überleben bereits verloren hatte. Diesmal war sie froh, als sie die Dunkelheit umschloss und sie sich federleicht fühlte. Der Todeskampf dauerte nur wenige schmerzhafte Augenblicke, dann hatte sie es geschafft.

Kapitel 11

Simonsberg, 23.45 Uhr:

Die Wohnung von Jana Biel lag im Ortsteil Lundenbergsand und befand sich in einem historischen nordfriesischen Backsteinbau mit Krüppelwalm und einem typischen Kapitänsgiebel über dem Hauseingang, der sich hinter den Deich zu ducken schien. Rechts und links vom Haus befanden sich zwei Obstgärten und eine hölzerne Terrasse, die längst eines neuen Anstriches bedurft hätte. Der Backsteinbau, der am Ende einer Sackgasse gleich hinter dem Deich lag, wirkte heruntergekommen.

Petersen, der ihrem Blick folgte, sprach ihre Gedanken aus. „Ganz schön abgerockt, der alte Kasten." Er betrachtete das Wohnhaus mit skeptischem Blick, während Wiebke den Focus auf dem unbefestigten Seitenstreifen neben der schmalen Straße anhielt und seinem Blick durch die Wagenfenster folgte. Über dem Eingang schleuderte eine nackte Glühbirne ihr kaltes Licht in die Nacht.

Sie stiegen aus und marschierten Seite an Seite über den schmalen Plattenweg zur Haustür. Dort angekommen, wandte Petersen sich um und schaute zur Straße zurück. „Wir sind die Ersten", stellte er fest. „Tasso und Piet lassen auf sich warten."

„Jo … ich …“ Gerade in dem Moment, als Wiebke etwas erwidern wollte, wurde die Tür geöffnet. Wiebke und Petersen standen einer schlanken Frau von Anfang sechzig gegenüber. Sie trug enge Jeans zu grünen Crocs, dazu ein T-Shirt und ein offen stehendes, grüngelb kariertes Baumfällerhemd.

„Moin, mein Name ist Wiebke Ulbricht von der Polizei Husum, und mein Kollege, Hauptkommissar Jan Petersen“, stellte Wiebke sie vor. „Sie haben uns angerufen.“

„Schön, dass Sie so schnell kommen konnten.“ Die Frau stellte sich als Jutta Kaup vor und bat ihre Besucher ins Haus. Wiebke nutzte die Gelegenheit, sie so unauffällig wie möglich zu betrachten. Die Falten im ausgemergelten Gesicht und die dunklen Ringe unter den braunen Augen ließen auf große Sorgen und viele schlaflose Nächte schließen. Wiebke fragte sich, wo der Schuh bei Jutta Kaup drückte.

Im gefliesten Hausflur schlug ihr muffiger Geruch entgegen. Offenbar gab es im Haus einen größeren Sanierungsstau. Auch die großen Terrakottafliesen im Flur wirkten ausgetreten und abgewetzt. Rechts und links zweigten zwei Wohnungstüren ab, eine hölzerne Treppe, deren Handlauf kaum noch Farbe besaß, führte in das obere Stockwerk. Jutta Kaup schloss die rechte der beiden Türen auf und bat die Gäste in ihr Refugium. Die Türscharniere quietschten ohrenbetäubend.

Das Mobiliar der fast quadratischen Wohnküche wirkte ebenfalls abgewohnt und heruntergekommen. Die schwere Eckbank am Fenster war sicherlich mehrere Jahrzehnte alt, die Stühle, die sich um den massiven Bauerntisch scharten, machten einen wackeligen Eindruck auf Wiebke, die Sitzpolster waren blank und durchgesessen. Auch das Geschirrregal an der Wand wirkte, als würde es jeden Moment unter der Last der Teller und Tassen zusammenbrechen. Nur der altmodische Kachelofen in der Ecke, dessen Feuer eine angenehme Wärme verbreitete, sorgte für etwas Gemütlichkeit.

Jutta Kaup bat ihre Besucher, Platz zu nehmen. Wiebke sank auf die Eckbank, Petersen nahm die andere Seite der Eckbank für sich in Anspruch. Während Wiebke Stift und Notizblock zückte, setzte sich die Hausherrin unter einem schweren Seufzer auf einen der Stühle, der bedenklich knarrte.

„Schön, dass Sie sich zu dieser späten Stunde Zeit für uns genommen haben", begann Wiebke das Gespräch.

„Kein Problem, ich kann sowieso nicht schlafen." Jutta Kaup winkte ab und lächelte schwach. „Und der Umstand, dass Jana ermordet wurde, lässt mir keine Ruhe. Es ist so schrecklich." Tränen traten in ihre Augen, sie senkte den Blick. Sekundenlang herrschte betroffenes Schweigen in der Küche.

„Sie haben Ihre Mieterin also auf den Bildern erkannt, die wir den Medien zur Verfügung gestellt haben", begann Wiebke mit dem offiziellen Teil des Gespräches.

Jutta Kaup nickte. Mit einer fahrigen Handbewegung strich sie die gemusterte Tischdecke glatt. Ihre Hände waren grob wie die eines Mannes, sie waren offenbar harte Arbeit gewohnt. „Ich dachte, mich trifft der Schlag, als ich das Foto in den Spätnachrichten sah."

Wiebke musterte die Frau, während sie Stift und Blick zückte. „Wie lange wohnte Frau Biel in Ihrem Haus?“

„Zweieinhalb Jahre“, kam es wie aus der Pistole geschossen. „Ich hab mich erst gewundert, weil eine junge, alleinstehende Frau hier draußen wohnen will.“ Jutta Kaup lachte trocken auf. „Hier hinterm Deich sagen sich Fuchs und Hase gute Nacht.“

Wiebke ging nicht auf die Anmerkung ein. „Wie war sie?“

„Eine nette junge Frau, die mit beiden Beinen im Leben stand. Sie war sich auch nicht zu fein dazu, sich samstags auf den Rasenmäher zu setzen und im Garten für Ordnung zu sorgen.“

„Hatte sie oft Besuch?“, wagte Petersen zu fragen.

„Allerdings.“ Jutta Kaup machte eine wegwerfende Handbewegung. „Von ihrem Freund. Er war oft hier, manchmal glaubte ich, dass er gar keine eigene Wohnung hat. Ein furchtbarer Kerl ist das.“

„Peter Harms?“, fragte Wiebke.

„Richtig. Nach außen hin ein feiner Kerl, doch er hat es faustdick hinter den Ohren.“ Sie schüttelte den Kopf. „Die Fassade täuscht.“

„Inwiefern?“ Wiebke schrieb mit.

„Der Kerl hat gesoffen wie eine ganze Schiffsmannschaft. Und dann gab es oft Krach. Mitten in der Nacht haben sie gestritten, einmal sind sogar Teller geflogen, Jana hat geschrien wie am Spieß. Ich hatte Angst, bin rüber und habe gedroht, die Polizei zu holen, dann war Ruhe. Am nächsten Tag war Peter hier und hat sich entschuldigt.“ Jetzt entspannten sich die Gesichtszüge von Jutta Kaup.

„Ich war froh, als sie ihn ein für alle Mal rausgeschmissen hat, das können Sie mir glauben."

„Frau Biel hat die Beziehung beendet?"

„Ja. Das scheint ihm nicht gefallen zu haben."

„Wie kommen Sie darauf?", fragte Petersen. „Und wann war das?"

Kurz dachte die Vermieterin nach. „Vor sechs Wochen, würde ich schätzen." Sie seufzte, während sie Petersens Blick standhielt. „Ich habe ihn oft gesehen. Nachts stand er draußen vor dem Haus, wahrscheinlich, um sie zu beobachten. Aber reingetraut hat er sich wohl nicht mehr."

Wiebke und Petersen tauschten einen Blick. „Stalking nennt man das." Petersen faltete die Hände auf dem Tisch.

„Mitten in der Nacht taucht er hier auf, lungert vor dem Haus rum und glotzt sich die Augen aus dem Kopf." Jutta Kaup lachte grimmig. „Er steht da und guckt nur. Dabei meint er, ich sehe ihn nicht, doch er lauert ihr auf, und ich sehe alles."

„Wissen Sie, ob er Jana Biel bedroht hat?", fragte Petersen, während er sich in der altertümlichen Wohnküche umschaute.

„Nein", erwiderte Jutta Kaup kopfschüttelnd. „Jedenfalls habe ich nichts davon mitbekommen, und Jana hat mir auch nichts davon gesagt."

„Wann war er zuletzt hier?" Petersen betrachtete Jutta Kaup neugierig.

Während sie nachdachte, rang die Frau mit den Händen. „Vor drei Tagen."

„Um wie viel Uhr?", hakte Petersen nach.

„Abends, spät, gegen elf, glaube ich."

Wiebke machte sich Notizen. „Wie war Ihr Verhältnis zu Frau Biel?"

„Gut, fast freundschaftlich." Ein sanftes Lächeln legte sich auf die groben Gesichtszüge der Frau. „Jana ist … ich meine, sie *war* hilfsbereit, eine Seele von einem Menschen. Immer eine große Klappe, aber sie trug das Herz am rechten Fleck. Ein bisschen war sie wie eine Tochter für mich."

Wiebke wartete ab, wollte die Frau nicht unterbrechen, doch Jutta Kaup hüllte sich in Schweigen.

„Dürfen wir uns in ihrer Wohnung umsehen?"

„In meiner?"

„Nein", sagte Wiebke lächelnd, „in der Wohnung von Frau Biel."

Jutta Kaups Miene verfinsterte sich. „Haben Sie denn einen Durchsuchungsbefehl?"

„Erstens", sagte Wiebke geduldig, „heißt das Durchsuchungsbeschluss, zweitens kann ich den gerne nachreichen."

„Ach so." Die Vermieterin spielte ein wenig verlegen an den Knöpfen ihres Baumfällerhemds herum, dann sah sie Jan Petersen an. „Also gut, ich verlasse mich auf Sie." Ohne eine Antwort abzuwarten, verließ sie die Küche. In der Diele klimperte sie am Schlüsselbrett neben der Garderobe herum. „Na los", sagte sie. „Worauf warten wir?"

Nachdem Jutta Kaup ihnen die Wohnungstür von Jana Biel aufgeschlossen hatte, machte sie Anstalten, in die kleine Diele zu treten. Doch Petersen hielt sie zurück. „Danke", sagte er freundlich, „wir kommen alleine zurecht."

Jutta Kaup betrachtete ihn pikiert. „Wie Sie meinen." Sie trat zur Seite und machte den Beamten Platz. Nacheinander betraten Wiebke und Petersen die Wohnung des Mordopfers. Die Räume waren ausgekühlt. Kein Wunder, anscheinend war Jana Biel seit Tagen nicht mehr zu Hause gewesen.

„Ist Ihnen nicht aufgefallen, dass Ihre Mieterin schon länger nicht nach Hause gekommen ist?", fragte Wiebke, während sie ein Paar Gummihandschuhe aus der Tasche zog und sie überstreifte. Petersen war vorgegangen und sah sich gerade das fensterlose Badezimmer an.

„Offen gestanden nicht." Jutta Kaup schüttelte den Kopf. „Manchmal haben wir uns ein paar Tage nicht gesehen." Jetzt errötete sie. „Ich habe einen Freund in Wester-Ohrstedt und verbringe oft die Zeit bei ihm." Als sie Wiebkes Blick sah, rechtfertigte sie sich. „Mein Mann ist vor einigen Jahren gestorben, seitdem schmeiße ich den Laden alleine. Unsere Schafherde macht ganz schön Arbeit, aber ich lebe davon." Jetzt lächelte sie. „Da tut es gut, sich mal in den Arm nehmen zu lassen von einem starken Mann."

Wiebke nickte verstehend. Sie ließ die resolute Frau zurück und startete zu einem Rundgang durch die Zweizimmerwohnung. Der Einrichtungsstil war zeitgemäß und modern. Jana Biel schien eine ordnungsliebende Person gewesen zu sein, die Zimmer waren aufgeräumt und machten einen sauberen Eindruck. Im Schlafzimmer gab es einen einfachen Schrank, in dem sich hinter einer Tür Männerbekleidung befand, während die andere Seite offenbar der Toten gehört hatte. Die Kleidung, die Wiebke fand, war sportlich-elegant. Sie nahm den nächsten Raum in Augenschein. Eine kleine, schlauchförmige Küchenzeile, ein Esstisch für zwei Personen und zwei einfache Stühle davor. An der Wand ein Regal mit Kaffee- und Teepötten. Nebenan lag die Stube. Sie wurde von einem großen Flatscreen an der rechten Wand beherrscht, auf der gegenüberliegenden Seite gab es ein bequem aussehendes Sofa, vor dem ein niedriger Glastisch stand. Wiebke fiel auf, dass es an den Wänden keine Fotos gab. Nichts Persönliches, alles an der Einrichtung wirkte irgendwie steril und schien austauschbar zu sein. Ebenso hätte man eine Ferienwohnung ausstatten können, die so ziemlich jedem Geschmack gerecht werden musste.

Das Klingeln riss Wiebke aus den Beobachtungen. Sie trat in den Flur, wo Jutta Kaup gerade Tasso und Piet Johannsen ins Haus ließ. „Moin", machte Tasso und bleckte seine strahlend weißen Zähne. „Und?"

„Die Wohnung von Jana Biel", erläuterte Wiebke. „Schaut mal, was ihr gebrauchen könnt, um die letzten Wochen in ihrem Leben rekonstruieren zu können."

„Computer, Adressbücher, persönliche Unterlagen", brummte Johannsen, der sich gerade umständlich in einen weißen Overall zwängte.

„So was in der Art." Wiebke nickte, dann setzte sie ihren Rundgang fort.

„Guck dir das an." Petersen stand in der kleinen Stube. Auch er hatte sich Gummihandschuhe übergezogen und hielt einen Schnellhefter in die Höhe.

„Was ist das?" Wiebke trat näher.

„Eine Patientenverfügung und das Testament von Jana Biel."

„Sie schien ordnungsliebend zu sein und war auf alle Eventualitäten vorbereitet", vermutete Wiebke und blickte ihrem Partner über die Schulter.

„Sieh mal, wem sie ihre Klamotten überlässt." Petersen tippt auf eine Stelle in dem handschriftlich verfassten Dokument. Dort stand der Name von Jutta Kaup. „Was soll das?"

„Frag sie doch."

„Das werde ich." Wiebke warf einen Blick über die Schulter. Die Kollegen der Kriminaltechnik hielten sich gerade im Bad auf. „Wie wir wissen, hat sie Eltern in Itzehoe. Und sie hatte eine beste Freundin, Sandra Mathis. Noch wissen wir nicht viel von ihrem sozialen Umfeld, aber ist es nicht eigenartig, dass ausgerechnet ihre Vermieterin das alles hier erben soll?"

Petersen dachte kurz nach, dann nickte er. „Irgendwie schon." Er seufzte. „Allerdings wüsste ich auch nicht, wen ich in meinem Testament eintragen würde – wenn ich eins machen würde."

„Du hast das Haus", erinnerte Wiebke ihn. Manchmal empfand sie Mitleid mit ihrem Partner. Er schien im Privatleben ein einsamer Mann zu sein. Solange sie zusammenarbeiteten, hatte es nie eine Frau an seiner Seite gegeben.

„Das gehört der Bank." Petersen winkte ab. „Komm", sagte er. Die Situation schien ihm unangenehm zu sein. „Lass uns nachsehen, was die Jungs treiben."

Auf dem kleinen Flur begegneten sie Tasso. Grinsend hielt der Südländer zwei Beutel in die Höhe. Darin befanden sich eine Haar- und eine Zahnbürste. „Die DNA hätten wir. Jetzt können wir die Daten abgleichen, um hundertprozentig sicher zu sein."

„Sie hatte wohl oft Besuch von ihrem Freund ..." Wiebke schüttelte den Kopf. „Von ihrem Ex-Freund", verbesserte sie sich schnell. „Schaut mal, ob ihr noch etwas von ihm findet."

„Da war nichts im Bad." Piet Johannsen gesellte sich zu ihnen. „Aber mal ehrlich: Würdest du die persönlichen Dinge deines Ex-Freundes nach der Trennung aufbewahren?"

Wiebke spürte einen stechenden Schmerz in der Brust und erinnerte sich an ihre frische Trennung von Eike. In den letzten Stunden hatte sie kaum Gelegenheit gefunden, darüber nachzudenken. Doch jetzt wurde ihr bewusst, dass sie ihm zwar alle persönlichen Dinge in die Kartons und die Reisetasche gepackt hatte, das Bad aber völlig vergessen hatte. Dort standen noch immer sein Deo, der Rasierer, die Haar- und die Zahnbürste herum. Sicher würde es sich seltsam anfühlen, diese Gegenstände zu entsorgen.

„Nein", sagte sie schnell und rang sich ein Lächeln ab. „Natürlich nicht."

„Haben wir dann alles?" Petersen war nicht entgangen, dass Wiebke der Vergleich des Kollegen nahegegangen war.

Sie warf ihm einen dankbaren Blick zu und nickte. „Ja", sagte sie, „wir sind dann weg."

„Gut." Piet Johannsen nickte. „Dann kümmern wir uns um den Rest."

„Danke." Auf dem Flur drückte Wiebke der geduldig wartenden Jutta Kaup eine Visitenkarte in die Hand.

„Rufen Sie mich bitte an, wenn Ihnen noch etwas einfällt."

„Versprochen." Die Vermieterin nickte. Sie schob die Karte in die Hosentasche und hakte die Daumen lässig in die Gürtelschlaufen der Jeans ein. „Was wird denn jetzt mit der Wohnung?"

„Sie ist erst einmal gesperrt", erklärte Petersen ihr. „Wir melden uns."

Wiebke blieb wie angewurzelt stehen. Die trüben Gedanken an Eike hatten sie offensichtlich aus dem Gleichgewicht gebracht. Sie mahnte sich zur Konzentration, als sie sich zu Jutta Kaup umwandte. „Haben Sie eine Idee, warum Jana Biel Sie in ihrem Testament bedacht hat?"

Eine steile Falte bildete sich auf der Stirn der Vermieterin. Sie dachte nach und schüttelte den Kopf. „Nein", sagte sie schließlich, „keine Ahnung. Hat sie das denn?"

„Ja." Wiebke nickte. „Wie innig war Ihr Verhältnis?"

„So wie ich es sagte: Wir waren schon fast befreundet. Und ich fühlte mich wie eine Mutter für Jana. Eigene Kinder habe ich nämlich nicht, das hat mir immer irgendwie gefehlt, wissen Sie."

Wiebke nickte. Sie gab Petersen ein Zeichen, dann verabschiedeten sie sich von Jutta Kaup und verließen das Haus.

*

Es war nach Mitternacht, als er in sein Versteck zurückkehrte. Hier hatte sich erwartungsgemäß nichts verändert. Nachdem er sich mit der Taschenlampe Zutritt verschafft hatte, schaltete er eine kleine Lampe ein, die nur ein diffuses Licht in dem Gemäuer verbreitete. Lange Schatten schienen über den Boden zu kriechen. Den muffigen Geruch, der hier unten herrschte, bemerkte er kaum noch. Aber die Kälte machte ihm zu schaffen. Vielleicht sollte er sich in den nächsten Tagen einen kleinen Gasofen im Campingzubehörladen besorgen. Die Nächte wurden um diese Jahreszeit immer kälter.

Er verspürte ein leichtes Hungergefühl und setzte sich auf dem zweiflammigen Kocher, der auf einer Holzkiste stand, einen Topf mit Wasser auf. Oben gab es eine vollausgestattete Küche, doch er hatte nicht vor, andere darauf aufmerksam zu machen, dass das Haus nicht so verlassen war, wie es schien. Also blieb er hier unten. Während er darauf wartete, bis er die Alupackung mit der Fertigmahlzeit ins Wasserbad geben konnte, trat er an die große Wand mit den Monitoren. Eine Bewegung hatte seine Aufmerksamkeit erregt. In ihrem Haus tat sich trotz später Stunde etwas. Er konnte sie beobachten, wie sie ruhelos durch die spärlich beleuchtete Küche wanderte und telefonierte. Während seiner Abwesenheit hatte er die Audioaufnahme deaktiviert. Jetzt sank er auf einen Stuhl vor dem Arbeitsplatz und zog Tastatur und Maus zu sich heran. Er schaltete den Ton ein und konnte mithören, was in ihrer Wohnung gesprochen wurde.

„Ich weiß nicht, was ich tun soll", sagte sie gerade und klang verzweifelt. „Jana ist tot, und ich habe sie auf den Bildern erkannt." Sie hörte, was die andere Person antwortete. Er bedauerte, dass er keine Telefonüberwachung installiert hatte. Dann wüsste er, mit wem sie um diese Uhrzeit noch telefonierte. Und was die andere Person antwortete.

„Ja", sagte sie gerade, „ich war bei den Bullen. Sie wissen Bescheid."

Er glaubte, sich verhört zu haben. *Was hast du getan?*, schrie alles in ihm. Dass ausgerechnet sie ihn bei der Polizei angeschwärzt hatte, passte ihm nicht in den Kragen. Das Blut schoss ihm in den Kopf. Außer sich vor Wut hieb er mit der rechten Faust auf die Arbeitsplatte. Tastatur und Maus vollführten einen wilden Hüpfer. „Verdammt", fluchte er und zwang sich zur Ruhe, um von dem Telefonat nichts zu verpassen.

„Ich habe keine Ahnung. Jana war so ein toller Mensch." Jetzt klang ihre Stimme tränenerstickt. „Nein, das hat sie nicht verdient." Sie lehnte an der Arbeitsplatte und stierte ins Leere. Das Licht in der Küche reichte kaum aus, um brauchbare Bilder zu liefern. Er beugte sich weit vor, um mehr zu erkennen. „Ja", hörte er sie gerade sagen. „Das sagt sich so leicht." Sie löste sich von der Arbeitsplatte und nahm ihre ruhelose Wanderung durch die kleine Wohnung wieder auf.

„Mir fällt nur einer dafür ein." Sie nickte. „Ja, er muss es gewesen sein, aber das müssen ihm die Bullen auch nachweisen können." Wieder lauschte sie in den Hörer, bevor sie antwortete. „Ich werde sehen. Danke, dass du mir zugehört hast. Ja, ich melde mich. Ciao.“ Damit unterbrach sie die Verbindung. Sekundenlang hielt sie das Telefon noch in der Hand, bevor sie es in die Ladestation zurücksteckte.

Er musste herausfinden, mit wem sie telefoniert hatte. Er konnte die gerade laufende Echtzeitübertragung an die Stelle zurückspulen, an der sie zum Telefon gegriffen hatte, um jemanden anzurufen. Er musste herausfinden, wem sie sich anvertraut hatte.

Warum ruft sie mich nicht an?, fragte er sich enttäuscht. *Ich hätte ein offenes Ohr für sie gehabt.*

Immer wieder stoppte er die Aufnahme, um zu sehen, wen sie anrief. Doch er konnte weder die Nummer, die sie sich aus dem Menü aufrief, erkennen, noch begrüßte sie die andere Person mit Namen. „Hi, ich bin's“, sagte sie stattdessen nur.

Er hatte genug gehört. Es war Zeit zu handeln. Nicht auszudenken, wenn sie ihm jetzt schon die Tour vermasselte.

Wütend sprang er von seinem Stuhl auf und überlegte fieberhaft, was als Nächstes zu tun war. Das Zischen des Wassers, das gerade in dem Moment überkochte, riss ihn aus den Gedanken. Doch der Hunger war ihm vergangen. So stieß er den Topf von der Platte und verbrannte sich die Hand. Polternd schlug der Topf auf dem nackten Boden auf, das heiße Wasser verbreitete sich und bildete eine dunkle Lache. Fieberhaft überlegte er, wen sie angerufen haben könnte. Es nutzte nichts: Er musste noch mal los, um Gewissheit zu bekommen.

*

Husumer Hafentage, ein Jahr zuvor:

Entlang dem Binnenhafen herrschte buntes Treiben. Zahlreiche Buden lockten die Menschen in Scharen an, irgendwo hinten am Schiffsmuseum spielte eine Dudelsack-Gruppe schottische Melodien. Ein Clown auf Stelzen verkaufte quietschbunte Luftballons. Der Duft von frischem Fisch mischte sich unter das Aroma eines mächtigen Schwenkgrills und den süßlichen Geruch von Popcorn. Er betrachtete sie mit einem glücklichen Lächeln, registrierte zufrieden, dass sie offenbar ihre Freude an dem maritimen Flair der Stormstadt hatte. Fester zog er sie an sich heran und legte einen Arm um ihre Schultern. Das Wetter spielte mit, seit Tagen schon brannte die Sonne beinahe ungetrübt vom nordfriesischen Himmel und zog auch kurz entschlossene Touristen übers Wochenende an die Küste.

„Ich habe Hunger", sagte sie und schaute zu ihm auf. „Kaufst du mir eine Bratwurst?"

Er betrachtete sie und schüttelte lächelnd den Kopf. „Wurst?", fragte er. „Magst du keinen fangfrischen Fisch?"

„Nee, jetzt gerade nicht. Mir ist nach Fleisch." Sie schüttelte den Kopf und zog ihn zu einem Grillstand am Anfang der Krämerstraße.

„Wie du meinst." Er nahm sie an der Hand und bugsierte sie durch die Menschenmassen. Sie reihten sich in der Schlange der Wartenden ein. Zärtlich legte er seine Arme von hinten um ihre Taille, beugte sich zu ihr herab, um ihr einen Kuss in den Nacken zu hauchen. Zufrieden stellte er fest, dass sie unter seinen Liebkosungen erschauderte.

„Hey", riss ihn eine männliche Stimme aus den Gedanken. „Bist du es wirklich?" Als er sich umwandte, erblickte er einen Mann in ihrem Alter. Die dunklen Haare trug er kurz geschoren, ein fein gestutzter Kinnbart rahmte das runde Gesicht. Er roch penetrant nach einem billigen Rasierwasser. Der Typ meinte nicht ihn, sondern sie. Ihn ignorierte der Heini hartnäckig. „Was machst du denn hier?"

„Warten – ich habe Hunger und brauche Fleisch", lachte sie und schien sichtlich erfreut zu sein, diesen Heini hier zu treffen.

„Du hast dich nicht verändert." Der Fremde lachte.

Er hätte am liebsten gekotzt und fühlte sich plötzlich wie das dritte Rad am Wagen. Wut stieg in ihm auf.

„Und was treibt dich nach Husum?" Sie schien ernsthaft an seiner Antwort interessiert zu sein, das erkannte er an ihrem Blick. Wütend umschlang er sie noch fester. Sie schaute kurz mit vorwurfsvollem Blick zu ihm auf und drückte ihn von sich fort.

„Die Erinnerung an alte Zeiten", hörte er diesen Typen gerade sagen. „Es war doch immer schön hier." Der Schönling sah theatralisch zum fast wolkenlosen Sommerhimmel hinauf. „Und die Hafentage sind immer wieder ein Event, das man sich nicht entgehen lassen sollte – wo man hier so viele nette Leute wiedersieht." Der Typ zwinkerte ihr verschwörerisch zu, und sie lachte prompt amüsiert.

„Stimmt", sagte sie und hing förmlich an den Lippen des anderen. „Wie geht es dir so?"

Kurz wurde der Fremde ernst. „Ach ja", sagte er und winkte ab. „Seit damals nicht mehr so gut – aber was soll's." Jetzt erhellte wieder das dümmliche Grinsen sein Gesicht.

Der Typ hat eine Fresse wie ein Feuermelder – einfach zum Einschlagen, hämmerte es in ihm. Mühsam kämpfte er gegen das Bedürfnis an, dem komischen Vogel eine zu verpassen. So stand er einfach da und hätte diesem Kerl eine aufs Maul gehauen. Was bildete dieser Typ sich ein, so vertraulich mit seiner Freundin zu sprechen? Sie gehörte ihm. Und warum hielt sie es nicht einmal für nötig, ihn diesem Blödmann als ihren Freund vorzustellen?

Er spürte, wie seine Adern anschwollen, und ballte die Hände zu Fäusten. „Komm", sagte er, „wir sind dran. Was willst du essen?"

Mit vorwurfsvoller Miene schaute sie zu ihm auf. „Du hörst mir nicht zu", stellte sie fest. „Eine Bratwurst, habe ich doch eben gesagt."

„Ja." Er nickte und bestellte bei der Bedienung zwei Bratwürstchen mit Senf. Seine Hand zitterte, als er bezahlte und hörte, wie sie hinter ihm zu tuscheln schien.

„Wir tauschen jetzt unsere Nummern – lass uns einfach mal telefonieren." Der Typ grinste.

Sehr zu seinem Entsetzen schien sie keine Einwände zu haben. „Der Nächste bitte!" Der Mann am Grill gab ihm ein Zeichen, die Würstchen aus dem Gestell zu nehmen und den anderen Kunden Platz am engen Holztresen zu machen.

Wütend ergriff er die beiden Wurstbrötchen und sah, als er sich umwandte, wie sich die beiden gerade umarmten. „Ich muss dann auch wieder", sagte der Kerl mit einem vielsagenden Grinsen.

„Geht's noch?“, zischte er und schleuderte dem Fremden einen feindseligen Blick entgegen. „Das ist meine Freundin, du Arsch – Flossen weg von ihr!“

Der Typ zog seine Hände zurück. „Komm mal klar“, sagte er. „Du kannst sie behalten, ich will gar nichts mehr von ihr.“

„Ich hau dir gleich aufs Maul!“ Es interessierte ihn nicht im Geringsten, dass die anderen Menschen seine Drohung mithörten. Die Menschen traten einen Schritt zurück, eine Mutter zog ihr schreiendes Kind fort und zeigte ihm einen Vogel.

„Sag mal, spinnst du?“ Wütend stemmte seine Freundin die Hände in die Hüften. „Was machst du hier für einen Aufstand?“

„Was packt der Arsch dich so vertraulich an?“, giftete er zurück, ohne sie anzusehen. „Und jetzt verpiss dich, sonst gibt es einen auf die Fresse!“

„Schon gut, schon gut.“ Der Fremde hob beschwichtigend die Hände und trat einen Schritt zurück, dann betrachtete er sie mit einem mitleidigen Blick. „Einen komischen Typen hast du dir da geangelt, ehrlich jetzt.“

Er hatte genug gehört. Die Hände, die jeweils eine Bratwurst im Brötchen hielten, öffneten sich. Beide Wurstbrötchen landeten auf dem heißen Pflaster des Binnenhafens. Eine Frau hinter ihm schrie auf, ihr Mann schüttelte den Kopf. „So ein Idiot.“

Doch er blendete alle anderen Menschen aus. Für ihn gab es nur noch diesen Typen, der seine Freundin anbaggerte. Er holte aus und verpasste ihm einen Schwinger. Der Fremde ging mit einem dumpfen Schmerzenslaut zu Boden. Dort angekommen, wischte er sich mit dem Handrücken über die blutende Nase. „Na warte“, zischte er. „Das wirst du bereuen, du Wichser!“

Doch das hörte er schon nicht mehr. Er nahm ihre Hand, zog sie hinter sich her wie ein widerspenstiges Kind und war im nächsten Moment schon in der Menge untergetaucht. So etwas war ihm noch nie passiert.

*

Friedrichstadt, 0.20 Uhr

Als er um die Ecke bog, fiel ihm dieser Wagen sofort auf, in dem zwei Typen herumlungerten. Auf dem Armaturenbrett stand ein Becher mit einem Heißgetränk, das die Windschutzscheibe beschlagen ließ. Er hatte genügend Krimis gesehen und wusste, was das zu bedeuten hatte. Die Bullen warteten auf ihn. Kurz war er versucht, auf dem Absatz kehrtzumachen und zu türmen, doch er würde keine Chance haben. Zu müde und ausgebrannt fühlte er sich, um seinem Körper jetzt noch sportliche Höchstleistungen abzuverlangen. Kurz überschlug er seine Chancen. Was sollten sie schon von ihm wollen? Sie würden es nicht schaffen, ihn in die Enge zu treiben. Also tat er so, als hätte er den silbergrauen Ford gar nicht bemerkt, und setzte seinen Weg fort. Als er das verschlossene Hoftor erreicht hatte, öffneten sich die Türen des Wagens auf der gegenüberliegenden Straßenseite. Zwei

Typen stiegen aus und überquerten mit weit ausladenden Schritten die verlassene Kirchenstraße. Es war offensichtlich, dass sie auf ihn gewartet hatten. Einer der beiden war riesengroß und bullig, sein Begleiter wirkte dagegen klein und drahtig.

„Herr Harms?", fragte der Hüne mit tiefer Stimme und blieb breitbeinig mitten auf der Straße stehen.

So ein Poser, durchzuckte es ihn spöttisch. Sein Herz klopfte bis zum Hals, als auch er wie angewurzelt stehen blieb. Die Gedanken rasten durch seinen Kopf, er wog ab, ob Flucht nicht doch eine Option war, entschied sich aber dagegen. Sie würden ihn laufen lassen müssen. Sie hatten nichts gegen ihn in der Hand. Also würden sie ihm ein paar dumme Fragen stellen. Fragen, mit denen sie ihn ganz sicher nicht aus der Reserve locken konnten. Er war gut vorbereitet. Niemand konnte ihm etwas anhaben. Auch die Bullen nicht.

„Wer will das wissen?", fragte er, ohne sich umzudrehen. In seinem Rücken hörte er, wie sich ihre Schritte näherten.

„Tamme Gerdes, Kripo Husum, mein Partner, Kommissar Sönke Jansen."

„Und?" Langsam wie in Zeitlupe wandte er sich zu den Polizisten um. Der bärtige Hüne hielt den Dienstausweis hoch, er würdigte die Karte mit dem schleswig-holsteinischen Landeswappen keines Blickes.

„Wir haben ein paar Fragen an Sie."

„Schießen Sie los." Er grinste die Zivilbullen überheblich an. *Jetzt nur keine Nervosität zeigen,* schrie alles in ihm.

Tamme Gerdes schüttelte den massigen Schädel. „Nicht hier."

Der Jüngere der beiden deutete auf den Wagen. „Kommen Sie", sagte er. „Das würden wir gern auf der Dienststelle besprechen."

„Bin ich verpflichtet mitzukommen?"

„Nein", sagte der blonde Hüne und schüttelte erneut den Kopf. Er trat einen Schritt näher. Jetzt konnte er im Lichtschein der Straßenlaternen seine unreine Haut erkennen. „Wenn Sie jetzt nicht mitkommen, laden wir Sie schriftlich vor."

„Gut." Er nickte. „Dann warte ich die Post ab."

„Und bis es so weit ist, werden wir Sie Tag und Nacht observieren." Die Miene von Tamme Gerdes wurde ernst. „Und das willst du nicht." Er schaute sich um. „Was sollen denn die Leute von dir denken?"

„Lass das mal meine Sorge sein", erwiderte er trotzig und zog den Schlüssel für das Hoftor aus der Jackentasche. Gerade als er einen Schritt auf das hölzerne Tor zu machen wollte, spürte er die große Hand des Hünen auf seiner Schulter. Wie ein Schraubstock umschloss sie ihn. Um ein Haar wäre ein Schmerzenslaut über seine Lippen gekommen, doch er konnte sich beherrschen. *Keine Schwäche zeigen*, hämmerte es in seinem Schädel. *Dann hast du schon verloren.*

„Es ist besser, wenn du jetzt mitkommst." Gerdes musterte ihn mit versteinerter Miene. Seine Stimme duldete keinen Widerspruch. „Glaub mir."

Sönke Jansen war zum Wagen zurückgekehrt. Offenbar hatte er nicht die geringsten Zweifel an der Überzeugungskraft seines Kollegen. Grinsend öffnete er die hintere Wagentür und machte eine einladende Handbewegung.

Netter Versuch, dachte er spöttisch. „Wir leben in einem Rechtsstaat, da kommen solche Wildwest-Methoden nicht so gut an", wagte er einen Einspruch. „Ein Freund von mir arbeitet bei den Husumer Nachrichten, und …"

„Das Berufsleben deiner Freunde interessiert mich nicht." Tamme Gerdes schüttelte den Kopf. „Und jetzt komm, oder willst du richtigen Ärger bekommen?"

Kapitel 12

Husum, Polizeidirektion, 1.20 Uhr

Wiebke überlegte, wann sie zum letzten Mal bei einer nächtlichen Dienstbesprechung gewesen war. Trotz später Stunde verspürte sie keine Müdigkeit, als sie an Petersens Seite den Besprechungsraum unter dem Dach der Dienststelle betrat. Ein wenig neidisch betrachtete sie Thies Bendix: Er wirkte wie aus dem Ei gepellt, sein Hemd war genauso strahlend weiß wie am Morgen, als sie sich hier zum ersten Mal getroffen hatten. Nur die winzigen Bartstoppeln an seinem Kinn verrieten, dass auch er einen langen Tag hinter sich hatte.

Als sich ihre Blicke begegneten, lächelte er ihr zu. Kai Christensen, ungewohnt salopp mit Jeans und Pullover bekleidet, eröffnete das Meeting. „Also", sagte er nach einer kurzen Begrüßung. „Was haben wir?"

In dem Raum unter der Schräge duftete es nach Kaffee. Auch Wiebke hatte sich einen schwarzen Kaffee eingeschenkt.

Wiebke bemerkte, dass Tamme Gerdes und Sönke Jensen in der Runde fehlten.

„Arbeit ohne Ende haben wir." Petersen grinste schief. Der Kripochef wusste, was er damit meinte, und nickte zustimmend. „Nach unserem Aufruf in der Öffentlichkeit haben sich unzählige Menschen gemeldet, die mit Jana Biel in Kontakt standen. Wir arbeiteten ihre Kontakte nacheinander ab – die Leute, die ihr näherstanden, werden natürlich zuerst befragt."

„Warum?", fragte Thies dazwischen. Eine Falte legte sich auf die Stirn des Staatsanwalts.

„Weil uns diese Menschen am ehesten einen entscheidenden Hinweis geben können", erwiderte Christensen ein wenig gekränkt über die Kritik von Thies Bendix.

„Ist das ein Kaspertheater", raunte Petersen Wiebke ins Ohr. „Jetzt hauen sie sich und testen, wer den Längeren hat."

„Jan – bitte", zischte Wiebke ihrem Partner ins Ohr. Ihr war nicht nach bösen Scherzen zumute.

„Bei allem Respekt", hörte sie Thies gerade sagen. „Aber wir hatten am Abend die beste Freundin des Opfers mit einer Aussage hier zu Besuch. Sie verband offensichtlich eine sehr enge Bindung zu Jana Biel. Deshalb sollten wir die Reihenfolge der Befragungen individuell bewerten." Als Kai Christensen keine Einwände hatte, fuhr Thies fort: „Ich komme gerade aus Itzehoe. Dort leben die Eltern von Jana Biel. Sie sind erschüttert über das grausame Verbrechen."

„Und sonst?" Kai Christensen trat an das Flipchart und schrieb den Namen der Toten mittig an den oberen Rand, darunter legte er Kästchen an, in die er die Worte *Eltern* und *Freundin* schrieb. „Die Eltern hatten keinen Kontakt mehr zu Jana Biel", berichtete Thies von seinem Besuch in Itzehoe. „Das Verhältnis ging in die Brüche, als sie ihrer Tochter die gemeinsame Meinung zu ihrem Freund mitteilten."

„Dieser Peter Harms scheint nirgendwo beliebt zu sein", bemerkte Petersen. Er blickte sich suchend um. „Wo sind eigentlich der Ostfriesenbulle und sein Praktikant?"

„Tamme und Sönke kommen gerade aus Friedrichstadt", berichtete Christensen und konnte sich ein Grinsen nicht verkneifen. „Dort haben sie auf Peter Harms gewartet, der wohl zu später Stunde noch unterwegs war. Sie haben ihn gleich mitgebracht und sitzen gerade im Verhörraum mit ihm."

„Auf das Ergebnis bin ich gespannt." Petersen nickte zufrieden. „Also ist der Fall gelöst?"

„Bisher handelt es sich nur um einen Verdacht", relativierte Thies. „Wir haben, wenn wir ehrlich sind, nicht viel gegen ihn in der Hand."

„Mal davon abgesehen, dass er ein ziemliches Arschloch zu sein scheint", konterte Petersen und erntete einen tadelnden Blick von Kai Christensen.

„Das werden die Kollegen im Gespräch herausfinden", war der Kripochef sicher, bevor er sich an die beiden Kriminaltechniker wandte. „Was habt ihr in der Wohnung der Toten gefunden?"

Piet Johannsen nahm die Nickelbrille von der Nase, hauchte auf die Gläser und putzte sie umständlich. „Ein paar DNA-Spuren, ein Tablet und die Rechnung zum Handyvertrag der Toten."

„Und ein Schreiben, auf dem Jana Biel ihr Vermögen ihrer Vermieterin vermacht." Wiebke tippte auf ihren Block.

Der Staatsanwalt runzelte die Stirn. „Verband die beiden denn ein außergewöhnlich gutes Verhältnis?"

„Nach Aussage von Jutta Kaub war Jana Biel wie eine Tochter für sie – das ist alles."

„Dann sollten wir das prüfen." Thies Bendix schaute in die Runde. Sebastian Hinrichs hob die Hand. „Ich übernehme das."

Tasso nickte. „Sobald Tamme und Sönke mit der Befragung von Peter Harms durch sind, werden wir ihn erkennungsdienstlich behandeln, danach können wir seine DNA und Fingerprints mit denen abgleichen, die wir in der Wohnung von Jana Biel gefunden haben."

„Mit der Vertragsnummer ihres Smartphones können wir ein Bewegungsprofil anfertigen lassen", freute sich Kai Christensen und tauschte einen Blick mit dem Staatsanwalt, der keine Einwände zu haben schien.

„Wir haben im Krankenhaus angerufen", bemerkte Henriette Klein und fuhr sich durch das kurze dunkle Haar. „Dort hat man uns darüber informiert, dass Jana Biel schon seit einigen Tagen nicht zum Dienst erschienen ist. Alle Versuche, sie zu erreichen, sind gescheitert, es schien, als wäre sie plötzlich vom Erdboden verschwunden." Die Polizistin schaute in die Runde. Als niemand dazu eine Frage hatte, übergab sie das Wort an ihren Partner.

„Also", sagte Sebastian Hinrichs gedehnt. „Ich werde die Kontakte nach und nach abarbeiten. Wenn ich Hilfe bei Befragungen brauche …"

„Stehen die Kollegen der Flensburger Mordkommission morgen sicher gern zur Verfügung", war Thies sicher.

„Morgen", sagte Christensen, „ist das Stichwort. Ich würde vorschlagen, dass jetzt alle nach Hause gehen und sich ein paar Stunden erholen."

Wiebke spürte, dass sie etwas bewegte. Doch sosehr sie sich auch den Kopf zerbrach, sie wusste nicht, was ihr Sorge bereitete. So blieb das dumpfe Gefühl, das sie ein unter Umständen wichtiges Puzzleteil vergessen hatte. Auch als Kai Christensen und der Staatsanwalt im nächsten Moment die Runde aufhoben, ging sie mit einem eigenartigen Gefühl in den Feierabend.

Kapitel 13

Husum, 2.45 Uhr:

Nein, dachte Fiete Heinrichs enttäuscht, während er dem Streifenwagen hinterherblickte, der sich in langsamer Fahrt in Richtung Neustadt entfernte, *das sind keine netten Polizisten mehr.* Er schnaubte wütend, als er seine abgewetzte Isomatte und den Schlafsack unter den Arm klemmte, *von Freund und Helfer kann keine Rede sein.* Vertrieben hatten sie ihn von seinem Schlafplatz, den er seit einigen Tagen immer nach Einbruch der Dunkelheit aufsuchte, sobald die Geschäfte ihre Pforten schlossen und kaum jemand mehr auf den Straßen der Grauen Stadt unterwegs war. *Vielleicht,* so sinnierte er, während er sich umständlich einen Zigarettenstummel anzündete, um die letzten ein, zwei Züge zu nehmen, *vielleicht hätte ich doch besser in Hamburg bleiben sollen.* Dort gab es Unterkünfte für Obdachlose. Eigentlich war er kein Freund dieser Schlafstätten, die irgendwelche Hilfsorganisationen bereitstellten, doch besser, als jede Stunde geweckt und vertrieben zu werden. Vor einigen Tagen erst war er nach Husum gekommen. Ein Lkw-Fahrer hatte ihn aus Hamburg hierher mitgenommen. Husum sei ein sicherer Ort. Keine Stadt, in der Obdachlose ausgeraubt wurden oder sich gegenseitig bestahlen. Stimmt, ein Messer hatte ihm noch niemand an die Kehle gehalten. Auch seine Schuhe hatte man ihm noch nicht geklaut, während er in dem alten Schlafsack gelegen hatte. Trotzdem kam er auch hier nicht zur Ruhe, und das machte ihm zu schaffen. Morgen, so beschloss er, würde er zum Dockkoog gehen. Jemand hatte ihm einen Tipp gegeben. Angeblich gab es dort draußen eine Ruine, ein altes Hotel mit Blick auf die Nordsee, das vor vielen Jahren abgebrannt und immer noch nicht abgerissen worden war. Wenn das stimmte, würde er es sich in der nächsten Zeit dort gemütlich machen. Doch jetzt musste Fiete Heinrichs erst einmal diese Nacht überstehen. Er fühlte sich müde und ausgebrannt, auch die Flasche Rum war längst geleert. Auch wenn der hochprozentige Alkohol seinen Kopf noch benebelte, so spürte er, wie die wärmende Wirkung bereits wieder nachließ.

Während Fiete Heinrichs seinen Schlafplatz im Torbogen am Anfang des Schlossgangs räumte, spürte er, wie die Kälte an ihm hochkroch. Wenn nicht bald etwas passierte, würde er erfroren sein, noch bevor der Winter über das flache Land zwischen den Meeren zog. Es war einfach kein Leben mehr, doch eine Wahl hatte er nicht. Und so fügte sich Fiete Heinrichs seinem Schicksal. Er nahm einen letzten Zug an der Zigarette, verschluckte sich und bekam einen Hustenanfall. Grelle Blitze schienen vor seinen Augen zu tanzen, kurz wurde ihm schwindelig. Als er wieder durchatmen konnte, trat er an den Rand der Großstraße. Die mächtige Marienkirche wurde von starken Scheinwerfern angestrahlt. Dem Gemäuer zu Füßen lag der Husumer Marktplatz, um diese Zeit erwartungsgemäß menschenleer. Mitten auf dem Platz sah er den Brunnen, der angeblich das Wahrzeichen der Grauen Stadt sein sollte. Tine-Brunnen, so nannten sie ihn hier, wohl wegen der riesigen Bronzestatue am oberen Ende. Die mächtige Skulptur einer Frau in überdimensionierten Holzschuhen thronte über dem Brunnen und schien in die Ferne zu blicken, dorthin, wo er die See vermutete. In der rechten Hand hielt sie ein riesiges Ruder. Im Laufe der Jahre hatte die Figur Patina angesetzt, besonders die nachgebildete Schürze erschien im fahlen Licht dunkelgrün. Jemand hatte Fiete Heinrichs auch den richtigen Namen des Denkmals verraten, doch den hatte er längst wieder vergessen.

Ihm war es egal, er hatte andere Sorgen. So ließ Fiete Heinrichs den Blick über den Marktplatz schweifen. Auf der gegenüberliegenden Seite sah er die altehrwürdigen Bürgerhäuser mit den imposanten Giebeln. In einem befand sich die Filiale einer Bank im Erdgeschoss. Vielleicht, so überlegte er, sollte er versuchen, sich Zugang zum Vorraum der Filiale zu verschaffen. Er hatte ja nicht vor, den Geldautomaten zu sprengen, das überließ Fiete Heinrichs anderen. Er wollte einfach einen warmen und ruhigen Ort zum Schlafen finden. Im Morgengrauen, so nahm er sich vor, würde er die Bank natürlich wieder verlassen. Fiete Heinrichs wollte keinen Ärger bekommen.

Sein Entschluss stand fest. Wie er ohne EC-Karte in die Bank kommen wollte, wusste er zwar noch nicht, doch er würde einen Weg finden, da war er sicher. Als sich Fiete Heinrichs in Bewegung setzte, spürte er seine Hüfte. Seit Wochen schon machte sie ihm das Leben schwer. Auch die Füße drückten in den ausgelatschten Wanderschuhen, die ihm irgendjemand geschenkt hatte, als er vor dem

Hamburger Fischmarkt herumgelungert hatte. Jetzt humpelte er mit seinen Habseligkeiten über die verlassen daliegende Straße und stand im nächsten Moment auf dem verwaisten Marktplatz. Fieberhaft überlegte er, wie er in den beheizten Vorraum der Bank gelangen konnte. Mitten auf dem Marktplatz blieb er kurz stehen, um seine vom Rum vernebelten Gedanken zu ordnen. Dabei blickte er fast andächtig am Brunnen empor. Die mächtige Figur auf dem Brunnensockel ignorierte ihn und starrte weiter über die Dächer der Stadt hinweg.

Arrogante Kuh, dachte Fiete amüsiert, als ihm etwas auffiel, was ihm Sorge bereitete. Er trat näher an den Brunnen heran und betrachtete das Denkmal nachdenklich. Oberhalb des Brunnenbeckens befand sich eine achteckige Steinwanne, an deren Ecken die Nachbildungen von Fischen das Brunnenwasser ausspuckten. Auf dem Vierkantsockel im Brunnenbecken thronte die Tine. Zu ihren Füßen befand sich etwas, was dort nicht hingehörte.

Du musst aufhören mit dem Saufen, dachte Fiete Heinrichs und zwinkerte ein paar Mal mit den Augen. Doch das, was seine Aufmerksamkeit erregt hatte, blieb. Ein lebloser Arm hing aus der oberen Schale des Brunnens in die Tiefe. „Ach du Scheiße", kam es Fiete Heinrichs über die spröden Lippen. Er ließ Rucksack, Isomatte und Schlafsack achtlos fallen und kletterte umständlich am steinernen Brunnenbecken empor. Dass er sich dabei nasse Füße holte, nahm er nicht wahr. Er war sich darüber im Klaren, dass dort oben jemand kopfüber im Brunnen lag. Fiete Heinrichs musste versuchen, die Person zu retten, und hoffte inständig, dass er nicht zu spät kam. Jetzt stand er im unteren Becken. Am ganzen Leib vor Aufregung zitternd ergriff er den Arm und erschrak über die Kälte, die ihm entgegenströmte. „Hallo?“, krächzte Fiete und blickte über den oberen Rand des Beckens. Es war eine Frau, die dort vor ihm lag. Das lange, dunkle Haar hing ihr strähnig auf die Schultern. Da sie sich nicht rührte und ihr Gesicht im Wasser lag, rechnete Fiete mit dem Schlimmsten. Zum ersten Mal seit vielen Jahren verspürte er Todesangst. Er hatte eine Frauenleiche gefunden. Wo war denn jetzt die Polizei, die ihn eben noch von seinem Schlafplatz verscheucht hatte?

*

Ostenfeld, 3.10 Uhr

Es dauerte einen Augenblick, bis Wiebke realisierte, dass das Klingeln des Telefons nicht zu ihrem Traum gehörte. Der melodische Klingelton hatte sie aus einer Tiefschlafphase gerissen. Mit klopfendem Herzen richtete sie sich jetzt auf, stierte sekundenlang in die Dunkelheit des kleinen Schlafzimmers und warf einen Blick zum Dachfenster unter der Schräge. Der Mond war von Wolken umgeben und beschien milchig die Umgebung. Währenddessen wanderte das Smartphone mit einem wütenden Brummen über den Ankleidestuhl neben dem Bett.

Wiebke schüttelte die Müdigkeit ab und warf einen Blick auf das Display. Der Anruf war erwartungsgemäß dienstlich.

Am anderen Ende der Leitung war Tasso. Er klang erstaunlich ausgeschlafen. „Es tut mir leid“, sagte er, und das Bedauern in seiner Stimme klang ehrlich. „Wir haben schon wieder eine tote Frau. Diesmal in Husum, sie lag kopfüber im Brunnen des Asmussen-Woldsen-Denkmals.“

„Das klingt nicht nach einem Unfall.“ Wiebke warf die Bettdecke zur Seite und erhob sich. Mit dem Telefon am Ohr begab sie sich in die Küche, um die Kaffeemaschine in Gang zu setzen.

„Und das ist nicht alles“, hörte sie Jannis Petridis am anderen Ende der Leitung sagen. „Sie lag, genau wie Jana Biel, kopfüber im Wasser. Und Piet hat Rückstände von Klebeband an Hand- und Fußgelenken festgestellt. Und eine Strangmarke gibt es auch wieder, genauso wie eine seltsame Nachricht.“

„Klingt nach einem Serientäter.“

„Das ist zu befürchten. Kommst du?“

„Ich bin in zwanzig Minuten da.“ Wiebke bat ihn, Petersen aus dem Bett zu klingeln, dann legte sie auf und verschwand im Bad, um sich flüchtig frisch zu machen.

*

Husum, 3.35 Uhr

Es war ein schauerliches Szenario, das sich ihnen bot, als sie aus dem Wagen ausstiegen. Jan Petersen erreichte den Ort des Geschehens fast zeitgleich mit Wiebke. Er hatte sich, nachdem sie kurz telefoniert hatten, zu Fuß auf den Weg gemacht.

Wiebke fröstelte, was nicht nur an dem eisigen Wind lag, der von der Küste über die Stormstadt zog. Der einzige Vorteil an der Situation war, dass sich aufgrund der frühen Stunde nur eine Handvoll Schaulustiger am Marktplatz eingefunden hatte. Vom Streifendienst war der Marktplatz großflächig abgesperrt worden, sodass sie sich ungestört über den Fall unterhalten konnten. Eine Sichtschutzwand vor dem Brunnen war in aller Eile aufgebaut worden, um einen Blick der Schaulustigen auf die Tote aus dem Brunnen zu verhindern. Am Brunnen waren Tasso und Johannsen damit beschäftigt, mögliche Spuren zu sichern.

„Dann wollen wir mal." Petersen nickte Wiebke zu. Sie hatte keine Einwände und folgte ihrem Partner zu der Stelle am Brunnen, wo man die Frau auf ein Tuch gebettet hatte. Ein zweites Tuch bedeckte den leblosen Körper. Ein junger Notarzt stand neben der Toten und tippte seinen Bericht in ein Tablet ein. Kai Christensen stand daneben und schaute dem Mediziner mit regungsloser Miene über die Schulter. Beide schauten erst auf, als Wiebke und Petersen sie begrüßten. Als sich die Polizisten näherten, unterbrach der Notarzt seine Arbeit und nickte ihnen zu.

„Kein gemütliches Zuhause?", frotzelte Petersen an den Kripochef gewandt.

„Man lässt uns keine Ruhe", erwiderte Christensen, der sich fröstelnd die Hände rieb. Mit dem Kinn deutete er auf die Frauenleiche. „Diesmal müssen wir uns um die

Identität des Opfers aber keine Sorgen machen. Sie steht bereits fest."

Wiebke schöpfte Hoffnung. „Führte sie Ausweisdokumente und ein Smartphone mit?"

„Wieder nichts." Christensen schüttelte bedauernd den Kopf. „Aber ich kenne die Frau."

„Du und deine Weibergeschichten", brummte Petersen und schob die Hände in die Taschen seines warmen Parkas.

Kai Christensen ging nicht auf die Bemerkung von Wiebkes Partner ein. „Bei der Frau handelt es sich um eine Ärztin, Gyde Nissen."

Wiebke musste nicht lange überlegen. Der Name war ihr bekannt. „War sie nicht vor einigen Jahren in diesen Medizinskandal verwickelt?"

„Korrekt, Wiebke." Christensen nickte. „Man nannte sie den Todesengel von Husum." Der Kripochef rieb sich den Nasenrücken. „Sie stand damals unter dem dringenden Tatverdacht, Patienten auf ihrer Station Injektionen zu verabreichen, die zum Tod führen. Nachweisen konnte man es ihr aber nicht. Es ist ihr gelungen, die Schuld auf einen Mitarbeiter aus der Pflege zu schieben, der für sie in Haft ging."

„Der wäre doch unser Ansprechpartner", sagte Wiebke, die sofort an einen Racheakt dachte.

Petersen nickte. „Ich erinnere mich an sie. Damals hatte ich die Ehre, sie zum Tatvorwurf zu verhören, bevor sie bei uns im Keller in Untersuchungshaft saß." Nachdenklich betrachtete er seine Partnerin. „Das war vor unserer Zeit, Mädchen."

Wiebke nickte. „Was wissen wir noch über sie?" Sie wandte sich an den Notarzt.

Bevor der Mediziner antworten konnte, gesellte sich Tasso zu ihnen. „Es ist gruselig", sagte er. „Wir haben nach dem ersten Anschein den selben Modus Operandi wie bei Jana Biel."

Petersen, der sich am Brunnenrand umgeschaut hatte, trat näher. „Das heißt konkret was?"

„Wie schon am Telefon angedeutet – es gibt wieder Rückstände von Klebeband an Hand- und Fußgelenken sowie eine markante Strangmarke am Hals." Der Südländer legte eine kleine Pause ein, bevor er fortfuhr.

„Was ist mit dieser seltsamen Nachricht, von der du gesprochen hast?"

Tasso hielt einen Zettel in den behandschuhten Fingern. Der Inhalt der Nachricht war, wie schon bei Jana Biel, mit einem dicken schwarzen Filzstift verfasst, auf den ersten Blick glaubte Wiebke, die Handschrift des ersten Täters wiederzuerkennen.

„Ich bin kein Engel." Vier Worte, die Wiebke halblaut vorlas. Sie warf Petersen, der jetzt neben ihr stand, einen Blick zu. „Das klingt wie der verspätete Racheakt eines Angehörigen."

„Oder eines Kollegen", vermutete Wiebke. „Vermutlich sogar der, den sie damals als Strohmann vor den Kadi zerrte."

Petersen nickte. Er wandte sich an Christensen. „Wir sollten uns den alten Fall noch mal zur Brust nehmen, Kai."

„Dabei kann euch vielleicht der Anwalt von Gyde Nissen helfen, der sie damals vertreten hat."

„Wir werden nicht drum herumkommen." Der Erste Kriminalhauptkommissar nickte. „Auf der anderen Seite haben wir dieselbe Vorgehensweise wie bei Jana Biel in Friedrichstadt."

Wiebke dachte kurz nach. Sie nahm sich vor, sich nicht auf den Exkollegen der Ärztin einzuschießen. „Wenn Peter Harms damit etwas zu tun hat, sollten wir checken, ob es ein Motiv für ihn gibt, auch Gyde Nissen auf diese Weise zu töten."

„Sollten wir herausfinden, dass sie seine Vorgesetzte gewesen ist, könnte es einen anderen Grund geben", überlegte Christensen. „Betriebliche Gründe etwa. Oder der Kollege, der seinerzeit verurteilt worden ist, war ein guter Freund von Peter Harms."

„Der Ostfriesenbulle wird Harms in die Mangel nehmen", war Petersen sicher. „Und dann wissen wir mehr."

Wiebke ging neben der abgedeckten Frauenleiche in die Hocke. „Darf ich?"

Der Notarzt, ein junger Knabe mit strohblondem Haar, nickte.

Wiebke schlug das Tuch zurück und sah eine schlanke Frau mit langen, dunklen Haaren. Sie trug eine dicke Jacke, darunter einen modischen Wollpulli, einen kurzen Rock und kniehohe, schwarze Stiefel. Ihr fiel auf, dass einer der Absätze fehlte.

„Da ist ein Absatz abgebrochen."

Tasso nickte. „Haben wir schon bemerkt. Ich habe den Brunnen durchsucht, dort ist er nicht. Womöglich gab es einen Kampf, bei dem der Absatz verloren ging."

Ich bin kein Engel.

Was wollte der Mörder damit ausdrücken? Wiebke betrachtete die Tote nachdenklich. *Eine attraktive Frau*, dachte Wiebke und überlegte, ob es sich möglicherweise auch um ein sexuell motiviertes Verbrechen handeln könnte.

„Ist sie missbraucht worden?“, fragte sie den Notarzt.

„Nein.“ Der Mann schüttelte den Kopf.

„Was wissen wir über den Todeszeitpunkt?“

„Ohne mich festlegen zu wollen, ist die Frau seit gut vier Stunden tot.“

Wiebke warf Petersen einen Blick zu und stand auf. „Tamme und Sönke waren in Friedrichstadt“, sagte sie und warf einen Blick auf die Kirchturmuhr. „Wann haben sie Peter Harms aufgegriffen?“

Als Petersen schwieg, räusperte sich Kai Christensen. „Gegen halb eins, meine ich.“

„Passt doch.“ Wiebke war zufrieden, dass der Fall Fahrt aufnahm. „Dann müssen wir nur noch herausfinden, warum er Gyde Nissen getötet hat.“

„Was ist denn, wenn wir es in diesem Fall hier mit einem Trittbrettfahrer zu tun haben?“, gab Petersen zu bedenken. „Ich meine, die Sache in Friedrichstadt war gestern Abend groß in den Medien von ganz Schleswig-Holstein.“

„Einen Trittbrettfahrer können wir wohl ausschließen.“ Der Kripochef schüttelte den Kopf. „Bewusst haben wir nicht allzu viele Details ans Licht der Öffentlichkeit dringen lassen.“ Er deutete auf die Tote, die der Notarzt wieder abgedeckt hatte. „Und hier gibt es einfach zu viele Parallelen. Ich denke, dass wir es mit demselben Täter zu tun haben wie im Fall von Jana Biel.“

Wiebke gab ihm recht. „Also haben wir es mit einem Serienmörder zu tun."

„Der aber in U-Haft sitzt, bevor es zu einer weiteren Tat kommen könnte", stellte Christensen zufrieden klar.

Wiebke schaute sich um. Der Brunnen, in dem man Gyde Nissen gefunden hatte, lag erhöht auf einem Sockel. „Wer hat sie um diese Uhrzeit da oben entdeckt, und gibt es Augenzeugen?"

„Niemand hat gesehen, wie Gyde Nissen in den Brunnen gelangt ist", erwiderte Kai Christensen. „Aber entdeckt wurde sie von einem Obdachlosen, den Kollegen kurz vorher von seinem Schlafplatz am Durchgang zum Schlossgang vertrieben haben."

„Ich glaub, den kenn ich", entfuhr es Petersen. Er berichtete Wiebke, dass er auf dem Weg zum Revier fast einen Obdachlosen überfahren hätte, der ihm offensichtlich alkoholisiert vor das Rad gelaufen war.

Wiebke dachte nach und blickte sich suchend um. „Wo finde ich den Mann?"

„Die Kollegen haben ihn zur Dienststelle gebracht. Er war ziemlich durch den Wind, was sicher nicht nur am Alkohol liegt."

„Kein Wunder."

„Fiete, so nennt er sich, wird gerade von Tamme und Sönke befragt. Sobald sich etwas Neues ergibt, werden wir es erfahren." Kai Christensen wanderte vor dem Denkmal auf und ab. „Was können wir jetzt tun?"

Wiebke betrachtete Tasso. „Wann können wir mit verwertbaren Spuren rechnen?"

Tasso zeigte ihr zwei strahlend weiße Zahnreihen und winkte ab. „Hier treiben sich tagsüber unzählige Menschen rum, da kann es ewig dauern, bis wir irgendetwas finden, was uns weiterbringt, Wiebke."

„War zu befürchten." Petersen schnaubte. „Also wenn ihr mich fragt – ich würde mich noch ein paar Stündchen aufs Ohr hauen, bevor der ganze Wahnsinn morgen wieder losgeht."

„Jan, bitte." Wiebke warf ihm einen vorwurfsvollen Blick zu. „Wir haben Harms – und ein weiteres Opfer."

„Tamme und Sönke sind doch dran an diesem Peter Harms."

„*Sie waren dran*", korrigierte Christensen sie. „Ich habe sie auch nach Hause geschickt, als sie fertig waren." Kai Christensen betrachtete seine Mitarbeiter nachdenklich. „Er hat ein schwaches Alibi für die Tatzeit im Tötungsdelikt Jana Biel."

Wiebkes Eifer erwachte. „Und? Was hat er angegeben?"

„Er behauptet, dass er nicht einschlafen konnte und spazieren gegangen sei." Der Kripochef zuckte die Schultern. „Wie dem auch sei, er ist gut untergebracht in der Zelle, der Verdacht gegen ihn erhärtet sich, und auch der Todeszeitpunkt von Gyde Nissen lässt darauf schließen, dass er gestern Abend nicht nur einen Spaziergang unternommen hat."

„Ich möchte mit ihm sprechen." Wiebke versenkte die Hände in den Jackentaschen. „Kannst du das einrichten?"

„Grundsätzlich ist das möglich." Kai Christensen nickte. „Wir sind zu dritt. Ihr beide geht mit ihm in den Verhörraum, während ich die Aufzeichnung überwache."

Wiebke blickte sich aufmerksam um. Der Marktplatz war umgeben von historischen Gebäuden, in denen sich größtenteils Geschäfte befanden. Obwohl rund um das Asmussen-Woldsen-Denkmal durch den Polizeieinsatz reges Treiben herrschte, waren die meisten Fenster über den Ladenlokalen dunkel. Sie konnte sich nicht vorstellen, dass niemand der Anwohner etwas von dem, was hier gerade vorging, mitbekommen hatte.

„Es gibt doch eine Webcam, die das Geschehen auf dem Marktplatz ins Internet überträgt", überlegte sie halblaut.

Petersen wandte sich zu ihr um. Er nahm sie bei den Schultern, drehte sie sanft, bis sie in Richtung Apotheke blicken konnte, ohne den Kopf zu drehen. „Da oben", sagte er und streckte den Zeigefinger der rechten Hand aus, „siehst du die Kamera?"

Wiebke verengte die Augen zu Schlitzen und folgte seiner Hand. An der Fassade der Einhorn-Ratsapotheke erkannte sie die Webcam. Lächelnd drehte sie sich zu ihrem Partner um. „Gut", sagte sie zufrieden. „Wer auch immer die umstrittene Ärztin hierhergebracht hat – er wurde bei seiner Aktion gefilmt."

„So sieht es aus." Petersen grinste. „Ich werde gleich die Besitzerin der Apotheke um die Aufzeichnungen bitten." Er zückte das Smartphone und wischte sich durch das Menü.

„Die öffnet erst in einigen Stunden wieder", mutmaßte Wiebke. Als Petersen sie breit angrinste, legte sie fragend den Kopf schräg. „Du hast die private Handynummer?"

Er hielt das Smartphone bereits in der Hand „Aber sicher."

*

Osterhever, 3.45 Uhr

Sie konnte aus ihrer Haut nicht heraus: Sie fühlte sich beobachtet. Schon seit ein paar Tagen war ihr, als wäre sie nicht alleine zu Hause. Egal, welchen Raum sie auch betrat, es schien, als würde sie ein unsichtbarer Besucher begleiten. Fast so, als wäre sie von einem Geist verfolgt. Doch das bedrückende Gefühl beschlich sie ausschließlich in ihrer Wohnung. Sobald sie das Haus verließ, fühlte sie sich frei. Ihr Bauchgefühl, vielleicht ein sechster Sinn, musste also etwas mit der Wohnung zu tun haben.

In dieser Nacht fand sie keinen Schlaf. Stundenlang schon hatte sie sich ruhelos im Bett herumgewälzt. Ihre Furcht steigerte sich ins Unerträgliche. Zuletzt lag sie auf dem Rücken, hatte die Bettdecke bis zum Kinn hochgezogen und starrte auf die Zimmerdecke, die sich im Dunkel des Schlafzimmers als graues Rechteck vom bedrohlichen Schwarz der Nacht abhob. Immer wieder hörte sie eigenartige Geräusche, die sie erschaudern ließen. Es knackte im Gebälk des alten Hauses. Holz arbeitete bekanntermaßen, und unter normalen Umständen fürchtete sie sich nicht so schnell. Doch in dieser Nacht klangen die Geräusche anders. Nicht so, als würden sie vom Haus erzeugt werden. Eher so, als wäre sie nicht alleine in der kleinen Wohnung. Manchmal klang das Knarren und Knacken wie behutsam gesetzte Schritte. Selbst die Laute ihrer Katzen versetzten sie in Angst. Auch die Tiere schienen keine

Ruhe zu finden. Leise maunzend strichen sie durch die Wohnung.

Ihr Refugium fühlte sich anders an, seitdem der Schlüssel von außen im Schloss der Wohnungstür gesteckt hatte. Seit diesem rätselhaften Tag fühlte sie sich in ihrer eigenen Wohnung nicht mehr sicher. Sicher lag es auch an dem grausamen Mord, dem Jana zum Opfer gefallen war. Ihr ganzes Leben hatte sich komplett gewandelt. Nie würde sie den Moment vergessen, in dem sie das Bild ihrer besten Freundin auf der Webseite des Radiosenders gesehen hatte. Noch immer konnte sie nicht fassen, was geschehen war. Sicher war auch das der Grund dafür, dass ihre Nerven ihr einen Streich spielten.

*

Husum, Polizeirevier, 3.55 Uhr

„Ich habe Ihren Kollegen doch schon alles gesagt." Peter Harms' Gesicht hatte eine tiefrote Färbung angenommen, während er Wiebke feindselig anstarrte. Er wirkte übernächtigt, hatte dunkle Ringe unter den Augen, und als er sich am Kinn kratzte, knisterten die Bartstoppeln. Kai Christensen hatte das Vernehmungszimmer im zweiten Stock der Dienststelle schon vom Marktplatz aus für das Gespräch mit Peter Harms herrichten lassen. Jetzt saß der Kripochef im Vorzimmer und überwachte die Aufzeichnung, während Wiebke und Petersen mit dem Tatverdächtigen beider Morde am Tisch saßen. Das grelle Licht der Deckenlampen sorgte dafür, dass Wiebke trotz nachtschlafender Zeit keine Müdigkeit verspürte. Nachdenklich betrachtete sie Peter Harms. Er war nicht sonderlich groß und von drahtiger Statur. Auch seine Arme schienen nicht muskulös zu sein, denn der einfache Pulli fiel locker über seine Arme. Sowohl Jana Biel als auch Gyde Nissen waren posthum an exponierte Stellen transportiert worden. Einen leblosen Körper am Brückengeländer zu befestigen erforderte sicherlich viel Kraft, ebenso das Hochwuchten der toten Ärztin in den Tine-Brunnen. Wiebke konnte sich nur schwer vorstellen, dass Peter Harms das getan hatte. Doch möglicherweise irrte sie sich, und Harms war gut bei Kräften.

Seine Stimme riss sie aus den Überlegungen. Die Augen von Peter Harms schienen Blitze in ihre Richtung abzufeuern, die Hände lagen geballt auf der Tischplatte. „Warum soll ich jetzt alles noch mal erzählen?“ Der Stuhl, auf dem Harms saß, knarrte leise, als er sich aufrichtete.

„Es hat sich eine neue Situation für uns ergeben, Herr Harms.“ Wiebke hatte nicht vor, sich von ihm aus der Ruhe bringen zu lassen. „Wo waren Sie gestern Abend wirklich, als unsere Kollegen Sie angetroffen haben?“

Harms bedachte Wiebke mit einem eigenartigen Blick, der ihr Angst bereitete. Seine Nasenflügel bebten, er beugte sich so weit zu ihr herüber, dass sie seine unreine Gesichtshaut erkennen konnte. Er hielt ihrem Blick stand. Sein Atem roch eigenartig, fand Wiebke und wich ein Stück zurück. *Er riecht irgendwie … muffig*, dachte sie.

„Das", sagte Harms gefährlich leise, „habe ich den anderen Bullen auch schon erzählt." Er lachte auf. „Redet ihr nicht miteinander?"

Petersen hatte genug gehört. Er ließ die geballte Faust auf die Tischplatte sausen. So schnell, dass Wiebke sich über den Knall erschrak. „Schlag mal einen anderen Ton an, sonst werde ich hier gleich andere Saiten aufziehen!", herrschte Petersen Harms an. Die Gläser und Wiebkes Tasse vollführten einen Hüpfer, um Wiebkes Tasse herum bildete sich ein tiefroter Teekranz, der sie an einen Blutfleck erinnerte.

Peter Harms wich zurück und musterte Jan Petersen mit einer Miene, die Wiebke nicht deuten konnte. Sekundenlang schien er eingeschüchtert zu sein.

„Ich. War. Spazieren." Harms senkte den Blick und fixierte einen imaginären Punkt auf der Tischplatte.

„Und dafür gibt es natürlich keinen Zeugen, der diese Aussage bestätigen kann, nehme ich an." Petersens sonore Stimme klang ironisch. Wiebke kannte ihn gut genug, um zu wissen, dass seine Geduld am Ende war. Erfahrungsgemäß dauerte es lange, bis ihn seine nordische Gelassenheit verließ, doch wenn das der Fall war, dann war Jan Petersen mit Vorsicht zu genießen.

„Nachts gehe ich immer alleine spazieren." Peter Harms ließ sich nicht einschüchtern. Er grinste demonstrativ in die Kamera, die in einer Ecke des Raums unter der Decke installiert war, um das Geschehen aufzuzeichnen. „Vor allem, nachdem sich Jana von mir getrennt hat."

„Sie nehmen ihr die Trennung übel", stellte Wiebke sachlich fest.

„Klar." Peter Harms nickte. Er presste die Lippen zu einem schmalen Strich zusammen und fuhr sich mit den Händen durch das gerötete Gesicht, dann sah er Petersen an. „Welcher Mann", sagte er gedehnt, „lässt sich schon gern von einer Frau abservieren?"

Wiebke ignorierte den provokanten Tonfall. „Wie kam es zu der Trennung von Jana Biel?"

„Fragen Sie doch Ihre Kollegen."

„Ich frage Sie."

„Angeblich habe ich sie schlecht behandelt." Harms lachte auf. „Ist natürlich absoluter Quatsch."

„Selbstredend."

„Und Sie wollten sich an Jana Biel rächen für die Demütigung?", warf Petersen ein.

„Klar, deshalb habe ich sie an die Brücke über der Gracht gehängt." Harms schüttelte den Kopf und tippte sich an die Stirn.

„Sie wissen schon, dass wir Ihre Aussage als Geständnis werten können." Nun war es an Wiebke, ihn anzulächeln.

„Das ist Bullshit." Harms sprang auf, der Stuhl, auf dem er gesessen hatte, kippte nach hinten und fiel polternd zu Boden.

„Setzen." Petersen erhob sich ebenfalls. „Sofort."

„Fick dich, Bulle." Peter Harms zeigte ihm den Mittelfinger der rechten Hand, durchquerte den Raum und trat an das Fenster, um in die Nacht hinauszuschauen. Die Häuser von Husum lagen größtenteils dunkel vor ihm.

„Du sollst dich setzen", wiederholte Petersen. „Sonst wirst du in deiner Zelle schmoren, bis …"

Peter Harms fuhr herum. „Bis was?"

„Das wirst du schon sehen." Petersen sprach betont langsam. „Und jetzt setz deinen verdammten Arsch auf den Stuhl und beantworte unsere Fragen."

Harms dachte kurz nach und schien seine Chancen abzuwägen, dann stieß er sich von der Fensterbank ab und kehrte zum Tisch zurück. Im Zeitlupentempo bückte er sich, um den Stuhl aufzurichten. Dann grinste er Wiebke und Petersen an und setzte sich. „So", sagte er. „Zufrieden?"

Wiebke ersparte sich eine Antwort. „Haben Sie Jana Biel getötet?"

Sekundenlang barg Harms das Gesicht in den Händen. Seine Atemgeräusche klangen hohl. Als er die Hände sinken ließ, schimmerten seine Augen feucht. „Nein", sagte er leise. „Warum um Himmels willen sollte ich Jana umbringen?"

Wiebke fand keine Zeit, sich über den Sinneswandel von Peter Harms zu wundern.

Er schluchzte und senkte den Blick. Für einen Moment herrschte Schweigen im Verhörraum. „Ich hab sie doch geliebt." Harms sah erst Wiebke, dann Petersen an. „Niemals würde ich sie umbringen, das müssen Sie mir glauben."

„Was halten Sie von Sandra Mathis?", kam Wiebke auf die Freundin der Toten zu sprechen.

„Sie ist eine blöde Fotze."

Petersen unterdrückte ein Grinsen. „Ihre Meinungen zueinander scheinen auf Gegenseitigkeit zu beruhen."

„Hat sie mich angeschissen?"

„Das tut nichts zur Sache." Wiebke hatte nicht vor, sich von Peter Harms in die Karten schauen zu lassen. „Sie mögen Frau Mathis also nicht."

„Nee.“ Harms schüttelte den Kopf. „Wenn die beiden zusammen waren, dann war ich abgemeldet. Weiber.“ Er winkte ab. „Was soll ich sagen? Manchmal hatte ich den Eindruck, dass meine Freundin lesbisch wurde, sobald Sandra am Start war.“

„Das war sicher demütigend für Sie.“ Wiebke hatte Mühe, ihren Sarkasmus zu verbergen.

„Nee, nicht wirklich.“ Jetzt grinste Harms sie überheblich an. „Ich habe es Sandra heimgezahlt.“

„Wie das?“ Petersen hob fragend eine Augenbraue.

„Einmal waren wir zu dritt auf einer Party. Jana ging es nicht gut, sie ist früh ins Bett gegangen. Ich war alleine mit Sandra im Wohnzimmer ihrer Bude.“

„Und dann?“ Petersen schien die Antwort zu kennen.

„Ich hab ihr was in den Drink geschüttet. Sie war breit. Da hab ich sie gevögelt und ihr alles heimgezahlt.“

Peter Harms grinste widerlich. Wiebke hatte Mühe, sachlich zu bleiben. „Das ist Vergewaltigung“, stellte sie fest.

„So what? Sie war einfach nur breit und hatte keine Einwände.“ Harms machte eine wegwerfende Handbewegung. „Wir hatten Spaß, ich hab es ihr besorgt, und sie fand es ziemlich gut, glaube ich. Jedenfalls gut genug, dass sie sich am nächsten Tag noch daran erinnert hat. Von da an haben wir uns öfters mal getroffen, um es zu treiben.“

„Und Ihre Freundin?“ Wiebke machte sich Notizen. „Wusste sie davon, dass Sie sich heimlich mit ihrer besten Freundin treffen?“

„Nee.“ Kopfschütteln. „Das war unser Geheimnis.“

„Einvernehmlicher Sex ist nicht verboten, wenngleich auch in diesem Fall unmoralisch.“ Wiebke betrachtete Harms nachdenklich. Sie fragte sich, ob er sich diese haarsträubende Geschichte gerade ausgedacht oder ob Sandra Mathis tatsächlich ein Verhältnis zu ihm hatte. Wenn das so war, warum sprach sie dann so schlecht über Peter Harms? Es musste etwas zwischen ihnen geschehen sein.

„Kam Ihre Affäre ans Licht?", fragte sie.

„Nee, wir waren geschickt." Er grinste feist. „Nur einmal haben wir uns zu dritt getroffen. Auf den Hafentagen im letzten Jahr. Sie hatte ihren Macker im Schlepptau." Harms kicherte. „Der Typ war ziemlich angepisst, weil Sandra das zufällige Treffen voll gefeiert hat."

„Und das gefiel ihrem Freund nicht." Petersen machte sich Notizen.

„Natürlich nicht. Er hat dann eine ziemlich peinliche Show abgezogen und mir mitten auf dem Fest eins auf die Fresse gehauen."

Verdient, dachte Wiebke, ersparte sich den Kommentar jedoch.

Sie warf ihrem Partner einen Blick zu, der offenbar keine weiteren Fragen an Peter Harms hatte. *Sandra Mathis befragen,* notierte sie sich so, dass Harms keinen Blick darauf werfen konnte, dann sah sie Harms an. „Es hat eine weitere Tote gegeben."

„Wie bitte?" Die Überraschung in seinem Blick war nicht gespielt. „Sagen Sie mir nicht, dass Sandra …" Er brach ab und senkte den Blick.

„Frau Mathis lebt." Wiebke schüttelte den Kopf. „Kennen Sie eine Frau namens Gyde Nissen?", fragte sie dann an Peter Harms gewandt.

Peter Harms nickte. „Der Todesengel von Husum", sagte er und richtete den Blick an Wiebke vorbei in die Ferne. „Sie war meine Chefin."

„War?", hakte Petersen ein.

„Ja. Nachdem der ganze Skandal in der Presse breitgetreten wurde, hat sich die Klinikleitung von ihr getrennt."

„Man konnte ihr die Schuld am Tod der Patienten nicht nachweisen." Petersen faltete die Hände auf dem Tisch. „Dafür ist einer ihrer Mitarbeiter verurteilt worden."

„Ja. Der Erich hat den Kopf dafür hingehalten."

„Erich?" Wiebke zog eine Augenbraue hoch.

„Erich Geiger, ja. Ein junger Stationsarzt, der sich nicht gegen die Vorwürfe der Staatsanwaltschaft wehren konnte und verknackt wurde. Einen anständigen Anwalt konnte er sich damals auch nicht leisten, was seine Verurteilung dann auch besiegelt hat. Gyde war das natürlich recht, denn sie hat mit einem eiskalten Lächeln ihren schönen Kopf aus der Schlinge gezogen."

„Wie war Ihr Verhältnis zu Geiger?" Petersen faltete die Hände auf der Tischplatte und drückte den Rücken durch.

„Für mich war er kein richtiger Arzt", antwortete Harms abwertend. „Aber er war halt da – wir kamen miteinander klar, nicht mehr und nicht weniger. Wer jetzt wirklich die Kaliumspritzen gegeben hat, kann wohl niemand mehr nachweisen."

Petersen brummte etwas Unverständliches, dann wandte er sich an Wiebke. „Aber den hohen Kaliumanteil bei den Reanimationen der Patienten konnte man schon nachweisen."

Peter Harms wiegte den Kopf. „Es heißt, dass Gyde immer Spritzen in den Kitteltaschen mit sich führte, die sie den Patienten in die Kardiologie verabreicht haben soll."

„Im Mordprozess reichte die Beweislage nicht aus", brummte Petersen.

Wiebke beschloss, morgen die alten Akten zurate zu ziehen. Petersen schien sich gut an den Cold Case zu erinnern.

Harms grinste. „Trotzdem musste Gyde gehen. Sie war in den Mittelpunkt der Sache geraten und wurde von den Chefs zur Verantwortung gezogen."

„Nach ihrem Ausscheiden starb im Krankenhaus niemand mehr an einer Überdosis", stellte Petersen klar. „Also liegt der Verdacht nahe, dass Gyde Nissen etwas mit den Todesfällen im Krankenhaus zu tun hatte."

„Oder dass Erich dahintersteckte, denn der war nach dem Gerichtsurteil auch nicht mehr im Dienst." Peter Harms zuckte mit den Schultern. „Was ist mit Gyde?"

„Sie ist tot." Wiebke achtete auf jede Regung im Gesicht ihres Gegenübers. Zufrieden registrierte sie, dass Peter Harms von einer Sekunde zur anderen blass wurde. „Ermordet, wenn Sie es genau wissen wollen." Petersen beugte sich weit vor. „Genau so wie Jana Biel. Erdrosselt und gefesselt an Hand- und Fußgelenken und zuvor betäubt mit Ketamin."

Petersen machte eine bedeutungsvolle Miene. „Und jetzt kommst du."

Wiebke wusste nicht, ob ihrem Partner das Du versehentlich rausgerutscht war oder ob er absichtlich vertrauter rüberkommen wollte.

„Wie – jetzt komm ich?" Peter Harms musterte Petersen feindselig. „Was hat das zu bedeuten?"

„Das würden wir gern von Ihnen wissen, Herr Harms." Wiebke setzte eine strenge Miene auf. Es nervte sie, dass der Mann sich nicht sonderlich kooperativ zeigte. „Wo waren Sie gestern, bevor die Kollegen Sie in Friedrichstadt aufgegabelt haben?"

Peter Harms starrte auf die Tischplatte und schien in seiner Erinnerung suchen zu müssen. Als er zum Wasserglas griff, zitterte seine Hand. Während er trank, vermied er Blickkontakt zu Wiebke und Petersen. „Ich habe damit nichts zu tun", sagte er tonlos. „Ich war das nicht. Nicht bei Gyde, nicht bei Jana."

„Dann müssen wir einen Beweis haben, dass Sie tatsächlich nur einen harmlosen Spaziergang unternommen haben", sagte Wiebke.

Bevor sie weitersprechen konnte, klopfte es an der Tür. Kai Christensen steckte den Kopf durch den Türspalt in das Vernehmungszimmer. „Wiebke, hast du mal eine Sekunde?"

„Sicher." Sie nickte Petersen zu und erhob sich. Im Vorraum wurde sie vom Kripochef erwartet. Eine steile Sorgenfalte stand auf seiner Stirn.

„Neue Lage."

„Ich bin gespannt." Wiebke hockte sich auf die Schreibtischkante. Auf dem Monitor konnte sie das Geschehen im Vernehmungszimmer beobachten. Petersen und Peter Harms schwiegen sich an, wobei Harms mit versteinerter Miene ins Leere blickte und nervös mit den Händen rang. Er schien zu bemerken, dass es für ihn eng wurde.

Christensen hatte sich den Drehstuhl herangezogen und blickte zu Wiebke auf. „Der Streifendienst hat uns Bilder einer Überwachungskamera in der Kleikuhle zukommen lassen."

„Und?" Wiebke wusste nicht, was das mit der Vernehmung von Peter Harms zu tun hatte.

Ihr Vorgesetzter machte sich am PC zu schaffen. Er verkleinerte das Bild der Kamera aus dem Nebenraum und rief eine neue Datei auf. Jetzt erschien die Aufnahme des nächtlichen Stadtplatzes an der Deichstraße auf dem Monitor. Seit Jahren planten Politiker aller Parteien die Neugestaltung des Eingangstors der Grauen Stadt, geschehen war bisher nichts. Doch Christensen hatte sie nicht aus dem Verhör geholt, um ihr den trostlosen Platz zu zeigen. „Und?" Wiebke runzelte die Stirn.

Der Kripochef nahm die Maus und spulte die Aufnahme vor. „Hier", sagte er und deutete auf eine Frau, die die Kleikuhle aus Richtung Hafenstraße betrat. Christensen stoppte die Aufnahme und zoomte ins Bild. „Die Dame dürfte dir bekannt sein."

Wiebke beugte sich über den Monitor. Sie musste nicht lange überlegen, um zu wissen, wer das war. „Gyde Nissen", sagte sie und warf einen Blick auf die Uhrzeit der Aufnahme. Die Zeit passte.

„Sie ist aber nicht alleine unterwegs." Christensen ließ die Aufzeichnung weiterlaufen. Wiebke konnte beobachten, wie Gyde Nissen ihren Weg in Richtung Unterführung fortsetzte. Ob sie zur Marschbahn oder zum Parkplatz an der Deichstraße wollte, ließ sich nur erahnen.

„Sieh mal hier." Wieder tippte Christensen auf eine Stelle auf dem Monitor. Eine dunkel gekleidete Gestalt näherte sich Gyde Nissen von hinten. Es war offensichtlich, dass er ihr ganz gezielt folgte. Immer wieder wandte sich der Mann nach hinten um. Dann hatte er sein Opfer erreicht.

Als Gyde Nissen ihre Schritte beschleunigte, brach ein Absatz ihrer Stiefel. Sie geriet ins Straucheln und drohte zu stürzen. Ihr Verfolger nutzte seine Chance und fing sie auf. Sie redeten kurz miteinander, dann hielt er ihr ein Tuch ins Gesicht.

„Ketamin", murmelte Wiebke. „Er verabreicht ihr Ketamin mit einem getränkten Tuch." Wie gebannt beobachtete sie das Geschehen auf dem Monitor. Einen Moment später sackte der Körper der Ärztin leblos zusammen. Der Fremde fing sie auf und schleppte sie in Richtung Deichstraße davon, als sich ein weiterer Mann aus Richtung Wasserreihe näherte. Er sprach den Täter an, sie wechselten ein paar Worte miteinander, bevor der zweite Mann wieder von der Bildfläche verschwand.

Wiebke war fassungslos. Da wurde vor der Kamera eine Frau überwältigt und entführt – der Täter verhielt sich dabei so, dass er während der gesamten Szene nur von hinten zu sehen war. Wiebke kam es vor, als wüsste der mutmaßliche Mörder von der Überwachungskamera, die sich auf dem Dach eines Gebäudes an der Kleikuhle befand.

„Merkst du was?" Kai Christensen sah Wiebke mit gespannter Miene an. Mit dem Kugelschreiber tippte er auf die eingeblendete Uhr, die den Zeitpunkt der Aufnahme dokumentierte.

Wiebke nickte. „Wer auch immer Gyde abgefangen hat – es war nicht Peter Harms."

„Und damit ist Harms auch nicht ihr Mörder." Der Kripochef grinste. „Als die Ärztin verfolgt und entführt wurde, saß Harms längst bei uns in U-Haft."

KAPITEL 14

Husum, Polizeirevier, 4.05 Uhr

„Hauen Sie ab." Wiebke drückte die Tür des Vernehmungszimmers ins Schloss und blieb stehen. Sie betrachtete Peter Harms und achtete auf jede Regung in seinem Gesicht. Er blickte überrascht zu ihr auf und schien an einen schlechten Scherz zu glauben.

„Sie verarschen mich."

Langsam schüttelte Wiebke den Kopf. „Nein." Sie deutete mit dem Kinn zur Tür. „Hauen Sie ab, bevor ich es mir anders überlege."

Jan Petersen bedachte sie mit einem vorwurfsvollen Blick. „Was soll das jetzt?" Eine steile Falte stand auf seiner Stirn.

„Erklär ich dir gleich, Jan."

Er seufzte und senkte den Blick. Entnervt warf er den Kugelschreiber, mit dem er getickert hatte, auf den Tisch.

„Heißt das, ich bin ein freier Mann?" Langsam begriff Peter Harms die Bedeutung von Wiebkes Worten. Er grinste breit.

„Bitte halten Sie sich zu unserer Verfügung", antwortete Wiebke ihm. „Gehen Sie nach Hause, schlafen Sie sich aus, alles Weitere erfahren Sie von meinen Kollegen."

„Geht doch.“ Peter Harms warf Petersen einen überheblichen Blick zu. Wiebke kannte ihren Partner lange genug, um zu wissen, dass er dem Mann am liebsten eine Ohrfeige verpasst hätte. Und sie sah ihm an, dass er mit Wiebkes Entscheidung nicht einverstanden war.

„Na dann eine ruhige Nachtschicht noch.“ Peter Harms nickte Petersen und Wiebke zu und wurde im Vorraum von Kai Christensen in Empfang genommen.

Kaum, dass sich die Tür des Verhörraumes geschlossen hatte, sprang Petersen wie von der Tarantel gestochen auf. „Kannst du mir das mal erklären?“, bellte er Wiebke an.

„Beruhig dich erst mal, Jan.“ Wiebke hob beschwichtigend die Hände. Sie hatte keine Lust, sich mit ihrem Partner zu streiten. „Harms kann es nicht gewesen sein.“ In wenigen Sätzen berichtete sie Petersen von der Aufzeichnung der Überwachungskamera an der Kleikuhle.

„Als Gyde Nissen verschleppt wurde, saß Peter Harms schon bei uns in U-Haft.“

„Und?“ Petersen zeigte sich trotzig. „Was hat das eine mit dem anderen zu tun? Wenn es nach mir gegangen wäre, hätte dieser Arsch gerne noch eine Nacht in unserem Keller verbringen können.“

„Kai hat angeordnet, ihn gehen zu lassen.“

„Das war mir so klar.“ Petersen schüttelte den Kopf. Nur langsam beruhigte er sich. „Wahrscheinlich hat er Schiss vor diesem aufgeblasenen Staatsanwalt.“

„Thies ist in Ordnung.“ Es nervte Wiebke, dass ihr Partner auf den Staatsanwalt nicht gut zu sprechen war. Sie kam gut mit ihm aus, und sie bildete sich ein, dass er ihre Sympathie erwiderte.

„Ach ja?“ Petersen betrachtete sie. „Läuft da was zwischen euch?“ Er setzte sich auf den Tisch und leerte sein Wasserglas, unterdrückte ein Aufstoßen und fixierte Wiebke mit seinem Blick.

„Nein“, sagte sie geduldig. „Da läuft nichts.“ Dass sie errötete, schob sie auf den Umstand, dass sie sich in den letzten Stunden schon einige Male mit dem Gedanken auseinandergesetzt hatte, eine Affäre mit Thies Bendix zu haben. Immer hatte sie sich für diese Gedanken geschämt. „Und selbst wenn.“ Sie hielt Petersens fragendem Blick stand. „Wäre das ein Problem für dich?“

„Nee.“ Er schüttelte den Kopf. „Bestimmt nicht.“ Jetzt grinste er. Wiebke spürte, dass ihm sein impulsives Verhalten unangenehm war, und konnte ihm nicht böse sein. „Immerhin könntest du meine Tochter sein.“

„Na na“, machte Wiebke und kniff ihm in die Wange. „So alt bist du ja nun auch noch nicht.“

„Und wie machen wir jetzt weiter?“ Er klang versöhnlich, als er die Gläser vom Tisch nahm und Anstalten machte, den Raum zu verlassen. „Schlafen gehen können wir wohl vergessen, nehme ich an.“

„Korrekt. Zumindest nicht, solange wir nicht wissen, um wen es sich bei dem Mann auf den Mitschnitten der Überwachungskamera handelt.“

„Du hast doch gesagt, dass er nicht zu erkennen ist.“

„Es gibt noch jemanden, der den Entführer in ein kurzes Gespräch verwickelt hat.“ Wiebke berichtete ihrem Partner von dem zweiten Mann, der kurz in der Aufnahme zu sehen war.

„Dann müssen wir diesen Typen finden." Petersen verstand.

„So sieht's aus."

„Na Mahlzeit." Petersen unterdrückte ein Gähnen. Wiebke sah ihm an, dass er sich nach einer kleinen Auszeit sehnte. Doch an Feierabend war nicht zu denken. Es hatte einen zweiten Mord gegeben, und der Mörder war, entgegen ihrer anfänglichen Vermutung, noch auf freiem Fuß.

„Sag mal, was hältst du von Peter Harms?"

„Nichts." Wiebke war ehrlich. „Er hört sich selber gern schnacken und findet sich unendlich geil."

Petersen nickte zustimmend. „Und was hältst du von Sandra Mathis?"

„Nichts."

„Das musst du mir erklären, Mädchen."

„Kein Ding: Es ist ein absolutes No go, der besten Freundin den Kerl auszuspannen." Wiebke packte ihre Sachen zusammen. „So was gehört sich nicht, Jan."

Er beobachtete sie und setzte sich auf die Tischkante. „Aber wenn es stimmt, was er sagt, hat er sie ja außer Gefecht gesetzt, sie willenlos gemacht oder was auch immer."

„Und wenn es stimmt, was er noch erzählt hat, dann fand sie die Aktion nicht schlimm. Es kam wohl zu weiteren Treffen." Wiebke schüttelte den Kopf. „Erst betäubt er sie, um sich an ihr zu vergehen, danach haben sie eine Affäre?"

„Oder Harms erzählt uns die Geschichte nur, weil er sich selber ziemlich geil findet."

„Jan", sagte Wiebke und gähnte herzhaft, „was auch immer er uns aufzutischen versucht – er lügt, dafür lege ich meine Hand ins Feuer."

„Verschwinde jetzt." Petersen deutete zur Tür.

„Wie bitte?" Wiebke glaubte, sich verhört zu haben.

„Du sollst dich ein paar Stunden aufs Ohr hauen", erwiderte Petersen. „Ich halt hier die Stellung und versuche bahnbrechende Neuigkeiten zu erfahren."

Der Gedanke, etwas zur Ruhe zu kommen, hatte durchaus seinen Reiz, fand Wiebke. Sie fühlte sich wie gerädert und ausgebrannt. „Abgemacht", stimmte sie zu. „Und wenn ich hier wieder aufschlage, schicke ich dich nach Hause."

Petersen war einverstanden. „So mok wi dat."

*

Osterhever, 4.30 Uhr

Sie schrak auf, als sie hörte, wie sich jemand an der Tür zu schaffen machte. Nach der schlaflosen Nacht war sie irgendwann in den Morgenstunden in einen tiefen und traumlosen Schlaf gefallen.

Es kommt jemand, hämmerte es in ihrem Kopf. *Jemand bricht hier ein.* Sandra Mathis' Herz klopfte ihr bis zum Hals, während sie jetzt regungslos auf dem Rücken lag und mit weit aufgerissenen Augen an die Zimmerdecke starrte. Die Geräusche an der Tür klangen nicht so, als würde sich jemand gewaltsam Zutritt verschaffen – es war einfach ein Schlüssel, der ins Schloss geschoben wurde, um die Tür zu öffnen.

Der Notschlüssel, durchzuckte es sie. Wer auch immer kam – er wusste offensichtlich von dem Versteck des Schlüssels im Stall. Sandra Mathis fand keine Zeit, sich darüber zu ärgern, dass sie sich nach dem Zwischenfall kein neues Versteck ausgedacht hatte. *Jetzt ist es zu spät.*

Ihr stockte der Atem, als sie Schritte in der Diele vernahm. Dem Klang nach zu urteilen, stammten die Schritte von festen Schuhen. Wer auch immer sich hier Zutritt verschafft hatte – er gab sich keine große Mühe, unentdeckt zu bleiben.

Zielsicher, so machte es den Eindruck, bewegte sich der Eindringling in ihrem Refugium. Als in der Diele das Licht eingeschaltet wurde und ein Lichtbalken durch die nur angelehnte Tür ins Schlafzimmer fiel, fühlte sich Sandra Mathis dem Fremden schutzlos ausgeliefert.

Sie hörte, wie der Einbrecher in der Küche herumhantierte. Auch dabei schien er sehr gezielt vorzugehen. Was er gerade tat, konnte Sandra Mathis nicht heraushören. Ihre Finger klammerten sich verkrampft am Bettlaken fest, während sie fieberhaft überlegte, wie sie sich aus dieser Situation retten konnte.

Warum liegt das verdammte Handy nicht auf dem Nachtschrank?, schrie alles in ihr. Nachdem sie in der Zeitung einen Artikel über das erhöhte Krebsrisiko durch die Entstehung von elektromagnetischen Feldern bei der Nutzung von Smartphones gelesen hatte, lud sie das Telefon nachts in der Küche und nicht, wie früher, im Schlafzimmer auf. Jetzt ärgerte sie sich über diese Angewohnheit. Unter diesen Umständen hätte ihr ein Notruf womöglich das Leben retten können. Doch so musste sie sich der Gefahr stellen. Wehr- und schutzlos, denn auch die große Taschenlampe, die sie als Schlagstock hätte einsetzen können, lag unten im Auto.

Während die Gedanken wie Pfeile durch ihren Kopf schossen, näherten sich die Schritte unaufhaltsam der Schlafzimmertür. Die Dielen in der Wohnküche knarzten leise. Sandra Mathis hielt den Atem an.

Mit einem energischen Ruck wurde die Schlafzimmertür aufgestoßen. Sie stieß hinter die dahinterliegende Wand und pendelte sanft zurück. Der Fremde stand breitbeinig im Türrahmen, die Arme vor der Brust verschränkt. Er stellte einen Fuß so, dass ihn die Tür nicht vor das Gesicht schlagen konnte. Im Gegenlicht der Lampe malte sich seine hoch aufragende Silhouette schwarz ab.

Wie gelähmt lag sie im Bett und wagte kaum zu atmen. Doch es bestand kein Zweifel, dass er sie längst gesehen hatte. Und es war ihr klar, dass er wegen ihr gekommen war. Sekundenlang herrschte eine eisige Stille, die nur von seinem Atemgeräusch überlagert wurde. Sandra Mathis nahm allen Mut zusammen und presste das Kinn auf die Brust, um ihn anzusehen. Anhand seiner Körperhaltung und der Statur erkannte sie ihn sofort.

Was zum Teufel, dachte sie atemlos, als er einen Schritt ins Schlafzimmer setzte. Schweigend, beobachtend und gleichermaßen wachsam. Mit ihm hatte sie in dieser Situation am wenigsten gerechnet. Jetzt stand er neben dem

Bett und sah auf sie herab. Im Zwielicht glaubte sie, ein siegessicheres Lächeln in seinem markanten Gesicht zu erkennen.

Sandras Herzschlag drohte einen Moment lang auszusetzen. So selbstsicher, wie er dastand, war die Gefahr, die von ihm ausging, fast fühlbar. Ihr wurde heiß und kalt, als er sich mit einem aufgesetzten Lächeln auf die Bettkante sinken ließ. Seine Kleidung roch nach dem Rauch kalter Zigaretten. Angewidert wollte sie den Kopf zur Seite drehen, war aber zu keiner Bewegung imstande.

„Hallo", sagte er mit emotionsloser Stimme, während er eine Hand vorstreckte, in der sich ein Gegenstand befand, der sich unaufhaltsam ihrem Gesicht näherte. „Schön, wieder hier zu sein."

*

Ostenfeld, 4.35 Uhr

Die Anspannung fiel von Wiebke ab, als sie im ersten zögerlichen Morgengrauen ihre Wohnung betrat. Auf der Fahrt von der Dienststelle in Husum hierher hatte sie über die eigenartigen Morde nachgedacht. Sie schienen tatsächlich mit dem alten Fall des Todesengels in Verbindung zu stehen. Ein später Racheakt womöglich, der auf das Konto eines Angehörigen ging. Oder die Rache eines Kollegen, warum auch immer. Sie durften nichts außer Acht lassen und hatten noch nichts in der Hand. Erich

Geiger, der allen Grund gehabt hätte, sich für die wahrscheinlich ungerechtfertigte Verurteilung zu rächen, saß in der JVA Itzehoe und konnte wohl kaum für die beiden Morde zur Verantwortung gezogen werden. Es machte Wiebke wahnsinnig, dass sie nicht wusste, wo sie ansetzen konnten. So setzte sie alle Hoffnungen darauf, dass Petersen in ihrer Abwesenheit etwas Entscheidendes herausfand, um den Fall weiter voranzutreiben.

Erschöpft stand sie in der langen, schmalen Diele und zog die Jacke und Schuhe aus. Wiebke wusste nicht, wann sie zuletzt etwas gegessen hatte, und überlegte kurz, sich ein Brot zu machen. Doch als sie in ihrer aufgeräumten Küche stand, verspürte sie überhaupt keinen Hunger und verwarf den Plan wieder. Sekundenlang dachte sie an Eike. Wenn er da gewesen war, hatte er immer Spuren in der Wohnung hinterlassen. Eine ungespülte Tasse auf der Arbeitsplatte, ein Brett und ein benutztes Messer auf der Spüle, es brannte irgendwo in der Wohnung Licht, sie stolperte beim Nachhausekommen über seine Schuhe, die er mitten im Weg hatte stehen lassen.

Nichts dergleichen.

Kurz vermisste sie das Chaos, das er immer hinterlassen hatte. Doch schon nach diesem kurzen Augenblick empfand sie eine tiefe Zufriedenheit. Sie hatte ihre geliebte Ordnung zurück. Da war niemand mehr, der sie störte und der Unordnung anrichtete. Ein Freund hatte sie vor vielen Jahren immer als *Monk* bezeichnet, weil sie extrem ordnungsliebend war und alles immer an seinem Platz sein musste – in Wirklichkeit hasste Wiebke es, Dinge zu suchen. Eike hatte sich mehrmals einen Spaß daraus gemacht, Dinge um nur wenige Zentimeter von ihrem angestammten Platz zu verschieben, was Wiebke sofort aufgefallen war, als sie den Raum wieder betreten hatte. Sie hatte ein fotografisches Gedächtnis und bemerkte sofort, wenn sich etwas veränderte. Sie war ordnungsliebend und kam aus ihrer Haut nicht heraus, ein Umstand, der öfters zum Streit geführt hatte. Kleine Streitigkeiten, die ihr jetzt schon fehlten.

Sie trat an das unter der Schräge liegende Fenster und ließ frische Luft in die Küche. Für einen Augenblick streckte sie den Kopf durch die große Luke und betrachtete die düsteren Wolken, die vom Wind ins Landesinnere getrieben wurden. Wiebke atmete tief durch, schloss kurz die Augen, dann wandte sie sich ab und schloss das Fenster wieder. Nein, er fehlte ihr nicht. Es war gut, dass sie sich nach langem Ringen dazu entschlossen hatte, sich von Eike zu trennen.

Obwohl sie ihre Entscheidung nicht bereute, so fragte sie sich, ob er wohl auch an sie dachte, sich möglicherweise nach ihr sehnte. Wiebke stieß einen Seufzer aus, dann suchte sie das Bad auf, um sich frisch zu machen und um die Zähne zu putzen. Viel Zeit, sich zu erholen, hatte sie nicht. Und sie musste dringend ins Bett, um Kräfte zu tanken. Ein paar Stunden nur. Ausschlafen konnte sie, sobald der Mörder gefasst war. Doch noch war es nicht so weit.

Kapitel 15

Nordstrand, 4.50 Uhr

Dichte Nebelschwaden zogen vom Meer über die Halbinsel. Viel Ruhe hatte er sich nicht gegönnt. Ein paar Stunden Schlaf, um Kräfte zu tanken nach den Strapazen der letzten Tage. Bisher war alles gut gelaufen. Niemand hatte ihn gesehen, keiner hatte unbequeme Fragen gestellt. Er hatte Vorbereitungen getroffen, um die nächsten Schritte in die Tat umzusetzen.

Im Haus seiner Eltern, das seit geraumer Zeit leer stand, hatte er Unterschlupf gefunden. Niemand hatte ihn bei seiner Ankunft gesehen, keiner würde bemerken, wenn er weiterzog. Er spürte die innere Unruhe, die in ihm aufstieg, als er an seinen Plan dachte. Er war noch lange nicht in Sicherheit. Nun lagen alle Hoffnungen auf seinem alten Camper. Er hoffte inständig, dass ihm der Diesel die lange Pause nicht übel nahm und er ihn heute nicht im Stich ließ.

Bei seinem Vorhaben kam ihm der dichte Herbstnebel sehr gelegen. Die paar Stunden Schlaf im modrig riechenden Ehebett seiner verstorbenen Eltern hatten ihm gutgetan.

Als er jetzt an das Schlafzimmerfenster im Erdgeschoss des windschiefen Häuschens mit der verwaschenen Backsteinfassade trat, um es zu öffnen, sog er die feuchtkühle Luft tief in seine Lungen ein. Die Nebelschleier krochen wie die Geister einer fremden Welt durch den Gemüsegarten hinter dem Haus. Die weiter hinten gelegenen weitläufigen Felder verschwanden gänzlich im Nebel und ließen sich nur noch erahnen.

Einen Moment lang stand er da und genoss die friedliche Stille über der Halbinsel. Viel zu lange schon war er nicht mehr hier gewesen, um in der Idylle Nordstrands den Akku aufzuladen. Ein wenig bedauerte er, dass er schon bald weiterziehen würde. Jetzt verstand er die Touristen, die im Sommer nach Nordstrand kamen, um Abstand zu bekommen von den hektischen Städten, in denen sie sonst lebten. Auf Nordstrand gingen die Uhren noch anders. Als er sich umwandte, wurde ihm der Sinn seiner Gedanken klar. In diesem Haus war die Zeit stehen geblieben. Mit einem wehmütigen Gefühl schaute er sich um. Alles hier war noch so wie damals, in seiner behüteten Kindheit. Der schwere Eichenschrank, der in dem kleinen Schlafzimmer unter der niedrigen Decke monströs und erdrückend wirkte, das Ehebett, in dem er mit großer Wahrscheinlichkeit gezeugt worden war, die kleinen Nachtschränkchen links und rechts vom Bett, die vermessingten Nachttischlämpchen mit den unmöglichen Mustern auf den Stoffschirmen, die vergilbte Tapete mit den längst verblassten floralen Mustern, sogar der hölzerne Herrendiener seines Vaters stand noch in der Ecke am Fenster. Hinter der Schlafzimmertür lehnte das zusammengeklappte Bügelbrett seiner Mutter an der Wand, der Stoffbezug wies unansehnliche gelbe und braune Flecken auf, das verchromte Gestell war rostig. Alles hier hätte schon vor Jahren auf die Müllkippe gehört. Doch nach dem Tod seiner Mutter hatte er es nie gewagt, hier etwas zu verändern.

Er vermisste sie schmerzlich. Den Verlust des Vaters hatte er schon vor einigen Jahren überwunden. An Lungenkrebs war er gestorben. Kein Wunder, hatte er doch geraucht wie ein Schlot. Als starker Raucher war es ihm nie gelungen, von der Nikotinsucht wegzukommen. *Selbst schuld.*

Doch die Mutter fehlte ihm sehr.

Als er kurz die Augen schloss, tauchte er in die Vergangenheit ein. Vor seinem geistigen Auge sah er seine Mutter im Garten stehen, umgeben von einer leuchtenden Aura.

In ihrer geliebten Kittelschürze mit dem hässlichen Muster und in Gummistiefeln stand sie im Beet und sah ihn sanft lächelnd an.

„Junge", hörte er sie mit in die Hüften gestemmten Händen sagen, „wo warst du denn die ganze Zeit?"

„Weg", kam es leise über seine Lippen, „ich war weg, Mama."

„Aber warum?" Das Lächeln auf ihren Lippen erlosch. Sorge lag im Blick seiner Mutter.

„Weil ich ein böser Junge war, Mama." Seine Hände wurden zu Fäusten. „Ich habe mich nicht benommen."

„Das kann ich mir nicht vorstellen, mein Junge. Als Kind warst du immer sehr brav."

„Ich weiß, Mama, ich weiß." Er nickte und lächelte matt. „Ich wollte dir immer gefallen."

„Das ist dir gelungen, mein Junge." Jetzt lächelte sie wieder.

Ihm war das Lächeln vergangen. „Mama, ich habe schlimme Fehler gemacht, deshalb war ich weg."

„Das weiß ich doch." Sänfte lag in ihrer Stimme, kein Vorwurf. „Du musst zusehen, dass du dich versteckst."

„Deshalb bin ich hier."

„Dies ist kein guter Ort für dich." Seine Mutter schüttelte den Kopf. „Hier werden sie dich finden."

„Ich habe schon vorgesorgt." Er seufzte. „Ich bin hier, um dir Lebewohl zu sagen, Mama."

Als irgendwo im Haus eine Tür klappte, schlug er erschrocken die Augen auf. Die Erscheinung seiner Mutter war verschwunden. Quälend langsam wurde ihm bewusst, dass er von seiner Mutter geträumt haben musste. Jetzt galt es, im Haus nachzusehen, warum die Tür ins Schloss geschlagen war. Bis eben war er davon ausgegangen, an diesem Ort sicher zu sein.

*

Flensburg, 4.55 Uhr

Vermutlich, so sinnierte er, lag es am Vollmond, dessen helle Scheibe dichter als sonst über der Altstadt stand und die Fassaden der pittoresken Häuser am Oluf-Samsons-Gang in ein kaltes Licht tauchte, dass er nicht gut geschlafen hatte. Früher als gewohnt war er aufgewacht und lauschte nun der leisen Musik aus dem Bluetooth-Lautsprecher. Nachdenklich stand er am Schlafzimmerfenster und betrachtete die kleinen Häuser in der menschenleeren Gasse. Kaum zu glauben, dass sich in den historischen Fischerhäusern früher düstere Spelunken und Bordelle befunden hatten. Längst hatte man die Gebäude saniert und zu einem Anziehungspunkt für Touristen gemacht.

Thies Bendix wohnte gern hier, wenngleich diese bescheidene Junggesellenbude nichts mehr mit dem luxuriösen Haus am Mühlenteich in Glücksburg zu tun hatte, in dem er bis zum Tag seiner Scheidung gewohnt hatte. Das große Haus mit der großen Fensterfront zum Teich hatte er seiner Ex-Frau und ihrem gemeinsamen Sohn Sören überlassen. In letzter Zeit hatte er kaum noch Kontakt zu Silke. Und Sören war inzwischen sechzehn Jahre alt – ein Teenager im besten Pubertätsalter, der sich lieber mit Freunden traf, LAN-Partys veranstaltete und ausging, anstatt sich mit seinem alten Herrn zu treffen. Der Junge wurde flügge, dachte Thies Bendix seufzend.

Thies Bendix war zu seinen Wurzeln zurückgekehrt. Er öffnete das Fenster und atmete ein paar Mal tief ein. Die frische Morgenluft tat gut, und er bildete sich ein, dass im Osten bereits der Tag dämmerte. Gedankenverloren, regungslos und dennoch ruhelos stand er da.

Er dachte an den aktuellen Fall, den er bearbeitete, an die Tote aus Friedrichstadt und den seltsamen Tathergang. Offenbar war dem Täter daran gelegen, sein Opfer der Öffentlichkeit zu präsentieren. Plötzlich tauchte das Bild von Wiebke Ulbricht vor seinem geistigen Auge auf und entlockte ihm ein sanftes Lächeln. Er mochte die junge

Kommissarin. Sie war anders als so viele Frauen, die ihm in seinem Leben begegnet waren. Sie war authentisch, manchmal lag ihr das Herz ein wenig zu sehr auf der Zunge, doch dabei strahlte sie eine ihr ganz eigene Empathie aus. In ihrer Wortwahl vielleicht mitunter ein wenig rustikal, doch immer ehrlich, schaffte sie es, ihre Mitmenschen von ihren Ansichten zu überzeugen. Mit ihrer hohen Auffassungs- und Kombinationsgabe würde Wiebke in ihrer Laufbahn noch viel erreichen. Sie war Polizistin mit Leib und Seele. Einem inneren Impuls folgend fragte er sich, wie sie wohl mit offenen Haaren und in einem eleganten Rock oder Kleid aussah. Im Dienst trug sie zu bequemen Turnschuhen oft Jeans und Hoodies, die Haare entweder zusammengebunden oder zu einem Pferdeschwanz gebunden. Dabei war sie eine Frau, die mit einer natürlichen Schönheit gesegnet war. Thies Bendix war sicher, dass ein elegantes Outfit zum entsprechenden Anlass ihre Schönheit noch einmal betonen würde. Dann ermahnte er sich – es war anmaßend, sich eine im Grunde für ihn fremde Frau in anderen Kleidern zu wünschen.

Doch je länger er darüber nachdachte, umso mehr wurde er sich darüber klar, dass er die Kommissarin aus Husum nicht nur als brillante Ermittlerin schätzte – er mochte sie als Mensch. Eigenartigerweise schlug sein Herz ein paar Takte schneller, als er an sie dachte. Er fragte sich, ob eine Beziehung zwischen ihnen eine Chance hätte. Die Kommissarin und er, der Staatsanwalt. Sie hatte angedeutet, sich von ihrem Freund getrennt zu haben. Wahrscheinlich, so sinnierte er weiter, war die Trennung noch zu frisch, um schon für eine neue Beziehung offen zu sein. Er beschloss, ihr die Zeit zu geben, die sie benötigte, und öffnete die Augen wieder. Während er den Blick zum Himmel über die Dächer der alten Kapitäns- und Kaufmannshäuser in der Altstadt schweifen ließ, ertönte aus dem kleinen Lautsprecher das Nachrichten-Jingle von Radio Schleswig-Holstein.

Die Moderatorin verlas die Schlagzeilen. Als sie vom Fund einer Frauenleiche im Husumer Tine-Brunnen berichtete, glaubte Thies Bendix, sich verhört zu haben. Warum, um Himmels willen, hatte man ihn nicht angerufen? Hastig schloss er das Fenster und begab sich ins Bad. Dass er dabei ein sanftes Lächeln auf den Lippen trug, bemerkte er angesichts der neuen Lage nicht einmal.

*

Nordstrand, 5.15 Uhr

Der Wind hatte eine Tür im Haus zuschlagen lassen. Der laute Schlag hatte ihn in Alarmbereitschaft versetzt, seine Nerven waren zum Zerreißen angespannt. Doch er verlor seinen Plan nicht aus den Augen, war bereit, sein Vorhaben in die Tat umzusetzen. Am besten auf der Stelle, bevor der neue Tag begann und sich der dichte Nebel lüftete. Die Zeit drängte, im Osten zeichnete sich bereits der Anbruch des neuen Tages ab. Er machte, dass er wegkam, schaute sich ein letztes Mal in dem leer stehenden Haus um und spürte die Wehmut aufkommen.

Wahrscheinlich würde er sein Elternhaus nie wiedersehen. Mit hektischen Bewegungen streifte er die Jacke über und angelte nach dem Wagenschlüssel, der neben anderen Schlüsseln in dem einst von seinem Vater selbst gezimmerten Holzkästchen hing. Ein paarmal klimperte er mit dem Schlüssel in der Hand. Er fühlte sich kalt und dünn an, besaß weder einen Drücker für die Fernbedienung noch eine Leuchte. Die alte Karre fuhr analog. Wenn sie denn fuhr.

Er nahm die alte Reisetasche von der Kommode in der Diele, dann stand er vor der Haustür. Ein letzter, wehmütiger Blick in den Flur, dann zog er die Tür ins Schloss und ging zum Wagen, der unter dem von Grünspan überzogenen Carport neben dem Haus auf ihn wartete. *Hoffentlich lässt mich die Karre nicht im Stich,* dachte er. Zu lange war der Wagen nicht bewegt worden. Die Scheiben waren beschlagen. Eine Zentralverriegelung hatte die alte Karre nicht, und so fummelte er mit klammen Fingern den Schlüssel in die Fahrertür, warf die Reisetasche auf die Doppelsitzbank hinüber und nahm den Abzieher aus der Ablage in der Tür. Eilig zog er den feuchten Film von den Fenstern des Wagens, dann kletterte er hinter das große Lenkrad, schob den Schlüssel ins Schloss und schaltete die Zündung ein. Während er ungeduldig die gelbe Vorglühlampe im Auge hielt, bildeten sich winzige Atemwölkchen vor seinem Gesicht. Er fröstelte und zählte in Gedanken, bis die LED-Lampe erlosch und er den Motor im Heck startete. Der Camper schüttelte sich unwillig und erwachte schließlich schwerfällig zum Leben. Die dichte, schwarze Qualmwolke am Heck wurde vom aufkommenden Wind in Fetzen gerissen. Das metallische Klackern des alten Diesels erinnerte ihn an das Rattern einer großen Nähmaschine. Die Vibrationen aus dem Heck übertrugen sich durch den gesamten Fahrzeugrumpf bis zum Fahrerplatz. Das einfache Plastikarmaturenbrett entwickelte unter den Vibrationen des Motors ein seltsames Eigenleben.

Mit einem Krachen sprang der Rückwärtsgang ein. Vorsichtig ließ er die Kupplung kommen und rangierte den alten Camper aus der Einfahrt.

Jetzt lag die verlassene Landstraße vor ihm, die schnurgerade in Richtung Festland verlief. Nach einem letzten Blick auf sein Elternhaus legte er den Gang ein und brachte den alten Diesel auf Trab. Nach einem Blick auf die Tanknadel hoffte er, dass die Tankstelle an der Nordseestraße in Schobüll schon geöffnet hatte. Mit einem halb vollen Tank würde er nicht mehr weit kommen.

*

Ostenfeld, 7.10 Uhr

Als sie den Signalton ihres Handys registrierte, glaubte Wiebke zunächst an einen Traum. Nach ihrer Heimkehr war sie schnell zu Bett gegangen, um Kräfte zu tanken. Erwartungsgemäß war sie gleich in einen tiefen Schlaf gefallen, kaum dass sie unter die Bettdecke gekrochen war. Das Letzte, woran sie gedacht hatte, war, dass ihr der Mörder

der Frauen bisher noch immer einen Schritt voraus war. Danach war sie in ein tiefes Nichts gesunken.

Doch das Brummen des Vibrationsakkus vertrieb auch den letzten Hoffnungsfunken – ihr Telefon hatte eine Textnachricht erhalten, und das Smartphone gehörte nicht zu ihrem Traum, sondern in die Wirklichkeit.

„Nicht schon wieder", murmelte sie schlaftrunken und gähnte herzhaft. Hatte es schon wieder einen Mord gegeben? Mit den schlimmsten Befürchtungen angelte sie nach dem Smartphone, das auf dem Stuhl neben dem Bett lag. Unter einer Gähnattacke öffnete sie die Nachricht. Ihr Herzschlag beschleunigte sich, als sie den Namen des Absenders las.

Miss you. Nur zwei Worte von Eike, die ihr Herz berührten. Eingerahmt von einem küssenden Smiley links und einem weinenden Emoji rechts, genügten diese beiden Worte, um Wiebke winzige Nadeln in ihre Brust zu treiben. Als sie sekundenlang die Augen schloss, hallten die beiden Worte mit Eikes Stimme durch ihren Kopf. Jetzt bereute sie es, dass sie ihr letztes Gespräch wegen des Einsatzes in Friedrichstadt fluchtartig hatte verlassen müssen. Sicher war es keine feine Art, Eike zu bitten, ihr den Schlüssel in den Briefkasten zu werfen. Seit diesem Abend hatte sie nichts mehr von ihrem Ex-Freund gehört. Sie hatte ihn nicht vermisst, was aber möglicherweise daran lag, dass sie sich nach der abrupt beendeten Trennung in die Arbeit gestürzt und keinen Gedanken an ihre gescheiterte Beziehung mehr verschwendet hatte. *Warum hast du dich früher tagelang nicht gemeldet, mir eine Nachricht geschickt oder mich angerufen?*

Energisch stieß Wiebke die Bettdecke fort und streckte sich. Der kurze Schlaf musste für die kommenden Stunden im Einsatz genügen, doch schon jetzt fühlte sie sich matt und abgeschlagen. Vielleicht, so sinnierte sie, sollte sie eine kalte Dusche nehmen, um den Kreislauf in Gang zu bringen.

Als sie barfuß im Sleepshirt und mit dem Handy in der Hand durch den langen Flur zur Küche schlurfte, hallten die von Eike geschriebenen Worte in ihrem Kopf nach.

Müde wischte sie über die Wand neben dem Türrahmen, suchte und fand den Lichtschalter und war im nächsten Moment geblendet. Nachdem sie die Kaffeemaschine in Gang gesetzt hatte, sank sie auf einen der beiden Stühle am kleinen Tisch. Sie rief die Textnachricht erneut auf, stierte auf das Display, so als hoffte sie, eine weitere Nachricht von Eike zu bekommen, versetzte das Smartphone in den Ruhezustand und begab sich ins Bad. Hier warf sie sich eine Handvoll kaltes Wasser ins Gesicht, um schnell wach zu werden.

Sie hatte Jan Petersen versprochen, gegen acht Uhr wieder im Revier zu sein, um ihn abzulösen. Während Wiebke sich die Zähne putzte, kreisten ihre Gedanken um Eike Godemann. Doch sosehr sie auch versuchte, sich die gemeinsame Zeit positiv in Erinnerung zu rufen, wollte es ihr einfach nicht gelingen. Immer dachte sie an die Stunden voller Ungewissheit, wenn er sich nicht meldete, an die einsamen Tage und Wochen, in denen er sich mit seiner Band auf Tournee befand und sich nicht ein einziges Mal gemeldet hatte. Trauer und Wut mischten sich untereinander, Wiebke wusste nicht, ob sie mit Eike schon abgeschlossen hatte, nahm sich aber fest vor, ihre Entscheidung nicht rückgängig zu machen. Jetzt galt es, die Trennung gut zu verkraften und nach vorn zu schauen. Vielleicht gab es ja doch noch den Mann, an dessen Seite sie alt werden wollte. Die Hoffnung darauf hatte sie nicht aufgegeben. Noch nicht.

*

Oldenswort, 7.15 Uhr

Es war ein kühler Herbstmorgen. Hartnäckig hingen die Wolken über der Halbinsel und hüllten Eiderstedt in ein trostloses Grau, das sich auch durch das bunte Laub auf den Wegen nicht aufhellen ließ. In den frühen Morgenstunden war Nebel vom Meer ins Land gezogen, der sich mit dem auffrischenden Wind aber wieder gelichtet hatte. Nur die Wolken waren geblieben. Um diese Jahreszeit ließ sich der neue Tag nur erahnen. Träge schälte sich die Landschaft aus dem Grau der Nacht. Gerda Knudsen fröstelte, als sie wie an jedem Morgen um kurz vor halb acht das Haus verließ, um eine Runde mit Bodo durch den kleinen Wald zu drehen. Bodo war der neun Jahre alte Rauhaardackel am anderen Ende der Leine. Seit einiger Zeit wurde er grau um die Schnauze herum, ein untrügliches Zeichen dafür, dass er schon zum alten Eisen gehörte. Der Rüde war stark übergewichtig, und wenn sie ehrlich zu sich war, trug sie eine große Mitschuld daran. Doch nach dem Tod ihres Mannes Hinnerk war Gerda Knudsen eine einsame Frau geworden, die eine bescheidene Einliegerwohnung auf einem Hof bewohnte. Freunde und Familie hatten sich nach dem tragischen Krebstod ihres Mannes im vergangenen Jahr von ihr abgewandt. So war aus Gerda Knudsen eine verbitterte Frau geworden, die täglich mit sich und dem lieben Gott haderte. Nur Bodo war ihr geblieben. Der Hund sei der beste Freund des Menschen, hieß es immer. Und daran war etwas Wahres, denn Bodo hatte sie nie im Stich gelassen. Ihn scherte es nicht, wer sich um sein Frauchen kümmerte, solange sie imstande war, ihm zwei Mal täglich den Fressnapf zu füllen. Zwischendurch verwöhnte die alte Frau ihren vierbeinigen Liebling viel zu oft mit Leckereien.

Und so waren sie, nachdem sich die Achtundsechzigjährige in den dicken, grauen Mantel gehüllt hatte, wie an jedem Morgen losgezogen. Auch heute führte ihr Weg über den unbefestigten Weg zum Herrenhaus Hoyerswort. Gerda Knudsen verband unzählige Erinnerungen mit diesem Ort. Früher hatte sie hier als Hauswirtschafterin gearbeitet, bis vor mehr als zehn Jahren der Besitzer gewechselt und aus dem ehemaligen und zwischenzeitlich heruntergekommenen Adelssitz ein modernes Café, ein Museum, Ferienwohnungen mit historischem Flair und eine Keramikwerkstatt gemacht hatte. Für Gesellschaften und Veranstaltungen konnte man jetzt den großen Saal buchen. Ein Schauer rieselte Gerda Knudsens Rücken herunter, als sie an den pompösen Festsaal dachte, um den sich unheimliche Geschichten rankten. Im 17. Jahrhundert, so munkelten die Menschen auf Eiderstedt, habe es ein Fest auf dem Herrensitz gegeben. Ein Mädchen habe der Sage nach geäußert, dass es keinen Tanz auslassen werde – auch nicht, wenn der Teufel höchstpersönlich zum Tanz bitte. Das musste der Leibhaftige wohl gehört haben, denn angeblich war er nach Hoyerswort gekommen, um das Mädchen beim Wort zu nehmen. Seitdem war die junge Frau spurlos verschwunden, und es rankten sich zahlreiche Spukgeschichten um das stolze Gemäuer. Nachts, so hieß es, spukte die ruhelose Seele des jungen Mädchens durch das Gemäuer und stieß schauerliche Laute aus, die schon so manchen Feriengast von hier vertrieben hatten.

Gerda Knudsen selber hatte während ihrer Zeit auf dem Herrensitz den großen Blutfleck an der Wand gesehen, der von einem Wandteppich vor allzu neugierigen Blicken geschützt wurde. Sie wusste schon gar nicht mehr, wie oft sie versucht hatte, den tiefroten Fleck zu entfernen. Es war ihr nicht gelungen. Sie war nicht abergläubisch, aber die alten Geschichten jagten ihr immer noch Angst ein, denn sie war sicher, dass es Dinge zwischen Himmel und Erde gab, die von der Forschung noch lange nicht ergründet worden waren. Und sie war sicher, dass das Leben nicht mit dem Tod endete.

Bevor sie die Einfahrt zum Herrensitz erreichte, führte ihr Weg am Skulpturenpark vorbei, der nun auf der linken Seite lag. Der kleine, von Wassergräben umgebene Park zwischen der Landstraße und dem Waldstückchen machte um diese Jahreszeit einen verwilderten Eindruck. Laub bedeckte den Boden des ehemaligen Lustgartens, Grünspan legte sich über die steinernen und metallischen Oberflächen der Exponate. Für Gerda Knudsen war der kleine Park kein sehr einladender Ort, was vielleicht daran lag, dass sie sich aus Kunst nichts machte. Sie war eine einfache und bodenständige Frau, die in den Abendstunden kitschige Groschenromane las oder Kreuzworträtsel löste, um die Zeit der Einsamkeit totzuschlagen.

Das dichte Laub auf dem Boden erzeugte bei jedem ihrer Schritte ein rhythmisches Rascheln. Die alte Dame verlangsamte ihre Schritte, um die unheimliche Szenerie auf sich wirken zu lassen. Das tat sie an jedem Morgen. Durch das Astwerk der Bäume erkannte sie die teils verwitterten Umrisse der skurrilen Skulpturen. Mehrere Künstler hatten sich hier mit Freiluftexponaten verewigt. Während der Ort im Sommer ein beliebtes Ausflugsziel war, wirkte der kleine Park jetzt trostlos und mysteriös.

Das tiefe Knurren ihres Hundes riss Gerda Knudsen aus den Gedanken. Sie stoppte ihre Schritte. „Was hast du denn, Bodo?“ Selten nur hatte sie den Hund derart böse knurren hören. Ein steiler Kamm hatte sich auf seinem Nackenfell gebildet, die Zähne des Hundes waren gefletscht. Würde die alte Dame ihn nicht so gut kennen, hätte sie in diesem Moment Angst vor ihm bekommen. Ein Schauer rieselte ihren Rücken herunter. „Ist was?“

Man munkelte, dass Hunde über einen siebten Sinn verfügten und Dinge wahrnahmen, die den Menschen nicht zugänglich waren. Wie Geistererscheinungen. Plötzlich erinnerte sich die alte Dame wieder an die düsteren Spukgeschichten, die sich um das alte Gemäuer rankten. Sie hatte einen ausgeprägten Sinn für spirituelle Dinge und glaubte an Geister. Ihr Herz klopfte der alten Dame bis zum Hals, als sie stehen blieb, um den Blick über den Skulpturenpark schweifen zu lassen.

Wie gebannt starrte Gerda Knudsen auf die erste Betonskulptur hinter dem Eingang des Parks. Die Figur war schlank und groß, eine in ihren Augen groteske Erscheinung.

Die Hasenfrau hatte die Künstlerin die Skulptur genannt. Die eher schaurige Nachbildung von einem schlaksigen, fast drei Meter großen Hasen fand Gerda Knudsen hässlich, die aber nie einen Hehl daraus gemacht hatte, keinen Sinn für Kunst zu haben. In ihren Augen handelte es sich bei dem Exponat um eine beängstigende Kreuzung aus einem überdimensionalen Hasen und einem Menschen. So mussten die Außerirdischen aussehen, wenn es sie denn tatsächlich gab.

Der Hund bellte den übergroßen Betonhasen an. „Was soll das? Spinnst du jetzt?“ Gerda Knudsen schüttelte den ergrauten Kopf und betrachtete das eigenartige Exponat. Erst beim zweiten Hinsehen erkannte sie einen großen Gegenstand, der so aussah, als würde die Hasenfigur einen Rucksack auf dem ihr abgewandten Rücken tragen. „Das ist doch …“ die alte Dame war fassungslos, als sie erfasste, was der Hase auf dem Rücken trug. Die Arme und die Beine der leblosen Gestalt waren um die Betontaille und die Schultern der Skulptur gebunden. Ein Kopf hing schlaff über die Schultern des versteinerten Hasen, die Augen waren weit geöffnet und blickten geradewegs in ihre Richtung. Gerda Knudsens Blick erfasste einen zusammengerollten Gegenstand, den man dem Toten in den Mund geschoben hatte.

Ein abartiger Anblick, der die Angst vor übernatürlichen Spukerscheinungen weit in den Schatten stellte. Das hier war kein Schauermärchen – es war bittere Realität.

Gerda Knudsen spürte, wie ihr übel wurde. Schweißperlen bildeten sich innerhalb von Sekundenbruchteilen auf ihrer Stirn, dann spürte sie, wie ihre Knie weich wurden und sie in das feuchte Laub stürzte. Das Letzte, was sie wahrnahm, war der Duft von Fäulnis und Verwesung, dann umgab sie eine tiefe Dunkelheit.

*

Husum, Polizeirevier, 7.55 Uhr

Wiebke fühlte sich wie gerädert, als sie durch den Hintereingang die Dienststelle betrat. Eikes Textnachricht hatte sie doch mehr berührt, als sie sich eingestehen wollte. Geantwortet hatte sie ihm noch nicht, und sie war noch nicht sicher, ob sie überhaupt auf seine Nachricht reagieren würde. Wenn es hochkam, hatte sie drei Stunden geschlafen. Mehr Ruhe hatte sie sich nicht gegönnt. Sie war gespannt, ob bereits neue Erkenntnisse vorlagen.

Vor der Fahrt nach Husum hatte sie sich einen Thermosbecher mit Tee der Sorte „Nordische Beeren“ aufgegossen und an der Tankstelle ein paar Dosen mit Energydrinks besorgt. Jetzt hoffte Wiebke, dass sie die neonbunten Getränke mit Koffein und Taurin über den Tag brachten.

Die Tatsache, dass Peter Harms offensichtlich doch nicht der Mörder von Jana Biel und Gyde Nissen war, ließ sie nicht zur Ruhe kommen. Das grelle Licht der Deckenbeleuchtung auf den Gängen der Polizeidirektion blendete sie. Wiebke blinzelte und spürte einen stechenden Kopfschmerz, den sie auf den Umstand schob, müde zu sein. Mit der freien Hand massierte sie sich die Stirn, während sie mit der rechten Hand den Thermosbecher fester umschloss.

„Moin", sagte Petersen, ohne aufzublicken, als sie das Büro betrat, das sie sich seit Jahren schon mit ihrem Partner teilte. Weit vorgebeugt saß er nur im Schein der Schreibtischlampe am Computer. „Wieder frisch?" Die Augen ihres Partners waren gerötet, die Bartstoppeln bildeten bereits tiefe Schatten in seinem Gesicht. Er gehörte ins Bett.

„Nee." Wiebke stellte den Becher auf ihrem Schreibtisch ab, zog die Jacke aus und hängte sie über die Stuhllehne, bevor sie den Rechner hochfuhr. Trotz der Ruhepause fühlte sich matt und kraftlos. „Was haben wir?"

Petersen seufzte. „Wir haben den Wagen von Gyde Nissen gefunden. Er steht auf dem großen Parkplatz an der Deichstraße. Johannsen und Tasso fahren gleich hin, um das Navi auszuwerten und um sich die Karre anzusehen. Danach lassen sie den Eimer in die KTU nach Kiel bringen."

„Immerhin etwas." Wiebke stützte das Kinn in die Hände und sah dem Rechner zu, wie er startete. Bahnbrechende neue Erkenntnisse hörten sich anders an. „Was ist mit den Aufzeichnungen der Webcam am Marktplatz?

Hast du deine Freundin erreicht?“

„Sie ist eine Bekannte“, stellte Petersen mit gespielter Empörung klar. „Und – ja, ich habe sie erreicht.“

„Sehr gut“, lobte Wiebke.

„Eben nicht.“ Petersen schüttelte den Kopf und raufte sich die dunklen Haare. „Die Webcam war heute Nacht offline.“

„Wie bitte?“ Wiebke war hellwach. „Was heißt das?“

„Dass sie offenbar gehackt wurde. Der Täter scheint sich gut auszukennen. Es hat den Anschein, dass er seine Tat gut vorbereitet hat – die Webcam am Marktplatz von Friedrichstadt war ebenfalls offline, als Jana Biel in die Gracht stürzte.“

„Friedrichstadt hat eine Webcam?“ Wiebke war davon ausgegangen, dass sie das bereits geklärt hatten, und ärgerte sich, das offenbar vernachlässigt zu haben.

Ihr Partner nickte und setzte eine säuerliche Miene auf. „Sogar direkt am Marktplatz. Sie hätte das Geschehen auf der Brücke der Gracht gut einfangen können.“ Petersen zuckte mit den Schultern. „Aber unser Mann scheint technisch fit zu sein. Er möchte keine ungebetenen Zuschauer und bereitet sich gut vor.“

„Ein Zufall scheidet aus?“

„Büschn viel Zufälle, oder?“

„Hast wohl recht.“ Wiebke musste ihm zustimmen. „Nur mit dem jungen Mann, der seine Freundin mit einer nächtlichen Bootsfahrt überraschen wollte, konnte unser Täter nicht rechnen.“

„Ist ja auch ne bekloppte Idee, um diese Jahreszeit nach Einbruch der Dunkelheit mit ’nem Ruderboot durch die

Grachten zu gondeln." Petersen trank einen Schluck Kaffee, der offenbar längst kalt geworden war, und schüttelte sich angewidert.

Wiebke beobachtete ihn amüsiert. „Du bist eben kein Romantiker", stellte sie fest. „Und weil du keine romantische Ader hast, gibt es auch niemanden an deiner Seite, du Stockfisch."

„Willkommen im Klub", konterte er schlagfertig.

„Aua." Wiebke zuckte zusammen, als er sie an ihrem wunden Punkt getroffen hatte. *Miss you,* hörte sie Eikes Stimme in ihrem Kopf nachhallen. Schnell konzentrierte sie sich auf den Fall. „Okay, weiter im Text." Sie hatte keine Lust, sich länger mit der seltsamen Trennung von Eike auseinanderzusetzen. „Also, in beiden Fällen waren die Cams offline?"

„So ist es." Petersen suchte in seinen Unterlagen, bevor er fortfuhr. „Ich habe gleich ein Telefonat mit einem IT-Experten vom Hauptamt für Kommunikationstechnik der Stadt Husum. Der soll mir mal erzählen, wie wir doch an Aufzeichnungen kommen. Die Daten landen nämlich bei ihm auf dem Server."

„Wenn es keine Bilder gibt, weil die Kamera offline war, hat er sicher auch nichts auf dem Server", vermutete Wiebke.

„Richtig." Petersen nickte mit grimmiger Miene. „Aber vielleicht kann er mir etwas dazu sagen, wer die Kamera gehackt hat."

„Du bist manchmal ein gnadenloser Optimist", stellte Wiebke lächelnd fest. „Was wissen wir von dem Bärtigen, der unseren Täter an der Kleikuhle angesprochen hat? Ist er Mittäter oder Zeuge?"

„Kann ich über Wasser gehen?“ Petersen betrachtete seine Hände. „Hab ich Löcher in den Händen? Hab ich Löcher in den Füßen?“ Als Wiebke nicht gleich antwortete, gab er sich selbst die Antwort. „Nein, ich bin nicht Jesus, und ich weiß nicht alles.“

Wiebke seufzte. Manchmal nervte sie Petersens Art. „Komm auf den Punkt, Jan.“

„Wir wissen nichts darüber, werden aber wohl heute Vormittag einen Aufruf in der Öffentlichkeit starten. Ich hoffe, dass sich der Mann auf den Bildern wiedererkennt und er sich bei uns meldet. Erst dann werden wir mehr wissen.“

„Schönes Schlusswort.“ Wiebke lächelte und deutete mit dem Kinn auf den Garderobenständer hinter der Tür, an dem der alte Parka ihres Partners hing. „Hau ab und gönn dir ’ne Mütze Schlaf.“

Er schien keine Einwände zu haben, fuhr den Computer herunter und erhob sich. „Jo“, sagte er. „Wenn ich müde bin, sabbel ich nur dummes Zeug.“

„Und du bist sehr müde.“

„Müde?“ Petersen gähnte vernehmlich und streckte sich. „Auf einer Skala von eins bis müde bin ich Dornröschen.“

„Dann ist es höchste Zeit, dass du in deinen Turm kommst.“ Wiebke deutete lächelnd auf die Tür.

Umständlich schlüpfte Petersen in den Parka, schob sich das Handy in die Tasche und legte zwei Finger zum Gruß an die Schläfe. „Gute Nacht.“

„Süße Träume.“ Wiebke nickte ihm zu.

*

Nach den Nachrichten im Radio hatte sich Thies auf den Weg zum Flensburger Landgericht gemacht, wo er den nötigen Bürokram erledigte, seine Mails bearbeitete und sich bei Fritz Mahndorf, dem diensthabenden Staatsanwalt, über den Fall der Frauenleiche aus Husum informierte. Erst danach brach er nach Husum auf, um die Ermittlungen voranzutreiben.

Aus einem ihm nicht erklärbaren Grund war er trotz früher Stunde blendend gelaunt, als er den weißen Audi Q5 auf den Hof des Polizeireviers an der Poggenburgstraße lenkte und den SUV zwischen den hier abgestellten Streifenwagen parkte. Unterwegs hatte er ein unerfreuliches Telefonat mit Silke gehabt, die sich über die schlechten schulischen Leistungen von Sören beklagt hatte. Schon mehrfach war der Teenager durch unentschuldigtes Fehlen und schlechte Noten aufgefallen, deshalb hatte die Schule seine Ex-Frau angerufen. Aber immer habe sich Sören in seinem Zimmer verschanzt und war zu keinem klärenden Gespräch mit seiner Mutter bereit gewesen.

„Ihr habt doch einen guten Draht, es wäre schön, wenn du mal ein ernstes Wort mit ihm sprichst", klangen Silkes Worte in seinem Ohr nach. Er musste ihr recht geben, denn bis zu seinem Auszug hatten die beiden ein gutes, fast schon freundschaftliches Verhältnis zueinander gehabt. So hatte Thies seiner Ex-Frau versprochen, bei nächster Gelegenheit mit Sören zu sprechen.

Als er jetzt die Wagentür öffnete, spürte er den scharfen Wind der nahen Nordsee und schlug den Kragen seiner gesteppten Jacke hoch. Nachdem er den Lederkoffer mit den Unterlagen und dem Laptop vom Rücksitz genommen hatte, drückte er den Knopf der Fernbedienung und verriegelte den Audi. Zwei Möwen stritten sich mit krächzenden Lauten um ein Brötchen, das irgendjemand neben dem Hintereingang des Reviers entsorgt hatte. Als sich der Staatsanwalt mit ausholenden Schritten näherte, erhoben sich die Möwen unter lautstarkem Protest in den klaren Herbsthimmel.

Auf dem Gang der Behörde drang der scharfe Geruch von Putzmitteln in seine Nase. Thies Bendix verzog das Gesicht und freute sich auf einen schwarzen Kaffee. Doch bevor er die kleine Küche aufsuchte, klopfte er an die Tür von Kai Christensens Büro. Auf das freundliche „Herein" trat Thies Bendix ein.

„Moin, bist du aus dem Bett gefallen?" Der Erste Kriminalhauptkommissar winkte den Staatsanwalt heran und deutete auf die Besucherstühle am runden Tisch hinter der Tür. Thies Bendix legte den Koffer auf den Tisch und zog sich einen der Stühle heran. „Warum sagt mir keiner etwas von einem neuen Zwischenfall?", kam er auf den Grund seines Besuches zu sprechen, während er den Reißverschluss der Jacke öffnete.

„Ich wollte deinen Schönheitsschlaf nicht stören, Thies." Christensen klang unbekümmert. „Außerdem war der diensthabende Staatsanwalt involviert."

Thies Bendix nickte. „Ich habe eben in Flensburg schon mit Mahndorf gesprochen. Da offenbar ein Zusammenhang zwischen den beiden Opfern besteht, werde ich die beiden Fälle zusammenlegen."

„Einverstanden." Christensen sagte das wohl auch, weil er wusste, dass er keine Wahl hatte. Das Wort der Staatsanwaltschaft war Gesetz für den Kripochef, ob er wollte oder nicht. Dennoch, so hatte Thies Bendix den Eindruck, schien Christensen zufrieden mit seinem Entschluss zu sein.

„Ich arbeite gern mit dir zusammen", sprach der Kripochef seine Gedanken aus.

Thies hatte keine Lust auf das Bauchgepinsel. „Also", sagte er, „was wissen wir?"

Mit wenigen Sätzen berichtete Kai Christensen ihm, was sich in der Nacht zugetragen hatte. „Gyde Nissen", sagte er nachdenklich, nachdem der Kripochef geendet hatte, „war doch vor einiger Zeit in diesen Todesengel-Skandal verwickelt."

Christensen nickte. „Deshalb habe ich mir die alten Akten schon angesehen."

„Es gab letzte Woche einen Ausbruch in der Klinik für Maßregelvollzug in Schleswig", bemerkte Thies Bendix.

„Und?" Christensen schien den Zusammenhang nicht zu begreifen. „Soll ich mich jetzt auch noch um entflohene Insassen der Forensik kümmern?"

Thies lächelte ihn milde an. „Der Mann ist untergetaucht, nachdem er von einem unbegleiteten Freigang nicht in die Klinik zurückkehrte", fuhr Thies Bendix fort. „Bei ihm handelt es sich um Carsten Barche, er stand wegen des Vorwurfes von sexualisierter Gewalt vor Gericht und landete deshalb in der Klinik für Maßregelvollzug."

Thies Bendix machte eine kleine Pause, bevor er fortfuhr. „Seine Mutter starb damals im Krankenhaus an den Folgen einer tödlichen Spritze, die ihm wohl Gyde Nissen verabreicht hat."

Kapitel 16

Als sie zu sich kam, fühlte sie sich wie gerädert. Zäh rannen die Minuten dahin, langsam nur lichtete sich der Schleier der Ohnmacht und ließ sie in die Realität zurückkehren. Ihr Mund fühlte sich trocken an. Als sie sich mit der Zunge über die Lippen fuhr, waren diese trocken und rau.

Übelkeit stieg in ihr auf, sie fühlte sich geschunden und um Jahrzehnte gealtert. Sosehr sie auch versuchte, sich an das Geschehene zu erinnern, es wollte ihr nicht gelingen.

Sie spürte einen ziehenden Schmerz an den Schultern, der sich über die Wirbelsäule herab bis zu ihren Hüften ausbreitete. Es war, als hätte man ihr die Arme ausgekugelt. Kalter Schweiß stand auf ihrer Stirn, sie fror erbärmlich und lauschte dem Regen, der von einem scharfen Wind um die Mauern des Verstecks gepeitscht wurde, in das man sie verschleppt hatte. Sie wollte die Augen öffnen und registrierte in einem Anflug von Todesangst, dass ihre Lider nicht reagierten. So war sie in einem tiefen Nichts gefangen. Sie spannte die Arme an und spürte schmerzhaft die Fesseln, die man ihr angelegt hatte. Es hatte den Anschein, als wären ihr die Hände auf dem Rücken zusammengebunden worden. Rührte der Schmerz in den Schultern daher?

Wo bin ich?, schrie alles in ihr, als sie einigermaßen klar denken konnte. Man hatte sie entführt, sie an einen geheimen Ort verschleppt und hielt sie gefangen in einem Verlies, das wahrscheinlich so schnell niemand finden würde. Warum hatte man sie hierhergebracht? Sie war außerstande, sich an das zuletzt Erlebte zu erinnern. Wahrscheinlich, so schlussfolgerte sie in einem Anflug von Panik, war dies der Schutzfunktion ihres Körpers zu verdanken. Ihr Körper bewahrte sie vor dem Schmerz der Erinnerung. Der Gedanke daran hatte etwas Groteskes, etwas Zerstörendes.

Ich muss hier weg.

Ihr Herz raste, mit aller Kraft zerrte sie an den Fesseln, die man ihr angelegt hatte. Sie spannte die schmerzenden Muskeln an und fühlte sich hilflos. Das metallische Rasseln hinter ihrem Rücken ließ sie zu dem Schluss kommen, dass ihr Peiniger Ketten verwendet hatte, um ihre Arme auf dem Rücken zu fixieren. Bei jeder Bewegung drang ein leises Rasseln an ihre Ohren. Das Brennen an den Handgelenken stammte von den eisernen Schlingen, in denen ihre zierlichen Hände steckten.

Jede Bewegung bereitete ihr Höllenqualen. Es verging ein weiterer Moment, bis sie wahrnahm, dass sie weder saß noch lag. Sie stand. Genau genommen hing sie, aufgehängt an einer Vorrichtung an der niedrigen Decke, an Eisenketten, die sie schemenhaft über ihrem Kopf erkennen konnte.

Aus halb geöffneten Augen konnte sie ihre Umgebung durch einen milchigen Schleier wahrnehmen. Panisch blickte sie sich um und stellte fest, dass sie sich in einem kahlen und fensterlosen Raum befand.

Aus dem angrenzenden Raum drang ein kaltes Licht in ihr Gefängnis. Es wunderte sie nicht, dass man die Tür nicht geschlossen hatte. Sie war fixiert und würde ihre Fesseln nicht aus eigener Kraft ablegen können. Wer auch immer sie hierhergebracht hatte – er schien sich seiner Sache sehr sicher zu sein. Sie schaute sich um. Die Wände waren kahl, in einer Ecke gab es einen Klapptisch mit zwei Campingstühlen, daneben hatte man ihr aus einem Palettenstapel und Decken eine Pritsche errichtet. Für ihre Notdurft stand ein Zinkeimer bereit.

Es stank muffig nach einer eigenartigen Mischung aus Urin und Schweiß. Durch eine offen stehende feuerfeste Tür schien ein Lichtkegel in ihr Gefängnis, der ihr zumindest eine grobe Orientierung erlaubte. Was sich im Nebenraum befand, ließ sich nicht ergründen. Irgendwo brummte und zischte es unheimlich, so als würden irgendwelche Maschinen in den Nebenräumen arbeiten. Sie spannte alle Muskeln an und ließ schnell locker, als der Schmerz sie erneut überrollte.

Sie sah an sich herunter und ahnte, warum sie diesen unerträglichen Schmerz verspürte. Und sie wusste, warum sie so erbärmlich fror. Bis auf das T-Shirt war sie entkleidet worden. Ihre nackten Füße standen auf einem Gegenstand aus Kunststoff, der an den Oberseiten geriffelt war. Ein leerer, auf dem Kopf stehender Bierkasten diente ihr als Podest. Als sie an sich herabsah, erkannte sie die kleine Pfütze, in der die seltsame Kiste stand. Offenbar hatte sie sich eingenässt. Zu ihrem Schmerz und der Angst gesellte sich nun die Scham. Das eigenartige Ziehen in ihrem Unterleib bestätigte ihre schlimmste

Vermutung. Sie war sicher, dass man sich an ihr vergangen hatte. Als erwachsene und erfahrene Frau wusste sie, wie es sich anfühlte, wenn ein Mann mit ihr geschlafen hatte. Doch diesmal war es anders. Während sie leidenschaftlichem Sex nicht abgeneigt war, hatte man sich an ihr vergangen, war hart und brutal in sie eingedrungen, hatte sie rücksichtslos penetriert und benutzt. Das spürte sie nun. Ihr Magen rebellierte bei dem Gedanken, ihr Unterleib verkrampfte. Der Schmerz zwischen den Schulterblättern und dem Rücken war vergessen, sie fühlte nicht mehr, dass sie mehr in ihrer eisernen Fixierung hing, als dass sie stand. Ihr Körper verfiel in unkontrollierte Zuckungen, als sie sich in einem heißen Schwall erbrach. Die erbrochene Magensäure verursachte ein höllisches Brennen in ihrer Kehle. Sie weinte, ohne ihre Tränen kontrollieren zu können, gab sich kraftlos ihren Krämpfen hin und fühlte sich dabei, als würde sie ihr Leben ausspucken. Ein Speichelfaden rann von ihren Mundwinkeln zum Kinn hinunter. Sie ekelte sich vor sich selbst und zerrte verzweifelt an ihren eisernen Fesseln.

Das Rasseln der Ketten rief ihren Peiniger auf den Plan, denn im Nebenraum tat sich etwas. Ein Stuhl wurde auf dem steinigen Boden verschoben, dem Geräusch nach zu urteilen handelte es sich um einen einfachen Klappstuhl, wie man sie zum Campen mitnahm.

Schritte näherten sich und brachten ihren Atem zum Stocken.

Sie sah auf und erkannte eine hochgewachsene Gestalt, die lässig im Türrahmen lehnte. Die Arme vor der Brust verschränkt, stand der Mann regungslos in schwarzen

Klamotten da. Trotz der Entfernung von gut drei Metern ging etwas Bedrohliches von ihm aus. Er entschied über ihr Leben. Oder über ihren Tod. Langsam schälten sich erste Fetzen der Erinnerung aus dem Nebel. Jetzt wusste sie wieder, wer sie hergebracht hatte. Nur die Frage nach dem Warum blieb.

„Da bist du ja." Grinsend trat er näher. „Du hast viel verschlafen, das ist sehr bedauerlich." Jeder Schritt seiner Stiefel verursachte ein überlaut klingendes Knirschen auf dem Unterboden. Am Boden lag Geröll herum. Erst jetzt bemerkte sie das Stativ in der Mitte des Raumes. Auf dem Kugelkopf war eine professionell wirkende Spiegelreflexkamera montiert. Sie blickte in das sicher sehr lichtempfindliche und entsprechend teure Objektiv.

Fuck, er hat Fotos gemacht. Sie schämte sich. *Von mir, wie ich hier hänge, ausgeliefert, schutz- und wehrlos. Er muss irre sein.* Die Gedanken purzelten durch ihren Kopf. Trauer, Wut und Enttäuschung wurden schnell von einer unendlichen Scham verdrängt. Ekel stieg in ihr auf.

Erst beim zweiten Hinsehen erkannte sie das große Richtmikrofon, das an der Stelle steckte, an der man normalerweise den Blitz montierte.

Schlimmer, dachte sie angewidert. *Er hat mich gefilmt.* Sie fragte sich, was er sich von diesen Aufnahmen versprach. Der Gedanke, dass er in dieser erniedrigenden Situation Aufnahmen von ihr gemacht hatte, trieb sie an den Rand des Wahnsinns.

„Wie geht es dir?" Er lächelte verächtlich.

Sie wollte etwas erwidern, brachte aber nichts als einen kehligen Laut über die spröden Lippen.

„Möchtest du mir etwas sagen?“ Seine Stimme troff vor Spott. Er machte zwei weitere Schritte in den Raum. Sie sah an ihm vorbei, wollte ihm nicht in die Augen sehen. An den Wänden verliefen dicke Leitungen und rostige Rohre. Ein unheimlicher Ort, aus dem es für sie kein Entkommen geben würde. Längst schon hatte sie sich mit dem Gedanken arrangiert, hier nicht mehr lebend herauszukommen. Das Tageslicht würde sie nie mehr zu Gesicht bekommen. Doch es war die Unwissenheit, die an ihr nagte und sie um den Verstand brachte.

„Wo … wo bin ich?“, kam es leise über ihre Lippen. Der Schleier, der auf ihren Pupillen lag, lichtete sich langsam.

„An einem sicheren Ort.“ Zufrieden deutete er auf die Kameraausrüstung. „Niemand kann uns hier stören.“ Sein Kichern erinnerte sie an eine rostige Eisentür, die man langsam in den Angeln bewegte. „Ich habe alles aufgenommen. Und ich glaube, du bist auch auf deine Kosten gekommen.“

„Du krankes Schwein.“ Sie zerrte erneut an den Ketten hinter ihrem Rücken, erwartungsgemäß auch diesmal erfolglos. „Was hast du getan?“ Das Brennen in ihrem Schoß wurde stärker.

„Ich habe dich in Sicherheit gebracht.“ Jetzt stand er neben ihr. So nah, dass sie seinen faulig riechenden Atem wahrnahm. Angewidert drehte sie den Kopf zur Seite. Seine rechte Hand schnellte vor. Er nahm ihr Kinn zwischen Daumen und Zeigefinger und riss ihren Kopf mit der Brutalität eines Schraubstockes zurück. „Sieh mich an, wenn ich mit dir rede.“

Jede Hautpore in seinem Gesicht war zu erkennen, in seinem Blick lag der blanke Wahnsinn. So hatte sie ihn noch nie gesehen.

„Lass mich gehen."

„Ich bedaure, das ist nicht möglich." Im Zeitlupentempo schüttelte er den Kopf. „Lange genug habe ich auf dieses Ziel hingearbeitet."

„Du bist ein krankes Schwein." Gern hätte sie ihm die Worte ins Gesicht gespien, doch sie fühlte sich kraftlos und brachte nur zischende Laute zustande. Der Umstand, ihm wehrlos ausgeliefert zu sein, brachte sie erneut an den Rand einer Ohnmacht. Sie fühlte sich schmutzig und wäre in diesem Moment am liebsten gestorben.

„Sei nicht so negativ." Sein überhebliches Grinsen brachte sie um den Verstand. „Bald wirst du verstehen, warum ich das getan habe. Und du wirst mir dankbar sein." Bevor sie etwas erwidern konnte, presste er seine Lippen auf ihren Mund. Unaufhaltsam bohrte sich seine Zunge in ihren Mund und wirbelte darin herum wie eine wütende Schlange kurz vor dem tödlichen Biss.

Sie schüttelte sich angeekelt, war jedoch in ihrer Bewegungsfreiheit stark eingeschränkt und konnte ihm nicht entkommen. Es schien ihn nicht im Geringsten zu stören, dass sie sich eben erbrochen hatte. Erst als sie würgte und sich ihr Körper in unkontrollierten Krämpfen aufbäumte, ließ er von ihr ab. „Komm erst mal an." Mit regungsloser Miene betrachtete er sie, so als müsse er ihre Gefühle analysieren, um sein Handeln zu überdenken. Doch anstatt noch etwas zu sagen, trat er einen Schritt zurück. „Ich muss noch mal weg."

Ohne sich ein letztes Mal zu ihr umzudrehen, durchquerte er ihr Gefängnis. „Warte hier auf mich, ich beeile mich."

Lachend verließ er den Raum und schlug die schwere feuerfeste Tür hinter sich zu. Mit dem lauten Scheppern wich auch der letzte Lichtschimmer aus dem Verlies, sie fand sich in einer alles verschlingenden Dunkelheit wieder und schluchzte lautlos.

Die Mühe, sie einzuschließen, machte er sich nicht. Er schien sich sehr sicher zu sein, dass sie ihm nicht mehr entkommen konnte.

*

Husum, Polizeirevier, 8.10 Uhr

Die Morgenrunde fand in kleiner Besetzung statt. Aufgrund der langen Einsatzzeiten hatten sich die meisten Teams geteilt. Das Team der Mordkommission arbeitete von Flensburg aus und war mit der Kontaktrückverfolgung der Toten beschäftigt, man durchforschte unermüdlich die sozialen Kontakte der Opfer und ging weiter den Hinweisen aus der Bevölkerung nach. Einen entscheidenden Durchbruch hatte es aber nach den Angaben des Staatsanwalts noch nicht gegeben. Im Besprechungsraum unter dem Dach des Reviers roch es nach frisch aufgesetztem Tee, Kaffee und Gebäck. Jemand hatte Kerzen auf dem langen Tisch angezündet. Wer nicht ahnte, dass hier in zwei

Mordfällen ermittelt wurde, konnte denken, dass gleich ein geselliges Zusammensein oder eine Betriebsfeier stattfand.

„Moin Wiebke." Tamme Gerdes erhob sich und schob ihr den Stuhl neben sich zurecht. Dem Ostfriesenbullen war seine Müdigkeit nicht anzumerken, er machte einen ausgeschlafenen Eindruck und wirkte äußerst gut gelaunt. Nachdem Wiebke den Gruß erwidert und sich gesetzt hatte, zeigte der blonde Hüne stolz auf eine kleine Schale mit vorweihnachtlichen Dominosteinen.

„Guck mal", sagte er stolz, „die hab ich heute Morgen bei Clausen in Mildstedt entdeckt." Er schüttelte grinsend den Kopf. „Die fangen auch immer früher an mit Weihnachten." Als Wiebke nichts erwiderte, fuhr er fort: „Lebkuchen gab's auch schon, aber das war mir dann doch noch zu früh."

„Die duften wundervoll." Wiebke nahm einen Dominostein aus der Schale, brachte die Schokolade im Mund zum Schmelzen und spürte im nächsten Moment die nach Zimt und Früchten schmeckende Füllung. Als sie kurz die Augen schloss, erinnerte sie sich an die Weihnachtsfeste in ihrer Kindheit. Damals in Wuppertal, mit ihren Eltern kniete sie vor den Geschenken unterm Baum. Ihre Mutter in einem dunkelroten Kleid aus Samt, selbst ihr Vater hatte sich fein gemacht. Den obersten Knopf des blütenweißen Hemdes hatte er unter dem dilettantisch gebundenen Krawattenknoten geöffnet, die Ärmel hochgekrempelt, während sie unter dem Weihnachtsbaum hockten und die Geschenke auspackten. Aus dem CD-Player drang ein Weihnachtslied von Heintje.

Sie seufzte, dann schlug Wiebke die Augen auf und konzentrierte sich auf die anstehende Dienstbesprechung. Sie beschloss, ihren Vater mal wieder anzurufen. Doch jetzt galt es erst einmal, den Serienmörder zu finden und ihn festzunehmen.

Nach und nach betraten die Kollegen den Raum und nahmen am langen Tisch Platz. Kai Christensen und Thies Bendix erschienen zuletzt und nahmen die Stühle vor Kopf ein.

Wiebke freute sich aus einem ihr unerfindlichen Grund, den Staatsanwalt zu sehen, und ärgerte sich, dass sie ihr Outfit vor Beginn der Morgenrunde nicht noch einmal im Spiegel überprüft hatte. Im Gegensatz zu ihr machte der Staatsanwalt keinen übernächtigten Eindruck auf Wiebke. Er schien fit und ausgeschlafen zu sein und wirkte in seinem gebügelten hellblauen Hemd, der dunkelblauen Krawatte und dem Duft seines Aftershaves äußerst attraktiv auf Wiebke.

Thies Bendix eröffnete die Dienstbesprechung und berichtete dem Team von Carsten Barche, dem entflohenen Insassen der Forensik in Schleswig. „Seine Mutter war eines der zahlreichen Opfer im Todesengel-Prozess gegen Gyde Nissen“, schloss er seine Ausführungen schließlich.

„Der verspätete Racheakt eines trauernden Angehörigen?“ Wiebke runzelte die Stirn und zog den Verschluss der Dose mit dem Energydrink auf. „Aber was hat das mit Jana Biel zu tun?“

Henriette Klein räusperte sich. Ihr kurz geschnittenes, dunkles Haar hatte sie gegelt, die neue Brille wirkte optisch größer, die Gesichtshaut blass. Alles in allem war die junge Kollegin im Strickpulli eine eher unauffällige Erscheinung, die sich aber bei den Ermittlungen an winzigen Details festbeißen konnte. „Wir wissen, dass die beiden zum Zeitpunkt der Vorwürfe auf der gleichen Station im Theodor-Storm-Krankenhaus gearbeitet haben, Gyde Nissen als Stationsärztin, Jana Biel als Krankenpflegerin, sie kannten sich also gut. Möglicherweise waren die beiden Frauen miteinander befreundet, das werde ich noch herausfinden. Ob Jana Biel in den Prozess involviert war, werde ich gleich klären."

„Wenn unser Mörder jetzt alle tötet, die damals auf der Station beschäftigt waren, muss er noch eine lange Liste abarbeiten", brummte Tamme Gerdes, während er sich gleich zwei Dominosteine in den Mund schob und kauend weitersprach. „Vorher sollten wir ihm das Handwerk legen."

„Worauf warten wir?", fragte Wiebke. „Wir sollten den entflohenen Insassen aus Schleswig finden, diesen Carsten Barche." Für einen kurzen Moment war ihre Müdigkeit verflogen. Sie wusste nicht, ob das an dem widerlich süßen Energydrink lag oder an der Neuigkeit. „Wo finden wir ihn?"

Kai Christensen erteilte Sebastian Hinrichs das Wort. „Carsten Barche ist offiziell in einer Mietswohnung in Schleswig gemeldet, derzeit wissen wir nicht, wer während seines Aufenthaltes in der Klinik für Maßregelvollzug aufkommt. Barche ist sechsunddreißig Jahre, alleinstehend und hat bereits vor seiner Verurteilung Arbeitslosengeld zwei bezogen. Die Klinik hat uns mitgeteilt, dass er als zurückhaltend und kontaktscheu gilt."

Wiebke trommelte voller Tatendrang auf dem Tisch herum. „Sehen wir uns die Wohnung an und statten wir ihm einen Besuch ab."

„Glaubst du, ich lege die Hände in den Schoß und unternehme nichts, wenn uns Informationen vorliegen?" Kai Christensen grinste müde. „Es ist bereits eine Streifenwagenbesatzung unterwegs zu ihm." Der Kripochef warf einen Blick auf die Uhr. „Ich denke, innerhalb der nächsten dreißig Minuten wissen wir mehr."

„Glaubst du ernsthaft, dass er aus der Klinik abhaut und sich in seiner eigenen Bude versteckt?" Tamme Gerdes tippte sich an die Stirn. „So blöd wird er doch nicht sein."

Der Staatsanwalt räusperte sich. „Ich werde mich gleich mit seiner E-Akte beschäftigen, die ich vor Beginn des Meetings bei den Kollegen in Flensburg angefordert habe." Thies wandte sich an Henriette Klein und Sebastian Hinrichs. „Bei der Recherche würde ich Sie gern dabeihaben, wenn das für dich in Ordnung ist?" Er bedachte Christensen mit einem fragenden Blick. Der Kripochef hatte offenbar keine Einwände. „Danach wissen wir sicher mehr über Barches soziales Umfeld und bekommen mit etwas Glück einen Hinweis auf seinen möglichen Aufenthaltsort."

„Freunde und Familienangehörige werden ihn ganz sicher nicht verpfeifen", behauptete der Ostfriesenbulle. „Ich fürchte, da müssen wir anders rangehen."

„Für konstruktive Vorschläge habe ich immer ein offenes Ohr." Thies Bendix schenkte Tamme Gerdes ein freundliches Lächeln. Sekundenlang herrschte Schweigen im Raum, das nur vom monotonen Tickern vom Kugelschreiber des Staatsanwalts unterbrochen wurde.

„Was wir jetzt schon wissen, ist, dass ein Wohnmobil auf Carsten Barches Namen zugelassen ist", sagte Thies schließlich.

„Na siehst du", entfuhr es Tamme Gerdes. „Der ist mit dem Ding unterwegs und sicher längst untergetaucht."

„In einem solchen Fall könnten wir prüfen, ob sich das Fahrzeug tracken lässt", überlegte Wiebke.

„Mit größter Wahrscheinlichkeit nicht." Thies Bendix schüttelte den Kopf. „Es handelt sich dabei um ein fast dreißig Jahre altes Fahrzeug, das über keine umfangreiche Bordelektronik verfügt. Er ist mit einem VW Bus-Camper Typ 3 mit einem bislang unbekannten Ziel unterwegs. Uns bleiben die klassischen Maßnahmen wie ein Bewegungsprofil seines Smartphones – soweit vorhanden – und Abhebungen von seinem Bankkonto an den Geldautomaten im Umkreis – und eine Fahndung, sobald sich unser Verdacht erhärtet."

Wiebke hatte genug gehört. „Mich würde vielmehr interessieren, warum Barche in der Klinik untergebracht war."

Als Thies sie ansah, bildete sie sich ein, dass sich der Ansatz eines warmen Lächelns auf seine Mundwinkel stahl, bevor er ernst wurde und ihr antwortete. „Barche war alkoholsüchtig und wegen des Vorwurfes mehrfacher Vergewaltigung und sexueller Nötigung seit 2016 in der Klinik für Maßregelvollzug in Schleswig untergebracht. Weil er sein Alkoholproblem aufgrund der Therapie schnell in den Griff bekam und sich auch ansonsten unauffällig verhielt, durfte er die Klinik seit einem halben Jahr immer mal wieder unbegleitet verlassen. Von einem derartigen Freigang kehrte Barche aber zuletzt nicht zurück in die Forensik."

„Mehrfache Vergewaltigung und sexuelle Nötigung?" Tamme Gerdes schüttelte den massigen Schädel. „Ist das kein Fall für den Knast?"

„Im Maßregelvollzug werden psychisch kranke oder suchtkranke Menschen untergebracht, die Straftaten verübt haben." Der Staatsanwalt machte eine bedauernde Miene.

„Also hat der Richter ihn als nicht schuldfähig eingestuft, trotz den schweren Verbrechen, die er verübt hat?" Dem Ostfriesenbullen war anzusehen, dass er nicht nachvollziehen konnte, wie man Schwerverbrecher auf freien Fuß ließ. Sein rundes Gesicht hatte eine tiefrote Farbe angenommen, die Adern an seinen Schläfen waren angeschwollen.

Thies Bendix nickte. „Glauben Sie mir, Herr Gerdes, ich bin bei Weitem nicht mit jedem Urteil einverstanden, das unsere Richter sprechen."

„Deshalb bin ich ja so gern bei unserem Trachtenverein", schnaufte der Ostfriesenbulle voller Sarkasmus. „Wir jagen die Täter, als ginge es um unser Leben, und entweder fällt das Strafmaß zu milde aus, oder die Schweine werden auf freien Fuß gesetzt, weil sie einen an der Waffel haben."

„Der Aufenthalt in einer forensischen Klinik ist alles andere, als sich auf freiem Fuß zu befinden", warf Christensen ein. Sekundenlang herrschte betroffenes Schweigen am langen Tisch des Besprechungszimmers unter dem Dach des Reviers. Niemand wagte es, sich in das Gespräch einzumischen oder seine Meinung kundzutun.

Wiebke, die sich Notizen gemacht hatte, schob sich einen Dominostein in den Mund und stöhnte auf. „Leute", sagte sie in die Runde, „wir sollten keine Zeit damit verlieren, über die Gesetze in unserem Rechtsstaat nachzudenken, sondern zusehen, den flüchtigen Verdächtigen im Mordfall Jana Biel und Gyde Nissen zu stellen."

„Danke, Wiebke." Wieder warf Thies Bendix ihr ein Lächeln zu. Er schaute jeden Einzelnen lange an. „Lassen Sie uns auf die Arbeit konzentrieren."

Der Ostfriesenbulle räusperte sich. „Ich kann versuchen, etwas über das Campingmobil herauszufinden, mit dem dieser Barche unterwegs ist. Und", er blickte in die Richtung des Staatsanwaltes, „sobald wir ein Bewegungsprofil angelegt haben, würde ich mich gern an seine Fersen heften."

„Sehr gut." Kai Christensen hob lobend den Daumen.

„Was ist mit den Opfern von damals?" Wiebke sah in die Runde. „Oder wann auch immer die Straftaten, die man Barche vorwirft, stattgefunden haben."

„Ich kann dir eine Liste erstellen, die ihr abarbeiten könnt." Thies Bendix schrieb mit.

„Danke." Wiebke wollte keine Zeit mehr verlieren. „Ich würde mich gern um das soziale Umfeld von Barche kümmern."

„Damit habe ich bereits die Kollegen in Flensburg beauftragt", beschied Thies ihr. Wiebke hatte keine Einwände gegen seine Entscheidung. So konnte sie sich auf die anstehenden Ermittlungen konzentrieren.

Tamme Gerdes hob die rechte Hand und meldete sich wie ein Musterschüler im Unterricht. „Dann fühle ich seinen Opfern von damals auf den Zahn, sobald die Liste vorliegt."

„Gern." Thies Bendix nickte zufrieden. „Geben Sie mir eine Stunde, dann haben Sie alles auf dem Schreibtisch."

„Was hat es mit den Botschaften auf sich, die wir bei beiden Frauen gefunden haben?", fragte Kai Christensen in die Runde. Lars Tadsen richtete sich auf. „Ich habe die Tinte analysiert und dabei festgestellt, dass die Texte mit demselben Stift verfasst wurden. Die Analyse der Handschrift bestätigt das übrigens – sie stammen von demselben Verfasser, was aber anhand der anderen Indizien nicht verwundern dürfte."

„Wo sind Ihre Kollegen?" Thies Bendix deutete auf die beiden leeren Stühle neben Lars Tadsen, der sich gerade seine „Schietwetter"-Pudelmütze in den Nacken schob.

„Sie sind draußen an der Deichstraße und kümmern sich um den Wagen von Gyde Nissen." Er bedachte den Staatsanwalt mit einem Blick. „Ich gedenke den Wagen zur KTU nach Kiel bringen zu lassen."

„Einverstanden." Thies nickte zustimmend, während er mitschrieb. „Was ist mit Fußabdrücken rund um den Fundort von Gyde Nissen?"

Tadsen winkte müde ab. „Im Ernst? Haben Sie eine Ahnung, wie viele Leute täglich am Brunnen herumlungern?"

Thies sparte sich eine Antwort und seufzte stattdessen.

Kai Christensen wollte gerade etwas zur leidigen Spurensuche am Fundort der zweiten Leiche anmerken, als er die Stirn in Falten legte und sein Smartphone aus der Tasche zog, das er für die Zeit der Dienstbesprechung auf lautlos gestellt hatte. „Da muss ich rangehen", sagte er mit einem entschuldigenden Blick in die Runde, sprang auf und verließ den Raum.

„Der Täter hat seine Opfer bisher an auffälligen Orten zur Schau gestellt", sagte Wiebke an den Staatsanwalt gewandt. „Gibt es ähnlich gelagerte Fälle? Was will er uns damit sagen, wenn er die Toten derart drapiert?"

Thies dachte einen Moment nach. „Er will ein Zeichen setzen, möchte das Grauen öffentlich machen und Schrecken verbreiten."

„Weil er sich auf einem Rachefeldzug befindet, oder um die Menschen zu warnen?", fragte Wiebke und nahm einen Schluck von ihrem Energydrink. Das Zeug schmeckte eklig süß und nach Weingummi.

„Wenn wir davon ausgehen, dass er sich an den Mitarbeiterinnen des Krankenhauses rächen möchte, will er möglicherweise Aufmerksamkeit erregen." Thies wiegte den Kopf. „Womöglich, um die Öffentlichkeit, aber auch die Medien auf Missstände aufmerksam zu machen und um den alten Fall noch einmal in den Fokus unserer Ermittlungen zu stellen."

„Ein perfides Ansinnen, zumal er die damalige Hauptverdächtige bereits hingerichtet hat." Sebastian Hinrichs schaute durch die dicken Gläser seiner Brille in die Runde. „Was kommt als Nächstes? Will er …" Hinrichs brach mitten im Satz ab und schaute auf, als der Kripochef den Besprechungsraum betrat. Kai Christensen wirkte aufgebracht, als er sich setzte und dem Staatsanwalt einen hektischen Blick zuwarf.

Wiebke ahnte, dass sich die Ereignisse überschlugen und die Morgenrunde damit beendet war. „Was ist los, Kai?"

„Es hat einen Toten gegeben, drüben in Oldenswort."

Sekundenlang herrschte betroffenes Schweigen im Raum.

Wiebke ahnte, dass diesmal etwas anders war. „Einen Toten?", wiederholte sie an Christensen gewandt.

„Du hast richtig gehört." Der Kripochef nickte zustimmend. „Diesmal hat es einen Mann erwischt."

Kapitel 17

Hoyerswort, 9.15 Uhr

Sie erreichten den Fundort zeitgleich mit dem Rechtsmediziner, den Thies Bendix von unterwegs aus nach Oldenswort zitiert hatte. Schon die Zufahrt von der Kotzenbüller Chaussee zum ehemaligen Herrensitz war von den Kollegen des Streifendienstes abgesperrt worden. Ein uniformierter Kollege ließ sie passieren und zeigte nach rechts. Thies bedankte sich und steuerte den weißen SUV an den rechten Rand des Weges.

„Ganz schön frisch", kommentierte er den eisigen Herbstwind, als sie ausgestiegen waren. Seite an Seite stapften sie zum Eingang des Skulpturenparks. Lars Tadsen war vorgefahren und hatte sich bereits einen Überblick verschafft. Johannsen und Tasso waren noch am Tesla von Gyde Nissen beschäftigt. Sobald das Fahrzeug der toten Ärztin abtransportiert war, würden sie sich auch auf den Weg nach Oldenswort machen. Als Tadsen die Ankunft des Staatsanwaltes und Wiebkes bemerkte, unterbrach er seine Arbeit und kam ihnen entgegen. Er trug Handschuhe, Schuhüberzieher und den obligatorischen Einmalanzug der Kriminaltechnik. Die Heckklappen des grauen Sprinters standen sperrangelweit offen. Wiebke nahm zwei paar Handschuhe aus einem Alukoffer, streifte eins über und reichte Thies Bendix das zweite Paar.

„Scheißspiel." Lars Tadsen deutete auf die Skulpturen in seinem Rücken. „In dieser Einöde hat natürlich niemand etwas Auffälliges gesehen."

„Wer hat uns dann angerufen?" Wiebke ließ den Blick über die Umgebung schweifen. Ein schmaler Weg führte von der nahezu schnurgerade verlaufenden Landstraße zum ehemaligen Herrensitz. Durch die fast blattlosen Zweige der alten Bäume schimmerten die prächtigen Renaissancebauten und der angrenzende Haubarg. Während ein Zugang über einen Graben zum Eingang des kleinen Parks führte, lagen rechter Hand und hinter ihnen weitläufige Felder. Auf einem Acker zog ein mächtiger Traktor mit sonorem Brummen seine Bahnen. Der Toftinger Sielzug, der um diese Jahreszeit kaum Wasser führte, duckte sich hinter dem grauen Asphaltband der Landstraße.

„Der Hausherr von Hoyerswort", erwiderte Tadsen. „Er wollte heute Morgen einkaufen fahren, als er die alte Dame neben dem Graben im Laub fand. Sie war bewusstlos und offenbar mit ihrem Hund zur Morgenrunde unterwegs, als sie den schauerlichen Fund machte." Jetzt lachte Tadsen humorlos auf. „Das war zu viel für sie."

„Wie geht es ihr jetzt?" Wiebke sah den Rettungswagen, der halb in der Zufahrt zum Park stand. Im Innern brannte Licht.

„Es geht schon wieder, aber natürlich hat sie einen Schock abbekommen."

„Was wissen wir über den Toten?“ Der Staatsanwalt blickte an dem stämmigen Kriminaltechniker vorbei zum Fundort des Leichnams.

„Nicht sehr viel – keine Ausweisdokumente, kein Smartphone, kein Schlüssel.“ Tadsen zuckte die Schultern. „Wer auch immer ihn dort an der Figur befestigt hat, er muss groß und kräftig sein, um den Leichnam da hinaufzuwuchten.“

„Wie in Friedrichstadt und Husum auch schon“, murmelte Wiebke. „Wir haben es entweder mit einem Kraftprotz zu tun oder mit mehreren Tätern, die gemeinsam eine tödliche Mission verfolgen.“

„Das klingt nach einem Serienmörder?“ Der Notarzt trat zu ihnen. Er hatte den Wagen hinter dem weißen Audi von Thies Bendix abgestellt und stellte sich als Doktor Nielsen vor. Wiebke betrachtete ihn aufmerksam. Nielsen war Mitte dreißig, von mittlerer Größe und trug einen sorgsam gestutzten Kinnbart. „Können wir dann?“ Er schien es eilig zu haben. Thies nickte. „Gern.“ Sie marschierten über den von Tadsen eingerichteten Trampelpfad im Gänsemarsch hintereinander zu dem Exponat, an dem die Frau heute Morgen den Toten entdeckt hatte. „Wir werden die Reifenspuren sichern und so möglicherweise etwas über das Fahrzeug des Täters erfahren“, kommentierte Tadsen und deutete nach rechts an den Boden. Hier war ein Quadrat abgesperrt worden, Tadsen hatte eine Zahlenkarte in den weichen Untergrund gesteckt. „Wenn erst die anderen hier wären.“ Er seufzte. „Fotos machen muss ich auch noch.“

Thies warf Wiebke einen Blick zu, den sie nicht recht zu deuten vermochte.

Da es in Nordfriesland eher beschaulich zuging und die Spurensicherer sich oft nur mit Einbruchsdelikten auseinandersetzen mussten, wurde die Personaldecke von der Verwaltung entsprechend gering gehalten. In solchen Ausnahmesituationen war die Kriminaltechnik hoffnungslos unterbesetzt. „Gibt es Fußabdrücke?", fragte Thies.

Tadsen winkte ab und zeigte auf den weichen Waldboden. „Die Wahrscheinlichkeit geht gegen null. Hier gibt es um diese Jahreszeit nur Matsch, Wiese und Laub."

Rettungssanitäter und zwei Streifenpolizisten erwarteten sie bereits an der Skulptur. Wiebke blieb hinter den Männern stehen und sah sich um. Es machte den Anschein, als würde sich der Skulpturenpark in einer Art Dornröschenschlaf befinden. Die unterschiedlichsten Exponate wirkten verwittert, das Laub am Boden schimmerte feucht. Gleich hinter dem Eingang des Parks ragte eine hohe Steinfigur mit schlaksig wirkenden Extremitäten in den Himmel. Wiebke schätzte die Figur gut drei Meter hoch.

„Im Mund des Toten steckte ein zusammengerollter Zettel, eine Nachricht. Auf den ersten Blick würde ich sagen, in der gleichen Handschrift verfasst."

Das Interesse des Staatsanwaltes war geweckt. „Was stand darauf?", fragte Thies, während der Kriminaltechniker einen nummerierten Asservatenbeutel in die Höhe hielt.

„Du wolltest mit dem Teufel tanzen – hier bin ich!", las Tadsen die Nachricht vor.

„Ich fürchte, das sagt mir nichts." Thies Bendix zuckte mit den Schultern.

„Es hat sicher mit dem alten Schauermärchen von Hoyerswort zu tun", vermutete Wiebke und berichtete ihm in wenigen Sätzen von dem Mädchen, das den Teufel in der verhängnisvollen Nacht zum Tanz eingeladen hatte.

„Der Täter erweckt den Eindruck, sich mit der Geschichte der Orte, an denen er seine Opfer drapiert, auszukennen." Thies verschränkte die Arme hinter dem Rücken. „In Friedrichstadt, der Stadt der Toleranz, verwehrte er seinem Opfer jegliche Toleranz. In Husum verwies er am Asmussen-Woldsen-Denkmal auf die Gütigkeit der Tine, und hier bezieht er sich auf den mystischen Tanz einer jungen Frau mit dem Teufel."

„Demnach stammt er nicht gerade aus einer bildungsfernen Familie", kombinierte Wiebke.

„Er bringt die Orte, an denen er seine Opfer drapiert, mit der jeweiligen Geschichte in Verbindung." Thies dachte angestrengt nach. „Es könnte sich also um Ritualmorde handeln."

Wiebke spann seine Gedanken weiter. „Womöglich erzählt er uns so auch seine eigene Geschichte."

„Eine Geschichte, von der uns noch das Ende fehlt, fürchte ich." Thies betrachtete sie mit finsterer Miene. „Wir wissen zu wenig über ihn, um ihn einzukreisen."

„Er scheint clever zu sein." Lars Tadsen nickte zustimmend und trat zur Seite. Zum ersten Mal konnte Wiebke einen Blick auf das Mordopfer werfen. Ihr wurde schlecht.

„Der Tote wurde mit dem uns inzwischen bekannten medizinischen Tape an der Figur befestigt", berichtete Tadsen, „Auch die inzwischen bekannte Strangmarke ist wieder da, was genau als Strangwerkzeug zum Einsatz kam, muss die Rechtsmedizin zutage bringen." Ihm fiel nicht auf, dass Wiebke um Fassung kämpfte. „Aber ich habe den Verdacht, dass er wieder seine Drahtschlinge zum Einsatz brachte."

Wiebke spürte, wie ihre Knie weich wurden, denn sie kannte den Mann, der dort an der Skulptur hing und sie anklagend anschaute.

„Wie war das jetzt, wissen wir schon, um wen es sich bei dem Toten handelt?", hörte sie den Staatsanwalt wie durch Watte fragen.

„Ja", antwortete Wiebke, ohne den Blick von dem Leichnam abzuwenden. „Ich kenne ihn."

Alle Blicke lagen auf ihr, die Zeit schien stehen geblieben zu sein in diesem Moment. Der Mann dort oben war ihr nie sonderlich sympathisch gewesen, doch so einen grausamen Tod hatte sie ihm wahrlich nicht gewünscht. Vor allem, weil er ihr total unlogisch erschien. Kein Mord war zu entschuldigen, doch dieses Verbrechen hier entbehrte für Wiebke jeder Logik. „Das ist Peter Harms."

*

Hooksiel, Ostfriesland:

Er war gut vorangekommen und erreichte sein Ziel im Laufe des Vormittages. Der große Campingplatz von Schillig war ihm zu hektisch, auch die jahrmarktähnliche Atmosphäre rund um das Riesenrad am Nordseestrand war eher kontraproduktiv, wenn er ein paar Tage einfach nur untertauchen wollte. Um diese Zeit herrschte kaum Betrieb auf dem Campingplatz von Hooksiel, und so stand seine Entscheidung schnell fest. An der Rezeption hatte er den alten Ausweis seines Vaters vorgelegt, der ihm in jungen Jahren wie aus dem Gesicht geschnitten war. Er hatte Glück gehabt, dass der Mitarbeiter des Campingplatzes nicht so genau hingesehen hatte, als dass ihm der falsche Ausweis anhand des Geburtsdatums aufgefallen wäre.

Die stundenlange Autofahrt hatte ihn schläfrig gemacht, doch er fühlte sich zufrieden, als er den Wagen jetzt auf die Schranke zurollen ließ. Vor dem Häuschen stand ein gelangweilt dreinblickender Angestellter mit übergroßem Baseballcap und rauchte. Als er den Wagen hörte, erwachte der Mann aus seiner Lethargie. Der schlaksige Mann mit dem Baseballcap blickte zu ihm herüber und grüßte leutselig.

Er erwiderte den Gruß mit einem Kopfnicken und trommelte ungeduldig auf dem Lenkrad herum, bis sich die automatische Schranke vollständig gehoben hatte und er passieren konnte. „Na bitte“, sagte er zu sich selbst, legte den Gang ein und tippte das Gaspedal an. Langsam ließ er den Camper über die Straße tuckern. Die ersten Herbsturlauber waren bereits wach. Sie kamen ihm mit Kulturbeuteln bewaffnet entgegen. Einige hockten ungelenk und breitbeinig auf klapprigen Fahrrädern – vermutlich waren sie auf dem Weg zum Bäcker. Heute kam ihm die Fahrt zum Stellplatz besonders lang vor. Von zu Hause aus hatte er eine Parzelle gebucht. Normalerweise hätte er unterwegs eine Pause einlegen können, doch er wollte so schnell wie möglich Distanz aufbauen. Nicht, dass sie ihn festnehmen konnten, bevor er sein Werk beendet hatte.

Jetzt lagen knapp vierhundert Kilometer zwischen ihm und dem Ort, von dem er verschwunden war. Hooksiel gehörte zu Niedersachsen, Schleswig zu Schleswig-Holstein, dazwischen lag noch Hamburg. Er fühlte sich einigermaßen sicher.

Ein diabolisches Grinsen lag auf seinem unrasierten Gesicht, als er den Wagen geschickt einparkte und den Motor abschaltete. Das Blut rauschte in seinen Ohren. Mit einer fahrigen Handbewegung wischte er sich durch das Gesicht. Kurz überlegte er, ob er eine Dusche nehmen sollte, bevor er sich hinlegte und die verlorene Nacht nachholte. Doch er entschied sich dagegen. Duschen konnte er auch später noch.

Er trat an den Kühlschrank und lauschte dem leisen Brummen, bevor er die Tür öffnete und sich ein gekühltes Jever herausnahm, das er mit dem an der Wand befestigten Flaschenöffner entkapselte. Gierig schüttete er den ersten Schluck in seine Kehle. Er setzte die grüne Flasche ab, betrachtete sie nachdenklich und wischte den Beschlag auf dem Glas mit den Daumen fort, während er leidenschaftlich rülpste. Dann trank er noch einen zweiten und einen dritten Schluck, bevor er sich das T-Shirt über den Kopf zog und es auf das kleine Sofa warf. Bevor er aus Jeans und Socken stieg, nahm er einen letzten Schluck, stellte die Flasche auf den Tisch, wo sie einen unansehnlichen Kranz hinterließ. Später würde er sich um diese Feinheiten kümmern. Das Bier hatte ihm die nötige Bettschwere verliehen. Gähnend kletterte er, nur mit Boxershorts bekleidet, in das breite Bett, zog sich die Decke bis zum Kinn und nahm eine embryonale Haltung an. So konnte er am besten einschlafen. Der Wind fegte um die Ecken des alten Campers, über dem Dach kreischten die Möwen. Es dauerte nur wenige Minuten, bis er eingeschlafen war. Jetzt war er erst einmal in Sicherheit.

*

Husum, Polizeirevier, 12.35 Uhr

„Wenn es Jana Biel erwischt hat, Gyde Nissen und jetzt Peter Harms, dann muss es eine Verbindung zwischen den drei Personen geben." Der Staatsanwalt sah abwartend in die Runde. „Vorschläge?"

„Wir wissen, dass alle drei Opfer im Theodor-Storm-Krankenhaus auf der gleichen Station beschäftigt waren – der Fall von Gyde Nissen als Todesengel von Husum machte damals von sich reden." Wiebke blätterte durch ihre Unterlagen. „Ich weiß nur noch nicht, ob die damalige Stationsärztin unsere Schlüsselfigur ist." Sie pustete sich eine widerspenstige Haarsträhne aus der Stirn. „Es könnte tatsächlich sein, dass die Verbrechen etwas mit der Mordserie im Krankenhaus von damals zu tun haben."

„Aber?" Thies betrachtete sie mit erhobener Augenbraue.

„Wir sollten die privaten Umfelder der Mordopfer nicht aus den Augen verlieren", warnte Wiebke. Sie konnte ihren Verdacht nicht begründen, doch etwas in ihr ließ sie ahnen, dass die drei Opfer aus einem anderen Anlass in Verbindung standen. Womöglich war es etwas Privates, eine gemeinsame Freizeitgestaltung oder dergleichen.

Thies nickte, bevor er sich an Lars Tadsen wandte. „Wie weit sind wir mit dem Bewegungsprofil von Carsten Barche?"

„Vor einer Viertelstunde fertig geworden." Der Kriminaltechniker rückte sich seine Pudelmütze zurecht und stahl sich einen Dominostein aus der Schale. „Getankt hat er in den Morgenstunden an der Tankstelle Nordseestraße in Schobüll. Das passt zu seinem möglichen Versteck, dem Haus seiner inzwischen verstorbenen Eltern auf Nordstrand. Die heruntergerockte Hütte steht seit Jahren schon leer. Aus einem unerfindlichen Grund findet sich kein Käufer." Er las von seinem Tablet ab. „Von Schleswig aus ist er offensichtlich per Anhalter mit dem Fahrer eines Milchlasters bis nach Nordstrand gekommen. Dort stand der alte Bulli im Carport, der jetzt weg ist, wie wir von Nachbarn wissen."

„Dann kann er von Glück reden, dass die alte Kiste angesprungen ist", murmelte Kai Christensen. „Weit kann er damit ja noch nicht gekommen sein."

„Von wegen." Lars Tadsen schüttelte den Kopf. „Sein Smartphone haben wir zuletzt in Hamburg an einer Raststätte geortet. Danach verschwindet seine Spur. Offensichtlich ist er auf den Trichter gekommen, dass wir ihm auf den Fersen sind."

„Tappen wir jetzt im Dunkeln?“, wollte Thies wissen.

„Nee. Er war blöd genug, auf einem Campingplatz im ostfriesischen Hooksiel die Miete für eine Parzelle mit der EC-Karte zu bezahlen.“ Tadsen grinste zufrieden.

„Bingo“, rief Tamme Gerdes und strahlte. „Mein Ostfriesland. Immer wieder gern von Killern als Unterschlupf genutzt.“ Seine Wangen färbten sich vor Aufregung rot, als er an seine alte Heimat dachte. Er wandte sich an Tadsen. „Also versteckt er sich auf dem Campingplatz?“

„Alles deutet darauf hin, ja.“

„Er macht es uns aber nicht sehr schwer, ihn zu finden.“ Fast wirkte der Ostfriesenbulle enttäuscht. „Wenn ihr nichts dagegenhabt, würde ich gern hinfahren und ihn nach Schleswig zurückbringen.“

„Das muss aber schnell gehen“, gab Kai Christensen zu bedenken, nachdem er einen Blick mit dem Staatsanwalt getauscht hatte. Thies Bendix hatte offenbar keine Bedenken.

„Ich kann gleich nach dem Meeting losfahren und in vier Stunden in Hooksiel sein“, bot Tamme Gerdes an, der sich offenbar auf einen Trip in seine alte Heimat freute. Sein Partner Sönke Jansen schien weniger begeistert von der Aktion zu sein, doch er hüllte sich in Schweigen und betrachtete seine Fingernägel.

„Dann mach das.“ Christensen nickte. „Ich werde die Kollegen vom Polizeikommissariat in Jever informieren.“

Unternehmungslustig rieb sich der Ostfriesenbulle die großen Hände. „Jo“, stimmte er zu. „Grüß schön.“

„Wir sollten uns den alten Kasten auf Nordstrand ansehen“, schlug Petersen vor. Wiebke nickte. „Es ist vielleicht hilfreich zu erfahren, was er dort gemacht hat.“

„Erwartest du einen Keller, in dem er seine Taten vorbereitet hat?“ Petersen schnaubte. „So blöd wird er schon nicht sein.“

„Sach das mal nicht“, lachte Tamme Gerdes. „Aber deine Fragen kann er dir sicher beantworten, sobald wir ihn hier haben.“

„Was lässt uns zu dem Schluss kommen, dass Carsten Barche sich nach seiner Flucht aus der Forensik auf einem Rachefeldzug befindet?“ Wiebke runzelte die Stirn. Es gefiel ihr nicht, dass sich jetzt alle auf Barche stürzten. „Er war in der Klinik für Maßregelvollzug untergebracht, weil er mehrfach wegen sexuell motivierter Taten auffällig war. Dann entkommt er während eines Freigangs und hat nichts anderes zu tun, als den Tod seiner Mutter zu rächen?“

„Was, wenn das der eigentliche Grund für sein Verschwinden aus der Klinik war?“, gab Christensen zu bedenken. „Vom Rachegedanken angetrieben, sehnte er den unbegleiteten Freigang herbei, um das Verbrechen an seiner Mutter endlich zu rächen.“

„Moment, Leute, das geht mir jetzt zu schnell.“ Petersen hob die rechte Hand. Dann fixierte er Lars Tadsen mit seinem Blick. „Wann, sagtest du, hat Barche in Schobüll getankt?“

Tadsen wischte über das Display seines Tablets. „Um 5.35 Uhr“, sagte er schließlich. „Wie lange war Harms denn tot, als ihr ihn in Hoyerswort gefunden habt?“

„Der abschließende Obduktionsbericht steht noch aus“, bedauerte Thies. „Aber Nielsen sagte uns nach der ersten Leichenschau, dass Peter Harms seit gut vier Stunden tot war." Der Staatsanwalt schaute in die Runde. „Als Anhaltswert ist das ziemlich dürftig, denn er gibt keinerlei Auskunft darüber, ob sich das Zeitfenster mit dem von Barches Flucht überschneidet."

„Im Zweifelsfall war Peter Harms bereits tot, als Barche von Nordstrand aufbrach", kombinierte Wiebke. „Was zu bedeuten hat, dass er nicht für den Mord an ihm zur Verantwortung gezogen werden kann." Sie nahm die silbern schimmernde Dose an sich, riss den Bügel auf und trank einen tiefen Schluck von dem nach Weingummi schmeckenden Energydrink.

„Und damit stehen wir wieder einmal mit leeren Händen da?" Petersen stöhnte. „Wir müssen irgendwo anfangen."

„Du willst nach dem Ausschlussprinzip arbeiten?" Tamme Gerdes betrachtete ihn zweifelnd.

„Hast du eine bessere Idee?" Petersen ließ die flache Hand auf die Tischplatte sausen.

„Meine Herren", ging der Staatsanwalt mit erhobener Stimme dazwischen. „Es ist nicht der richtige Zeitpunkt, um zu streiten. Die Spur führt erst einmal zu Carsten Barche, da bin ich ganz bei Ihnen, Herr Gerdes." Dann wandte er sich an Wiebke und Jan Petersen. „Auf der anderen Seite bin ich auch der Meinung, dass wir, allein schon aufgrund der vagen Angaben zum Todeszeitpunkt von Peter Harms, nicht die Hände in den Schoß legen sollten." Er sog hörbar die Luft durch die Nase ein. „Also – Vorschläge?"

„Wir sollten uns mit den Zeugenaussagen auseinandersetzen", fand Wiebke. „Ich meine, was ist mit Sandra

Mathis? Sie hat den Ex-Freund ihrer besten Freundin des Mordes bezichtigt. Und es hat sich herausgestellt, dass dieser ein Verhältnis mit ihr pflegte. Das passt irgendwie nicht zusammen."

„Du meinst, Sandra Mathis hat Dreck am Stecken?" Christensen betrachtete sie mit fragender Miene.

„Ich denke, dass sie mehr weiß, als sie uns verrät", war Wiebke plötzlich sicher. „Wir sollten ihr auf den Zahn fühlen. Und mit etwas Glück kann sie uns einen passenden Hinweis auf den Mörder geben, der inzwischen schon drei Morde auf dem Gewissen hat."

Christensen nickte. „Dann fahrt zu ihr und stellt die richtigen Fragen."

„Na schönen Dank auch." Petersen stöhnte und rang sich ein schiefes Grinsen ab. „Das halte man sich mal vor Augen: Sie lässt sich vom Freund ihrer besten Freundin vögeln. Als die dann ermordet wird, ist diese Mathis sicher, dass Harms dahintersteckt."

Damit sprach ihr Partner Wiebkes Gedanken aus. „Was spielen die für ein teuflisches Spiel mit uns?"

Petersen trommelte mit den Fingern auf der Tischplatte herum. „Vielleicht hat Jana Biel von dem Verhältnis Wind bekommen, Harms hat kalte Füße bekommen und sie getötet?"

„Zum Zeitpunkt des Mordes waren Jana Biel und Peter Harms schon kein Paar mehr, das dürfen wir nicht aus den Augen verlieren." Christensen dachte angestrengt nach. „Und warum behauptet sie, er habe Jana Biel umgebracht, wenn sie doch jetzt ein ungestörtes Verhältnis haben könnten?"

Wiebke schüttelte den Kopf. „Irgendjemand lügt. Vielleicht sogar beide.“ Sie seufzte. Es nervte sie, dass die vor ihr liegenden Puzzleteile des Falls nicht zusammenpassten. „Harms ist tot. Gyde Nissen ebenfalls. Sie hat mit der Affäre zwischen Biel und Harms nichts zu tun.“

Petersen streckte sich und griff zu dem schwarzen Kaffee, der vor ihm stand und kalt zu werden drohte. „Wir werden es herausfinden.“

Thies Bendix hatte ihre Überlegungen kein einziges Mal unterbrochen. Er hatte sich Notizen gemacht. Als eine Schweigepause herrschte, musterte er die Männer der Kriminaltechnik. „Was wissen wir über das Fahrzeug der Gyde Nissen?“, fragte er. „Konnten Sie die Daten auswerten?“

Tasso, der dem Gespräch mit hinter dem Kopf verschränkten Armen gelauscht hatte, beugte sich über sein Tablet. Er schien, so hatte Wiebke den Eindruck, nicht sehr begeistert von den Ergebnissen seiner Arbeit zu sein.

„Wir wissen nichts, was mit dem Fall in Zusammenhang stehen könnte, fürchte ich. Sie war am Tag ihres Todes noch einkaufen, in den letzten Tagen mehrmals in Hamburg, der Adresse nach zu urteilen, um geschäftliche Termine wahrzunehmen. Sie hat als freie Referentin für einen Hamburger Pharmakonzern gearbeitet.“

„Mit Medikamenten kannte sie sich aus“, grinste Petersen und erhielt dafür einen Seitenhieb von Wiebke.

„Könnten Sie die Ansprechpartner in dem Unternehmen herausfinden?“ Thies hob eine Augenbraue.

„Schon dabei“, nickte Johannsen knapp und schob dem Staatsanwalt eine Liste mit Kontaktdaten über den Tisch. Thies überflog die Liste.

„Dann geht es jetzt an die Opfer des Arzneimittelskandals von damals." Der Staatsanwalt blickte in die Runde. „Die Kollegen der Flensburger Mordkommission telefonieren die Angehörigen ab und besuchen sie bei Bedarf. Ich rechne spätestens morgen mit Ergebnissen."

Wiebke hatte sich schon gefragt, warum außer Tadsen keiner aus dem Flensburger Team anwesend war. Auch Hauke Jensen, der Leiter der Mordkommission, machte sich rar.

„Dann taucht der Name von Carsten Barche auch auf der Liste auf", riss sie die tiefe Stimme des Ostfriesenbullen aus den Überlegungen. „Und hier könnte sich der Fall schließen."

„Möglich." Christensen nickte.

Petersen schien sich zu langweilen. Er spielte mit einem Bleistift, der offenbar besitzerlos auf dem langen Tisch vor ihm lag. „Und sonst so?"

„Werde ich gleich nach Kiel fahren, um die Obduktion von Peter Harms voranzutreiben", bot Thies Bendix an. „Dann wissen wir mehr über die näheren Umstände seines Todes."

„Und wir kümmern uns um Sandra Mathis", meldete sich Wiebke zu Wort. Sie warf einen Blick auf die Armbanduhr. Die Zeit drängte, und der Feierabend war lange nicht in Sicht.

„Wir könnten uns im Husumer Krankenhaus umhören", bot Sebastian Hinrichs an. „Vielleicht kann man uns dort einen Tipp geben."

„Es ist fraglich, wer nach dem Skandal damals heute noch zur Mannschaft gehört", warf Christensen ein. „Aber schaden wird es sicher nicht."

*

Thies hatte sich vorgenommen, heute früher nach Flensburg zu kommen, um mit Sören ein ernstes Wort sprechen zu können. Es ärgerte ihn, dass der Fall gerade eine skurrile Eigendynamik annahm und von Stunde zu Stunde komplexer wurde, anstatt sich aufzuklären. So hoffte er, dass die Rechtsmedizin mitspielte und er mit einem abschließenden Obduktionsbericht über den Todeshergang von Peter Harms in den wohlverdienten Feierabend gehen konnte. Doch noch befand er sich in Husum, um mit Kai Christensen das weitere Vorgehen abzusprechen. In Hemdsärmeln war er gerade auf dem Weg zur Kaffeeküche, um sich vor der Abfahrt einen Tee aufzusetzen, als ihm ein bärtiger Hüne in Lederkluft entgegenkam, der ganz sicher kein Polizist war. Sein kahler Schädel glänzte im Licht der Deckenbeleuchtung auf dem langen Flur. Ein Tattoo im Gesicht verlieh dem Gast ein verwegenes Aussehen. Mit gerunzelter Stirn blieb Thies mitten auf dem Gang stehen und sah dem Fremden entgegen.

„Kann ich Ihnen helfen?"

Der Bärtige blieb stehen und musterte den Staatsanwalt unsicher. „Moin", sagte er mit tiefer Stimme, die so gar nicht zu seinem unsicheren Blick passen wollte. Unstet huschten die grauen Augen des Mannes über die kahlen Wände. Er roch nach kaltem Rauch und einem billigen Herrenduft. „Ich weiß nicht, ob ich hier richtig bin."

„Das können wir gemeinsam herausfinden." Thies Bendix lächelte freundlich.

„Ich werde gesucht." Jetzt lächelte der Fremde und hielt dem Staatsanwalt die Hand hin. „Arndt Peters", stellte er sich vor.

Thies übersah die Hand und nickte. „Thies Bendix", sagte er, „Staatsanwaltschaft Flensburg."

Ein Ruck ging durch Arndt Peters, es schien, als würde er vor Ehrfurcht erstarren. „Ich wurde gefilmt, es geht wohl um den Mord an dieser Ärztin." Jetzt lächelte der Mann. „Man hat mich als Zeugen gesucht."

„Sie waren das." Thies nickte. „Dann kommen Sie mal mit." Er verwarf die Teeküche und suchte das Büro von Wiebke und Petersen auf. Nach einem kurzen, energischen Klopfen trat er, gefolgt von Arndt Peters, ein. Die beiden Polizisten schauten überrascht auf. Thies erklärte ihnen, worum es ging.

„Na prima", brummte Petersen, „dann können Sie uns vielleicht etwas Interessantes erzählen."

Wiebke hatte sich erhoben und rückte die Stühle an dem runden Besuchertisch in der Ecke des Raumes zurecht. „Nehmen Sie doch Platz."

Peters nickte verunsichert und sank auf einen der Stühle. Petersen rollte auf seinem Bürostuhl heran, Wiebke und Thies nahmen die letzten freien Stühle. „Also", begann Wiebke, „Sie haben am Abend etwas Auffälliges an der Kleikuhle gesehen."

„Jo." Arndt Peters legte die Hände auf den Tisch und senkte den Blick. „Ich war noch kurz draußen, um Kippen zu besorgen, als ich den Typen sah. Er hatte eine Frau im Schlepptau, der es nicht gut zu gehen schien."

„Wie muss ich mir das vorstellen?", fragte Wiebke.

„Der Typ, der sie wegschleppte, sagte, dass seine Freundin einen über den Durst getrunken hätte und dass er sie jetzt nach Hause bringt." Arndt Peters wischte über die Tischplatte.

„Würden Sie sagen, dass die Frau lebte?" Thies Bendix warf Wiebke einen Blick zu.

Arndt Peters dachte kurz nach, sein Blick ging ins Leere, und ihm war anzusehen, dass die Szenerie noch einmal vor seinem geistigen Auge auftauchte. Nach einer gefühlten Ewigkeit nickte er. „Jo, ich denke schon."

„Woran machen Sie das fest?", fragte Thies Bendix. Seine strahlend blauen Augen betrachteten den Zeugen aufmerksam.

„Irgendwie hat sie die Beine bewegt", sagte Arndt Peters schließlich. „So komisch nachgezogen."

„Aber aus eigener Kraft gelaufen ist sie nicht?", hakte Wiebke nach.

„Nee. Sie hatte ja einen im Tee."

„Gab es sichtbare Verletzungen?" Thies massierte sich den Nasenrücken.

„Gesehen hab ich keine." Dann wurden die Augen des verwegen aussehenden Mannes groß. „Aber da war was anders. Ihr fehlte ein Absatz. Sie hatte so hochhackige, sexy Stiefel an, bestimmt nicht ganz billig. Und ein Absatz fehlte."

„Danke." Wiebke betrachtete ihn und tickerte mit ihrem Kugelschreiber. „Den fehlenden Absatz haben Sie nicht zufällig irgendwo gefunden?"

„Nee – sollte ich?" Arndt Peters schüttelte den Kopf. „Hätt ich das gewusst, hätte ich doch gleich die Bullen …

ich meine, die Polizei gerufen.“ Mit rotem Kopf schob er eine Entschuldigung hinterher. Dann sah er Thies, Wiebke und Petersen an. „Meinen Sie, dass der Typ der Mörder war?“

„Es ist davon auszugehen“, nickte Wiebke. „Können Sie den Mann denn beschreiben?“

Arndt Peters dachte einen Augenblick nach und nickte schließlich. „Der war groß, fast so groß wie ich, aber sportlicher. Wahrscheinlich rennt der vier Mal in der Woche ins Gym und pumpt. Trug schwarze Klamotten, aber kein Leder. So eine schwarze Cargohose war das, schwarze Bundeswehrstiefel, einen Hoodie und ’ne schwarze Jacke drüber. Seine Haare waren dunkelbraun oder schwarz, glaub ich.“

„Und sonst?“ Wiebke erhoffte sich weitere Angaben von dem Zeugen.

„Einen Dreitagebart hatte der. Und die Haare ein büschn zu lang, er will wohl cool aussehen.“

„Meinen Sie, dass Sie uns helfen können, ein Phantombild zu zeichnen?“, fragte Petersen.

„Ich weiß nicht.“ Arndt Peters kratzte sich mit verlegener Miene am Hinterkopf. „Das Künstlerische ist nicht so meins, und ich war schon in der Schule eine Niete im Malen.“

Wiebke sah mit einem Seitenblick auf ihren Partner, dass er sich das Lachen verkneifen musste. „Nee“, sagte er, „Sie müssen nicht selbst zum Stift greifen. Das machen unsere Experten, sie sagen nur, was sie zeichnen sollen“, erklärte er dem Besucher. „Meinen Sie, das kriegen Sie hin?“

Peters schüttelte den Kopf. „Dazu war der Augenblick zu kurz, es war dunkel, und …“

Jan Petersen trommelte mit den Knöcheln auf dem Tisch herum und betrachtete Arndt Peters eindringlich. „Keine Chance?"

„Nee." Der Hüne schüttelte den Kopf. „So was kann ich echt nicht."

„Na dann." Petersen bedachte Wiebke mit einem eigenartigen Gesichtsausdruck, während er sich zur Bürotür bewegte. „Danke trotzdem für Ihre Mitarbeit", sagte er. „Dann bringe ich Sie noch nach unten."

„Das ist lieb." Peters erhob sich mit einem schwerfälligen Seufzer und folgte Wiebkes Partner, nachdem er sich höflich, aber unbeholfen von Thies und ihr verabschiedet hatte.

„Komischer Typ", kommentierte Wiebke.

„Brauchst du mich noch?", fragte Thies, als sich die Bürotür hinter den beiden geschlossen hatte.

„Ich denke, wir kommen klar." Wiebke lächelte sanft. Sie schien zu spüren, dass ihn etwas beschäftigte, das nichts mit den Ermittlungen zu tun hatte.

„Danke." Er erhob sich von seinem Platz. „Dann fahre ich jetzt nach Kiel in die Rechtsmedizin und versuche Einzelheiten zum Tod von Peter Harms herauszubekommen."

„Kommst du dann noch mal nach Husum?"

Er schüttelte den Kopf. „Nein", sagte er eilig. „Bedauerlicherweise habe ich etwas Privates zu erledigen, das keinen Aufschub duldet." Als er bemerkte, dass ihn die Kommissarin neugierig ansah, fuhr er fort. „Meine Ex-Frau hat mich heute Morgen angerufen. Sören, unser sechzehnjähriger Sohn, hat Probleme in der Schule. Sie hat mich gebeten, mit ihm zu reden."

Wiebke schien ihn zu verstehen. „So von Mann zu Mann."

„Ja." Er nickte und krempelte sich die Hemdsärmel herunter. „Wir können ganz gut miteinander. Manchmal, wenn Silke an der Erziehung eines pubertierenden Teenagers verzweifelt, muss Papa ran."

„Worauf wartest du?" Wiebke deutete auf die Tür. „Ab mit dir. Wir können telefonieren, wenn es Neuigkeiten gibt."

Thies nickte. Er schien erleichtert zu sein und hob den rechten Daumen. „So machen wir es."

„Dann nimm dir Sören mal so richtig zur Brust."

„Worauf du dich verlassen kannst." Jetzt lächelte er. Kurz war er versucht, sich zu Wiebke herabzubeugen, um ihr noch ein Stückchen näher zu sein, ihre Hand zu nehmen oder ihren Arm zu berühren, doch er beherrschte sich. Schnell verabschiedete er sich von der Polizistin. Auf dem Flur angekommen, atmete er ein paar Mal tief durch. Warum hatte er der Kommissarin private Dinge anvertraut? Seufzend setzte er sich in Bewegung. Dass er dabei grinste wie ein verliebter Teenager, bemerkte er nicht.

*

„Kommst du mit zum Hafen?" Wiebke streifte sich die Jacke über und betrachtete ihren Kollegen, der in der Arbeit am Computer versunken war. „Da steht heute ein Foodtruck mit nordischen Spezialitäten."

„Ich werd' alt." Petersen seufzte, riss sich vom Blick auf den Monitor los und drehte sich zu ihr um. Sein Stuhl knarzte bedenklich. „Weißt du", sagte er gedehnt, „als ich so jung war wie du, hießen Foodtrucks noch Imbisswagen."

Wiebke lachte. „Ja", nickte sie verständnisvoll. „Oder Fischbude, wenn keine Räder dran waren." Ihr Hand lag bereits auf der Türklinke. „Kommst du jetzt mit, oder willst du dein Essen heute Abend lieber im Speisesaal deines Altenheims einnehmen?" Sie blickte bezeichnend auf ihre Armbanduhr.

„Ein alter Mann ist kein D-Zug", stöhnte Petersen, während er sich schwerfällig erhob, um in den Parka zu schlüpfen, den er vorhin über die Stuhllehne gehängt hatte. Seite an Seite marschierten sie den kahlen Gang entlang.

„Ich werde das blöde Gefühl nicht los, dass Sandra Mathis uns nicht alles erzählt hat", bemerkte Wiebke. Ihre Unruhe wuchs, und sie nahm sich vor, die Freundin von Jana Biel genauer zu beobachten. Sie ahnte, dass Sandra Mathis etwas wusste, mit dem sie zur Lösung des Falls beitragen konnte, sich aber möglicherweise selber nicht darüber im Klaren zu sein schien.

„Wir werden es herausfinden", war Petersen sicher, als sie im Freien standen und sie in Richtung Innenstadt marschierten. Wiebke hatte das eigenartige Gefühl, dass der fangfrische Fisch die letzte Mahlzeit für die nächste Zeit sein würde, und nahm sich vor, das Essen im Stehen zu genießen.

Kapitel 18

Osterhever, 13.05 Uhr

„Wo sind wir hier?“ Wiebke schaute sich fragend um, als Petersen den zivilen Dienstwagen in einer Sackgasse zum Stehen gebracht hatte. Rechts und links der offensichtlich erst vor Kurzem erschlossenen Straße reihten sich schmucke Neubauten aneinander, die sich wie ein Ei dem anderen glichen. Zur Straße hin gab es große Fensterfronten, die den Blick in identisch eingerichtete Stuben preisgaben. „Ich glaube, wir haben uns verfahren.“

Ihr Partner ging nicht darauf ein und sah sich interessiert um. „Sieht alles ziemlich geleckt aus“, kommentierte Petersen, während er den Wagen bis zum Ende der Straße rollen ließ und im Wendehammer drehte. „Könnte eine Ferienhaussiedlung werden, aber eine, die herzlos am Reißbrett entstanden ist.“ Er schüttelte den Kopf. „Hier würde ich meinen Sommerurlaub nicht verbringen wollen.“

„Offensichtlich gibt es zahlungskräftige Kundschaft, die das anders sieht.“ Auf Wiebke machten die großen Ferienhäuser einen hochpreisigen Eindruck. Doch die Siedlung wirkte, als ob sie am Reißbrett geschaffen worden war.

„Was will der denn?“ Petersen stöhnte, als er am anderen Ende der Sackgasse einen großen Mann in Cargohosen, offenen Springerstiefeln und Muskelshirt auftauchen sah, der einen imposanten Hund mit sich führte. Wiebke richtete den Blick nach vorn. Der Mann war um die fünfzig, trug die Haare kurz geschoren, hatte eiserne Ringe in Nase und Ohren und war tätowiert. Er sah aus wie ein Söldner in einem schlechten Soldatenfilm und machte einen wenig vertrauenserweckenden Eindruck auf sie.

Der Fremde stellte sich in aller Seelenruhe breitbeinig und mit vor der Brust verschränkten Armen so auf die Fahrbahn, dass Petersen ihn nicht umfahren konnte. „Ein Selbstmordkandidat", grinste der Kommissar. „Wenn der wüsste, was ich für ein schlechter Autofahrer bin, würde er sich uns nicht so in den Weg stellen."

Wiebke schwieg, die Lage schien bedrohlich, denn der Mann führte sicher nichts Gutes im Schilde. „Der ist auf Krawall gebürstet", stellte sie fest, als sie die düstere Miene des Mannes sah. In seinem Mundwinkel klemmte ein kaltes Zigarillo.

„Kann er haben." Petersen zuckte die Schultern und brachte den Ford Focus erst wenige Zentimeter vor dem Hünen zum Stehen. Der Mann rührte sich keinen Millimeter.

„Einer von der ganz coolen Sorte", stelle Petersen fest. „Solche Typen liebe ich ja."

„Vielleicht hat er zu viele Actionfilme gesehen." Wiebke machte eine wegwerfende Handbewegung.

Als Petersen die Handbremse betätigt hatte, kam Bewegung in den Hünen. Der Hund wich ihm keinen Zentimeter von der Seite. Mit regungsloser Miene trat der Mann an das Seitenfenster und bedeutete, als Petersen sich nicht rührte, die Seitenscheibe zu öffnen.

„Was gibt's?", fragte Petersen gelangweilt, nachdem er das Fenster heruntergefahren hatte.

„Was habt ihr hier zu suchen?", antwortete der Mann mit einer Gegenfrage. Seine Stimme klang wie ein Reibeisen, das Zigarillo in seinem Mundwinkel wippte bei jeder Silbe auf und ab. „Das ist ein Privatgrundstück."

„Ach was." Petersen hielt dem Blick des Hünen stand. „Ich habe keine entsprechende Beschilderung gesehen." Er deutete mit dem Daumen nach hinten auf die leer stehenden Ferienhäuser. „Läuft nicht so gut, das Geschäft?"

„Nicht so frech", zischte der in die Jahre gekommene Söldner. „Was habt ihr hier verloren?" Er versenkte die tellergroßen Fäuste in den Hosentaschen.

Wiebke, die dem Gespräch schweigend beigewohnt hatte, wurde es zu dumm. Sie griff in die Jackentasche und hielt den Dienstausweis nach links. „Polizei Husum", sagte sie. „Sie behindern eine Amtshandlung." Als der Hund die Zähne fletschte und sie anknurrte, fuhr sie fort: „Es ist besser, wenn Sie den Hund anleinen, Herr …"

„Der Name tut nichts zur Sache."

„Das sehe ich anders." Wiebke hatte genug gehört. Sie löste den Sicherheitsgurt und stieg aus. Während sie den Wagen umrundete, legte sie eine Hand an die Dienstwaffe. „Sicher können Sie sich ausweisen."

Petersen stieg jetzt ebenfalls aus. Wiebke stellte mit Genugtuung fest, dass der Hüne bleich wurde, während er in seiner Hosentasche herumfummelte.

„Hände so, dass ich sie sehen kann", warnte Petersen und zückte jetzt ebenfalls die Waffe.

„Nicht so eilig", zischte der Fremde. „Ich gehöre zum Wachpersonal des Eigentümers und habe hier für die Sicherheit der Feriengäste zu sorgen."

Petersen blickte sich um. „Feriengäste? Ich sehe nur leer stehende Häuser."

„Eben", nickte der Hüne, der jetzt den Hund an die Leine nahm. „Was denkt ihr, wie schnell hier eingebrochen wird? Wenn niemand da ist?"

„Hier?" Wiebke schaute sich um. „In dieser Einöde?"

„Ihr müsstet die Kriminalitätsrate doch am besten kennen."

„Netter Versuch", murmelte Petersen. „Und jetzt her mit dem Ausweis, sonst lassen wir deine Personalien auf dem Revier feststellen."

Wiebke betrachtete den Mann eingehend. „Welche Schuhgröße haben Sie?", fragte sie mit einem Blick auf die Springerstiefel an seinen Schuhen.

„46, warum?"

Petersen musterte Wiebke fragend, doch sie sagte nichts dazu. Später würde sie ihn in ihre Gedanken einbeziehen.

„Was ist denn jetzt?", fragte er ungeduldig. Der Mann deutete auf ein kleines und bescheideneres Haus am Anfang der Sackgasse. „Ich hab alles im Haus."

„Wir kommen gerne mit." Wiebke gab Petersen ein Zeichen. Der Mann war ihr nicht geheuer. Allein sein provokantes Verhalten machte ihn verdächtig. Wer so offensiv auftrat, der hatte sicherlich ein paar Leichen im Keller.

*

Osterhever, 13.10 Uhr

„Junge, war das ein Wichtigtuer", brummte Petersen, während er den Wagen langsam die Straße Klosterfenne herunterrollen ließ. Im Rückspiegel beobachtete er den Wachmann, der breitbeinig und mit vor der Brust verschränkten Armen auf der Straße stand und ihnen voller Misstrauen nachschaute, bis sie auf die Landstraße abgebogen waren.

„Er macht nur seinen Job." Wiebke winkte ab. „Er soll ungebetene Gäste von der Siedlung fernhalten."

„Dafür hat sich der Eigentümer der Ferienhäuser ja den richtigen Mann ausgesucht. Wenn der auch so die Gäste begrüßt, Prost Mahlzeit." Jan Petersen schüttelte den Kopf.

„Hier muss es sein", erwiderte Wiebke. Sie hockte weit vorgebeugt auf dem Beifahrersitz und zeigte nach rechts. Ein schmaler, von Bäumen gesäumter Weg führte auf einen Hof, der aus mehreren Gebäuden bestand. Weiter hinten befanden sich Stallungen und eine Pferdekoppel.

Petersen lenkte den unauffällig lackierten Dienstwagen im Schritttempo in die Zufahrt. Die Pfützen, die sich nach dem letzten Herbstregen in den großen Schlaglöchern gebildet hatten, waren heimtückisch, denn Petersen vermochte nicht einzuschätzen, wie tief die Löcher waren.

Als der Wagen aufsetzte, erklang ein hässliches, metallisches Kratzen vom Unterboden, das ihnen einen Schauer über den Rücken jagte. Petersen zerdrückte einen Fluch auf den Lippen. Erst als die Einfahrt in einen Hof mündete, erhellte sich seine Miene.

„Die wohnt aber schön." Wiebke hatte sich immer schon eine Wohnung auf einem Pferdehof gewünscht, dazu ein eigenes Pferd. Doch ihr Beruf als Polizistin ließ sich nicht mit ihrer Leidenschaft fürs Reiten vereinbaren. Wer ein Pferd besaß, musste sich täglich mehrere Stunden mit dem Tier beschäftigen – ein nahezu unmögliches Unterfangen für eine Kommissarin. Beim Anblick des schmucken Bauernhauses konnte sie glatt neidisch werden.

„So etwas kann man sich als Krankenpflegerin leisten?" Petersen schaute sich um.

„Nein, sie wohnt zur Miete in einer Einliegerwohnung", entgegnete Wiebke, die ihren Notizblock auf dem Schoß liegen hatte.

„Na dann." Petersen deutete nach vorn. „Immerhin scheint sie zu Hause zu sein." Er zeigte auf einen in die Jahre gekommenen Toyota Landcruiser am Rand des Grundstücks, auf dessen nordfriesischem Nummernschild sich die Buchstabenkombination „SM" befand, die offenbar für Sandra Mathis stand.

„Wie schön." Wiebke klappte den Block zu und schob ihn in die Tasche zurück. „Dann mal los." Petersen hatte den Focus hinter dem Geländewagen zum Stehen gebracht und stieg aus. Frische Landluft wehte ihm entgegen. „Herrlich", kommentierte er mit einem schiefen Grinsen, während sie den unbefestigten Platz überquerten, der zum Nebeneingang des Bauernhauses führte. Vor dem Haus gab es ein kleines Beet, in dem sich die Büschel von üppigem Pampasgras im Wind wiegten und ein leises Rauschen erzeugten, das in Wiebkes Ohren wie das Rauschen der Nordseewellen klang. Auf der anderen Seite des Eingangs stand eine der für Nordfriesland typischen Klönschnackbänke. Ein ähnliches Modell hatten auch Wiebkes Vermieter in Ostenfeld aufgestellt. Ihr fiel auf, dass bei diesem Exemplar hier das „Bierfach“ unterhalb der Sitzfläche fehlte.

„Kann nix, das Ding“, grinste Petersen, der ihren Blick bemerkte. Er winkte ab. „Nicht mal Platz für'n ordentliches Flens.“

Das Klingelschild neben der Tür verriet ihnen, dass sie hier richtig waren. Wiebkes Partner klingelte. Irgendwo krähte ein Hahn.

„Nichts.“ Petersen schob fröstelnd die Hände in die Parkataschen und wandte sich nach dem dritten erfolglosen Klingeln zu Wiebke um. „Und nu?“

Wiebke blickte an der Backsteinfassade hinauf. Hinter den Gardinen tat sich nichts. Sie wandte sich zu dem Geländewagen um. „Vielleicht ist sie mit einem anderen Wagen unterwegs.“

„Wir hätten anrufen sollen.“ Petersen seufzte.

„Ich werde …“ Wiebke wurde beim Ansatz, das Handy zu zücken, von einer tiefen Männerstimme unterbrochen.

„Sie ist nicht da.“

Als sie sich umdrehten, sahen sie in das runde Gesicht eines kleinen Mannes, den Wiebke auf Anfang sechzig schätzte. Ein prächtiger, grauer Bart rahmte das von zahlreichen Narben gegerbte Gesicht. Er trug Gummistiefel und eine verwaschene, blaue Arbeitshose, darüber ein kariertes Hemd und eine braune Cordweste. Der verbeulte Hut auf seinem Kopf saß schief, und Wiebke wusste nicht, ob das beabsichtigt war oder nachlässig.

„Und Sie sind …?“ Wiebke ließ das Telefon verschwinden und zog stattdessen den Dienstausweis heraus.

„Ole Hinrichsen, der Vermieter.“ Neugierig schielte er auf den Ausweis der Kommissarin. „Polizei?“ Seine Augen wurden groß. „Ist was mit Sandra?“

„Das wüssten wir auch gern.“ Petersen stellte sich und Wiebke vor. „Wir würden gern mit Frau Mathis sprechen.“

„Ich weiß nicht, wo sie ist.“ Ole Hinrichsen zuckte mit den Schultern. „Seit einiger Zeit ist sie wie vom Erdboden verschwunden.“

„Seit einiger Zeit?“ In Wiebke schlugen sämtliche Alarmglocken an. Erst Jana Biel, ihre beste Freundin, dann Gyde Nissen, ihre Vorgesetzte, und heute Morgen Peter Harms, mit dem sie angeblich einmal etwas gehabt hatte, waren bereits tot. Wiebke überschlug die Zusammenhänge und kam zu dem Schluss, dass sämtliche Fäden in der Klinik, in der alle Opfer angestellt gewesen waren, zusammenlaufen mussten. Als sie ihren Partner betrachtete, glaubte sie, dass Petersen gerade ähnliche Gedanken hatte.

„Was heißt das: Sie ist seit einiger Zeit weg?“

Ole Hinrichsen schob sich den Cordhut in den Nacken und kratzte sich am Kopf, während er angestrengt nachzudenken schien. „Seit zwei Tagen hab ich sie nicht mehr gesehen.“

„Und der Wagen?“ Petersen deutete über die Schulter auf den Landcruiser. „Wie lange steht der da schon rum?“

„Genauso lang, würd ich sagen.“

„Hat sie sonst noch ein anderes Auto?“, fragte Wiebke, obwohl sie sich die Antwort schon denken konnte.

„Nee." Hinrichsen schüttelte den Kopf. „Aber manchmal ist sie mit einer Freundin unterwegs. Oder mit dem Ex-Freund."

Wiebke tauschte einen Blick mit ihrem Partner. Ole Hinrichsen schien nicht zu ahnen, dass die beste Freundin seiner Mieterin nicht mehr lebte. Sie schwieg. „Hat sie Familie?"

„Irgendwo. Aber ich glaub, nur die Mutter lebt noch."

„Die Kontaktdaten haben Sie nicht zufällig?" Wiebke schöpfte Hoffnung. Doch der kleine Mann schüttelte den Kopf.

„Nee", sagte er wieder. „Nie gesehen, ich kenn die nur vom Hörensagen."

„Wir müssen uns in der Wohnung von Frau Mathis umsehen", sagte Wiebke und zeigte auf die verschlossene Tür. Um die Kontaktdaten der Familie von Sandra Mathis konnten sie sich später kümmern.

„Kein Ding." Hinrichsen zog einen dicken Schlüsselbund aus der Latztasche seiner Hose und klimperte damit herum. „Wir machen uns auch schon Sorgen um Sandra, haben uns aber nicht getraut, einfach so in die Wohnung zu gehen."

„Dafür haben Sie ja uns." Wiebke lächelte ihn freundlich an.

„Sie meinen …" Hinrichsen schien Zweifel zu haben, die Polizisten in die Wohnung ihrer Mieterin zu lassen. Er druckste herum.

Petersen hatte sichtlich Mühe, seine Ungeduld zu unterdrücken. „Was, wenn ihr etwas zugestoßen ist?"

„Sie haben recht." Ole Hinrichsen fummelte mit zitternder Hand den Schlüssel ins Schloss und sperrte die Tür auf.

Muffiger Geruch schlug ihnen entgegen. Wiebke, die einen Blick in die dunkle Diele werfen wollte, trat einen Schritt zurück, um sich Gummihandschuhe überzustreifen. Petersen tat es ihr nach und setzte einen Fuß ins Haus. Als Hinrichsen ihm folgen wollte, hielt Wiebke ihn an der Schulter fest. „Danke, Herr Hinrichsen." Sie bedeutete dem Hofbesitzer, draußen zu bleiben. „Aber ab hier kommen wir alleine zurecht."

„Aber ...", wollte Hinrichsen aufbegehren, wurde aber von Petersen unterbrochen.

„Bitte halten Sie sich bereit, wir kommen gleich zu Ihnen."

Der Besitzer des Hofes rollte mit den Augen und ergab sich seinem Schicksal. „Ich mach uns schon mal einen Tee. Imme müsste auch gleich nach Hause kommen."

Wiebke ahnte, dass Imme seine Frau sein musste. Nachdem sie Einmalhandschuhe angelegt hatte, folgte sie ihrem Partner in die dunkle Diele der Einliegerwohnung. Jan Petersen hatte die Hände in den Parkataschen versenkt, während er sich umblickte.

Immer wenn Wiebke eine fremde Wohnung betrat, fühlte sie sich unbehaglich. Sie wusste, dass sie in die Privatsphäre eines anderen Menschen eindrang, und dieses Wissen ging stets mit einem mulmigen Gefühl einher. So auch diesmal.

Nur die Wahrscheinlichkeit, dass sich Sandra Mathis in der Gewalt eines Mörders befand, ließ diese Gedanken in den Hintergrund rücken.

Diesmal war das mulmige Gefühl, das sie jedes Mal beim Betreten einer fremden Wohnung beschlich, trotzdem stärker als gewohnt. Sosehr sie sich auch fragte, warum das so war, konnte sie sich die Frage nicht selbst beantworten.

Wiebke hielt die Luft an und schaute sich in der engen Diele um. Ihr Blick erfasste ein paar lehmverkrustete Turnschuhe, glänzende, schwarze Reitstiefel und ein neuwertiges E-Bike. Sie mussten sich nacheinander an dem großen Fahrrad vorbeischieben, das an der Wand lehnte. Der Lenker hatte bereits Spuren an der Tapete hinterlassen. Geradeaus führte eine enge und steile Holztreppe nach oben. Da weder links, noch rechts eine Tür abzweigte, nahmen Wiebke und Petersen die Stufen. Bei jedem Schritt knarrte das Holz unter dem ausgetretenen Filz.

„Na los", raunte Wiebke ihrem Partner zu, der stehen geblieben war, um auf sie zu warten. Jetzt setzte er sich in Bewegung.

„Frau Mathis?", rief Petersen. „Sind Sie zu Hause?" Er legte lauschend den Kopf schräg. Als er keine Antwort erhielt, schaute er sich mit fragender Miene zu Wiebke um, die ihm ein Zeichen gab, weiterzugehen.

„Polizei Husum", rief Wiebke jetzt. „Frau Mathis? Wir würden gern mit Ihnen reden." Erwartungsgemäß erhielten sie auch diesmal keine Antwort.

„Ihr Wagen steht vor der Tür, und sie ist nicht da?", fragte Wiebke.

Petersen zuckte die Schultern. „Hauptsache, wir finden sie jetzt nicht leblos in ihren vier Wänden."

Wiebke musste ihm recht geben. Am oberen Ende der Holztreppe gab es eine weitere Tür. Sie war nicht abgeschlossen. Petersen, der vorgegangen war, drückte die Klinke nieder und fand sich im nächsten Moment in einer Art Wohnküche wieder. Ein vorwurfsvolles Maunzen drang an ihre Ohren. „Katzen", rief Petersen über die Schulter. „Sie hat Katzen. Oh Shit … es sind viele Katzen."

Trotz der beklemmenden Situation musste Wiebke schmunzeln, denn sie wusste, dass Petersen keinen besonders guten Draht zu Stubentigern hatte. Sie zählte vier Tiere, die sie jetzt mit einem vorwurfsvollen Maunzen umgaben. Wahrscheinlich hatten sie seit Tagen nichts zu essen bekommen. Der Verdacht, dass Sandra Mathis wie vom Erdboden verschwunden war, erhärtete sich, als ein beißender Geruch von Urin und abgestandener Luft Wiebkes Atemwege lähmte.

Petersen legte eine Hand ans Holster und war bereit, die Dienstwaffe zu ziehen.

„Übertreibst du jetzt nicht etwas?" Wiebke deutete auf sein Holster.

„Es ist nicht wegen der Katzen", entschuldigte sich Petersen. „Aber ich bin gern auf alles vorbereitet."

„Na dann." Wiebke nickte. „Du sicherst, ich gehe vor."

„Einverstanden."

Wortlos schob sich Wiebke an ihm vorbei und sah sich um. Das eher einfache Mobiliar ließ nicht gerade auf großen Reichtum seiner Besitzerin schließen, war aber sauber und durchaus gepflegt.

In der Spüle befanden sich ein Teller, ein Messer und eine benutzte Tasse, ansonsten nichts, das unnütz auf der Arbeitsplatte herumstand. Offensichtlich war Sandra Mathis eine ordnungsliebende Person.

Rechts von der offenen Küche gelegen befand sich eine kleine Stube. Ein zerfetzter Katzenkratzbaum neben dem Fenster, eine zerschlissene L-förmige Ledercouch, davor ein niedriger Tisch, auf dem sich eine aufgeschlagene Fernsehzeitung befand. In der Glasschale Hustenbonbons. Ein Sideboard diente als Stellfläche für einen einfachen Flatscreen, darunter der Receiver eines Streamingdienstes. Die blinkenden Ziffern zeigten an, dass der Strom ausgefallen sein musste. Je tiefer sie in die Privatsphäre von Sandra Mathis eindrangen, umso eigenartiger fühlte sich Wiebke. Sie beschloss jedoch, nicht darüber zu reden. Petersen würde sie womöglich für verrückt halten, wenn sie sich ihm anvertraute. Doch ihr Partner schien nichts von Wiebkes Gedanken mitzubekommen. Er hatte andere Sorgen.

„Das stinkt bestialisch hier", kommentierte Petersen und hielt sich theatralisch die Nase zu. „Die Katzen scheißen in jede Ecke."

Wiebke rümpfte die Nase. Maunzend strichen die Tiere um ihre Beine. „Die Katzenklos müssen dringend gereinigt werden."

Petersen schaute sie ungläubig an. „Ich mach das bestimmt nicht."

Wiebke schüttelte den Kopf. „Das meine ich nicht." Sie deutete mit dem Kinn auf die leeren Näpfe in der Küche, dann auf die beiden Katzenklos in der Diele und der Stube. „Wer Katzen hat, muss sich täglich um sie kümmern."

Dem Eindruck der Wohnung nach zu urteilen, war Sandra Mathis keine Tierbesitzerin, die sich nicht um ihre Lieblinge kümmerte. Etwas passte hier nicht. Wiebke bezog Petersen in ihre Überlegungen ein.

„Also ist sie ungeplant und vielleicht sogar unfreiwillig abwesend?“ Seine braunen Augen wurden groß. „Entführt womöglich?“

„Es ist nicht auszuschließen, Jan.“ Wiebke ging in die Hocke, um eine getigerte, besonders zutrauliche Katze zu kraulen. Das Tier schnurrte zufrieden. „Die haben schon lange keine Zuwendung mehr bekommen.“

„Das riecht man.“ Petersen rümpfte die Nase. Er trat an die Spüle und nahm die Tasse in die Hand, um einen Blick hineinzuwerfen. „Der Kaffeesatz ist auch schon ausgetrocknet.“

„Also ist sie länger weg.“ Wiebke erhob sich und suchte das Bad. Der Raum war klein. Es gab eine Duschwanne hinter der Tür, ein kleines Waschbecken und eine Toilette unter dem Fenster. Wiebke klappte den Spiegelschrank über dem Waschbecken auf und warf einen Blick hinein. „Zwei Zahnputzbecher, zwei Zahnbürsten, ein Trockenrasierer und ein Herrendeo“, kommentierte sie. „Wissen wir, ob sie einen Freund hat?“

„Nee.“ Petersen trat hinter sie und schüttelte den Kopf. „Vielleicht hatte sie regelmäßigen Herrenbesuch, der auch mal über Nacht blieb.“

Wiebke fiel auf, dass ihr Partner von Sandra Mathis bereits in der Vergangenheit sprach, sagte aber nichts dazu.

„Sicher können uns die Vermieter dazu etwas erzählen.“ Wiebke beschloss, beide Zahnbürsten für eine DNA-Analyse mitzunehmen, und ließ beide in transparenten Plastikbeuteln, die sie immer mit sich führte, verschwinden. Sie klappte den Klodeckel hoch und warf einen Blick hinein. Das Wasser machte einen abgestandenen Eindruck, die dunkelblaue Spur eines chemischen Reinigungssteins am Beckenrand war angetrocknet. „Schon länger nicht benutzt“, stellte sie halblaut fest.

Als sie sich abwandte, war Petersen schon weitergegangen. Sie folgte ihm in das Schlafzimmer, das von einem überdimensionalen Bildnis des Leuchtturms von Westerheversand an der rechten Wand beherrscht wurde. Wiebke erinnerte sich daran, in einem Magazin gelesen zu haben, dass es sich dabei um den meistfotografierten Leuchtturm Deutschlands handelte, und tatsächlich war das rotweiß geringelte Bauwerk nicht nur das Wahrzeichen von Eiderstedt, sondern ein beliebtes Motiv für Maler und Fotografen. Das Bild war von einer überragenden Brillanz und wirkte auf eine rätselhafte Art plastisch, fand Wiebke, während sie fasziniert vor der großen Leinwand stand, die von einem weißen Schattenrahmen eingefasst war.

„Der war mal in einem Werbespot von Jever zu sehen“, bemerkte Petersen, der sie beobachtet hatte. Er lachte. „Diese Werbeheinis haben damals gedacht, es fällt niemandem auf, wenn sie unseren schleswig-holsteinischen Leuchtturm für eine niedersächsische Biermarke nutzen.“

„Was du alles weißt.“ Wiebke schüttelte den Kopf.

„Klugscheißerwissen, Mädchen.“

Wiebke ließ die helle Einrichtung im skandinavischen Stil auf sich wirken. Das Bett und der Kleiderschrank stammten offensichtlich aus dem Katalog eines schwedischen Möbelhauses, ebenso die langflorigen Läufer links und rechts vom Bett. Auch die beiden Nachtkonsolen passten zum Bett, ebenso die beiden Lampen darauf.

Wiebke betrat den Raum und zog mit den behandschuhten Fingern die Gardinen am Fenster auf, damit Tageslicht den Raum fluten konnte.

„Eigentlich scheint sie eine ordnungsliebende Person zu sein", fand Wiebke und trat an das Bett. „Seltsam, dass sie das Bett nicht macht, wenn sie das Haus verlässt."

Petersen trat neben sie und begutachtete die lieblos zur Seite geschlagene Bettdecke und das zerwühlte Kopfkissen, dessen äußerer Zipfel heraushing. „Vielleicht war sie eilig." Er zeigte zum Fenster. „Auch, weil die Gardinen zu waren."

Wiebke ging neben dem Nachtschrank in die Hocke und betrachtete das weiße Möbelstück, bevor sie zum Knauf der Schublade griff, um sie zu öffnen. Darin fand sie eine Packung Papiertaschentücher, ein Fläschchen Nasenspray, einen angefangenen Blister mit Kopfschmerztabletten und einen Dildo, der einem übergroßen Phallus nachempfunden war.

„Ist das der Herrenbesuch?", grinste Petersen.

„Der braucht aber keine Zahnbürste und kein Deo." Wiebke schob die Schublade zu und wandte sich zu ihrem Partner um.

„Jedenfalls ist sie kein Kind von Traurigkeit." Petersen, der bereits Anstalten machte, den Raum zu verlassen, ging zwischen Tür und Bett in die Hocke und bückte sich nach einem Gegenstand am Boden. „Guck mal."

Zunächst glaubte Wiebke an ein benutztes Papiertaschentuch, doch bei näherem Hinsehen erkannte sie ein weißes Stofftuch, dessen Ränder ausgefranst waren, als hätte man aus einem großen Stofftuch mehrere kleine gerissen. „Das wird Tadsen und sein Team interessieren."

„Meinst du, es ist ein weiteres Stück der Lappen, mit denen die Opfer bewusstlos gemacht worden sind?“ Wiebke betrachtete den Stofffetzen.

„Sieht danach aus“, fand Petersen. „Die Forensiker werden es herausfinden.“ Umständlich zog er mit der freien Hand einen Beutel hervor und bugsierte den Fetzen hinein. „Rätselraten für die KTU“, kommentierte er mit einem schiefen Grinsen.

Wiebke schwieg. Nachdenklich wanderte sie durch die kleine Wohnung. Da war ein eigenartiges Gefühl, dem sie sich nicht entziehen konnte. Irgendetwas stimmte in dieser Wohnung nicht, doch sie ahnte nicht, was das sein konnte. Aufmerksam sah sie sich in den Zimmern um, ohne die Lösung für ihr mulmiges Gefühl zu finden. Während sie sich an der Seite ihres Partners durch die Räume bewegte, fühlte sie sich beobachtet.

„Kommst du?“ Petersens Stimme riss sie aus den Überlegungen. Wiebke zuckte zusammen. Sie lächelte den Katzen zu, die sie ansahen, als sie Anstalten machte, die Wohnung zu verlassen. Am liebsten hätte sie die Tiere mitgenommen, doch das durfte sie nicht ohne einen triftigen Grund. Als sie sich zu ihrem Partner umwandte, grinste er schief. „Wir wissen also jetzt, dass der Vogel ausgeflogen ist, ohne sein Ziel und sein Motiv zu kennen.“

Wiebke nickte. „Und genau das bereitet mir Kopfzerbrechen, Jan.“

*

Das läuft nicht gut, hämmerten die vier Worte in Endlosschleife in seinem Schädel. *Das läuft nicht gut.* Außer sich vor Wut hockte er auf dem einfachen Bürostuhl und betrachtete das Treiben auf den Monitoren an der Wand. Er hibbelte mit dem rechten Fuß, bis er einen Krampf im Oberschenkel bekam. *Das läuft nicht gut.* Sie waren zu zweit, und er hatte keinen Zweifel, dass es sich bei den Eindringlingen um Bullen handelte. Sie sahen sich in Sandras Wohnung um, fast so, als würden sie etwas suchen. *Das läuft nicht gut.* Eine Frau und ein Mann durchsuchten die kleine Wohnung in Osterhever, sahen sich im Bad um, fanden die Utensilien und kümmerten sich um die blöden Katzen. Dann betraten sie ihr Schlafzimmer. Der Mann hielt seiner Kollegin einen Vortrag über den Leuchtturm Westerheversand, der an der rechten Wand des Raums hing. Sie standen nebeneinander vor dem Bild und betrachteten es lange.

Das läuft nicht gut.

Vor Aufregung begann er, auf den Nägeln zu knabbern. Dabei nahm er unterbewusst wahr, dass seine Finger eiskalt waren. Wie gebannt starrte er auf die Bildschirme und lauschte ihren Worten. Sie suchten Sandra, fragten sich, wo sie untergetaucht sein könnte und ob ihr Verschwinden möglicherweise nicht freiwilliger Natur war. Jetzt kicherte er überheblich.

Ich habe sie in Sicherheit gebracht.

Er legte lauschend den Kopf schräg. Im angrenzenden Zimmer herrschte Stille. Sie schien noch zu schlafen. Das war gut, denn gerade in diesem Moment musste er seine Ruhe haben, um das weitere Vorgehen zu überdenken.

Ihr blöden Bullenschweine habt keine Ahnung, wo Sandra steckt. Ihr werdet sie nicht bekommen, denn sie gehört mir. Bis jetzt war alles so einfach gewesen. Mit den Menschen, die er aus dem Weg geräumt hatte, fehlte den Bullen jede Spur zu ihm. Er hatte sämtliche Spuren, die zu ihm führten, hinter sich verwischt. Alles nur, um Sandra in Sicherheit zu bringen. Niemand würde sie ihm wegnehmen können, niemand würde ihr etwas eintrichtern können, das ihre Verbindung infrage stellte.

Er war ein Genie.

*

Krankenhaus Husum, 13.15 Uhr

Nachdenklich stand Frank Fischer am Fenster seines Büros in der Verwaltung des Krankenhauses und blickte hinab auf den Erichsenweg. Das Mittagessen, das er gerade in der Kantine eingenommen hatte, lag ihm schwer im Magen. Er hatte sich für Backfisch mit Kartoffeln und einer würzigen Dillsoße entschieden. Vielleicht hätte er besser einen Salatteller bestellt, dachte er jetzt reumütig, während er mit dem Gedanken spielte, eine Tablette gegen das dumpfe Völlegefühl zu nehmen.

Imke, seine Frau, rügte ihn schon seit Monaten, weil er ein paar Pfund zugelegt hatte. Doch das war nicht der Grund, weshalb sich der kaufmännische Direktor des

Krankenhauses sorgte. Es gab einen anderen Grund dafür, dass ihm das Essen schwer im Magen lag.

Der Mord an einer Angestellten des Krankenhauses hatte Fragen aufgeworfen. Natürlich war die Polizei längst hier gewesen, um die Kollegen über Jana Biel zu befragen. Doch mit dem Tod von Gyde Nissen, einer ehemaligen Ärztin am Theodor-Storm-Krankenhaus, rückte der Todesengelskandal von damals wieder ins Licht der Öffentlichkeit.

Die Nachricht in den Medien hatte alte Narben der Vergangenheit wieder aufgerissen und Erinnerungen in ihm wachgerufen, die er schon längst erfolgreich verdrängt hatte.

Der Skandal bekam frischen Wind, und die Pressegeier würden sich ihre Mäuler zerreißen wegen der Vorwürfe an Gyde Nissen, die niemals für das, was man ihr vorgeworfen hatte, strafrechtlich belangt worden war.

Und das war nicht der einzige Grund für seine Sorgen. Seitdem er von Gydes Tod erfahren hatte, tobte ein Sturm aus Erinnerungsfetzen in seinem Kopf. War er normalerweise ein strukturierter Mensch, so fiel ihm das rationelle Denken heute schwer. Die Nachricht vom Mord an der ehemaligen Ärztin seines Krankenhauses beherrschte seit den Morgenstunden sein Denken, sie blockierte seinen klaren Verstand und hatte ihn aus der Bahn geworfen. Nach außen hin ließ er sich nichts anmerken. Niemand musste wissen, wie es in ihm aussah. Der Blick aus dem Fenster des Verwaltungsgebäudes half ihm, seine Gedanken zu ordnen. Jetzt durfte um Himmels willen kein Fehler passieren.

Gerade fuhr ein Rettungswagen mit eingeschaltetem Blaulicht in Richtung Notaufnahme. „So geht es nicht weiter", murmelte der Kaufmännische Direktor mit in den Hosentaschen versenkten Händen. Im Spiegelbild der großen Scheibe betrachtete er seine beiden Besucher, die auf den mit Leder bezogenen Stühlen vor dem Schreibtisch Platz genommen hatten. „Wir müssen strategisch klug vorgehen, sonst leidet der Ruf unseres Hauses in der Öffentlichkeit." Der Mord an Gyde Nissen ging gerade viral. In den sozialen Netzwerken hatte es bereits unzählige Hasskommentare zum gewaltsamen Tod der Ärztin gegeben, die vor einigen Jahren als Todesengel von Husum traurige Berühmtheit erlangt hatte.

„Ich bin nicht bereit, einen erneuten Imageverlust hinzunehmen." Fischers Wangenknochen mahlten. Mit einem Ruck riss er sich vom Blick aus dem Fenster los und wandte sich zu seinen Besuchern um. Fischer legte die Arme auf die Lehne seines Bürostuhls und fixierte die beiden. „Erarbeiten Sie Maßnahmen, die Schlimmeres vermeiden."

Seine Besucher tauschten vielsagende Blicke. Rechts saß Dr. Karl Asmussen, Chefarzt der Kardiologie, der gelangweilt seine Fingernägel betrachtete. Neben ihm lümmelte Arne Fritz, ein blasser Knabe von Anfang dreißig, dessen Anzug eine Nummer zu groß war, im Stuhl herum. Fritz war als Leiter der Abteilung Unternehmenskommunikation für die Öffentlichkeitsarbeit des Krankenhauses zuständig. Seit Bekanntwerden des Mordes an Gyde Nissen stand sein Telefon nicht mehr still. Medienvertreter aus ganz Deutschland baten um Stellungnahmen und um Interviews. Dabei schien es sie nicht zu interessieren, dass die Ärztin seit dem Skandal vor einigen Jahren schon nicht mehr für das Krankenhaus gearbeitet hatte.

Mit Argwohn beobachtete er seit den Morgenstunden den Shitstorm in den sozialen Netzwerken. Die Hasskommentare unter der Meldung vom Mord an Gyde Nissen verhießen nichts Gutes, denn immer wieder tauchte der Name des Krankenhauses in den Kommentaren auf.

„Wir werden darauf verweisen, dass Frau Nissen seit Jahren nicht mehr für uns arbeitet“, schlug Arne Fritz vor und betrachtete seinen Vorgesetzten voller Ehrfurcht.

Fischer genügte das nicht. „Wir müssen mit Bedacht vorgehen“, sagte er. „Mit Jana Biel wurde eine ehemalige Mitarbeiterin von Frau Nissen ermordet; so wie es die Medien berichten, wurden beide Frauen auf die gleiche Weise getötet und an öffentlichen Plätzen drapiert. Für mich liegt es auf der Hand, dass sich jemand rächen will.“ Er wandte sich an den Chefarzt. „Finde heraus, wer damals noch mit Gyde zusammengearbeitet hat.“

Asmussen nickte. „Meinst du wirklich …“

„Ja, das meine ich“, bellte Fischer energischer, als er es hatte aussprechen wollen. „Wenn jemand unterwegs ist, um das damalige Team auszurotten, müssen unsere Mitarbeiter gewarnt sein.“

„Ist das nicht Sache der Polizei?“, wagte Arne Fritz einen Einspruch.

„Die Behörden tragen keine Verantwortung für unsere Leute – wir schon“, zischte Fischer. „Abgesehen davon, dass ich mir nicht ausmalen möchte, wenn noch jemand umgebracht wird, der damals auf der betreffenden Station Dienst hatte."

Asmussen zupfte sich einen Flusen vom strahlend weißen Arztkittel. „Es ist eine Frage der Zeit, bis die Behörden uns besuchen, um hier alles auf den Kopf zu stellen."

Frank Fischer errötete. „Sollen sie kommen", zischte er. „Ich habe nichts zu verbergen." Er band seinen Mitarbeitern nicht auf die Nase, dass er Angst hatte. Am liebsten hätte er den Vorhang des Vergessens über die alte Geschichte sinken lassen, doch dazu war es jetzt zu spät. Sie würden Gyde Nissens Leben durchleuchten. Und er musste fürchten, dass dabei Dinge ans Tageslicht kamen, die ihm nicht gefielen.

Ihm nicht und seiner Frau erst recht nicht.

Fischer wandte sich an den Pressereferenten. „Sie werden natürlich alle Maßnahmen mit mir abstimmen. Keine Meldung geht raus, ohne dass sie über meinen Schreibtisch gegangen ist."

Arne Fritz richtete sich im Stuhl auf und nickte dienstbeflissen. „Das ist doch selbstverständlich. Ich werde den Behörden signalisieren, dass wir die Arbeit der Polizei nach bestem Wissen und Gewissen unterstützen werden."

Elender Speichellecker, schoss es durch Fischers Kopf. Doch er hatte sich unter Kontrolle. So gelang es ihm sogar, sich ein zustimmendes Lächeln abzuringen.

Asmussen rieb sich die Nase und betrachtete den Krankenhausdirektor über den Rand seiner dünnen Brille. „Ich mache mir eher Sorgen um die Belegschaft, Frank."

Fischer musterte ihn. „Was, wenn dieser Irre erneut zuschlägt und jemanden tötet, der damals Dienst auf ihrer Station verrichtet hat? Oder der mit Gyde Nissen in engerem Kontakt stand, ihr möglicherweise geholfen hat, die Vorwürfe zurückzuweisen?" Der Arzt zeigte auf den Kaufmännischen Direktor des Theodor-Storm-Krankenhauses. „Dann stehst du auch auf seiner Liste, Frank."

Täuschte Fischer sich, oder ahnte der Mediziner etwas? Er spürte, wie ihm das Blut in den Kopf schoss. Es wäre fatal, wenn die Affäre, die er damals mit der attraktiven Ärztin gehabt hatte, ans Licht der Öffentlichkeit kam. Mit einem dumpfen Gefühl in der Magengegend erinnerte er sich an die Zeit, als er sich heimlich mit Gyde Nissen getroffen hatte. In irgendwelchen Hotels oder in seinem Ferienhaus in den Dünen von Hörnum auf Sylt.

Sie hatten Nächte voller Leidenschaft verbracht. Immer dann, wenn er sich offiziell auf Geschäftsreisen befand oder er Seminare besuchte. Das war jedenfalls das, was er Imke immer gesagt hatte. Ein Seitensprung wäre für sie ein sofortiger Scheidungsgrund gewesen. Und er kannte Imke gut genug, um zu wissen, dass ihre Trennung in einem schrecklichen Rosenkrieg enden würde.

Ein Seufzen entrang sich Fischers Lippen, als er an die Zeit mit Gyde zurückdachte. Sie war so anders gewesen als Imke. Gyde war leidenschaftlich, humorvoll und spontan. Im Bett ein unersättliches Luder, ganz anders als Imke, mit der er schon dreiundzwanzig Jahre verheiratet war. Im Bett lief schon lange nichts mehr, auch die Freizeit verbrachten sie meistens getrennt voneinander. Er erinnerte sich daran, dass er sich einmal bei ihr entschuldigt hatte, als sie nach einer Ewigkeit miteinander geschlafen hatten und sie plötzlich aufgestöhnt hatte. Prompt hatte er gedacht, ihr wehgetan zu haben. Der Sex mit Imke war schon seit Jahren nichts mehr als eine Pflichtübung, um sie nicht denken zu lassen, dass er sie betrog oder sie nicht mehr begehrte. Andersherum, so hatte er oft den Eindruck, war es ähnlich: Aufgrund ihrer mangelnden Libido schien sie nur mit ihm zu schlafen, um ihn bei Laune zu halten. Ohne Sex war er unausstehlich. Das wusste er, und er hasste es, unausgeglichen durch den Tag zu gehen.

In seinem zweiten Leben als Liebhaber von Gyde Nissen hingegen war er immer voll auf seine Kosten gekommen. Es hatte kaum Tabus zwischen ihnen gegeben, sie hatten es in den gemeinsamen Nächten getrieben, bis sie völlig ausgelaugt und erschöpft, aber glücklich nebeneinander eingeschlafen waren.

Frank Fischer hatte das Gefühl, ein begehrenswerter Mann und ein feuriger Liebhaber zu sein, gutgetan. Es hatte sein Ego wieder aufpoliert, von einer Frau begehrt zu werden. Eine Frau, die ihm nicht nur im Bett jeden Wunsch erfüllt hatte.

Doch irgendwann hatte bei Fischer die Vernunft gesiegt. Er hatte schweren Herzens die Affäre mit Gyde beendet, um seine Ehe zu retten, bevor es zu spät war und durch einen dummen Zufall doch alles ans Tageslicht kam. Imke wusste bis heute nichts davon, und das war gut so, denn Fremdgehen war nach wie vor ein indiskutabler Trennungsgrund für sie. Jetzt musste Fischer sich eingestehen, dass er in einsamen Nächten immer wieder an Gyde gedacht hatte. Sie fehlte ihm, denn im Ehebett herrschte immer noch Flaute. Imke reagierte cholerisch, wenn er sie auf den Verlust ihrer Libido ansprach. Sie schrie herum und schob ihm die Schuld in die Schuhe. Mal lag es daran, dass er getrunken hatte und mit einer Fahne zu ihr ins Bett kroch, mal stritten sie wegen Belanglosigkeiten, was bei ihm den Eindruck machte, dass sie alles inszenierte, nur um keinen Sex mit ihm haben zu müssen. An guten Tagen gab sie ihm recht und schob das mangelnde Verlangen auf die Veränderungen im Hormonhaushalt einer Frau in den Wechseljahren.

Dass die Wechseljahre die Lust gegen null abschwächen ließen, war für Fischer neu, doch er hatte es längst aufgegeben, mit Imke zu streiten, weil sie nicht mit ihm schlief. Es gab andere Wege, seine Lust auszuleben.

Jetzt rückten die Erinnerungen an die leidenschaftlichen Nächte mit Gyde wieder in sein Bewusstsein. Er spürte, was er schmerzlich vermisste. Mit dem sinnlosen Mord an Gyde Nissen war eine Tür für ihn zugeschlagen. Für immer und unwiderrufbar. Frank Fischer fühlte sich elend, doch das durfte er sich nicht anmerken lassen.

Die Affäre durfte jetzt nicht auffliegen, nicht nach dieser langen Zeit. Um keinen Preis der Welt.

*

Osterhever, 13.35 Uhr

„Fahndung?“ Petersen betrachtete Wiebke mit einem prüfenden Blick, als sie nach der abgeschlossenen Wohnungsbegehung von Sandra Mathis wieder auf dem Hof standen. Die Sonne hatte sich den Weg durch die dichten Wolken gebahnt, die seit Stunden über Eiderstedt hingen. Es war ein kaltes Sonnenlicht, das einen langen und harten Winter ankündigte.

Wiebke fröstelte und stopfte die Hände in ihre Jackentaschen. „Wir haben sie nicht angetroffen", räumte sie ein, „damit hat sie nach erstem Anschein ihren gewohnten Lebenskreis verlassen, sie wurde aber bisher weder von Bekannten noch von Angehörigen als vermisst gemeldet", gab sie zu bedenken. „Andererseits können wir nicht ausschließen, dass sie sich in Gefahr befindet."

„Kenne ich noch aus dem Lehrbuch der Polizeischule in Eutin, auch wenn es gefühlte hundert Jahre her ist", nickte Petersen. „Wir können davon ausgehen, dass sie zum Opfer einer Straftat wurde oder wird."

„Das meine ich." Wiebke hasste diesen Gewissenskonflikt. Es stand ihr nicht frei, jemanden zur Fahndung auszuschreiben, der unter Umständen freiwillig verschwunden war, vielleicht sogar, um sich in Sicherheit zu bringen. Viele Leute mieden dann den Weg zur Polizei, aus welchen Gründen auch immer. Andererseits war im Fall von Sandra Mathis nicht auszuschließen, dass sie ebenfalls auf der Liste des Killers stand und sie sich deshalb in großer Gefahr befand. „Lass uns mal hören, was ihre Vermieter uns über sie erzählen."

„Ich freu mich auf den Schnack mit Bauer Hinrichsen." Petersen stapfte im Slalom los und wich dabei den Pfützen auf dem Hof aus. Dabei bot sein Anblick eine gewisse Komik, der Wiebke sich trotz der Situation nicht entziehen konnte. Schmunzelnd folgte sie ihm und war froh, dass sie feste Schuhe angezogen hatte. So ersparte sie sich im Falle eines Fehltrittes nasse Füße und eine Erkältung. Wiebke zog die Wohnungstür von Sandra Mathis ins Schloss.

„Kommen Sie, ich habe uns einen Tee aufgesetzt!" Die freundlich klingende Stimme einer Frau von Ende fünfzig riss Wiebke aus den Beobachtungen. Als sie sich zum Haus umwandte, bemerkte sie, dass die Tür des Hauptgebäudes offen stand. Die Frau winkte sie mit einem mütterlichen Lächeln zu sich. Sie war untersetzt, die Wangen in ihrem runden Gesicht glühten rot vor Aufregung. Ihre strohblonden Haare fielen im Pagenschnitt locker auf ihre Schultern. Sie trug eine dunkelblaue Jeans und einen weiten, hellblauen Strickpulli, der hervorragend mit ihrer Augenfarbe korrespondierte.

Petersen warf Wiebke einen fragenden Blick zu. Sie zuckte mit den Schultern und begab sich zum Haupteingang des Bauernhauses.

„Moin", sagte sie und stellte sich vor. Ihrem bereits gezückten Dienstausweis schenkte die rundliche Frau keinerlei Beachtung.

„Brauch ich nicht", lachte sie. „Ich bin die Imme. Ole hat erzählt, dass ihr wegen Sandra hier seid?" Imme Hinrichsen bat Petersen und Wiebke ins Haus.

„Das stimmt", sagte Wiebke, während sie den Reißverschluss ihrer Jacke öffnete, denn im Haus herrschte eine angenehme Temperatur, die vom Kamin in der großen Stube stammte, in dem ein munteres Feuer prasselte. „Ole kommt auch gleich." Imme Hinrichsen bat die Gäste, am Esszimmertisch Platz zu nehmen. Hier standen bereits ein

Teegedeck und Tassen bereit. Ohne zu fragen, schenkte die Hausherrin ihren Besuchern den fruchtig duftenden Tee ein. „Sanddorn", kommentierte sie, nachdem Wiebke und Petersen sich gesetzt hatten, und schob ihnen ein Schälchen Kandis zu.

Wiebke sah sich in der Stube um. Imme und Ole Hinrichsen bewiesen bei der Einrichtung ihrer großen Wohnung im Erdgeschoss des ehemaligen Haubargs einen guten Geschmack. Das Mobiliar wirkte wertig, die Räume, durch die Imme Hinrichsen die Polizisten geführt hatte, waren hell und gemütlich eingerichtet.

„Seit wann vermisst ihr Sandra?", begann Petersen das Gespräch, als sie sekundenlang dem monotonen Ticken einer großen Wanduhr gelauscht hatten.

„Wenn ich das man wüsste." Imme Hinrichsen verdrehte die Augen. „Da blickt ja kein Mensch durch – mal ist sie tagelang hier, dann ist sie Tag und Nacht weg, weil sie so bescheuerte Dienste im Krankenhaus hat."

„Aber ihr Wagen steht draußen", bemerkte Wiebke und deutete zum Fenster, das zum Hof lag.

„Eben." Imme Hinrichsen nahm einen Schluck von ihrem Tee, fuhr sich mit der Zunge über die Lippen und dachte nach. „Das geht nun schon seit zwei, vielleicht sogar drei Tagen so – würd ich mal schätzen. So genau achte ich da auch nicht drauf. Zuletzt gesehen hab ich sie am Mittwoch."

Heute ist Freitag, dachte Wiebke und sah das Wochenende in weite Ferne rücken. Solange der Serienmörder nicht festgenommen war, würde sie nicht zur Ruhe kommen. Sie griff zur Tasse und nippte von ihrem Tee.

„Meint ihr, dass ihr Verschwinden etwas mit Janas Tod zu tun hat?“ Imme Hinrichsen betrachtete ihre Besucher mit großen Augen.

„Sie kannten Jana Biel?“, fragte Petersen.

„Klar doch.“ Die Frau nickte aufgeregt. „Die Mädchen waren ja beste Freundinnen.“ Sie senkte kopfschüttelnd den Blick. „Unfassbar, wozu Menschen in der Lage sind. Dabei war die Jana so ein liebes Mädchen. Immer da, immer freundlich und immer hilfsbereit.“

Wiebke hatte nicht vor, darauf einzugehen. „Ist Ihnen in den letzten Tagen irgendetwas Besonderes aufgefallen? Waren Fremde hier auf dem Hof, hat Sandra irgendwelche eigenartigen Bemerkungen gemacht?“

Imme Hinrichsen dachte kurz nach. „Nee“, sagte sie schließlich. „Eigentlich war alles wie immer.“ Dann hieb sie mit der flachen Hand so plötzlich auf den Holztisch, dass Wiebke und Petersen erschrocken auffuhren. Petersen hatte bereits eine Hand am Holster, um die Dienstwaffe zu zücken. Auch das Geschirr auf dem Tisch vollführte einen klimpernden Hüpfer. Wie durch ein Wunder wurde kein Tee verschüttet.

„Ich hab's“, sagte Imme Hinrichsen aufgeregt. „Da war was Komisches, ist aber schon letzte Woche passiert.“

Wiebke überlegte kurz. *Also vor dem Mord an Jana Biel,* kombinierte sie und stellte sich die Frage, ob Sandra Mathis tatsächlich mit dem Vorfall in Verbindung stand.

„Wir sind ganz Ohr“, sagte Petersen gespannt.

„Als die Sandra nach Hause kam, steckte ihr Notfallschlüssel unten im Schloss.“

Wiebke warf Petersen einen Blick zu und zückte Stift und Notizblock. „Notfallschlüssel?", wiederholte sie, um das Gespräch nicht einschlafen zu lassen.

„Ja, Sandra hat einen Schlüssel im Schuppen versteckt, im Balkenwerk, da, wo ihn niemand finden kann – eigentlich."

„Aber?" Petersen hob fragend eine Augenbraue.

„Als sie von der Spätschicht kam, steckte dieser Schlüssel wohl im Schloss. Zuerst dachte sie, dass wir möglicherweise in der Wohnung gewesen waren. Das machen wir manchmal, wenn tagsüber ein Handwerker rein muss."

„Wer weiß von dem Versteck?" Wiebke runzelte die Stirn.

Imme Hinrichsen musste nicht lange überlegen, bevor sie antwortete. „Finn, unser Dachdecker – er repariert gerade die undichte Regenrinne, und wir natürlich", schob sie dann schnell nach.

„Wann war dieser Finn zuletzt hier?", fragte Wiebke.

„Schon ein paar Tage her." Imme Hinrichsen überlegte kurz. „Es muss Ende letzter Woche gewesen sein. Aber er darf auch rein, ohne sich bei uns anzumelden. Wir kennen seine Eltern seit Jahren, und wir vertrauen ihm."

„Wer ist dieser Finn?" Petersen faltete die Hände auf dem Tisch.

„Finn Larsen, selbstständiger Dachdecker aus Garding", erklärte die Hausherrin. Sie brach ab und blickte auf, als die Haustür geöffnet wurde. Kurze Zeit später stand ihr Mann im Raum. Er nickte in die Runde und setzte sich zu seiner Frau.

„Finn ist in Ordnung", sagte er und bewies, dass er die letzten Worte von der Haustür aus mitgehört hatte. Er schenkte sich einen Tee ein und trank einen Schluck von dem heißen Gebräu. „Ich kenn ihn, seitdem er ein Baby war, mit seinem Vater verbindet mich eine lange Freundschaft, deshalb erledigt Lars, der den Betrieb von ihm übernommen hat, sämtliche Arbeiten an unserem Haus." Ole Hinrichsen lächelte versonnen.

„Aber er hat schon ein Auge auf die Sandra geworfen", warf seine Frau ein.

„Mag sein." Ole Hinrichsen zuckte mit den Schultern. Dann warf er seiner Frau einen düsteren Blick zu. „Was willst du damit sagen, willst du ihm unterstellen, dass er bei Sandra rein ist, um …"

„Ich weiß es nicht." Imme Hinrichsens Stimme klang kleinlaut, sie wich den Blicken ihres Mannes aus und nestelte an der Tischdecke herum.

„Der Junge ist in Ordnung", brummte Ole Hinrichsen und schüttelte den Kopf. „So was macht der nicht."

„Sicher haben Sie Kontaktdaten von Finn Larsen für uns?" Wiebke betrachtete den Hausbesitzer und fragte sich, warum er für den Handwerker so in die Bresche sprang.

„Klar." Hinrichsen erhob sich schwerfällig, verließ den Raum und kehrte kurz darauf mit einer Visitenkarte zurück an den Tisch. In seinen großen Händen wirkte das Kärtchen verschwindend klein. „Hier."

Wiebke bedankte sich und zog das Smartphone heraus. „Ich darf doch?", fragte sie, während sie die Kamerafunktion aufrief.

„Klar", wiederholte Ole Hinrichsen und legte das Kärtchen so vor Wiebke auf den Tisch, dass sie es abfotografieren konnte. Erst danach setzte er sich wieder zu seiner Frau.

„Wissen Sie etwas über ihre Familie?“ Wiebke ließ das Mobiltelefon auf dem Tisch liegen und betrachtete die Hinrichsens.

„Nee“, murmelte Imme Hinrichsen und schüttelte den Kopf. „Soweit ich weiß, gibt es keine Geschwister, die Eltern sind getrennt, seitdem sie ein kleines Mädchen war. Aber wo die wohnen …?“

„Keine Ahnung“, brummte Ole Hinrichsen und trank von seinem Tee. Er hielt die Tasse in beiden Händen, um sich die Finger zu wärmen. „Aber wir könnten Sandra ja anrufen.“

„Immer zu.“ Petersen war einverstanden.

Hinrichsen kramte umständlich sein Handy hervor, ein uraltes Gerät mit Tasten. Er kniff die Augen zusammen, während er sich durch die Telefonbucheinträge wählte. „Hier“, sagte er schließlich und drückte die grüne Taste mit dem Hörersymbol. Offensichtlich war er schwerhörig, denn das Freizeichen dröhnte bis an Wiebkes Ohren. Doch bereits nach dem ersten Signal sprang die Mailbox an. Sie hörten die Stimme von Sandra Mathis, die ihre Anrufer bat, nach dem Ton eine Nachricht zu hinterlassen.

„Nichts.“ Ole Hinrichsen nahm das in seinen großen Händen winzig scheinende Handy vom Ohr und drückte den roten Knopf. „Mailbox“, fügte er überflüssigerweise hinzu. „Und nu?“

„Wir könnten ihr Handy orten lassen“, schlug Wiebke vor.

„Dürfen Sie das denn so einfach?“ Imme Hinrichsen rang mit den Händen und wirkte verunsichert.

„Keine Sorge“, lächelte Wiebke, „wenn Gefahr für Leib und Leben besteht, ist das eine Möglichkeit, die aber nur durch einen richterlichen Beschluss oder die Anweisung des Staatsanwalts infrage kommt.“

„Verlieren Sie keine Zeit“, nickte Ole Hinrichsen, während er seiner Frau einen schnellen Blick zuwarf. „Ist ein blödes Gefühl, aber ich hab Angst, dass ihr was passiert ist.“

„Na dann.“ Seine Frau schien keine Bedenken mehr zu haben. Wiebke beschloss, Thies nach dem Gespräch anzurufen und ihn um die Genehmigung für die Telefonortung zu bitten. Sie bat das Ehepaar, sich in der Zwischenzeit der Katzen von Sandra Mathis anzunehmen.

„Und was ist mit Silbermond?“, fragte Imme Hinrichsen.

„Mit wem?“ Petersen wusste nicht, wovon die Frau sprach.

„Silbermond ist Sandras Friesenhengst. Er steht bei uns in der Box.“

„Wenn es möglich ist, wäre ich Ihnen dankbar, dass Sie sich um das Tier kümmern.“ Wiebke nickte zustimmend und gab ihrem Partner ein Zeichen. Sie tranken den Tee aus, bedankten sich und erhoben sich.

„Warten Sie mal“, rief Ole ihnen nach, der in der Stube sitzen geblieben war. Eilig folgte er Wiebke und Petersen, die im Flur stehen geblieben waren.

„Sandra hatte bis vor Kurzem einen Freund.“

Wiebke warf Petersen einen Blick zu, dann widmete sie Hinrichsen wieder ihre Aufmerksamkeit. „Peter Harms?“

„Nee. Der war nicht oft hier. Aber von ihrem Ex-Freund bekam sie regelmäßig Besuch. Von ihm hat sie auch das E-Bike geschenkt bekommen, das sie sich selber niemals hätte leisten können."

„Sicher haben Sie einen Namen für uns."

„Malte hieß der Kerl." Ole Hinrichsen drängte sich an seiner Frau vorbei. „Malte Horn."

„Der Name kommt mir bekannt vor." Petersen kratzte sich am Hinterkopf.

„Kann sein, wenn Sie Vieh haben."

„Wie bitte?" Petersen legte den Kopf schräg. Wiebke sah ihm amüsiert an, dass er sich offenbar verschaukelt fühlte.

„Sind Sie Tierbesitzer?", half Imme Hinrichsen ihrem Mann.

„Bloß nicht", wehrte Petersen ab. „Mir kommt kein Viehzeug ins Haus."

„Warum fragen Sie?" Wiebke hatte keine Lust auf ein Ratespiel.

Ole Hinrichsen machte eine wichtige Miene und flüsterte: „Malte Horn ist Tierarzt in Winnert."

Kapitel 19

Als sie erwachte, spürte sie jeden einzelnen Knochen. Sandra war sicher, dass er wiederkommen würde. Als sie versuchte, die Haltung zu ändern, rasselten die Ketten hinter ihr. Ihre Kehle fühlte sich an wie ausgedorrt. Sie musste eingeschlafen sein. Jetzt hatte sie jedes Zeitgefühl verloren und keine Vorstellung, wie lange er schon fort war. Wo war er hin, und was hatte er zu erledigen? Warum hatte er sie alleine zurückgelassen an diesem unheimlichen Ort?

Er hatte sie gedemütigt und erniedrigt, er hatte sich an ihr vergangen und ihr so seine Macht demonstriert. Sie fühlte sich schmutzig und winzig klein. Der seelische Schmerz überwog vor den körperlichen Schmerzen, die er ihr zugefügt hatte.

„Wo bist du?", wollte sie in das Halbdunkel rufen, doch außer einem krächzenden Geräusch kam nichts über ihre trockenen Lippen. Sie verspürte ein menschliches Bedürfnis, doch er war nicht da, um sie loszubinden und zur Toilette gehen zu lassen.

Nicht jetzt, hämmerte es in ihrem Schädel. Sie zerrte vergeblich an den eisernen Schlaufen, die sich um ihre Handgelenke spannten, und spürte den Schmerz an den blutenden Wunden. Einem inneren Impuls folgend, sammelte sie alle Kräfte und rief um Hilfe. Hohl klang ihre Stimme von den kahlen Wänden ihres Gefängnisses wider. Im selben Moment wusste sie, dass sie sich hier die Kehle aus dem Kopf schreien konnte, ohne gehört zu werden. Er war Perfektionist, er hatte sicher alles gut vorbereitet und dafür Sorge getragen, dass sie weder gesehen noch gehört werden konnte. Nein, er würde ganz sicher nicht auffliegen. Gut für ihn, schlecht für sie.

Sandra schmeckte den salzigen Geschmack ihrer Tränen. Als sie erneut an den Fesseln zerrte, verrenkte sie sich die Schultern. Die Arme hatte er ihr mit den Ketten hoch über dem Kopf fixiert, sodass sie an der Decke hing wie an einem Galgen. Immerhin hatte er ihr die blaue Bierkiste unter den nackten Füßen gelassen. Sie wagte nicht, sich auszumalen, was geschah, wenn er die Kiste wegtrat. Vielleicht, so dachte sie, wäre das ein angenehmer, weil schneller Tod. Sie hatte keine Kraft mehr, um noch länger zu leiden. Der Gedanke, ihm ausgeliefert zu sein, trieb sie in den Wahnsinn. Doch es gab keine Chance, ihm zu entkommen. Ein zermürbender Gedanke, dem sie sich jetzt stellen musste. Und es verging nur ein kleiner Moment, bis sie seine Rückkehr herbeisehnte.

*

Osterhever, 13.55 Uhr

„Wie machen wir weiter?“ Petersen schaute Wiebke ratlos an. Nachdem sie sich von den Hinrichsens verabschiedet hatten, überquerten sie den Hof. Wind war aufgekommen über Eiderstedt. Die Wolkendecke war dicht und grau, sicherlich würde es gleich Regen geben. Wiebke fröstelte.

Petersen wartete noch auf eine Antwort. „Erst zu Malte Horn, oder knöpfen wir uns zuerst diesen Finn Larsen vor?“

Wiebke musste nicht lange überlegen. „Garding liegt nur einen Steinwurf entfernt“, sagte sie. „Also erst zu Larsen. Nach Winnert fahre ich heute Nachmittag.“

„Klingt nach einem Plan.“ Petersen grinste zufrieden und drückte den Knopf der Zentralverriegelung. Sie stiegen in den Dienstwagen ein. Wiebke, die auf dem Beifahrersitz saß, jagte den Namen des Dachdeckers durch eine Suchmaschine. „Nur gute Bewertungen“, murmelte sie, während Petersen den Focus im Schritttempo über die schmale Zufahrt zur Straße nach Westerhever rumpeln ließ.

„Das muss nichts zu heißen haben“, knurrte er, ohne den Blick von der Fahrbahn zu nehmen. „Womöglich ist er ein brillanter Handwerker – nur eben einer mit Leichen im Keller.“

Wiebke, die nicht auf das Wortspiel ihres Partners einging, zuckte mit den Schultern. „Wir werden es herausfinden.“

Sie hatte die Nummer von Thies Bendix gewählt, der sich schon nach dem zweiten Freizeichen meldete. „Wiebke“, sagte er, „was gibt’s?“

„Ich brauche eine Telefonortung.“ Sie nannte ihm die Rufnummer von Sandra Mathis und schilderte dem Staatsanwalt mit wenigen Sätzen, worum es ging.

Er hatte keine Einwände gegen ihren Wunsch. „Ich veranlasse das sofort. Gerade stehe ich vor der Rechtsmedizin und werde Dr. Mabuse einen Besuch abstatten. Hoffentlich weiß ich danach mehr."

*

Husum, Theodor-Strom-Krankenhaus, 14.00 Uhr

Nachdenklich saß Frank Fischer in seinem ledernen Bürostuhl. Er hatte die Füße auf den Schreibtisch gelegt und dachte nach. Sehnsuchtsvoll dachte er an Gyde, sie fehlte ihm jetzt, wo er um ihren Tod wusste, mehr als in den letzten Wochen und Monaten nach der Trennung. Dass der Skandal um den Todesengel von Husum jetzt wieder in der Presse und den sozialen Netzwerken breitgetreten wurde, belastete ihn mehr, als er sich anfangs eingestehen wollte. Wer steckte hinter diesem feigen Mord? So wie man munkelte, war es derselbe Mörder wie bei Jana Biel, dieser Pflegerin, die auf der gleichen Station ihren Dienst verrichtet hatte. Das ließ den Verdacht aufkommen, dass es jemand auf das Team von damals abgesehen hatte. Ein Racheakt lange nach der Freisprechung des Todesengels. Fischer wusste bis zum heutigen Tage nicht, ob Gyde für die rätselhafte Todesreihe auf der Kardiologie verantwortlich war oder nicht. Sie hatte auch in intimen Momenten alle Schuld von sich gewiesen und ihm beteuert, nicht hinter den Todesfällen zu stecken, geschweige denn nachgeholfen zu haben. Fischer zog in Erwägung, ein Gespräch mit der Polizei zu führen, um die Beamten an seinen Überlegungen teilhaben zu lassen. Wenn sein Verdacht sich bewahrheitete, dann waren noch weitere Mitarbeiter in Gefahr.

Erschrocken nahm er die Füße vom Tisch, als es an der Bürotür klopfte. Christa Jochen, seine Assistentin, steckte nach einem entnervten *Herein* den Kopf in die Tür.

„Besuch von der Polizei", sagte sie.

„Soll reinkommen." Fischer räusperte sich und rückte hastig seine Krawatte zurecht. Er beugte sich vor und tat, als wäre er gerade am Computer beschäftigt.

Sie kamen zu zweit. Beide waren in seinem Alter, beide trugen modische Maßanzüge und wirkten wie zwei FBI-Ermittler, wie er sie oft im Fernsehen sah. Einer stellte sich ihm als Kai Christensen, Erster Kriminalhauptkommissar der Kripo Husum vor, sein Begleiter als Hauke Jensen, Kriminaloberrat bei der Flensburger Mordkommission.

„Nehmen Sie doch Platz", sagte Frank Fischer mit einem freundlichen Lächeln. Schnell erhob er sich, schloss die beiden Knöpfe seines Sakkos und deutete auf die Besucherstühle vor seinem Schreibtisch. Die Männer nahmen das Angebot dankend an.

„Was kann ich für Sie tun?" Fischer zeigte seine strahlend weißen Zähne.

„Sicher haben Sie Ihre Mitarbeiter bereits darüber informiert, dass Gyde Nissen Opfer eines Mordanschlages wurde", eröffnete Kai Christensen das Gespräch.

„Die Spatzen pfeifen es von den Dächern." Fischer nickte. „Und die Medien tun ihr Übriges, den alten Skandal wieder aufzuwärmen. Von den sozialen Netzwerken ganz zu schweigen." Er schüttelte den Kopf und fragte sich, was die Polizisten von ihm wollten. Hatten sie von seiner Affäre mit Gyde Wind bekommen?

„Jana Biel war ebenfalls Angestellte in Ihrem Krankenhaus", stellte Hauke Jensen fest.

„Das ist korrekt."

„Inzwischen ermitteln wir in einem dritten Tötungsdelikt", bemerkte Christensen. „Jetzt sind schon drei Tote zu beklagen. Drei Menschen, die jahrelang im Theodor-Storm-Krankenhaus ihren Dienst verrichtet haben. Alle in der Kardiologie."

Frank Fischer spürte, wie ihm das Blut in den Kopf schoss. „Und?", fragte er und versuchte vergeblich, unbeteiligt zu wirken.

„Sagt Ihnen der Name Peter Harms etwas?" Christensen beugte sich vor und schien auf jede Regung in Fischers Gesicht zu achten.

„Nicht, dass ich wüsste." Fischer schüttelte den Kopf. „Hier sind fast tausend Mitarbeiter tätig, da kann ich nicht jede Putzfrau und jeden Pfleger beim Namen nennen." Er gab sich bewusst arrogant und versuchte so, einen unsichtbaren Schutzwall um seine Person zu errichten.

„Herr Harms war tatsächlich Krankenpfleger", nickte Hauke Jensen. „Er verrichtete seinen Dienst in der Kardiologie, Herr Fischer."

Jetzt bröckelte der eben errichtete Schutzwall wieder. Fischer wurde bleich und schüttelte den Kopf. „Das ist unglaublich", flüsterte er, während er seine Besucher fassungslos betrachtete. „Müssen wir uns Sorgen um die anderen Mitarbeiter der Station machen?"

Jensen und Christensen tauschten einen Blick miteinander. „Wenn wir das wüssten, dann wären wir einen entscheidenden Schritt weiter."

Natürlich war Fischer der Name des neuesten Opfers ein Begriff. Er erinnerte sich allzu gut daran, wie Gyde sich immer bei ihm beschwert hatte. Peter Harms sei ein unverbesserlicher Schwerenöter, der ihr immer wieder fragwürdige Avancen gemacht habe. Regelrecht angebaggert habe er sie. Fischer erinnerte sich allzu gut daran, dass er sich geschworen hatte, Harms zwangsweise zu versetzen, wenn er sich sein machohaftes Gehabe bei seiner Vorgesetzten nicht verkniff. Doch Gyde hatte darauf bestanden, das zu unterlassen. Sie sei Ärztin, und Peter Harms gehörte zu ihrem Team. Sie werde das auf dem kleinen Dienstweg und diskret regeln, hatte sie versprochen. Ihrer Ansicht nach wäre es fatal gewesen, wenn er die Dinge aus der Chefetage in ihrem Interesse geregelt hätte. Zum einen hatte sie Angst, ihre sprichwörtliche Autorität zu verlieren, zum anderen wollte sie möglichst keine Verbindung zwischen ihr und Fischer ans Tageslicht durchsickern lassen. Das Krankenhauspersonal lästerte sicher schnell, und um keinen Preis der Welt sollte der Verdacht aufkommen, dass er und Gyde eine Affäre hatten. So hatte er ihrem Wunsch entsprochen. Ob Peter Harms damit aufgehört hatte, sie zu belästigen, war ihm nicht bekannt. Doch jetzt schien sich der Teufelskreis zu schließen.

*

Sankt Peter-Ording, Maleens Knoll, 14.05 Uhr

Einen Moment lang stand er einfach da und genoss die schier unendliche Weite der Küste. Die Aussichtsplattform befand sich inmitten der seichten Dünenlandschaft und mündete in ein kleines Kiefernwäldchen, bevor das saftige Grün den Blick auf den breiten Strand und das weite Meer im Hintergrund freigab. Hohe Wellen trieben weiße Gischt vor sich her. In der Ferne schälten sich die Pfahlbauten aus dem herbstlichen Dunst über dem Strand. Wie ein gestreckter Lindwurm stieß die hölzerne Seebrücke bis an das Meer. Einen guten Kilometer weit führte die Konstruktion über das Watt und lockte in der Saison ganze Scharen von bunt gekleideten Touristen hinaus zum Meer. Doch jetzt herrschte auf der Seebrücke kaum Betrieb.

Er atmete tief durch und genoss das Toben der wilden See. Der Wind pfiff ihm ins Gesicht und verfing sich in den Balken der Holzkonstruktion, wo er ein schauerliches Heulen verursachte.

Fast fühlte er sich frei und unbeschwert, wäre da nicht sein Auftrag. Im aufkommenden Wind knarrte das Balkenwerk des hölzernen Aussichtsturms, den die Touristen und Einheimischen nur als Maleens Knoll kannten. Unter seinen Füßen glaubte er, das Schwanken der oberen Aussichtsplattform zu spüren.

Nur wenige Menschen kannten die Geschichte, die sich um diesen sagenumwobenen Ort rankte. Einst, so erzählte man sich, sollte Maleen, ein junges Mädchen aus Sankt Peter, an jedem Abend die höchste Düne bei Wind und Wetter erklommen haben, um hier ein Licht für ihren Liebsten, einen verwegenen Seefahrer, aufzustellen. Dabei hatte sie immer ein Spinnrad, um sich die Zeit zu vertreiben, bis ihr Verlobter heimkehrte. Vor der Abreise ihres Geliebten hatte sie ihm versprochen, an diesem Ort auf ihn zu warten. Geduldig hatte sie gehofft, dass ihm das Licht heimleuchten möge. Eines Tages hatten Dorfbewohner Maleen vor ihrem Spinnrad gefunden, da sie nach einer weiteren Nacht voller Sehnsucht in den Dünen nicht heimgekehrt war. Sie war tot, gestorben an einem gebrochenen Herzen, weil sie vergeblich auf die Ankunft ihres Liebsten gehofft hatte.

Wenige Wochen, nachdem man Maleen gefunden hatte, war ein toter Seefahrer an den Strand gespült worden. Weder von einem Schiff noch von der Besatzung war etwas zu sehen. Nur an seinem Ring war zu erkennen, dass es sich bei dem verwegen aussehenden Mann offenbar um Maleens Verlobten handeln musste: Er trug den gleichen Ring am Finger wie die junge Frau, die kurz vorher unter rätselhaften Umständen ums Leben gekommen war.

Eine wahrhaft tragische Geschichte war das. Über den Tod hinaus vereint war das junge Paar gewesen. Dieser Gedanke gefiel ihm. Diesen Ort hatte er bewusst für sie ausgesucht.

Über den Tod hinaus vereint.

Das würde ihre Botschaft sein, wenn man sie hier fand. Er sah sich um und genoss die Einsamkeit des sagenumwobenen Ortes. Irgendwann hatte man hier den hölzernen Aussichtsturm mit den zwei Plattformen gebaut, der in den Sommermonaten zu einer Touristenattraktion geworden war. Um diese Jahreszeit herrschte hier kaum Betrieb. Nur die wenigsten Urlauber machten sich auf den Weg durch die Dünen, um den Ausblick auf die wilde Nordsee zu genießen. Ihm kam das sehr gelegen. Der mystische Ort war wie geschaffen für seine nächste Inszenierung.

Man würde hier wieder eine tote Frau finden. Nur hatte sie diesmal nicht auf ihren Verlobten gewartet. Und genau das war ein schwerwiegender Fehler. Unverzeihlich geradezu. Er würde für Gerechtigkeit sorgen. Bei diesem Gedanken fühlte er sich wohl. Seine Hände lagen auf der hölzernen Brüstung von Maleens Knoll, während er die Augen schloss und die würzige Seeluft tief in seine Lungen einsog. Das eiserne Windrad, das die stilisierte Darstellung einer Frau mit einer Laterne zeigte, drehte sich ratternd im aufkommenden Wind.

Als er die Augen öffnete und sich umblickte, überlegte er, wie er sie hierherschaffen würde. Wahrscheinlich würde er ihren Leichnam mit dem großen Rollkoffer über die sandigen und schmalen Wege transportieren müssen. Es war unmöglich, sie über den weiten Weg zu diesem markanten Punkt zu tragen. Die Gefahr, dabei gesehen zu werden, war ihm zu groß. Die hölzernen Stufen zur Plattform waren eine Herausforderung, doch er würde es schaffen.

Dennoch war er sicher, dass er mit ihrem Fund zum rechten Zeitpunkt ein Zeichen setzen würde. Dieser Gedanke beflügelte ihn geradezu.

Erschrocken fuhr er herum, als er Schritte vernahm, die sich rasch näherten. Er war nicht länger alleine, und von einer Sekunde zur anderen war der Zauber seiner Inszenierung verflogen. Der hünenhafte Mann mit dem kantigen Schädel, der kurz darauf auf der Plattform des Aussichtsturms erschien, war nicht verwundert, ihn hier anzutreffen. Er grüßte freundlich, lehnte sich lässig über die Brüstung und schaute auf das Meer hinaus. „Na", sagte er, „auch hier, um den nächsten Schritt zu planen?"

Er erstarrte vor Schreck und war bemüht, sich nichts anmerken zu lassen. „Wieso?"

„Na, ich war schon so oft hier, aber jetzt mache ich Nägel mit Köpfen und wandere nach Sankt Peter-Ording aus."

„Ach so." Erleichtert atmete er auf.

„Was dachten Sie denn?"

„Ich plane auch meine Zukunft", behauptete er hastig, dann ließ er den verdutzten Mann stehen. Es gab viel vorzubereiten.

*

Garding, 14.30 Uhr

Wo blieb der Junge nur?

Sorgenvoll warf Hanne Larsen einen Blick auf die Wanduhr des kleinen Büros. Sie nippte von dem Tee, der in der Tasse längst kalt geworden war, und verzog angewidert das Gesicht. Zweimal in der Woche kam Hanne Larsen noch in den Betrieb ihres Sohnes, um ihm den Bürokram zu erledigen. Er war ein guter Dachdecker geworden, kein Wunder, hatte ihn doch ihr verstorbener Mann Niels ausgebildet und zu dem gemacht, was er jetzt war: stolzer Besitzer des eigenen Betriebs, den er von seinem Vater nach dessen Unfalltod vor einigen Jahren übernommen hatte. Nur der Umstand, dass die Zahlen seit geraumer Zeit nicht mehr stimmten, bereitete ihr Sorgen. Immerhin konnte er es sich noch leisten, seinen beiden Mitarbeitern jeden Monat pünktlich das Gehalt zu bezahlen.

Dabei war die Auftragslage des Familienbetriebs gar nicht schlecht. Die dreiundsechzigjährige Mutter des Firmeninhabers fragte sich, warum sich der Betrieb trotzdem in finanzieller Schieflage befand. Auf den Auszügen der Geschäftskonten waren zahlreiche Privatentnahmen verbucht. Dass Finn ein kostspieliges Hobby hatte, war Hanne Larsen nicht bekannt. Er lebte bescheiden im Erdgeschoss des Elternhauses, fuhr einen kleinen Wagen, er rauchte und er trank nicht. Trotzdem hatte es in letzter Zeit unverhältnismäßig viele Barabhebungen gegeben, die sie sich nicht erklären konnte. Hanne Larsen beschloss, ihren Sohn darauf anzusprechen. Sicher war ihm nicht daran gelegen, den Betrieb in die Insolvenz zu treiben. Die Frage, was er mit dem Bargeld trieb, bereitete ihr Kopfzerbrechen. War er spielsüchtig? Oder nahm er in kurzen Abständen die Liebesdienste von Frauen in Anspruch? Eine Freundin hatte Lars nicht. Woran das lag, konnte sich die alte Dame nicht erklären. Zwar sah sie Finn mit dem verklärten Blick einer Mutter, doch ihr einziger Sohn war ein adretter Kerl, er verstand es, sich gut zu kleiden, und verfügte durchaus über gute Manieren. Warum er bei der Damenwelt nicht den verdienten Zuspruch erhielt, ging Hanne Larsen nicht in den Kopf. Wie sehr hätte sie sich eine Frau an seiner Seite gewünscht – und später Enkelkinder.

Er war spät dran. Gleich war sie noch verabredet. Seufzend erhob sich Hanne Larsen, schlug den Aktenordner mit dem vergilbten Rückenschild zu und schob ihn in das schmale Regal an der Wand. Gerade als sie ihren Arbeitsplatz aufräumen wollte, fuhr ein Wagen auf den Hof des Betriebs. Mit einem Blick aus dem kleinen Fenster des engen Büros stellte die Frau fest, dass es sich nicht um den Lieferwagen ihres Sohnes handelte. Das Auto war ein grauer Kombi, in dem ein Paar saß.

Kundschaft, dachte sie frohlockend und fürchtete im selben Moment, den Leuten nicht mit Fachwissen begegnen zu können. Aus den fachlichen Dingen hatte sie sich schon immer herausgehalten. Was, wenn die beiden jetzt ein Angebot für eine anstehende Reparatur einholen wollten?

Hanne Larsen spielte mit dem Gedanken, Finn anzurufen, um ihn zu fragen, wo er denn blieb. Doch sie verwarf den Gedanken schnell wieder, als die Frau und der Mann das Büro betraten.

„Moin", sagte die Frau freundlich und zeigte ihr einen blauen Dienstausweis. „Ulbricht von der Kripo Husum", sie zeigte auf ihren Begleiter, einen, wortkargen Mann, der Hanne Larsen sehr an den verstorbenen Volksschauspieler Jan Fedder erinnerte, „und das ist mein Kollege, Kommissar Petersen."

Hanne Larsen wurde es schwindelig. *Es ist etwas passiert,* schrie die Stimme in ihrem Kopf. *Es ist was mit Finn passiert.* „Wir würden gern mit Finn Larsen sprechen." Jetzt trat der Mann vor. Auch er hatte einen Dienstausweis in der Hand. „Wo finden wir ihn?"

*

Rechtsmedizin Kiel, 14.45 Uhr

Dr. Mabuse hob zweifelnd eine Augenbraue, als sie den Staatsanwalt auf dem Korridor der Rechtsmedizin begrüßte. „Sie schon wieder?" Sie schien nicht besonders begeistert zu sein, Besuch zu empfangen, der ihr lästige Fragen stellte.

Vielleicht, so dachte er, während er der Rechtsmedizinerin die Hand reichte, *hätte ich mich ankündigen sollen.* Nun war es zu spät, und Thies beschloss, das Beste aus der Situation zu machen. Er hoffte, dass Mabuse Peter Harms bereits seziert hatte und ihm mit Informationen zur Seite stehen konnte. „Ich fürchte, der Täter ist uns immer einen Schritt voraus." Es klang ein wenig wie eine Entschuldigung.

„Dann kommen Sie wegen Peter Harms?" Mabuse führte den Staatsanwalt in ihr Büro.

„Allerdings." Während Thies sich auf einem der beiden Stühle vor ihrem Schreibtisch niederließ, blickte er sich unauffällig um. Die bodenlangen Lamellenvorhänge waren zugezogen. Als Lichtquelle diente eine moderne Deckenlampe mit einer eigenwilligen Designkonstruktion aus gebürstetem Edelstahl. Der schwarze Schreibtisch war, von einem flachen Computermonitor, der kabellosen Maus und der flachen Tastatur abgesehen, leer. Kein Stift, kein Papier, keine Büroklammer. Mabuse schien ihre Vision vom papierlosen Büro konsequent umzusetzen. Die modernen, aber minimalistischen Stühle mit den cremefarbenen Kunstlederbezügen fügten sich nahtlos in das Bild des nüchtern eingerichteten Arbeitszimmers ein. Thies fiel auf, dass es keinen einzigen persönlichen Gegenstand gab, nicht ein einziges Bild hing an den lichtgrau gestrichenen Wänden.

„In der Tat", eröffnete Mabuse das Gespräch, nachdem sie sich gesetzt hatte, „gleichen sich die Tötungsdelikte sehr."

„Auch der Modus Operandi, würde ich schätzen?"

„Absolut." Ingrid Mabuse nickte. „Alle drei Opfer wurden zunächst durch ein mit Ketamin getränktes Baumwolltuch bewusstlos gemacht, um dann, so ist anzunehmen, an einem anderen Ort mit einer Drahtschlinge erdrosselt und widerum an einem anderen Ort öffentlichkeitswirksam drapiert zu werden." Sie machte sich an ihrem Computer zu schaffen und starrte auf den Monitor. „Das Material des Schlingwerkzeuges ist ebenfalls identisch. Es ist mir gelungen, feinste Fasern des Drahtes zu sichern und sie zu analysieren. Dabei mischte sich das Blut der vorigen Opfer in das eiserne Geflecht und ließ sich zurückverfolgen und den anderen Toten zuordnen."

„Er nutzt also immer dieselbe Schlinge?"

„Korrekt, Herr Staatsanwalt." Sie klickte mit der Maus durch das Menü, bevor sie fortfuhr. „Identisch auch das Material der Tücher, mit denen die Opfer betäubt wurden. Es handelt sich um abgerissene Fetzen eines Baumwolltuches." Sie schielte Thies um den Monitor herum an und lächelte süffisant. „Jetzt ist das Kriminaltechnische Institut gefragt, Herr Staatsanwalt. Lassen Sie die Fasern abgleichen, und ich bin sicher, dass die zur Betäubung eingesetzten Fetzen zueinander gehören. Finden Sie das Tuch, und Sie haben den Mörder."

„Wenn das so einfach wäre." Thies seufzte. „Was ist mit den Rückständen von Klebeband an den Hand- und Fußgelenken der Opfer?"

„Dito", nickte Mabuse. „Auch hier kam das gleiche Material zum Einsatz." Sie stutzte. „Sagt man eigentlich das gleiche oder dasselbe Material?"

„Wie dem auch sei", erwiderte Thies, der keine Lust auf einen Exkurs in deutsche Sprache hatte. „Also haben wir es mit einem Serientäter zu tun, von dem wir nicht wissen, wann er zum nächsten Mal zuschlägt."

„Gehen Sie davon aus." Mabuse lehnte sich nickend in ihrem Stuhl zurück und betrachtete den Gast mit hinter dem Kopf verschränkten Armen. „Sie sollten Ihre Ermittler darauf ansetzen, herauszufinden, was seine Botschaften, die er den Opfern mit auf den letzten Weg gibt, zu bedeuten haben."

Thies, der die ganze Zeit über mitgeschrieben hatte, nickte. Er fuhr sich mit der flachen Hand durch das Gesicht. Jetzt spürte er Müdigkeit aufkommen. Vielleicht war es doch nicht gut gewesen, so früh aufzustehen, dachte er. „Haben Sie eine Ahnung, warum er seine Opfer erdrosselt?“

„Ich habe einen Verdacht“, nickte Mabuse. Sie faltete die Hände auf dem Schreibtisch und betrachtete ihren Gast. „Die Strangmarke verläuft jeweils von vorn unten nach schräg oben, um am Hinterkopf kurz vor dem Haaransatz deutliche Spuren zu hinterlassen. Er will sie umbringen und Macht ausüben, allerdings bringt er es nicht fertig, seinen Opfern im Moment des Todes in die Augen zu blicken. Deshalb legt er ihnen die Drahtschlinge von hinten um den Hals und zieht zu.“ Mabuse schnaubte. „Da er sie zuvor betäubt hat, sind sie zum Zeitpunkt der Tat entweder noch bewusstlos, oder sie befinden sich in einer Art Dämmerzustand.“

„Ein Feigling.“

„Oder ein Psychopath. Auch die Nachrichten, die Ihre Ermittler bei den Toten fanden, und die Art, wie der Täter seine Opfer an öffentlichen Plätzen zur Schau stellt, würden dafürsprechen.“

„Er hat der Öffentlichkeit etwas mitzuteilen.“ Ähnlich hatte es sich Thies auf der Fahrt nach Kiel auch schon überlegt. „Also“, sagte er, „besteht aus Ihrer Sicht kein Zweifel daran, dass es sich um denselben Täter handelt?“

„Verwechslungen sind ausgeschlossen.“ Ingrid Mabuse schüttelte den Kopf. „Der Modus Operandi gleicht sich bei allen drei Toten, ebenso die eingesetzten Materialien.“ Sie machte eine kleine Pause und schielte auf das Notizbuch von Thies. „Eine Sauklaue haben Sie“, stellte sie rügend fest.

Thies ging nicht darauf ein. „Wo fangen wir an?"

„Ich bin nur für die Opfer zuständig – Ihre Ermittler für den Täter und Sie für die Gerechtigkeit, Herr Staatsanwalt. Aber ich würde es im medizinischen oder pflegerischen Bereich versuchen. Es scheint, als würde der Täter Zugang zu medizinischen Materialien haben."

„So weit waren wir auch schon."

„Na dann." Mabuse klang beleidigt. Sie erhob sich schwerfällig und umrundete den Schreibtisch.

Für Thies das Zeichen, seinen Besuch zu beenden. Er klappte das in Leder gebundene Buch zusammen und schob den Stift in die Innentasche seines Sakkos, dann stand er ebenfalls auf. „Ich brauche den Obduktionsbericht."

„Kommt spätestens morgen früh", nickte Mabuse und wirkte dabei ein wenig gereizt. „Ich kann Ihnen gleich einen Kurzbrief mailen, geben Sie mir eine Stunde."

„Danke." Thies nickte erleichtert. Es wäre unerträglich für ihn gewesen, die Rechtsmedizin mit leeren Händen zu verlassen.

„Sie wissen ja jetzt, wo Sie suchen müssen." Mit einer eleganten Bewegung öffnete sie die Tür.

„Ja." Thies nickte. „Das weiß ich." Er bedankte sich und verabschiedete sich von der kauzigen Rechtsmedizinerin. Ein Serienkiller, der in Nordfriesland sein Unwesen trieb. Das klang nicht danach, als würden ihm die nächsten Stunden Zeit zum Erholen lassen. Doch einen privaten Termin musste er wahrnehmen. Das hatte er versprochen.

*

Garding, 14.45 Uhr

„Hat mein Sohn denn was ausgefressen?“ Hanne Larsen betrachtete Wiebke und Petersen mit angstgeweiteten Augen. Als sie ihnen die wackligen Holzstühle zurechtrücke, zitterten ihre Hände. Wiebke tat die Frau leid. Doch solange sie nicht wussten, ob Finn Larsen etwas mit dem Verschwinden von Sandra Mathis zu tun hatte, war nicht der richtige Zeitpunkt für Mitleid.

„Das wissen wir nicht“, sagte sie, während sie sich setzte. Petersen zog es vor, stehen zu bleiben. Er lehnte lässig im Türrahmen des unaufgeräumt wirkenden Büros. Die Decke war niedrig und die Wände mit Regalen vollgestellt. Nur eine Ecke war für eine Landkarte der Umgebung freigehalten worden. Die Kanten des Papiers kräuselten sich bereits. Nur der Kalender daneben, der eine barbusige Schönheit zeigte, die sich lasziv auf einem knallroten Sportwagen rekelte, schien neu zu sein. Finn Larsen hatte das aktuelle Monatsblatt aufgeschlagen. Wiebke würde nie verstehen, warum sich Männer wildfremde nackte Frauen an die Wände von Büros und Werkstätten hängten.

„Sagt Ihnen der Name Sandra Mathis etwas?“ Sie betrachtete die alte Dame eindringlich.

„Sicher.“ Hanne Larsen nickte. „Sie wohnt in Osterhever bei Ole Hinrichsen zur Miete. Ein ganz nettes Mädchen. Leider hat sie nur ihr Pferd im Kopf.“ Die Frau schüttelte den Kopf. „Dabei ist sie längst im heiratsfähigen Alter.“

Wiebke erinnerte sich daran, dass Imme Hinrichsen ihr von einem Friesenhengst berichtet hatte.

„Dabei hat Finn ihr den Hof gemacht."

„Das Haus", korrigierte Petersen sie. „Von Ole Hinrichsen wissen wir, dass Finn alles am Haus gemacht hat."

Hanne Larsen musste lachen. „So mein ich das nicht." Sie betrachtete Wiebkes Partner amüsiert. Wiebke stellte fest, dass sie langsam auftaute. „Er hat Sandra schöne Augen gemacht. Ein paar Mal war sie sogar bei ihm, aber irgendwie hat es nie so ganz gereicht."

„Ihr Sohn hat also keine Freundin?", schlussfolgerte Wiebke.

„Nee, leider nicht. Dabei ist er so ein toller Junge." Sie seufzte. „Und es wird auch Zeit, immerhin ist er schon Ende dreißig."

„Gab es denn in seiner Vergangenheit Frauen, mit denen er …", setzte Petersen an, als hinter ihm eine Tür klappte. Er unterbrach und wandte sich um. Nachdem er Platz gemacht hatte, tauchte ein muskulöser, blonder Hüne mit strahlend blauen Augen im Türrahmen auf. Seine Oberarme schienen den Stoff des T-Shirts zu sprengen. Er trug eine schwarze Dachdeckerhose mit unzähligen aufgenähten Taschen, dazu feste, schwarze Schuhe. Seine Hände waren groß und kräftig. Sie waren harte Arbeit gewohnt, aber keinesfalls ungepflegt, fand Wiebke. Sie musste sich eingestehen, dass Finn ein attraktiver Mann war. Ein wenig zu jung für sie, aber durchaus nett anzusehen.

„Wir haben Besuch", stellte der junge Mann fest.

„Finn, wo warst du denn so lange?" Hanne Larsen sprang von dem quietschenden Bürostuhl auf.

„Es hat länger gedauert.“ Damit schien für ihn das Thema erledigt zu sein. Finn Larsen betrachtete die Besucher mit einem argwöhnischen Blick. „Und wer sind Sie?“

„Ulbricht, Kripo Husum“, stellte sich Wiebke vor. „Mein Kollege, Jan Petersen.“ Sie zeigte auf ihren Partner. „Wir haben ein paar Fragen an Sie.“

Die Miene des Handwerkers verdüsterte sich schlagartig. „So so.“ Finn Larsen schien keine Lust auf ein Frage-Antwort-Spiel zu haben. Lässig schob er die Hände in die Hosentaschen und hockte sich auf die Schreibtischkante. Dass er seiner Mutter den Rücken zuwandte, störte ihn dabei nicht. Auch dass er Wiebke von oben herab ansah, schien ihm zu gefallen.

„Wir sprachen gerade von Sandra“, mischte sich seine Mutter nun leutselig ein. „Sie ist so nett, und …“ Jäh brach sie ab, als Finn Larsen seine Mutter mit starrer Miene ansah.

„Worum geht es?“, fragte er an die Polizisten gewandt.

„Wie war Ihr Verhältnis zu Sandra Mathis?“, fragte Wiebke und hielt seinem bohrenden Blick stand. Täuschte sie sich, oder stierte er, während er nachdachte, auf ihre Oberweite? Wiebke verschränkte die Arme vor der Brust. Der Kerl wurde ihr immer unsympathischer.

„Gut“, erwiderte Finn Larsen grinsend. „Sehr gut sogar. Aber das Reiten steht bei ihr an erster Stelle.“ Er grinste anzüglich. „Also auf'm Pferd jetzt. Außerdem hat sie einen Freund. Wenn der nicht wäre, hätte ich mich stärker ins Zeug gelegt, um bei ihr zu landen.“ Der Dachdecker wurde ernst. „Was ist mit Sandra?“

„Sie ist verschwunden.“ Petersen löste sich vom Türrahmen, an dem er wieder Position bezogen hatte, und stellte sich in die Mitte des kleinen Raums. „Haben Sie eine Idee, wo sie sein könnte?"

Finn Larsen dachte angestrengt nach und schüttelte den Kopf. „Nee", sagte er, „keine Ahnung. Auf einem Reitturnier vielleicht?"

„Sie ist berufstätig, und Turniere finden meistens am Wochenende statt." Petersen tauschte einen Blick mit Wiebke, die ihn reden ließ.

„Heute ist Freitag", erinnerte Larsen ihn, doch Petersen hatte keine Lust, sich von ihm provozieren zu lassen. Er holte tief Luft, bevor er seine nächste Frage stellte.

„Gibt es Verwandte, Freunde oder Personen, bei denen sie sich aufhalten könnte?"

„Da mit ihrem Macker Schluss ist, wüsste ich nicht, was sie so treibt. Und mit wem sie es treibt." Der Handwerker fuhr sich mit gespreizten Fingern durch das bürstenartig kurze Haar. „Aber Sie bringen mich auf eine Idee, ihr Typ ist Schnee von gestern. Vielleicht könnte ich Sandra ja über den Verlust hinwegtrösten."

„Gab es Stress mit dem Freund?" Petersen musterte den Dachdecker. „Streit, Zoff, Ärger?"

„Zwischen ihm und mir?" Finn Larsen schüttelte den Kopf. „Nee, ich hab den nur ein-, zweimal gesehen. Und mit Sandra bin ich immer gut klargekommen. Freundschaftlich, versteht sich." Er zwinkerte Petersen zu. „Bis jetzt jedenfalls."

Wiebke beobachtete den jungen Mann genau. Sie sah ihm förmlich an, dass er log. Finn Larsen hatte sich mehr von Sandra Mathis erhofft, doch ihr war es gelungen, ihn auf Distanz zu halten, bevor er sich falsche Hoffnungen machte. Wahrscheinlich machte ihm seine verletzte Eitelkeit mehr zu schaffen, als Finn Larsen jetzt zugeben wollte. Wiebke beschloss, gleich im Auto mit Petersen über ihre Vermutung zu sprechen.

„Es gibt einen Notfallschlüssel", bemerkte Wiebke an Larsen gewandt.

Ein Nerv unter seinem rechten Auge begann zu zucken. Mit einer fahrigen Handbewegung strich er sich durch das Gesicht und nickte. „Richtig. Im Stall. Sandra versteckt ihn hinter einem der Holzbalken. Der ist für den Fall, dass ich aufs Dach muss, wenn sie mal nicht da ist."

„Also wissen Sie von dem Versteck."

„Klaro." Er nickte. „Warum?"

Wiebke berichtete ihm, was sie von Ole Hinrichsen erfahren hatten. „Der Schlüssel steckte abends im Schloss."

„Wann war das?"

„Letzte Woche Donnerstag."

„Da war ich in Sankt Peter-Bad, den ganzen Tag. Kann ich beweisen, es gibt einen schriftlichen Auftrag. Ich war da auf dem Dach des *Hotel Gezeiten*, den Laden kennen Sie vielleicht."

„Geschenkt." Petersen winkte ab und gab seiner Partnerin ein Zeichen. Wiebke hatte keine Einwände und erhob sich. „Möglicherweise benötigen wir die Dokumentation zu einem späteren Zeitpunkt. Waren Sie den ganzen Tag auf der Baustelle?"

„Klar. Hinnerk und Klaus können das bestätigen, sie waren auch da." Als er Wiebkes fragenden Blick sah, setzte er nach: „Meine Mitarbeiter."

„Wann waren Sie an dem Tag zu Hause?", fragte Petersen.

Finn Larsen dachte kurz nach. „Abends um halb zehn. Wir waren noch im Kirchspielkrug und haben Hinnerks Geburtstag gefeiert."

„Na dann." Petersen ließ sich die Namen und Adressen der beiden Mitarbeiter geben, dann ließen sie das eigenartige Mutter-Sohn-Gespann zurück. Wiebke hatte ein merkwürdiges Gefühl, als sie sich an die Besichtigung von Sandra Mathis' Wohnung erinnerte. Doch noch immer wusste sie nicht, woran das liegen konnte.

*

Sie fühlte sich müde und ausgemergelt. Inzwischen war sie an einem Punkt angekommen, an dem sie den Tod als erstrebenswertes Ziel betrachtete. Längst schon hatte ihr Körper aufgegeben, Angsthormone auszuschütten, lange schon spürte sie ihre Knochen nicht mehr. Es war, als befände sie sich in einer Art Dämmerzustand, als hätte ihr Körper aufgegeben und auf die zum Überleben wichtigen Funktionen umgeschaltet. Es fiel ihr schwer, einen klaren Gedanken zu fassen, ihre Mundhöhle fühlte sich an wie ein trockener Schwamm, die Zunge war geschwollen und bildete einen Fremdkörper in ihr.

Sandra war bereit zum Sterben.

Kraftlos hing sie in den Ketten wie eine Marionette, den Kopf auf der Brust, die Beine standen in verrenkter Form ab, die Schultern brannten, als würde sie gleich in zwei Teile reißen. Nie hätte sie gedacht, dass sich ihr eigenes Körpergewicht so schwer anfühlte. Die Handgelenke waren blutig von den Stahlschellen, die er ihr angelegt hatte.

Zäh rannen die Gedanken durch ihr Gehirn.

Vom Weinen waren ihre Augen zugeschwollen, sodass sie ihre Umgebung nur noch als Schemen wahrnahm. Erst als sie einen eisernen Schlag vernahm, versuchte sie, etwas zu sehen. Der Knall schien von einer feuerfesten Tür zu stammen. Jetzt näherten sich Schritte. Zielstrebig, aber ohne Eile gesetzt, kam jemand in ihr Versteck.

Als er vor ihr stand, schlug ihm sein fauliger Atem entgegen. „Schön, dass du gewartet hast."

Unter anderen Umständen hätte er sich für diesen Spott eine Ohrfeige eingehandelt. Doch sie war völlig entkräftet. Außerdem würden sie die Ketten daran hindern, Gegenwehr zu leisten, geschweige denn ihn zu schlagen. So ergab sie sich ihrem Schicksal.

„Was soll das?" Ihre Stimme war nichts als ein Hauch.

„Ich habe dich in Sicherheit gebracht, das sagte ich doch bereits. Doch heute Nacht gehen wir beide auf eine Reise." Er lächelte nicht mehr. „Es wird dir gefallen."

„Das glaube ich nicht." Sie deutete ein Kopfschütteln an und hielt seinem Blick stand. „Binde mich los, du krankes Schwein." Insgeheim wunderte sie sich darüber, so viel Energie in ihre Worte setzen zu können.

„Du hast mich immer noch nicht verstanden." Er nahm ihr Kinn zwischen Daumen und Zeigefinger und riss ihren Kopf hoch, sodass sie ihn ansehen musste.

Ein dumpfer Schmerzenslaut kam über ihre spröden Lippen.

„Wir gehören zusammen, auch wenn du das noch immer nicht verstanden hast. Bis über den Tod hinaus vereint." Er lachte leise, dann senkte er seine Lippen auf ihren Mund, um sie zu küssen.

Sie wand sich, hatte aber keine Chance, seinem Annäherungsversuch zu entkommen. Am liebsten hätte sie ihm ins Gesicht gespien. Doch er schien ihre zaghafte Gegenwehr gar nicht zu bemerken. Seine Hände strichen an den Seiten ihres Körpers abwärts, von den Schultern über die Taille bis zu ihren Hüften. Dort verharrten sie. Er erhöhte den Druck und grinste. „Aber erst sollten wir ein wenig Spaß haben."

„Binde mich los." Sie sah ihn mit flehentlicher Miene an, doch in seinen Augen war ihr Gesicht nur eine Grimasse, die ihn zum Lachen brachte.

„Das muss warten, fürchte ich." Er schüttelte den Kopf, dann machte er sich am Gürtel seiner Hose zu schaffen.

Nein, schrie alles in ihr, nicht schon wieder. Ich halte das nicht aus. Lieber möchte ich sterben.

Doch sie starb nicht. Wehrlos musste sie ihn ertragen und die unbeschreibliche Demütigung über sich ergehen lassen. Er stand vor ihr, die Beine leicht gespreizt, und rieb seinen Schoß an ihrem Unterleib. „Komm schon", zischte er, hielt mit einer Hand ihren Hinterkopf so, dass sie ihn ansehen musste. Mit der anderen Hand hielt er ihren Hintern fest. Dann spürte sie ihn. Hart und brutal drang er in sie ein.

Die Schmerzenslaute, die ihr über die Lippen kamen, schienen ihn anzumachen. Er keuchte lüstern, bewegte sich in ihr und benutzte sie wie ein Stück lebloses Fleisch.

„Du perverses Schwein“, zischte sie und schmeckte ihre Tränen auf den Lippen. Das Salz brannte sich in ihre Haut. Sein Gesicht war so dicht vor ihr, dass sie seinen heißen Atem fühlen konnte.

Während er sie mit animalischer Brutalität penetrierte, stöhnte er lüstern. Sein Blick war verklärt, sein Gesicht glich der Fratze eines Monsters, in dessen Gewalt sie sich befand. Sie ergab sich ihrem Schicksal, hatte keine andere Wahl und wünschte sich nichts sehnlicher, als bald aus diesem Albtraum zu erwachen.

Doch es gab kein Erwachen.

Es gab kein Entrinnen.

Sie war ihm ausgeliefert, und er labte sich an ihrer Wehrlosigkeit. Gerade bäumte er sich ein letztes Mal in ihr auf, ergoss sich in ihrem Unterleib, dann hielt er kurz inne, bevor er von ihr abließ. Schweißperlen glänzten im Dämmerlicht auf seiner Stirn, als er die Hose hochzog und verschloss. Dabei betrachtete er sie mit einem verklärten Blick, der ihr Angst bereitete. Er wirkte der Realität entrückt, fast so, als hätte er Drogen konsumiert. In seinem Blick lag der blanke Wahnsinn. Sie empfand Abscheu und Ekel vor ihm, gleichzeitig brannte aber auch die Wut auf diesen Mann in ihr.

Ihr Unterleib explodierte vor Schmerzen, doch das teuflische Spiel war endlich vorüber. Keuchend zog er sich aus ihr zurück und betrachtete sie. „Gib es zu“, raunte er ihr ins Ohr, „dir hat es doch auch gefallen.“

Sie schüttelte den Kopf und schluchzte. Ihr Körper bäumte sich auf und verkrampfte, dann erbrach sie sich in einem heißen Schwall auf den Boden. Ihre Kehle brannte bestialisch, sie gab sich den unkontrollierten Zuckungen hin und hatte nur noch einen einzigen Wunsch. *Wann*, hämmerte es in ihrem Kopf, *wann darf ich endlich sterben?*

*

Polizeirevier Husum, 15.20 Uhr

„Ketamin." Piet Johannsen war sich absolut sicher. „Das Tuch, das ihr in der Wohnung von Sandra Mathis gefunden habt, war mit Ketamin getränkt, und zwar so stark, dass einige Tropfen genügten, um sie außer Gefecht zu setzen." Johannsen hockte auf seinem Schreibtisch im Büro der Kriminaltechnik. Er hatte die Arme vor der Brust verschränkt und musterte Petersen und Wiebke, die eben aus Garding zurückgekommen waren.

„Also wisst ihr jetzt, dass sich Mathis mit größter Wahrscheinlichkeit bereits in den Händen unseres Killers befindet."

Wiebke konnte ihm nicht ganz folgen. „Warum?"

Piet Johannsen holte tief Luft. „Ich habe eben den Bericht aus der Kriminaltechnik in Kiel bekommen." Er rutschte von der Schreibtischkante, sank auf den Stuhl und machte sich an seinem Computer zu schaffen. Er rief den Bericht aus Kiel auf den Schirm und las ab. „Jana Biel wurde ein mit Ketamin getränktes Tuch vor die Atemwege gehalten, um sie schachmatt zu setzen, bei Gyde Nissen und jetzt bei Peter Harms ebenfalls."

„Liegt der endgültige Obduktionsbericht schon vor?" Wiebke wunderte sich und schaute dem Kriminaltechniker neugierig über die Schultern.

Johannsen schüttelte den Kopf. „Nur ein Kurzbrief von Dr. Mabuse, der mir vor einer Viertelstunde vom Staatsanwalt weitergeleitet wurde, eine Zusammenfassung der ersten Erkenntnisse, aber besser als nichts." Er grinste sein Kleinerjungegrinsen. „Bendix hat Einfluss, so viel steht fest."

Petersen stöhnte auf. Ihm ging es sichtlich gegen den Strich, dass Thies sich in die Ermittlungen einmischte. Wiebke empfand das Mitwirken des attraktiven Staatsanwalts allerdings als willkommene Unterstützung. Sie war für jede Hilfe dankbar, und wenn diese Hilfe einen großen Einfluss besaß und ihre Beziehungen spielen lassen konnte, war ihr das durchaus recht. Dass sie ihn jetzt öfters sah, fand sie ebenfalls nicht störend, doch das musste sie ihrem störrischen Partner nicht auf die Nase binden.

„Was wären wir bloß ohne den schönen Staatsanwalt", brummte Petersen. Seine Stimme klang genervt, der Blick, mit dem er Wiebke bedachte, vorwurfsvoll. Offenbar ahnte er, dass er von ihr keine Unterstützung und Zustimmung erwarten konnte. So schmollte er schweigend.

„Jan, bitte", rügte Wiebke ihn. Sie wandte sich an den Kriminaltechniker. „Was ist dieses Ketamin?"

„Es wird auf dem Schwarzmarkt gern als K.O.-Tropfen eingesetzt, zumeist im Nachtleben der Städte. Hier auf dem Land jedoch …" Johannsen blies die Luft durch die Backen und kehrte die Handflächen nach oben. „Man macht sein Opfer wehrlos, kann es berauben oder es missbrauchen."

„Ja", nickte Petersen. „Oder man kann das Opfer erdrosseln, ohne Gegenwehr fürchten zu müssen, und den Leichnam dann irgendwo drapieren, um Aufsehen zu erregen." Er tippte sich an die Schläfe.

Johannsen stimmte ihm zu. „Der Typ scheint ziemlich krank zu sein, wenn ihr mich fragt."

„Es ist ziemlich feige, sein Opfer erst bewusstlos zu machen, um es dann zu töten", fand Petersen.

Wiebke dachte nach. „Da der Lappen ebenfalls mit Ketamin getränkt war, können wir davon ausgehen, dass unser Täter Sandra Mathis auch in seine Gewalt gebracht hat."

„Davon rede ich die ganze Zeit." Piet Johannsen nickte. „Und somit solltet ihr keine Zeit verlieren, Kollegen." Er klatschte auffordernd in die Hände. „Ihr solltet rausfinden, wo sie sich aufhalten könnte: bei Freunden der Familie oder den Arbeitskollegen."

Wie auf ein Stichwort öffnete sich die Bürotür. Kai Christensen trat ein und ließ sich von Wiebke, Petersen und Johannsen auf Stand bringen. „Das klingt nicht gerade beruhigend", fand der Kripochef, während er an der Fensterbank lehnte und angestrengt nachdachte. „Ich werde Kollegen auf ihr soziales Umfeld ansetzen. Das können Sönke, Sebastian und Henriette übernehmen, vielleicht noch ein Team der Flensburger Mordkommission. Sie sollen sich umhören, wohin Sandra Mathis verschwunden sein könnte."

„Und wenn sie nirgendwo zu finden ist?“ Wiebke seufzte.

„Dann werde ich eine Fahndung durchboxen“, erwiderte Christensen. „Ich telefoniere gleich mal mit Staatsanwalt Bendix, um das zu …“

„Boah“, brummte Petersen kopfschüttelnd. „Was wären wir nur ohne den schönen Staatsanwalt?“

Wiebke ersparte sich eine Antwort auf die Bemerkung ihres Kollegen und rollte stumm mit den Augen.

„Jan“, sagte Kai Christensen, während er sichtlich um Geduld rang, „wir als Polizeibehörde ermitteln im Auftrag der Staatsanwaltschaft Schleswig-Holstein. Und der Staatsanwalt, der unseren Fall übernommen hat, ist Thies Bendix, ob dir das nun passt oder nicht.“

„Mahndorf wär mir lieber gewesen“, klagte Petersen pikiert.

„Bei allem Respekt, Jan“, sagte Christensen jetzt, „wir können uns nicht aussuchen, mit welchem Staatsanwalt wir zusammenarbeiten. Außerdem ist Fritz Mahndorf seit einem Monat in Altersteilzeit und steht künftig seltener zur Verfügung, da Thies sein Amt übernehmen wird.“

„Na super.“ Petersen schüttelte den Kopf.

„Übrigens war ich heute mit Hauke Jensen im Theodor-Storm-Krankenhaus. Alle drei Toten waren dort angestellt, alle drei in der Kardiologie.“

„Und nu?“ Petersen runzelte die Stirn.

„Ich habe sämtliche Personalakten der Station angefordert. Haukes Leute beginnen in diesem Augenblick mit der Befragung sämtlicher Angestellten. Irgendwo muss ja ein Zusammenhang bestehen.“

„Da kann der schöne Staatsanwalt sicher mit einer rettenden Idee helfen", brummte Petersen sichtlich gekränkt. „Den nötigen Einfluss hat er ja von Haus aus."

„Wie machen wir jetzt weiter?", fragte Wiebke, die keine Lust auf die persönlichen Befindlichkeiten ihres Partners hatte.

„Was habt ihr in der Zwischenzeit erreicht?", antwortete Kai Christensen mit einer Gegenfrage. „Wo können wir ansetzen?"

Sie berichtete ihm von der Besichtigung der Wohnung von Sandra Mathis und dem Besuch bei Finn Larsen in Garding. „Außer den Vermietern, Ole und Imme Hinrichsen, kennt der Dachdecker, wohl ein mit den Vermietern befreundeter Handwerker, das Versteck. Finn Larsen hat den Dachdeckerbetrieb von seinem Vater übernommen und ist auf dem Hof der Hinrichsens eine Art Mädchen für alles", berichtete Wiebke dem Kripochef.

„Larsen ist ein ziemlicher Macho-Arsch, aber er hat ein Alibi", fügte Petersen hinzu und berichtete von dem Auftrag des Handwerkers in Sankt Peter-Ording. „Wir können das aber durchleuchten, Hotelbetreiber, Gäste und die beiden Mitarbeiter von Larsen befragen, ob er immer an der Baustelle war, wie er behauptet."

„Ich bitte darum", nickte Christensen.

„Das ist noch nicht alles." Petersen machte eine wichtige Miene. „Und es gibt einen Tierarzt in Winnert, der wohl ebenfalls Kenntnis vom Versteck des Notschlüssels hatte."

Der Kripochef runzelte die Stirn. „Der Tierarzt weiß, wo der Notschlüssel zur Wohnung von Sandra Mathis ist?"

„Er ist ihr Freund, besser ihr Ex-Freund", vervollständigte Wiebke die Angaben ihres Partners. „Wir werden ihm mal auf den Busch klopfen."

„Prüft auch, ob sie im Streit auseinandergegangen sind, wenn es sich bei diesem Tierarzt um den Ex-Freund der Vermissten handelt", empfahl Christensen. „Nicht, dass es sich bei der Entführung um einen Racheakt handelt." Er rutschte von der Fensterbank und marschierte mit auf dem Rücken verschränkten Armen durch das Büro der Kriminaltechnik. Jetzt sah er aus wie ein dozierender Professor, fand Wiebke.

„Und die drei Morde?" Petersen winkte müde ab. „Auch Rache? Nee, Kai, über diese schmale Brücke geh ich nicht mit."

Bevor Christensen ihm antworten konnte, spürte Wiebke das sanfte Vibrieren ihres Telefons in der Hosentasche. Eilig zog sie das Smartphone hervor und gab den Männern ein Zeichen.

„Das ist Tamme." Sie meldete sich und trat ans Fenster. Während sie auf den Hinterhof der Wache blickte, drang das Rauschen des Windes durch den Hörer an ihre Ohren. Es klang, als säße der Ostfriesenbulle gerade auf einer Bank am Deich. Wiebke hörte am anderen Ende sogar das Meer rauschen und die Möwen kreischen. Wiebke schaltete den Lautsprecher ein, damit alle im Raum mithören konnten.

„Ich hab ihn", kam der Ostfriesenbulle ohne Begrüßung auf den Punkt. „Die Kollegen werden ihn heute noch nach Schleswig verfrachten. Dort können wir ihn dann vernehmen."

„War er alleine?", fragte Wiebke.

„Klar – wer sollte denn bei ihm sein?“ Die Stimme des Ostfriesenbullen klang verwundert.

„Sandra Mathis ist spurlos verschwunden.“

„So ein Dreck.“ Am anderen Ende der Leitung zerquetschte Tamme Gerdes einen Fluch auf den Lippen. „Und jetzt?“

„Ich weiß es nicht, Tamme.“ Wiebkes Stimme klang belegt.

„Planänderung. Ich werde ihn hier vor Ort in die Zange nehmen, bevor er in den Polizei-Bulli nach Schleswig steigen kann. Sag Kai, dass wir die Hilfe der niedersächsischen Kollegen benötigen, ich werde mich im Kommissariat in Jever einzecken, dort gibt es Zellen und einen Vernehmungsraum.“

Christensen trat an Wiebkes Seite und beugte sich über ihr Smartphone. „Ich höre mit, Tamme.“

„Gut, dann weißt du, was zu tun ist.“

„Wird erledigt.“

„Wenn die Kollegen Probleme machen, beruf dich ruhig auf mich. Aus meiner Zeit in Leer und Aurich kenne ich noch ein paar Abteilungsleiter, die mir noch einen Gefallen schulden.“

„So weit sollte es nicht kommen“, war Christensen überzeugt. „Immerhin ermitteln wir in einem dreifachen Mord und im Fall einer vermissten Person.“

„Okidoki, Kai.“

Jetzt musste sogar Kai Christensen grinsen. „Ich wusste, dass ich mich auf dich verlassen kann.“

*

Glücksburg, Ostsee, 16.20 Uhr

Sie hatten keinen Blick für die romantische Kulisse, in der sie sich befanden. Strahlend weiß erhob sich das Glücksburger Schloss aus dem Wasser gen Himmel, der gegen Abend noch einmal aufgeklart war. Seite an Seite saßen sie schweigend nebeneinander und hingen ihren Gedanken nach. Obwohl Thies ein redegewandter und einfühlsamer Mensch war, wusste er nicht recht, wie er das Gespräch mit seinem Sohn beginnen sollte.

„Schön hier." Er betrachtete Sören von der Seite. Erwachsen war der Junge geworden, die kindlichen Züge hatte er längst abgelegt, sein Gesicht war von pubertätsbedingten Pickeln bedeckt. Zwischen Oberlippe und Nase und am kantigen Kinn, das er von seinem Vater geerbt haben musste, bildete sich ein feiner Flaum, der den ersten Bartwuchs ankündigte.

„Ernsthaft?" Sörens Kopf ruckte zu ihm herum. „Hast du mich ernsthaft hierhergekarrt, um mit mir über die Landschaft zu sprechen?"

Thies betrachtete ihn nachdenklich. Sören war von schlaksiger Statur, er war schlank und groß und wäre sicher der Star der Basketballmannschaft gewesen. Doch weil er das schlechte Ballgefühl von ihm geerbt hatte, spielte Sören in keiner Mannschaft. Ab und zu besuchten sie die Handballspiele der SG Handewitt, doch mehr als Zuschauen war für den Teenager nicht drin. Sören trug eine weite, blassblaue Jeans, ausgelatschte Turnschuhe der Größe 46, einen marineblauen Hoodie und ein Baseballcap, das mit dem Schirm zum Nacken zeigte.

Thies erinnerte sich an die Zeiten, als sein Sohn noch ein kleiner Junge gewesen war. Das schien in einem anderen Leben gewesen zu sein, jetzt saß ein in sich gekehrter, traurig wirkender junger Mann neben ihm auf der Bank am Ufer des Schlossteiches. „Ich …“, setzte Thies zaghaft an und fühlte sich in seinem Anzug, dem eleganten Hemd, der Krawatte und den blank polierten Lederschuhen plötzlich steinalt neben seinem Sohn.

„Mum hat mich angeschissen.“ Sören stierte ins Leere.

„Was?“

„Save, sie hat dich angelabert, weil ich nicht rundlaufe in der Schule. Die letzte Mathearbeit hab ich total verkackt.“

„Es scheint in der Tat ein paar Probleme zu geben“, stimmte Thies ihm lächelnd zu. Er lockerte den Krawattenknoten, zog den Schlips ab und stopfte ihn achtlos in die Sakkotasche. Nachdem er auch den oberen Hemdknopf geöffnet hatte, fühlte er sich nur bedingt besser.

„Die Schule fuckt mich ab, Papa.“ Sören schaute ihn mit weinerlichem Gesicht an. „Ich pack das da nicht mehr lang.“

„Du wolltest Abitur machen und Rechtsanwalt werden“, erinnerte Thies ihn an die ehrgeizigen Pläne seines Sohns.

„Drauf geschissen, echt jetzt.“

„Erinnerst du dich noch daran, dass du viel Geld verdienen und ein dickes Auto fahren wolltest?“

„Scheiß auf die fette Karre.“ Sören spuckte auf den Boden und spielte mit seinem Smartphone, dessen Display aussah, als wäre es von einem Spinnennetz bedeckt.

Spider-App, so nannten sie das heute, wenn das Glas beschädigt war und Risse aufwies.

„Du hast einen wahnsinnigen Gerechtigkeitssinn und warst schon in der Grundschule Klassensprecher, später hast du dich in der Schülervertretung für die Interessen deine Mitschüler eingesetzt – hast du das alles vergessen?“

„Haken dran.“ Sören winkte ab. „Ich schmeiß die Schule.“

„Das kannst du nicht machen, Sören.“

„Save, Alter.“

Thies bedachte ihn mit einem tadelnden Blick.

„Sorry – das Alter nehm ich zurück.“ Jetzt musste Sören grinsen. Wenn er lachte, war er ein wenig der kleine Junge, den Thies immer vergöttert hatte. Ein lieber Kerl, der keiner Fliege etwas zuleide tun konnte, und ein Mensch, der Ungerechtigkeiten nicht verkraften konnte.

„Was hast du denn jetzt vor?“ Thies runzelte die Stirn. „Ich meine, du kannst doch nicht alles hinschmeißen. Alles, für das du jahrelang so hart gekämpft hast. Du hattest Noten, auf die deine Klassenkameraden neidisch waren – und jetzt kackst du ab?“ Thies wunderte sich, wie leicht ihm dieser Ausdruck über die Lippen gekommen war. „Mach keinen Scheiß, Junge.“

Als Sören nachdenklich auf der Unterlippe kaute und dem forschenden Blick seines Vaters auswich, war das Eis zwischen ihnen gebrochen. „Ich pack das nicht, Dad.“

„Deshalb reden wir ja.“ Sein Blick glitt über die Wasserfläche zum Schloss. „Deine Noten verschlechtern sich, seitdem ich ausgezogen bin.“

„Klar, du hast mir immer in den Arsch getreten." Sören grinste ihn frech an. „Mum ist da eher cringe."

„Ach was." Thies wurde ernst. Irgendwie hatte er es geahnt, die Offenheit seines Sohnes gefürchtet, war aber dennoch dankbar, dass Sören sich ihm anvertraute und über seine Sorgen und Probleme sprach. „Was schlägst du vor?"

„Ich glaube, Peer würde es echt abfucken, wenn du wieder nach Hause kommst."

„Save, Bro." Thies grinste und überspielte so den Stich in die Brust, als sein Sohn den Namen von Silkes neuem Mann nannte. Thies hatte mit der geschiedenen Ehe längst abgeschlossen. Er liebte seine Frau nicht mehr, dafür hatten sie sich in den letzten Jahren ihrer Ehe zu sehr auseinandergelebt, und dennoch fühlte es sich seltsam an, dass jetzt ein neuer Mann seinen Platz an Silkes Seite eingenommen hatte.

„Kommst du mit … Peer klar?"

„Es geht." Sören zuckte mit den Schultern. „Wenn er nicht immer darthvadern würde."

„Wenn er … was?"

Sören grinste. „Darth Vader – ich bin dein Vater und so."

„Ach so." Thies nickte und spürte, dass es ihm nicht behagte, wenn ein fremder Mann seinem Sohn einen Ersatzvater vorspielte. Doch er verkniff sich eine Bemerkung und ließ Sören reden.

„Ich muss da raus, Papa."

„Aus dem Haus in Glücksburg?"

„Jepp."

Thies dachte kurz nach. Er überlegte, ob es eine Alternative sei, wenn Sören zu ihm in die Junggesellenbude nach Flensburg zog, und entschied sich dagegen. Auch wenn er Sören gern um sich hatte, war es keine Alternative, ihn aus seinem gewohnten Umfeld zu reißen. „Du musst dich irgendwie arrangieren mit dem neuen Mann in Mamas Leben."

„Abfuck." Sören winkte ab. „Ich hab keinen Bock auf den."

„Aber wegen ihm kannst du nicht in der Schule nachlassen, Junge."

„Ich weiß."

„Soll ich dich morgens abholen und zur Schule fahren?"

Der Blick seines Sohnes genügte ihm als Ablehnung. „Bloß nicht. Die denken doch, du hättest mir die Ehre genommen."

„Mal im Ernst, Sören: Beherrschst du die deutsche Sprache?" Thies war aufgestanden. Der Jugend-Slang seines Sohns war mitunter unerträglich. Oder er wurde einfach alt.

Als Sören nicht gleich antwortete, deutete er mit dem Kinn zum Schloss. „Lass uns ein Stückchen laufen."

Sören schaute beleidigt zu ihm auf, erhob sich dann aber mit einem widerwilligen Seufzen, schob das Handy in die Hosentasche und taperte lustlos neben seinem Vater her. Sie nahmen den gepflasterten Weg zum Torhaus. Thies würde ihm ins Gewissen reden müssen. Er versuchte, an seinen Ehrgeiz zu appellieren, und wurde wütend, als ihm klarwurde, dass die Probleme des Sohnes offenbar auf den neuen Freund seiner Ex-Frau zurückzuführen waren. Er würde mit ihr sprechen müssen.

„Was ist mit dir?“

„Wie meinst du?“ Thies war vor der weiß getünchten Fassade des Cafés im Schlosshof stehen geblieben. Hier war nichts los um diese Zeit, alles wirkte wie ausgestorben, aber hinter den Fenstern des Cafés brannte heimeliges Licht. Kurz war er versucht, seinen Sohn auf eine heiße Schokolade einzuladen, doch wahrscheinlich würde Sören das *uncool* finden und dankend ablehnen. So wandte er sich um und betrachtete die säuberlich gestutzten Hecken, die den Hof einrahmten.

„Na was ist mit dir, Dad?“ Sören grinste. „Hast du was laufen?“

„Was meinst du denn?“

„Ist eine neue Frau bei dir am Start?“

Jetzt musste Thies schmunzeln. Er senkte den Blick und dachte unwillkürlich an Wiebke, die Polizistin aus Husum. Er stand ihr längst näher, als er sich selber eingestehen wollte.

„Nee“, sagte er schließlich und kickte mit der Schuhspitze einen Kieselstein durch die Luft.

Sören kicherte. „Ist klar“, sagte er. „Du müsstest dich mal sehen – voll rot bist du! Wer ist es?“

„Da ist niemand“, behauptete Thies. „Echt.“

„Und warum wirst du dann knallrot? Sag schon, wer ist sie?“

„Ich …“

Das Klingeln seines Telefons verschonte Thies vor weiteren unangenehmen Fragen, deren Antworten er selber nicht kannte. Hastig zog er das Smartphone aus der Anzughose. „Sorry“, sagte er nach einem Blick auf das Display, „aber da muss ich rangehen.“

„Mach mal.“ Sören nickte und stand breitbeinig und mit in den Hosentaschen versenkten Händen da.

„Hallo Wiebke“, sagte Thies und warf seinem Sohn einen entschuldigenden Blick zu.

„Wiebke heißt sie also“, grinste Sören und gab sich dabei keine Mühe, leise zu sprechen.

*

Hooksiel, 16.30 Uhr

Das Riesenrad am Strand von Schillig drehte sich bedächtig im Wind. Nur wenige der schneeweißen Gondeln waren besetzt. Der Großteil der Touristen, die in den Sommermonaten nach Wangerland kamen, um aus vierzig Metern Höhe den Blick auf die Nordsee zu genießen, blieben zu Hause, sobald sich das Meer von seiner stürmischen Seite zeigte und bunte Blätter von den Bäumen taumelten. Die Bude am Strand, an der man im Sommer Crashkurse im Kitesurfen anbot, war längst verrammelt und winterfest gemacht. Auch auf dem Campingplatz hinterm Deich mehrten sich die Lücken zwischen den im Sommer eng besetzten Parzellen.

Nachdenklich stand Tamme Gerdes auf dem Deich und blickte hinaus auf die Nordsee. Er hatte die großen Hände auf dem Rücken verschränkt und hing seinen Gedanken nach.

An Tagen wie diesen fehlte ihm seine ostfriesische Heimat sehr. Doch nach dem dramatischen Ende seiner Ehe hatte er Leer Hals über Kopf verlassen, um irgendwo neu anzufangen. Seinen Versetzungsantrag hatte er rechtzeitig gestellt, um bei den Kollegen in Schleswig-Holstein anzuheuern. So war er über Umwege in Husum gelandet. Inzwischen war ihm Nordfriesland ans Herz gewachsen, die Menschen dort waren freundlich und hilfsbereit, was ihm den Neuanfang als frisch geschiedener Single leichtgemacht hatte. Von Frauen hatte er nach der Trennung aber die Finger gelassen. Tamme Gerdes hatte die Nase gestrichen voll. Er hatte es den neuen Kollegen nicht auf die Nase gebunden, dass er sich umorientiert hatte. Niemand musste wissen, dass er, der große Kerl aus Ostfriesland, auf Männer stand. Sein Privatleben ging niemanden etwas an.

Seitdem er seine Heimat verlassen hatte, war er nur noch selten nach Leer zurückgekommen. Doch heute fehlten ihm die verwinkelten Gassen der Altstadt. Wie gern wäre er noch einmal durch die Straßen geschlendert. Er erinnerte sich an eine Situation, als er an der Seite seiner Verlobten vor dem Schaufenster eines Juweliers gestanden hatte, um die Ringe für die Hochzeit auszusuchen. Gerade als sie sich mit roten Wangen und aufgeregt klopfenden Herzen einig geworden waren, fuhr ein Geländewagen mit quietschenden Reifen vor. Um ein Haar hätte sie der maskierte Mann hinter dem Steuer überfahren. Nur mit einem beherzten Sprung zur Seite konnten sich Tamme und seine künftige Frau aus dem Gefahrenbereich retten. Früh genug, um Zeugen zu werden, wie zwei ebenfalls maskierte Männer aus dem Fond des SUV sprangen und mit Maschinengewehren im Anschlag den kleinen Laden stürmten. Als drinnen Schreie und Schüsse ertönten, gab es für Tamme kein Halten mehr. Er ließ seine Verlobte zurück, alarmierte die Kollegen und stürmte mit der Dienstwaffe, die er damals am Holster getragen hatte, in den Laden. Es war ihm gelungen, die Täter alleine festzunehmen. Im Nachhinein hatte ihm das den Spitznamen *Ostfriesenbulle* eingebracht. Ungern erinnerte sich Tamme an den Überfall. Zwar hatte er die Räuber stellen können, doch seine Frau war zu Tode beleidigt und enttäuscht gewesen, weil er sie am Tatort auf sich alleine gestellt zurückgelassen hatte. Vielleicht wäre das der richtige Zeitpunkt gewesen, es sich mit der Eheschließung noch einmal zu überlegen. Ihre gemeinsame Zeit hatte seitdem unter einem schlechten Stern gestanden. Heute war er schlauer. Doch es half nichts, seufzend machte Tamme Gerdes einen Haken an seine Zeit in Leer.

Er verspürte Hunger und beschloss, sich auf den Weg nach Jever zu machen, um dort eine Kleinigkeit zu essen. Er warf einen Blick auf die Uhr. Sicher waren die Kollegen mit den erkennungsdienstlichen Maßnahmen durch und bereiteten Carsten Barche gerade auf das Verhör vor. Danach würden sie ihn zurück nach Schleswig bringen. Wenn Wiebke und Petersen Bedarf hatten, mit Barche zu sprechen, konnten sie ihm in der forensischen Klinik sicher noch weitere Fragen stellen. Für den Ostfriesenbullen wurde es Zeit, sich auf den Weg zu machen.

*

Glücksburg, 16.40 Uhr

„Wir haben in der Wohnung von Sandra Mathis ein Baumwolltuch gefunden, das der Täter wohl zuvor in Ketamin getränkt hat, ein Betäubungsmittel, das in der Drogenszene oft als K.O.-Tropfen eingesetzt wird, um …"

„Wie bei den anderen", murmelte Thies und warf seinem grinsenden Sohn einen entschuldigenden Blick zu. Das Licht der tiefstehenden Sonne brach vereinzelt durch die dichten Wolken. Der Schlossteich lag ruhig wie ein riesiger Spiegel da.

„Wie bitte?" Wiebke stutzte am anderen Ende der Leitung.

„Ich war doch heute Nachmittag in der Rechtsmedizin", erklärte er geduldig. „Mabuse hat mir von abgerissenen Baumwollfetzen erzählt. Sie hat Fasern an allen drei Leichen gefunden und wie schon bei Jana Biel Spuren von Ketamin im Drogenscreening festgestellt."

„Thies, kannst du mir erklären, was den Täter bewegt, diese drei Personen zu töten und Sandra Mathis in seine Gewalt zu bringen?"

„Leider nein. Aber ich werde Sandra Mathis gleich zur Fahndung ausschreiben lassen."

„Hat die Ortung ihres Smartphones etwas ergeben?"

„Hauke Jensen berichtete mir, dass man das Telefon auf einem Acker an der Straße nach Westerheversand gefunden hat. Die Auswertung läuft noch."

„Mist." Wiebke wirkte enttäuscht. „Der Täter ist uns immer eine Spur voraus, Thies."

„Ich weiß, Wiebke." Er versuchte, sie zu beruhigen. „Ich habe auf dem Weg nach Kiel noch einmal sämtliche Leute mobilisiert, Wiebke. Wir sind fast fünfzig Beamte, die nach dem Mörder suchen. Es gibt unzählige Hinweise, die aber alle im Sand verlaufen."

„Verdammt." Wiebke seufzte. „Was können wir tun?"

„Abwarten, fürchte ich." Thies spazierte mit dem Telefon am Ohr durch den Schlosshof. „Wir können die Öffentlichkeit einschalten, weil Sandra Mathis ohne ersichtlichen Grund untergetaucht ist und wir den dringenden Verdacht haben, dass sie sich in der Gewalt eines mehrfachen Mörders befindet."

„Dann tu das, Thies." Wiebkes Stimme klang flehentlich.

„Einverstanden."

„Du bist ein Schatz."

Thies war froh, dass sie nicht sehen konnte, wie er errötete. Im selben Moment sah er sich zu Sören um, der an seinem Handy herumspielte und das Interesse für das Telefonat seines Vaters offensichtlich verloren hatte. „Danke."

„Wie machen wir jetzt hier weiter?"

„Gönn dir eine Verschnaufpause, Wiebke."

„Das kann ich nicht."

„Du musst. Momentan können wir nur abwarten und hoffen, dass die Ermittlungen uns weiterbringen – oder wir einen Hinweis auf der Öffentlichkeit bekommen, der uns hilft. Das kann allerdings noch dauern. Und die kleine Verschnaufpause solltest du nutzen, um Kräfte zu tanken für unseren großen Schlag gegen den Mörder, Wiebke."

„Na gut." Sie schien zu resignieren – oder ihm recht zu geben. So gut kannte Thies die Polizistin aus Husum noch nicht, um das einschätzen zu können. „Rufst du mich an, sobald du etwas erfährst?"

„Versprochen." Jetzt lächelte er wieder. Er lehnte an einem der alten Kastanienbäume, die den Schlosshof zur Wasserseite hin einfassten, und blickte auf das Wasser. Ein Schwan zog friedlich seine Bahn. „Schlaf ein wenig, Wiebke. Wir telefonieren, wenn es Neuigkeiten gibt."

*

Westerheversand, 16.45 Uhr

Er liebte diesen Ort. Nirgendwo schien die Weite von Eiderstedt spürbarer zu sein als hier. Auf dem Deich weidete eine Schafherde, die sich nicht für ihn zu interessieren schien. Als er den Blick auf den Leuchtturm richtete, ahnte er, dass in Kürze das Leuchtfeuer aktiviert wurde. Die Dunkelheit war in greifbare Nähe gerückt. Im Gegensatz zu früher gab es keinen Leuchtturmwärter mehr, der in den Abendstunden in die Turmspitze klettern musste, um die rotierende Lampe einzuschalten, die den Schiffern den rechten Weg wies. Nachdem Heinrich Geertsen seinen geliebten Turm 1979 verlassen hatte, wurde das Leuchtfeuer automatisch ein- und ausgeschaltet. Geertsen war ein Eiderstedter Wahrzeichen gewesen. Jetzt lag der Leuchtturm verlassen da. Mehr als 150 Tonnen Stahl, in denen sich der Wind verfing und je nach Richtung ein schauriges Heulen erzeugte, waren das Wahrzeichen der Halbinsel. Zu den Füßen des Turms duckten sich die beiden Häuser. In einem war das Wärterhäuschen untergebracht, das andere wurde von der Naturstation betrieben. Tagsüber pilgerten Touristen zum Westerheversand, jetzt lag der rotweiße Leuchtturm verlassen da. Doch so verlassen, wie er schien, war er nicht.

Er fühlte sich dem Westerheversand auf eine eigenartige Art verbunden. Hier konnte er sich den Wind durch die Haare pusten lassen, beim Blick in die Ferne die Gedanken ordnen und das weitere Vorgehen überdenken. Bald würde er am Ziel seiner langen Reise angekommen sein. Dann würde vielleicht endlich Ruhe einkehren. Doch noch war es nicht so weit. Jetzt durfte er sich keinen Fehler mehr erlauben. Schlimm genug, dass die Polizisten Sandras Wohnung durchsucht hatten. Doch sie hatten nicht das gefunden, wonach sie gesucht hatten, einen Hinweis auf ihren Verbleib. Jetzt galt es, keine Zeit zu verlieren. Er schlug die Kapuze seines schwarzen Anoraks hoch, stopfte die Hände in die Taschen und marschierte los. Das Finale war bereits eingeläutet, jetzt galt es, die Sache vernünftig zu Ende zu bringen. Siegessicher stapfte er auf den Leuchtturm zu, der ihm ein wenig Sicherheit gab.

*

„Du bist so seltsam heute." Imke bedachte ihn mit einem prüfenden Seitenblick, bevor sie sich zu ihrem Mann an den Tisch setzte. „Alles klar bei dir?"

Er hatte keinen Appetit. „Sicher." Frank Fischer griff zum Besteck und wich ihrem Blick aus. Er fühlte sich unwohl. Schon beim Betreten des Hauses hatte er sich gefühlt, als würde er die Höhle des Löwen betreten. Sein Tag war anstrengend gewesen, die Polizisten hatten ihm viele unbequeme Fragen über sein Verhältnis zu Gyde Nissen gestellt. Es sei rein beruflicher Natur gewesen, hatte er immer wieder beteuert. Doch sie schöpften sicher schon längst Verdacht, das hatte er ihnen angesehen. Wenn sie jetzt sein Smartphone und den Dienstlaptop auswerteten, war er geliefert. Darauf befanden sich unzählige Mails und Textnachrichten, die er mit der attraktiven Ärztin ausgetauscht hatte. Und Nachrichten, die alles andere als beruflicher Natur waren. Fischer musste die Geräte löschen und auf ihre Werkseinstellungen zurücksetzen. Doch er war Kaufmann und kein IT-Spezialist und würde das kaum alleine schaffen. Zumindest so, dass ihm die Polizei kein Verhältnis zu Gyde Nissen nachweisen konnte. Diese Gedanken, das Gefühl der Hilflosigkeit machten ihm zu schaffen.

Eigentlich hätte er sich denken müssen, dass sie ihm ansah, dass etwas nicht stimmte. Lange genug kannten sie sich immerhin. „Viel Arbeit", brummte er kauend, als er ihren bohrenden Blick spürte.

„Die Sache mit dem Mord an der Ärztin, nehme ich an?" Imkes Stimme hatte einen lauernden Unterton angenommen.

„So ist es." Er nickte. „Medienvertreter und die Ermittler lassen uns im Krankenhaus kaum unsere Arbeit machen."

„Diese Nissen war mir nie sonderlich sympathisch", bemerkte sie mit spitzer Stimme. „Ich hatte immer den Eindruck, dass sie ein Auge auf dich geworfen hatte." Jetzt kicherte sie triumphierend. „Aber das ist ja nun vorbei." Damit begann sie zu essen. Ein feines, wissendes Lächeln lag auf ihren Lippen. Und er spürte, wie sehr er seine Frau inzwischen hasste.

*

Die Polizei Schleswig-Holstein bittet um Ihre Mithilfe: Vermisst wird die achtunddreißigjährige Sandra Mathis aus Osterhever. Da die Polizei nicht ausschließen kann, dass die Frau sich in der Gewalt des Mannes befindet, dem man bereits Mord in drei Fällen vorwirft, gehen die Behörden davon aus, dass Sandra Mathis sich in Lebensgefahr befindet. Wer kann Angaben zum Verbleib der Vermissten machen, oder wer hat Sandra Mathis in letzter Zeit gesehen oder mit ihr gesprochen? Hinweise nimmt jede Polizeidienststelle im Land entgegen.

Wie gebannt starrte er auf das Autoradio. Es war eine Frage der Zeit, bis man sich auf die Jagd nach ihm machte. Wütend hieb er auf das Armaturenbrett. Sein Gesicht hatte eine tiefrote Färbung angenommen, eine Ader pochte an seiner Schläfe. Es dauerte einen Augenblick, bis er einen klaren Gedanken fassen konnte. Es war gut, dass er Sandra abgeholt hatte. Dass sie sich in seinem Versteck befand, verschaffte ihm jetzt einen zeitlichen Vorteil. Doch Zeit zum Ausruhen hatte er nicht. Sie hatten die Jagd auf ihn eröffnet. Das glich einer Kampfansage. Dann machte er einen Plan. Er fuhr an den Straßenrand, ließ den Wagen mit den rechten Reifen über den unbefestigten Standstreifen rollen und schaltete den Motor ab. Eigentlich hatte er das Telefon für einen späteren Zeitpunkt besorgt. Doch es half nichts, er konnte unmöglich mit seinem eigenen Smartphone telefonieren. Dann hätte er sich auch gleich stellen können. Aber das hatte er nicht vor, lieber würde er sich eine Hand abhacken, als sich der Polizei zu stellen.

Seine Hand zitterte, als er sich nach rechts beugte, um das Handschuhfach zu öffnen. Unter dem Bordbuch des Wagens, der Taschenlampe und einer zerdrückten Packung Papiertaschentücher fand er das altmodische Tastentelefon. Er aktivierte es. Gefühlt verging eine Ewigkeit, bis sich das Handy ins Netz eingewählt hatte. Als er mit dem Daumen die 110 tippte, zitterte seine Hand. *Jetzt nur keine Schwäche zeigen,* hämmerte eine innere Stimme in seinem Kopf. Nach dem dritten Freizeichen meldete sich die gelangweilt klingende Stimme eines diensthabenden Beamten. „Sie haben den Notruf der Polizei gewählt, was kann ich für Sie tun?"

„Es geht um Sandra Mathis", sagte er mit tiefer Stimme.

„Verraten Sie mir bitte einmal Ihren Namen und eine Adresse?"

„Ich habe sie heute Vormittag noch gesehen."

„Wer sind Sie?“

„Es war Zufall. Wir sind im Supermarkt in Garding mit unseren Einkaufswagen zusammengestoßen. Sie war gut drauf, wir haben ein bisschen über alte Zeiten geplaudert, und …“

„Ich brauche Ihren Namen“, erinnerte ihn der Polizist am anderen Ende der Leitung.

„Es geht ihr gut, ich habe eben in den Nachrichten gehört, dass Sandra vermisst wird. Sie hat mir erzählt, dass sie ein paar Tage Urlaub machen will. In Dänemark.“

„Wer sind Sie?“ Die Stimme wurde mahnender.

Er hatte nicht vor, diese Frage zu beantworten, und drückte den roten Knopf, um die Verbindung zu unterbrechen. Hastig schaltete er das Telefon aus, entnahm den Akku und die SIM-Karte. Nachdem er das Tastentelefon wieder im Handschuhfach deponiert hatte, drehte er den Zündschlüssel. Der Motor brummelte gleichmäßig im Leerlauf. Nachdem er ein paar Mal bei offenem Seitenfenster durchgeatmet hatte, legte er den Gang ein und gab Gas. Höchste Zeit, von hier zu verschwinden. Nachdem er ein paar Kilometer zurückgelegt hatte, nahm er die SIM-Karte vom Beifahrersitz und warf sie in hohem Bogen aus dem Seitenfenster. Dann betätigte er den Fensterheber und trat das Gaspedal tiefer durch. Es war an der Zeit unterzutauchen. Sein Vorhaben musste warten.

*

Schobüll, 17.00 Uhr

Obwohl sie todmüde war, wusste Wiebke, dass sie keinen Schlaf finden würde. So hatte sie sich zu Hause ein wenig frisch gemacht, war in die Laufsachen geschlüpft und hierhergefahren, um eine Runde zu joggen. Sie hatte die Dienstwaffe gegen ihre neue Smartwatch getauscht, die ihre Leistungen dokumentierte. Das Wetter hielt sich, und Wiebke war sicher, dass sie so einen freien Kopf bekam. Ihr Herz raste, als sie durch die Geest lief, vorbei an den schmucken, meist mit Reet gedeckten Häusern. Von dort aus hatte man freien Blick auf die Nordsee. Schobüll gehörte zu den wenigen Orten an der Küste, an denen die Sicht auf das Meer nicht von einem Deich gestört wurde. Ein wenig beneidete sie die Menschen, die dort leben durften. Dann kreisten ihre Gedanken wieder um den Fall. Noch immer gab es keine Spur von Sandra Mathis, es war, als wäre die junge Frau vom Erdboden verschwunden.

Die Flensburger Kollegen, die sich mit den Ermittlungen im Theodor-Storm-Krankenhaus beschäftigten, hatten ihr bestätigt, dass Sandra Mathis schon ein paar Tage nicht mehr zum Dienst erschienen war. Auch telefonisch war sie nicht zu erreichen gewesen.

Jetzt ging es darum, den aktuellen Aufenthaltsort von Sandra Mathis herauszufinden und sie aus den Klauen des Entführers zu retten. Thies hatte ihr versprochen, sie zur Fahndung auszurufen. Wiebke nervte es, untätig zu sein. Sie war kein geduldiger Mensch und arbeitete bis zur Erschöpfung, wenn es darum ging, einen Fall zum Abschluss zu bringen. Doch es half nichts, sie musste auf die Ergebnisse der laufenden Ermittlungen warten, um dann zuschlagen zu können.

Während Wiebke ihre kurze Pause nahm, kümmerten sich die Kollegen um das soziale Umfeld der verschwundenen Frau. Wiebke erinnerte sich an das seltsame Gefühl, das sie beim Betreten der Wohnung von Sandra Mathis beschlichen hatte.

Petersen war bei der gemeinsamen Begehung nichts Außergewöhnliches aufgefallen, so tippte Wiebke auf ihren siebten Sinn, der ihr ein Alarmsignal gegeben hatte.

Hör immer auf dein Bauchgefühl, wenn du in einem Fall nicht weiterkommst, sagte ihr Vater immer, wenn sie telefonierten. Jetzt hatte sie ein seltsames Bauchgefühl und wusste damit nichts anzufangen.

Wiebke erreichte die hölzerne Seebrücke, machte ein paar Schritte auf der Stelle und wandte sich um, weil sie kurz das Gefühl hatte, verfolgt zu werden. Doch weit und breit war niemand zu sehen. Der Campingplatz lag verwaist zu ihrer Linken, geradeaus schaute sie auf den Betonklotz, der das Altenheim beherbergte und der so gar nicht ins Landschaftsbild passen wollte, weiter hinten ragte der Kirchturm in den grauen Himmel. Wiebke setzte ihren Weg fort. Über die Bohlen des Holzstegs gelangte sie hinaus ins Meer, der Wind frischte auf und kühlte ihre vom Laufen erhitzten Wangen. Sie ließ den Blick über die wilde Natur schweifen. Der breite Schilfgürtel neben dem Steg schien zu leben. Die hohen Halme wiegten sich im Wind und erzeugten ein gleichmäßiges, immer allgegenwärtiges Rascheln. Es war, als hätten die

Salzwiesen ein eigenes Leben entwickelt. Dabei waren es die unzähligen Vogelarten, die sich hier ein Brut- und Rastgebiet erschlossen hatten. Als Wiebke den Blick nach vorn richtete, sah sie eine Schar von Sanderlingen, die kreischend im Wind durch die Luft zu taumeln schienen. Immer wieder sanken sie im Sturzflug auf das Watt herunter, um den Boden nach Nahrung zu durchsuchen. Inzwischen hatte Wiebke das Ende der Seebrücke erreicht. Im Laufen schaute sie sich mehrmals um, da sie ein eigenartiges Gefühl beschlich, nicht allein hier draußen unterwegs zu sein. Doch auch diesmal folgte ihr niemand.

Das beklemmende Gefühl blieb.

Wiebke verlangsamte ihre Schritte auf der Aussichtsplattform, machte am Geländer ein paar Dehnübungen, bevor sie sich eine kleine Ruhepause gönnte und auf die Nordsee hinausschaute. Während sie an der Brüstung lehnte und das Kinn vorschob, um die frische Brise der See zu genießen, kreisten ihre Gedanken wieder um Sandra Mathis.

Wo steckst du?, fragte sich Wiebke in Gedanken. *Was verheimlichst du uns?* Wiebke war, nachdem Johannsen das Tuch als mit Ketamin getränktes Mittel zur Betäubung der Frau identifiziert hatte, sicher, dass sich die Frau in den Händen des Dreifachmörders befand. Es war unerträglich, die Anweisungen des Staatsanwalts zu befolgen und auf einen baldigen Fahndungserfolg zu hoffen.

Je länger sie nachdachte, umso mehr festigte sich die Vorstellung, dass die Lösung in der Wohnung der verschwundenen Frau zu finden war.

*

Zurück in seinem Versteck verspürte er Hunger. So griff er nach einem Glas Bockwürstchen, schraubte es auf und fingerte in der Lache herum. Der würzige Duft drang in seine Nase, doch er hatte keine Zeit zu genießen, geschweige denn, sie auf dem einfachen Gaskocher aufzuwärmen, und verschlang drei Würstchen hintereinander. Die Monitore hatte er bereits abgeschaltet. Er musste untertauchen. Je weniger Strom er verbrauchte, umso besser. Die Bullen hatten Sandra zur Fahndung ausgeschrieben. Jetzt würde man jeden Stein in Nordfriesland umdrehen, um nach ihr zu suchen. Es war eine Frage der Zeit, bis man sie fand. Es wäre fatal, wenn sie ihm jetzt auf die Schliche kamen. Er zog den schweren Riegel der stählernen Tür zurück und verzog bei dem ohrenbetäubenden Geräusch das Gesicht. Es dauerte einen Moment, bis sich seine Augen an das Zwielicht in der Zelle gewöhnt hatten. Regungslos lag Sandra in embryonaler Haltung auf der Pritsche. Sie rührte sich nicht. Die Gaslaterne in seinem Raum warf einen matten Lichtbalken in die Zelle. Ihre Haut wirkte blass und wächsern, unter ihren verquollenen Augen hatten sich dunkle Ringe gebildet, die Unterlippe war aufgeplatzt.

Kurz packte ihn das blanke Entsetzen. War sie tot?

Mit pochendem Herzen trat er an ihre Schlafstätte, um sich über den leblosen Körper zu beugen. „Sandra?“, flüsterte er leise. „Sandra?“ Als er ihren Arm berührte, erschrak er: Ihre Haut war eiskalt. Erst als er sich über ihr

Gesicht beugte und das leise Schnarchen vernahm, wusste er, dass er sich getäuscht hatte. Sie lebte. Damit war er wieder im Rennen, und dem Höhepunkt seines Vorhabens stand nichts mehr im Wege. Zufrieden erhob er sich und trat einen Schritt zurück, um sie zu beobachten. Dabei betrachtete er den großen Rollkoffer in der Ecke, den er vorhin hierhergebracht hatte. Kurz überschlug er, ob sie in den Koffer passte. Es würde gehen. In Berlin rollten sie regelmäßig Kofferleichen durch die Gegend, ohne dass in der Millionenstadt jemand Verdacht schöpfte. Warum also sollte ihm das nicht auch gelingen? Und Sankt Peter-Ording war nicht Berlin.

Als sie sich rührte, kam ein schmerzhaftes Stöhnen über ihre geschwollenen Lippen. Mit verklärtem Blick blinzelte sie zu ihm hoch. „Was willst du?“, krächzte sie heiser.

„Wir müssen von hier verschwinden“, sagte er mit ernster Miene. „Ich muss dich in Sicherheit bringen.“

„Du?“ Sie versuchte zu lachen. „Das ist Sarkasmus. Töte mich endlich, damit ich es hinter mir habe.“ Sie hielt seinem zweifelnden Blick stand. Als sie die Hand nach ihm ausstreckte, um seinen Arm festzuhalten, wich er erschrocken zurück.

„Ich muss noch mal weg“, erklärte er hastig. „Aber sobald ich wieder hier bin, verschwinden wir.“ Ohne auf ihre Reaktion zu achten, wandte er sich zum Gehen. Ohne einen letzten Blick auf sie zu werfen, verließ er ihr Gefängnis und schlug die Eisentür ins Schloss. Seine Hände zitterten, als er den schweren Riegel vorschob und das Vorhängeschloss in die Stahlschlaufe schob. Sekundenlang lehnte er mit dem Rücken an der Tür. Die Kühle des Eisens durchdrang seine Kleidung und ließ ihn frösteln. Plötzlich kamen ihm Zweifel. Hatte er alles richtig gemacht? War es all das wert gewesen? Wie dem auch sei, jetzt galt es durchzuhalten, um endlich Frieden zu finden. Mit einer energischen Bewegung stieß er sich von der Tür ab, nahm die schwarze Jacke vom Stuhl und streifte sie über.

Kapitel 20

Es war spät geworden, doch Wiebke wollte keine Zeit verlieren. Nach einem Telefonat mit Petersen hatten sie beschlossen, sich aufzuteilen. Während er sich um den Ex-Freund der Vermissten kümmern wollte, war sie nach Osterhever gefahren, um sich noch einmal in der Wohnung von Sandra Mathis umzusehen. Der Himmel hatte sich zugezogen, es sah nach Regen aus.

„Sie schon wieder?" Ole Hinrichsen blickte Wiebke mit grimmiger Miene an. Er hatte getrunken, denn ihr wehte eine strenge Alkoholfahne entgegen.

Wiebke wich einen halben Schritt zurück. Sie mochte es nicht sonderlich, wenn jemand nach Alkohol roch, schon gar nicht am Nachmittag. „Entschuldigen Sie die späte Störung, aber ich müsste noch einmal in die Wohnung von Frau Mathis."

„Haben Sie eigentlich nie Feierabend?" Bevor Wiebke antworten konnte, deutete er mit dem Kinn auf ihre Kleidung. „Und laufen Polizisten jetzt in Turnsachen durch die Gegend, wenn sie in einem Mordfall ermitteln?" Spott lag in seiner Stimme. Hinrichsen schüttelte missbilligend den Kopf.

Er sollte das Trinken sein lassen, durchzuckte es Wiebke, während sie an sich herabsah. Sie war gleich von Schobüll aus nach Osterhever aufgebrochen, um keine Zeit zu verlieren. Und insgeheim musste sie Hinrichsen recht geben. Es war außergewöhnlich, dass eine Kommissarin in Sportbekleidung ermittelte. Hinrichsen schaute an ihr vorbei. „Und das da", sagte er amüsiert und deutete auf den kleinen Panda, „sind die neuen zivilen Einsatzfahrzeuge?"

Wiebke ging nicht darauf ein. „Lassen Sie mich jetzt noch einmal in die Wohnung von Frau Mathis?"

„Haben Sie vorhin was vergessen?"

Ole Hinrichsen klimperte mit dem Schlüssel, den er umständlich aus der Hosentasche zog. „Kommen Sie schon."

Schweigend stapften sie Seite an Seite über den Hof. An Sandras Wohnungstür angekommen, fummelte Hinrichsen den Schlüssel ins Schloss und drückte die Tür auf. Als er sich zu Wiebke umwandte, grinste er. „Ich weiß, ich weiß", sagte er. „Ab hier kommen Sie alleine zurecht."

„So ist es." Wiebke lächelte freundlich und schob sich an Hinrichsen vorbei in den dunklen Flur. „Ich ziehe die Tür später einfach ins Schloss", sagte sie.

„So mok wie dat." Hinrichsen legte zwei Finger an die nicht vorhandene Hutkrempe und trollte sich. Erst, nachdem Wiebke gesehen hatte, wie er in der großen Wohnung verschwunden war, schloss sie die Tür und tastete nach einem Lichtschalter. Sie atmete durch. Es roch muffig hier unten. Alles schien seit ihrem letzten Besuch unverändert zu sein. Sie schob sich an der Matte mit den Schuhen und dem blauen E-Bike vorbei und nahm die Treppe ins Obergeschoss. Hier wurde sie vom vorwurfsvollen Maunzen der vier Katzen empfangen. „Ich kümmer mich um euch.“ Wiebke ging in die Hocke, um die Tiere kurz zu streicheln. Nein, dachte sie, wer Haustiere hält, verschwindet nicht einfach, ohne sich darum zu kümmern. Wiebke streifte sich dünne Handschuhe über und machte sich in der kleinen Küche zu schaffen. Sie suchte und fand den Schrank, in dem Sandra Mathis das Futter für die Katzen lagerte, nahm eine Dose heraus, um sie vor den Augen der hungrigen Stubentiger zu öffnen. Ungeduldig strichen die Tiere dabei um Wiebkes Beine. Nachdem sie einen bereitstehenden Teller am Boden, der als Futterstelle diente, bestückt hatte, machte sie sich an die Arbeit. Die Katzen fraßen gierig, und Wiebke fragte sich, wann die Tiere zuletzt etwas bekommen hatten. Ein wenig ratlos stand sie in der Wohnküche und schaute sich um. Wiebke wusste nicht, wo sie mit der Suche nach dem, was sie derart bewegt hatte, beginnen sollte. Kurz schloss sie ihre Augen und schärfte alle Sinne. Sie stellte sich Sandra Mathis vor, wie sie sich hier aufhielt und was sie wohl zuletzt getan hatte.

Das Auto, durchzuckte es sie. *Wir sollten es öffnen und ihr Navi auslesen lassen, um ihre letzten Fahrten zu rekonstruieren.* Sie durchmaß die Küche und betrachtete das Schlüsselbrett neben der Wohnungstür. Den Autoschlüssel erkannte sie sofort. Sie griff danach und ließ ihn in ihre Hosentasche gleiten. Darum konnten sich die Jungs von der KTU kümmern. Wiebke atmete ein paar Mal tief durch. Sie schaute sich wieder um und überlegte, was hier geschehen sein konnte. Offenbar war Sandra Mathis aus ihrer Wohnung entführt worden. Kampfspuren waren schon bei ihrem ersten Besuch nicht aufgefallen. *Natür-*

lich, dachte Wiebke, *wenn der Täter sie mit Ketamin unschädlich gemacht hat, wird sie kaum Gegenwehr geleistet haben.* Petersen hatte das mit dem Betäubungsmittel getränkte Tuch im Eingangsbereich des Schlafzimmers gefunden, wo es der Täter offensichtlich aus Versehen verloren hatte. Sie begab sich zum Schlafzimmer und betrachtete die verwühlte Bettwäsche. Das Kopfkissen hing halb zu Boden, die Decke war zurückgeschlagen. Erst jetzt bemerkte Wiebke den Wecker, der neben dem Nachtschrank lag. Offensichtlich war er infolge der Entführung von der Konsole gefegt worden. Auch die Nachttischlampe stand recht ungewöhnlich am äußersten Rand des Nachtschränkchens. Wiebke ging in die Hocke und betrachtete die hölzerne Oberfläche. Ein feiner Staubrand markierte die Stelle, an der die Lampe unter normalen Umständen stand. Als sie auf die andere Seite blickte, sah sie auf dem anderen Nachtschrank, dass dort dieselbe Lampe stand, und zwar mittig.

Wiebke erhob sich und ging zur Schlafzimmertür zurück. Sie schloss die Augen und versuchte, sich vorzustellen, was hier geschehen war. Sie sah Sandra Mathis, die im Bett lag und schlief. Dann erkannte Wiebke einen schwarzen, hochgewachsenen Schatten, der plötzlich im Raum stand. Regungslos stand die Gestalt einen Moment lag am Fußende des Bettes, hatte das Tuch mit dem Betäubungsmittel hinter dem Rücken versteckt. Als er sich über die schlafende Frau beugte, erwachte sie. Panik lag in ihrem Blick, sie wich zurück und hoffte, dem Eindringling zu entkommen. Doch er ließ ihr keine Möglichkeit, ihm zu entkommen, war mit einem Satz über ihr, drehte sie brutal auf den Rücken, hielt mit einer Hand ihre Arme so, dass sie ihm nicht gefährlich werden konnte, dann presste er ihr den Lappen vor Mund und Nase. Während Sandra Mathis panisch nach Luft schnappte, inhalierte sie unfreiwillig die Dämpfe des Betäubungsmittels. Ihr Kampf dauerte nur Sekunden, dann sackte sie bewusstlos zurück in die Laken. Der schwarz gekleidete Mann betrachtete sie zufrieden, dann kletterte er aus dem Bett, um sich über die wehrlose Frau zu beugen. Er nahm sie wie eine Puppe aus dem Bett und schulterte sie, wie andere einen Sack Kartoffeln schultern. Während er mit seinem Opfer den Raum verließ, rutschte das Tuch zu Boden.

Wiebke zuckte zusammen, als der Unheimliche und sein Opfer mit einem eiskalten Luftzug durch sie hindurchzuschweben schienen. Es war ein wenig wie eine Geisterscheinung, die Wiebke beobachtet hatte. Hastig schlug sie die Augen auf und stellte mit klopfendem Herzen fest, dass sie sich alleine im Schlafzimmer von Sandra Mathis befand.

Es dauerte einen Moment, bis sich ihr Herzschlag normalisiert und sie ihre Gedanken geordnet hatte. Wiebke trat an das Schlafzimmerfenster und sah hinaus auf den Hof. Im Sommer, so dachte sie, war es hier sicherlich traumhaft schön. Doch jetzt wirkte die Gegend rund um die Stallungen und die Pferdekoppel verwaist und trostlos. Gerade setzte Regen ein, der gegen die Scheibe trommelte. Fröstelnd löste sich Wiebke vom Blick aus dem Fenster und wandte sich um.

Was stimmte hier nicht?

Als sie sich von der Fensterbank abstieß, bemerkte sie eine Lichtreflexion über dem Bett. Sie hielt inne und richtete den Blick auf den großformatigen Kunstdruck, der den Eiderstedter Leuchtturm unter einem strahlend blauen Himmel inmitten der Salzwiesen zeigte.

Nachdenklich betrachtete Wiebke das mit einem weißen Schattenrahmen versehene Bild. Bei dem Motiv handelte es sich um ein klassisches nordfriesisches Bild, wie es zu Millionen in Ferienhäusern, Wohnungen und bei Liebhabern des Nordens hing. Es gab diese Bilder in allen Variationen und Größen, es gab sie als Poster, als Kunstdruck auf Leinwand, aber auch in Acrylglas gegossen. Sie fragte sich, was ihre Aufmerksamkeit erregt hatte. Wiebke kniete sich mit einem Bein auf die Bettkante, um das Bild aus der Nähe zu beobachten. Am Leuchtturm, dort, wo sich das Lampenhaus befand, erkannte sie einen winzigen, gläsernen Punkt, der nur beim genauen Hinsehen auffiel. Wiebke kniff die Augen zusammen und ahnte, was das zu bedeuten hatte. Die Linse, die man von der Rückseite des Bilds in das Lampenhaus eingearbeitet hatte, war nicht größer als ein Stecknadelkopf.

Wiebke war trotzdem sicher, dass die Linse der Kamera brillante Bilder lieferte und sicherlich auch über eine Nachtsichtfunktion verfügte. Nachdenklich stand sie vor dem riesigen Bild. Sie wusste, dass sich hinter der Kamera der Mann verbarg, den sie suchte.

Wer bist du?

Wo bist du?

Wo ist Sandra Mathis?

Diese Fragen rotierten in einer Endlosschleife durch ihren Kopf. Die winzige Spionagekamera war der Schlüssel zum Rätsel, da war sie sicher. Wiebkes Finger zitterten, als sie die Arme ausstreckte, um das Bild von der Wand zu nehmen. Ein Blick auf die Rückseite gab ihr Gewissheit: Dort, wo sich auf dem Motiv das Leuchtfeuer verbarg, erblickte sie einen winzigen, zylindrischen Gegenstand, der nicht viel größer war als der Fingerhut, den ihre Großmutter immer zum Stopfen der löchrigen Socken benutzt hatte. Am hinteren Ende gab es einen Draht, der mit Klebeband auf der Rückseite der Leinwand fixiert war und zur unteren rechten Ecke des Holzrahmens führte. Dort befand sich ein ebenfalls schwarzer Kasten von der Größe einer Zigarettenschachtel. Dies musste der zur Kamera gehörende Sender sein, der das Funksignal an den Empfänger übertrug.

Wiebke trug das Bild zum Bett und legte es mit der Vorderseite auf die Bettwäsche. Dann löste sie mit spitzen Fingern das Klebeband und nahm die Kamera aus der winzigen Öffnung in der Leinwand. Sie fand einen kleinen Kippschalter, den sie in die Off-Stellung schob.

„So“, sagte sie leise, „wer immer du bist – jetzt bist du blind.“ Sie fragte sich, ob der Täter sie bei ihrer Aktion beobachtet hatte. Nachdenklich drehte sie die Kamera in den Fingern. Das Spionage-Equipment, das man früher nur aus Agentenfilmen kannte, war heutzutage kinderleicht online zu beschaffen. Es war kein Kunststück mehr, an solche Überwachungskameras zu kommen. Sie einzusetzen war aber, je nach Verwendungszweck, strafbar.

Wiebke sah sich aufmerksam im Schlafzimmer um. Jetzt, da sie wusste, wonach sie suchte, konnte sie sich gezielt umsehen. Doch sie fand keine zweite Kamera und verließ das Schlafzimmer.

Wiebke sah sich im kleinen Flur aufmerksam um, entdeckte aber keine weitere Kamera und widmete sich der Küche. Hier wurde sie fündig. Jemand hatte die große Wanduhr manipuliert. Die Kamera klebte mittig auf der Welle, über die sich die Zeiger bewegten. Wiebke nahm die Küchenuhr von der Wand und erkannte auch hier im Gehäuse der Uhr einen kleinen Kasten. Sie legte die Uhr mit dem Zifferblatt auf die Arbeitsplatte und schaltete die Cam ebenfalls aus.

Wiebke entfuhr ein spitzer Schrei, als sie eine Berührung am Bein registrierte. Als sie den Blick senkte, stellte sie erleichtert fest, dass es sich um eine der Katzen handelte, die ihr um die Beine strich.

„Hast du mich erschreckt", murmelte Wiebke und erschrak über den Klang ihrer eigenen Stimme. Sie ging in die Hocke, um das Tier kurz zu streicheln, dann setzte sie ihre Suche fort. Im Media Receiver, der sich in einem offenen Fach unterhalb des Fernsehers befand, klebte die Linse an der Seite des schwarzen Kastens. Sie war so ausgerichtet, dass man über diese Kamera das Geschehen auf dem Sofa der Stube beobachten konnte. Auch im Bad entdeckte Wiebke eine Spionagekamera. Hier hatte man Kreativität bei der Suche eines geeigneten Verstecks gezeigt, denn die Linse war mitsamt ihrem Sender in einer Falte der Gardinen vor der Milchglasscheibe eingenäht worden.

„Ich glaube es nicht", sagte Wiebke halblaut. Wer die Bilder aus dieser Cam betrachtete, konnte von der Position des Verstecks aus bis in die kleine Dusche hinter der Tür schauen.

Wiebke hielt nichts mehr in der Wohnung. Sie eilte die schmale Treppe hinab, klemmte einen Stiefel in die Tür und stand im nächsten Moment auf dem Hof. Ein eisiger Herbstwind fegte über die Halbinsel und ließ das Laub in den Bäumen leise rascheln. Die Gedanken rasten durch ihren Kopf. Wiebke fragte sich, wem daran gelegen sein könnte, Sandra Mathis auszuspionieren. Ihr fiel Finn Larsen ein. Der Dachdecker hatte sein Interesse an Sandra Mathis eingeräumt, aber auch keinen Hehl daraus gemacht, dass er bei ihr nicht hatte landen können. Ole Hinrichsen, der ebenfalls vom Versteck des Schlüssels Kenntnis hatte, traute sie ein solch morbides Treiben nicht zu, doch sie durfte nichts außer Acht lassen. Und es gab Malte Horn, den Ex-Freund. Wiebke musste sich eingestehen, dass sie von ihm so gut wie nichts wussten, und nahm sich vor, das so schnell wie möglich zu verändern.

Wiebke griff zum Telefon, um Petersen anzurufen. Doch schon beim ersten Freizeichen sprang die Mailbox an – ein sicheres Zeichen dafür, dass er gerade telefonierte. Sie drückte den roten Button und tippte die Nummer der Kriminaltechnik. Hier meldete sich ein trotz fortgeschrittener Stunde äußerst frisch klingender Tasso.

„Ich habe eine ganze Handvoll Überwachungskameras in der Wohnung von Sandra Mathis gefunden", kam Wiebke ohne Umschweife auf den Grund ihres Anrufes zu sprechen. „Es wäre schön, wenn du herkommst, um dir das anzusehen."

„Sandra Mathis wurde gestalkt?"

„So ist es", antwortete Wiebke. „Aber sie wusste offenbar nichts davon, denn sie hat uns davon nicht erzählt."

„Jetzt weißt du auch, warum dieser Notfallschlüssel im Schloss steckte", stimmte der Grieche ihr zu. „So wie es aussieht, wurde der Stalker überrascht, und er musste übereilt die Flucht antreten, um nicht erkannt zu werden."

„Aber sein Vorhaben konnte er noch zu Ende bringen."

„Ich bin in zwanzig Minuten da." Tasso ließ sich von Wiebke die Anschrift geben, bevor er auflegte.

Kapitel 21

Er hatte es sich auf der Pritsche bequem gemacht und war in eine Art Halbschlaf gefallen, nachdem er die restlichen Bockwürstchen gierig verschlungen hatte.

Es war anstrengender, als er sich sein Vorhaben gedacht hatte. Tagsüber die Normalität wahren, um in seinem Umfeld nicht aufzufallen, dabei seine Mission fortsetzen und sich um Sandra kümmern. Es schlauchte ihn. Ein letztes Mal würde er hier ruhen, um Kraft zu schöpfen, danach musste er das Versteck aufgeben.

Nach seiner Rückkehr war er noch einmal bei ihr gewesen, um sie zu versorgen. Sie hatte zu spät bemerkt, dass er ihr ein paar Tropfen Ketamin ins Wasser gekippt hatte, zu gierig getrunken und ihn dann verflucht, war dann aber schnell eingeschlafen. Sie würde ihm in den nächsten zwei Stunden keine Scherereien machen.

Sandra, dachte er mit einem eigenartigen Gefühl von Melancholie. *Meine Sandra …* Er seufzte und fragte sich, ob sie noch schlief. Im Liegen wandte er den Blick zu der feuerfesten Eisentür, hinter der sich ihr Versteck befand. Natürlich hatte er die Tür verschlossen und den massiven Riegel von außen vorgeschoben. Zur Sicherheit nutzte er noch ein schweres Vorhängeschloss, das in der Lasche hinter dem Riegel steckte. Er hatte es als überflüssig betrachtet, das Schloss zu verschließen. Sie war sicher und schlief. Wäre sie erwacht, hätte sie sich längst bemerkbar gemacht, davon war er überzeugt.

Noch hatte er Zeit …

Kurz überlegte er, ob er noch einmal mit ihr schlafen sollte, bevor sie erwachte. Er spürte die Hitze in seine Lenden steigen und stellte sich vor, wie es sich wohl anfühlen würde, wenn er tief in sie eindrang, während sie bewusstlos war. Der Gedanke daran erregte ihn.

Sie gehörte ihm und nur ihm. Er wollte sie schützen und für sie da sein, komme, was wolle.

Ein Flackern der großen Monitore an der gegenüberliegenden Wand lenkte ihn ab. Er richtete sich auf und stierte auf die Bildschirme. Die Bilder, die er dort zu sehen bekam, machten ihn wütend.

Die Monitore zeigten Sandras verlassene Wohnung. Ab und zu huschten die vier Katzen durch den Bildrand. „Ich bring die Scheißviecher um“, zischte er voller Wut und dachte daran, wie viel Zeit Sandra mit den Katzen verbrachte und wie viel Liebe sie den Tieren gab. Liebe, die ihm zustand.

Doch diesmal waren es nicht die Katzen, die sämtliche Kameras in der Wohnung über die integrierten Bewegungsmelder aktiviert hatten. Eine Frau huschte durch die Räume und schien etwas zu suchen.

Er ballte die Hände zu Fäusten, als er die Frau erkannte. „Du blöde Kuh“, zischte er aufgebracht und spürte, wie eine Zornesader an seiner Schläfe wild pochte. „Ich bring dich um!“ Er trat an die Arbeitsplatte auf den einfachen Holzböcken, um das Treiben in Sandras Wohnung aus nächster Nähe zu beobachten, zog sich den alten Bürostuhl heran und setzte sich. Die Polizistin stand gerade im Schlafzimmer und schien nachzudenken. Dann bewegte sie sich zum Fenster, wandte den Kopf nach rechts und betrachtete die Leinwand mit dem Leuchtturm Westerheversand. Er ahnte, was als Nächstes geschah, und verzweifelte vor Wut an seiner Machtlosigkeit. So wurde er zum stummen Zeugen des Geschehens und sah, wie die Frau das Bild von seinem Platz an der Wand nahm. Kurz tauchte ein Auge der Polizistin übergroß auf einem der Monitore auf.

Sie hatte die Kamera entdeckt!

„Ich bring dich um", zischte er immer wieder. „Ich mach dich fertig, du dumme Sau!" Seine Hand schnellte auf die Arbeitsplatte und erzeugte einen lauten Knall. Die Mäuse und Tastaturen vollführten einen wilden Hüpfer. Das Gefühl, tatenlos zusehen zu müssen, wie er aufflog, trieb ihn an den Rand des Wahnsinns. Er musste eingreifen, bevor es zu spät war.

Voller blinder Wut sprang er von dem Stuhl auf und streifte sich die Jacke über. Gerade als er den Keller verlassen wollte, klopfte es hinter ihm an der Tür. Dumpf hallte das Scheppern durch den niedrigen Raum.

„Bist du da?" Ihre Stimme klang kraftlos. Schwach hämmerte sie gegen die Tür. „Lass mich raus. Bitte!"

Er überlegte. *Ich muss noch mal weg,* wollte er ihr zurufen, doch er zog es vor zu schweigen. Sicher würde sie am Klang seiner Stimme bemerken, dass etwas nicht stimmte, dass er aufgebracht und wütend war. Das wollte er ihr nicht zumuten. Kurz betrachtete er den schweren Riegel vor der Eisentür. Es würde ihr nicht gelingen, die Tür von innen zu öffnen. Sie befand sich hier in Sicherheit. Jetzt musste er sich erst einmal um die Polizistin kümmern. Hastig verließ er das Versteck und hoffte, dass er nicht zu spät kam.

*

Winnert, 17.30 Uhr

Die Tierarztpraxis war im Erdgeschoss eines liebevoll restaurierten Bauernhauses an der Hauptstraße untergebracht. Von hier aus war das Gelände des ehemaligen Hofes von einem hüfthohen Friesenwall aus Natursteinen eingefasst. Ein weiß gestrichenes, schmiedeeisernes Tor führte an einer adrett gestutzten Wiese mit drei Obstbäumen vorbei zum Haus. Petersen vergrub die Hände in den Taschen seines olivfarbenen Parkas und stapfte über den Plattenweg zum Eingang. Mit einem Blick auf das Schild neben der Tür erkannte er, dass die Praxis gleich ihre Pforten schloss. Drinnen empfingen ihn eine wohlige Wärme und der Geruch von Kleintierstreu. Er fand sich vor einem Empfangstresen aus hellem Birkenholz wieder, hinter dem eine zierliche Blondine Anfang zwanzig in einem dunkelblauen Kasack über ein Headset telefonierte.

Birte Langhaus, entnahm Petersen dem Namensschild der Mitarbeiterin. Mit einer Geste gab sie ihm zu verstehen, gleich für ihn da zu sein. Dabei wirkte sie etwas gestresst, fand Petersen. Er nickte und nutzte die Zeit, sich umzuschauen. An den strahlend weiß getünchten Wänden waren großformatige Acrylglasbilder mit Tiermotiven zu sehen, auf den Fensterbänken wartete maritimes Dekomaterial darauf, vom Staub befreit zu werden. Petersens Blick blieb an einem Flaschenschiff haften und an einem Modell des Leuchtturms in Westerhever. Dazwischen Windlichter, die von maritimen Stricken umschlungen waren, und immer wieder Muscheln.

Wohl aufgrund der Uhrzeit war das angrenzende Wartezimmer verwaist.

„Moin", sagte Birte Langhaus jetzt freundlich und meinte offenbar ihn. „Was kann ich für Sie tun?"

Der Polizist fuhr auf dem Absatz seiner ausgetretenen Schuhe herum und trat zurück an den Empfangstresen. Um sich lange Fragen zu ersparen, legte er den blauen Dienstausweis mit dem schleswig-holsteinischen Landeswappen zwischen sie auf den Tresen. Die junge Frau warf einen Blick darauf. Ihre Augen wurden groß.

„Hab ich was angestellt?", fragte sie dann, und Petersen wusste nicht, ob sie ihn verschaukeln wollte oder ob sie die Frage ernst meinte.

„Das weiß ich nicht." Petersen zuckte mit den Schultern und grinste. „Noch nicht. Aber es ist mein Job, alles herauszufinden. Und nun würde ich gern herausfinden, ob der Chef im Haus ist. Wenn das der Fall ist, muss ich mit ihm sprechen." Petersen schob den Ausweis zurück in die Tasche.

„Herr Horn ist nicht im Haus", wurde ihm mit einem seltsam flötenden Unterton beschieden. Petersen fragte sich, warum viele Frauen immer in einen distanziert-freundlichen Ton verfielen, wenn man ihnen Fragen stellte.

„Wo ist er denn?"

Birte Langhaus schaute sich um und warf einen Blick auf die große Wanduhr in ihrem Rücken. „Jetzt ist er vielleicht auf dem Weg zum Abendessen."

„Wo finde ich ihn denn?"

„In Flensburg, Hotel Hafen an der Schiffbrücke. Dort besucht er nämlich ein Seminar für Verhaltenstherapie an Hunden." Sie stutzte und machte große Kuhaugen. „Darf ich Ihnen das überhaupt verraten?"

„Logisch." Petersen nickte. „Ich arbeite doch bei der Polizei." Er seufzte. „Mitten in der Woche nimmt er an einer Fortbildung teil?" Petersen deutete mit dem Daumen über die Schulter auf das leere Wartezimmer. „Und der Praxisbetrieb ruht dann?"

„Nee, wir nehmen Termine wahr. Schließlich haben wir tiermedizinische Fachangestellte im Team, die den Chef ganz gut vertreten können. Katzen macht er sowieso nicht."

„Ach was."

„Ja." Sie kicherte. „Ihnen kann ich es ja sagen: Malte hasst Katzen. Deshalb ist er oft draußen im Einsatz und betreut die Bauern in der Gegend."

„Na dann wollen wir hoffen, dass jetzt keine Kuh kalbt."

Das junge Ding kicherte wieder.

Petersen wurde ernst. „Sicher haben Sie seine Handynummer."

„Natürlich. Aber ich darf sie niemandem geben, weil …"

„Mir schon", fiel Petersen ihr ins Wort. Der Schnack begann ihn zu nerven. „Es geht um Mord."

„Nee."

„Doch." Petersen nickte langsam.

„Es geht um die drei Toten?"

„Vielleicht. Also – was ist jetzt mit seiner Handynummer?"

„Geht schon los." Schuldbewusst nahm Birte Langhaus ein Stück Papier auf der Zettelbox mit dem Aufdruck eines Tiermagazins, griff zum Stift und kritzelte mit vor Aufregung zitternden Fingern eine Rufnummer auf das Blatt. „Hier", sagte sie. „Aber es wär schön, wenn Sie ihm nicht sagen, woher Sie die Nummer haben."

„Selbstverständlich." Petersen grinste schief. „Wahrscheinlich kann er sich das denken." Er griff in die Tasche und zog sein Smartphone hervor, um es auf den Tresen zu legen. Bevor er ein Bild von Sandra Mathis aufrufen konnte, bemerkte er, dass Wiebke versucht hatte, ihn zu erreichen. Er würde sie nach dem Gespräch vom Auto aus zurückrufen. Dann wischte er sich durch die Benutzeroberfläche, bis er ein Bild der verschwundenen Frau auf dem Schirm hatte. Petersen schob das Telefon so auf den Tresen, dass Birte Langhaus einen Blick darauf werfen konnte. „Kennen Sie diese Frau?"

„Sicher. Das ist die Sandra." Vertraulich lehnte sie sich zu Petersen auf den Tresen. „Die Ex-Freundin vom Chef."

„Echt?" Petersen zog die Augenbrauen hoch. „Warum sind sie denn nicht mehr …"

„Keine Ahnung, das ist Maltes Privatsache, das geht mich nichts an."

„Klar."

„Aber es hat Malte schon ziemlich mitgenommen, dass sie sich von ihm getrennt hat."

„Warum?"

„Ich weiß nicht viel, aber sie fühlte sich wohl von ihm eingeengt und wollte das nicht mehr."

Jan Petersen wunderte sich, wie sie an diese Information kam. Wie zufällig fiel sein Blick auf den ultraflachen, großen Monitor am Arbeitsplatz von Birte Langhaus. „Schöner Computer", bemerkte er anerkennend.

Birte Langhaus lächelte stolz. „Malte ist es wichtig, neue Technik einzusetzen. Er ist ein Computerfreak."

„Das dachte ich mir." Petersen versetzte das Handy in den Ruhezustand und ließ es in der Tasche versinken. Petersen nahm den Zettel mit der Handynummer des abwesenden Tierarztes, machte kehrt und verließ den Eingangsbereich der Tierarztpraxis. An der Tür angekommen, drehte er sich noch einmal um. „Was ist das eigentlich für ein Seminar, für das er drei Tage lang die Praxis und die zahlende Kundschaft im Stich lässt?"

Die wasserblauen Augen der jungen Frau im Kasak wurden groß wie Unterteller. „Sagte ich doch schon: Verhaltenstherapie bei Hunden. Auffälligkeiten und Probleme in den Griff bekommen. Mehr weiß ich aber auch nicht."

„Wie schön", nickte Petersen. „Das hätte ich mir auch denken können." Dann war er draußen.

*

Sie musste pinkeln. Als sie erwachte, spürte sie diesen Druck in der Blase. Ihr schmerzte jeder Knochen, und als sie sich reckte, kam ein dumpfer Schmerzenslaut über ihre spröden Lippen. Ihre Mundhöhle war wie ausgedorrt. Es dauerte einen Moment, bis ihre Erinnerung wiederkam. Quälend langsam kehrte sie in die Realität zurück. Er hatte sie entführt und hierher, in dieses elende und dunkle Loch gebracht. Er hatte sie in Ketten gesteckt, sie aufgehängt und sich mehrfach an ihr vergangen.

Es war kaum zu ertragen, sich der Wirklichkeit zu stellen. Sandra richtete sich unter Schmerzen auf und versuchte, die Dunkelheit mit ihren Blicken zu durchdringen. Doch sie sah die sprichwörtliche Hand vor Augen nicht. Nur der feuchte, muffige Geruch ließ die Vermutung zu, dass es sich bei ihrem Versteck um einen Keller handelte. Oder, noch schlimmer, um einen der verlassenen Bunker in den Dünen der Küste. Dann würde sie hier nicht nur kein Mensch vermuten, sondern auch keiner würde ihre Schreie hören.

Es stank nach Urin, Kot und nach Schweiß in ihrem Gefängnis. Angewidert von sich selbst rümpfte sie die Nase und atmete nur noch flach.

Der Druck in der Blase nahm zu. Sandra tastete über die Pritsche, auf der sie gelegen hatte, und glaubte, dass er sie auf einen Stapel ausrangierter Paletten gelagert hatte. Die einfache Decke, die er untergelegt hatte, schützte sie nicht vor den Blessuren des harten Holzes, auf dem sie geruht hatte. Auch eine kratzige Wolldecke gab es, die ekelhaft stank. Angewidert stieß sie die Decke fort. Vorsichtig richtete sie sich auf. Wenn es weder Licht noch eine Toilette gab, würde sie in eine Ecke ihres Gefängnisses machen müssen. Im Zeitlupentempo tastete sich Sandra durch die Dunkelheit. Ihre nackten Füße spürten kleine Steine und Geröll. Mehrmals zuckte sie zusammen, wenn sie auf einen besonders spitzen Stein trat. Sie tastete sich weiter und hockte sich in eine Ecke. Während sie sich erleichterte, dachte sie nach. Er war besessen und gleichermaßen ein Genie. Eine gefährliche Mischung. In ihr manifestierte sich die grausame Vorstellung, ihm nicht mehr entkommen zu können. Sie befand sich in seiner Gewalt, und sie war ihm ausgeliefert.

In einem Anflug von Panik fragte sie sich, was er wohl mit ihr vorhatte. Umsonst würde er sie hier unten nicht gefangen halten wie ein Tier.

Sie richtete sich, nachdem sie fertig war, auf und versuchte, sich den Weg durch die Dunkelheit zurück zu ihrer Pritsche zu ertasten. Irgendwann, als ihre Fingerkuppen nicht mehr den rauen Putz der Wand spürten, fühlte sie kaltes Eisen.

Das muss die verdammte Tür sein, die sonst offen steht, durchzuckte es sie. Sandra stemmte sich gegen das Metall, klopfte auf das Blech und rief seinen Namen. Doch er antwortete nicht. Dabei hätte sie schwören können, dass er nebenan war und sie hörte. Doch er gab kein Lebenszeichen von sich. Irgendwann, als ihre Kräfte schwanden, fragte sie sich, ob sie sich geirrt hatte und er sich doch nicht im Nebenraum aufhielt. Panik flutete ihren geschundenen und geschwächten Körper. Der Gedanke, dass er sie alleine hier zurückgelassen hatte und möglicherweise nicht mehr zurückkehrte, versetzte sie in erneute Todesangst.

Warum, fragte sie sich, während sie mit dem Rücken an der kühlen Stahltür lehnte, warum tut er mir das an? Weinend sank sie zu Boden, schmeckte das Salz ihrer Tränen und schüttelte sich in Weinkrämpfen. Er schien wirklich gegangen zu sein.

*

Husum, Süderstraße, 18.00 Uhr

Immer wenn sich Jan Petersen Rührei zubereitete, glich das einem kleinen Ritual. Zunächst nahm er die schwere, gusseiserne Pfanne, die er von seiner Mutter geerbt hatte, aus dem Schrank mit den Töpfen und erzeugte dabei einen Höllenlärm.

Über den selbst verursachten Lärm fluchend stellte er die Pfanne auf den Herd, schaltete die Platte auf volle Hitze und gab einen Schuss Sonnenblumenöl hinein. Während sich das Öl erhitzte, nahm er die Palette mit den Eiern aus dem Regal, die er immer auf dem Hof von Momme Volquardsen in Bordelum kaufte, und drapierte sie neben dem Herd. Er entschied sich für fünf Eier, die er am Pfannenrand aufschlug, würzte sie mit Meersalz und Kräuterpfeffer, gab eine Prise des getrockneten Schnittlauchs hinzu und rührte die Masse mit dem Holzlöffel kräftig durch. Einen fast meditativen Moment abwartend, betrachtete er sein Werk, bevor er die Butterdose, die Milchtüte und eine Flasche *Flens* aus dem Kühlschrank nahm. Dann griff er wieder zum Holzlöffel, rührte und fütterte den Toaster mit zwei Scheiben Vollkorntoast aus dem Supermarkt. Während das Gerät leise summte, gab er einen Schluck Milch in die Pfanne, rührte erneut und legte Teller und Besteck bereit. In dem Augenblick, als der Toaster die gerösteten Brotscheiben ausspuckte, spürte er das sanfte Vibrieren seines Telefons in der Hosentasche.

„Wer stört?", knurrte er entnervt, während er das Smartphone mit spitzen Fingern hervorzog und es auf die Arbeitsplatte legte. Mit einem Blick auf das Display stellte er fest, dass es sich bei dem Störenfried um seine Partnerin handelte. Er fluchte. Sie hatte schon vorhin angerufen, doch er hatte es schlichtweg vergessen, sie zurückzurufen.

Um beide Hände frei zu haben, nahm er das Gespräch über den integrierten Lautsprecher an.

„Sandra Mathis wurde gestalkt", kam seine Partnerin ohne Umschweife auf den Punkt.

„Wie bitte?"

„Ich bin gerade in Osterhever. In der Wohnung habe ich winzige Spionagekameras gefunden." Ihre Stimme bebte vor Aufregung. „Sie haben auch die intimste Privatsphäre aufgezeichnet, eine Kamera war so ausgerichtet, dass sie dem Betrachter einen Ausblick auf ihr Bett zeigt, die andere im Bad so, dass er ihr bei Duschen zusehen konnte."

„Du redest in der Vergangenheit", stellte Petersen fest.

„Ich habe die Kameras entfernt und offline geschaltet."

„Vielleicht hättest du damit besser warten sollen, bis die Jungs von der KTU einen Blick auf die Dinger geworfen haben."

„Ist mir auch schon durch den Kopf gegangen“, erwiderte Wiebke kleinlaut. Ihr unüberlegtes Handeln schien ihr unangenehm zu sein.

„Nu isses nicht mehr zu ändern“, beruhigte Petersen sie, während er das Rührei in der Pfanne mit dem Holzlöffel umschichtete. „Lass mich eben was futtern, dann komm ich zu dir.“

„Musst du nicht.“

„Ich fürchte, ich hab dich nicht verstanden“, grinste Petersen.

„Tasso ist schon auf dem Weg hierher.“

„Vier Augen sehen mehr als zwei“, belehrte Petersen sie. „Außerdem bin ich dein Partner und muss dich schützen.“

„Danke Papa.“

„Leck mich.“ Petersen legte auf und widmete sich seiner Mahlzeit. Nachdenklich nahm er die Pfanne vom Herd und machte sich daran, die Brotscheiben mit Butter zu bestreichen. Wenn Sandra Mathis gestalkt wurde, dann blieb die Frage, ob es sich bei dem heimlichen Verehrer um denselben Mann handelte wie den, der die Morde auf dem Gewissen hatte. Die Wahrscheinlichkeit war groß, und Petersen war plötzlich eilig, während er den Inhalt der Pfanne gleichmäßig mit dem Löffel über die beiden Scheiben Vollkorntoast verteilte. Er spürte, wie ihm das Wasser im Mund zusammenlief, legte die heiße Pfanne in die Spüle, den Holzlöffel daneben und betrachtete sein Werk zufrieden. Dann schnappte er sich Teller und Besteck, um alles vorsichtig zum klapprigen Küchentisch zu bugsieren. Während er mit verzückter Miene aß, kreisten seine Gedanken um den Fall. Es gab nur zwei Männer, die als tatverdächtig in Betracht kamen. Blöd nur, dass beide wie vom Erdboden verschwunden waren.

*

Osterhever, 18.10 Uhr

Wiebke hörte unten Schritte im Flur. Sie war sofort in Alarmbereitschaft und griff zu der Stelle, wo sie sonst das lederne Holster trug. Ihre Hand fasste ins Leere, und mit einem Seufzen auf den Lippen wurde ihr bewusst, dass sie immer noch ihre Laufsachen trug, da sie gleich nach dem Joggen hierhergekommen war.

Vielleicht war es auch Petersen. „Jan?", rief sie in die Stille. Mit weichen Knien trat sie an die nur angelehnte Wohnungstür, um sie zu öffnen. „Tasso?", rief sie nach unten, als sich schwere Schritte näherten. Die Holzstufen knarrten. Tasso war nicht sonderlich groß und eher von schmächtiger Natur. „Bist du das?"

Wiebke wunderte sich nicht, als sie keine Antwort erhielt. Im Gegenteil. Der Verdacht, dass hier etwas nicht stimmte, schien sich in diesen Sekunden zu bestätigen.

Rückzug, schrie alles in ihr. Sie sah sich um und überlegte fieberhaft, wo sie sich in der fremden Wohnung verstecken konnte. Ihr fiel kein geeignetes Versteck ein. Es war auch zu spät, denn im nächsten Augenblick stand er vor ihr. Ein groß gewachsener Mann mit breiten

Schultern und einem fast viereckigen, markanten Gesicht, das von einem dunklen Dreitagebart gerahmt wurde. Er trug ein schwarzes Baseballcap, die Kapuze seines ebenfalls schwarzen Anoraks hatte er über die Mütze gezogen, sodass sie nicht viel von seinem Gesicht erkennen konnte. Die schwarze Cargohose hatte er an den Fußenden in die schweren Springerstiefel gesteckt. So, wie er einfach vor ihr stand, strahlte er etwas Furchteinflößendes aus.

„Wer sind Sie?“, fragte Wiebke und war um einen festen Klang ihrer Stimme bemüht.

Der Fremde schwieg und trat kurz näher. Wiebke wich einen halben Schritt zurück, bevor sie in die Offensive ging. „Malte Horn“, sagte sie, einer plötzlichen Eingebung folgend. „Der gehörnte Ex-Freund von Sandra Mathis.“ Sie fügte innerhalb von Sekundenbruchteilen die Einzelteile des Puzzles zusammen und deutete auf das Bild von Westerheversand. „Hat sie Ihnen die Sauerei zu verdanken?“ Als er schwieg, fuhr sie fort: „Ich muss Ihnen nicht erklären, dass das, was Sie hier tun, einen Straftatbestand erfüllt. Von der Gefährdung Ihrer Ex-Freundin abgesehen. Wo haben Sie Sandra Mathis hingebracht?“

„Sie ist in Sicherheit“, behauptete Horn und schien kurz verunsichert zu sein.

„Stalking ist kein Kavaliersdelikt, es geht Ihnen um die Ausübung von Macht, Dominanz und Kontrolle.“ Diese drei Begriffe hatte sie seinerzeit in ihrer Ausbildung gelernt, auch, dass Stalking nur selten einen einzigen Straftatbestand erfüllte. Hier lag es auf der Hand, dass Horn mit der Trennung von seiner Freundin nicht zurechtkam.

Er wurde angetrieben von dem Drang, sie zu kontrollieren und über ihr Leben zu bestimmen.

„Das ist Bullshit", schrie er mit puterrotem Gesicht. „Es geht Sandra gut." Als er einen Schritt auf Wiebke zuging, wurde ihr bewusst, dass sie ihm körperlich unterlegen war. Er war sicher zwei Meter groß, breitschultrig und muskulös. Obwohl sie in der Polizeischule in Eutin sämtliche Kurse in Selbstverteidigung mitgenommen hatte, würde sie keine Chance gegen Malte Horn haben. So setzte sie auf die Unterstützung, die bereits unterwegs war. Wiebke hoffte inständig, dass Tasso jede Sekunde hier eintraf. „Es sind Kollegen unterwegs."

„Logisch." Horn nickte. „Weil Sie hier in Freizeitklamotten und eindeutig nach Dienstschluss rumschnüffeln, kommt dir eine Hundertschaft zur Hilfe?" Er lachte auf und schüttelte den Kopf. „Verarschen kann ich mich selber."

Wiebke wollte so schnell nicht aufgeben. „Egal was Sie vorhaben, Sie sollten es sich überlegen."

„Ich überlege mir alles immer sehr gründlich", behauptete ihr Gegenüber und nahm eine bedrohliche Haltung ein.

„Davon bemerke ich nichts." Wiebke verfluchte, dass sie auf eigene Faust losgezogen war, um sich in der Wohnung umzusehen. Ob Ole Hinrichsen eine Hilfe für sie war, wagte sie zu bezweifeln. Er war der Einzige, der wusste, wo sie sich aufhielt. „Sie haben keine Chance", verlieh sie ihren Worten noch einmal Nachdruck, obwohl sie wusste, wie aussichtslos die Situation gerade war. Es konnten noch gut zehn Minuten vergehen, bis Tasso Osterhever erreichte, überschlug sie. Zehn lange Minuten, in denen viel passieren konnte. Sie musste versuchen, auf Zeit zu spielen.

„Was schnüffelst du hier herum?“

„Wie bitte?“

Er lachte humorlos auf. „Tu nicht so. Du weißt genau, wovon ich rede.“ Er packte sie hart am Arm. Ein Schmerzenslaut kam über ihre Lippen, als er sie brutal vor sich herschubste. Unter Wiebkes Protest schubste er sie in das Schlafzimmer. Dort lag immer noch das große Bild von Westerheversand auf dem Bett.

„Das da“, rief er und baute sich so im Türrahmen auf, dass sie keine Chance hatte, sich an ihm vorbeizudrängen. „Du hast mich enttarnt, kleine Bullenschlampe.“

„Das ist mein Job.“

Wieder lachte er humorlos auf. „Eben“, nickte er. „Und genau hier haben wir einen Interessenskonflikt.“ Er schüttelte langsam den kantigen Schädel. „Leider entwickelt sich die Situation gerade nicht gut für dich.“

„Für Sie auch nicht“, behauptete Wiebke. „Ich sagte bereits, dass meine Kollegen jeden Augenblick hier eintreffen. Was dann geschieht, können Sie sich vorstellen.“

„So weit wird es nicht kommen.“ Er machte einen Schritt nach vorn und trieb Wiebke in die Enge. Kurz überlegte sie, ob es eine Option wäre, aus dem Fenster zu springen und sich im schlimmsten Fall ein paar Knochenbrüche zuzuziehen, verwarf den Gedanken aber schnell wieder. Früher hatte sie verschiedene Kampfsportarten praktiziert. Erschüttert stellte sie fest, dass das alles ihr gerade nichts nutzte. Sie fühlte sich machtlos und ihrem Gegner hoffnungslos unterlegen.

So groß und schwer er auch war – er hechtete unversehens nach vorn und sprang auf sie zu. Mit voller Wucht warf er Wiebke rücklinks auf das Bett. Der Keilrahmen splitterte unter einem lauten Krachen. Einzelne Splitter lösten sich und bohrten sich schmerzhaft in Wiebkes Rücken. Die Windjacke, die sie über dem leichten Laufshirt trug, bot ihr keinen Schutz.

Ein schmerzverzerrter Laut entrang sich ihrer Kehle. Im nächsten Moment war der Hüne über ihr. Breitbeinig hockte er so über ihr, dass sie keine Chance hatte, sich aus der misslichen Lage zu befreien. Sie zog das rechte Bein an und hoffte, ihn im Unterleib zu treffen, um ihn schachmatt zu setzen. Vergeblich. Malte Horn lachte nur. „Was war das denn?"

„Runter", keuchte Wiebke, als ihr die Luft wegblieb.

Er hielt plötzlich eine kleine Kunststoffflasche in der freien Hand. „Hier", sagte er, „trink das."

„Auf keinen Fall!" Wiebke drehte den Kopf zur Seite. An dem metallisch-bitteren Geruch erkannte sie, dass es sich bei der Flüssigkeit in der Flasche um Ketamin handeln musste. In Todesangst hielt sie die Luft an und presste die Lippen aufeinander. Er durfte sie nicht bewusstlos machen. Sobald sie wehrlos war, hatte er gewonnen.

Brutal nahm er ihr Gesicht und drehte es so, dass sie ihn ansehen musste. „Trink das – es wird dich beruhigen."

Wiebke fürchtete um ihre Schneidezähne, als er ihr den kleinen Flaschenhals zwischen die Lippen drückte. Ihr Kiefer knackte bedenklich. Im nächsten Augenblick schon schmeckte sie die Flüssigkeit auf ihrer Zunge. Sie schrie und zappelte, doch ihre Gegenwehr löste bei ihm nur einen Anfall von Heiterkeit aus.

Langsam dämmerte Wiebke davon. Sie spürte, wie ihre Gliedmaßen leicht wurden, und hörte seine Stimme nur noch wie durch Watte an ihre Ohren dringen. Es schien, als würde sich ihre Seele vom Körper trennen und sie mit ihrer Umwelt verschmelzen. Todesangst ergriff sie, als sie sich ihrer Schutzlosigkeit bewusst wurde. Immerhin schmerzte ihr Kiefer nicht mehr. Wiebke blickte mit starrem Blick zu ihrem Gegner auf, der sie immer noch fixierte und auf das Bett presste. Die bohrenden Schmerzen im Rücken, die von den Holzsplittern verursacht worden waren, ebbten ab. Wärme ergriff von ihrem Körper Besitz. Plötzlich fragte sie sich, wie sie hierhergekommen war. Was tat der Mann da, der über ihr hockte? Wiebke versuchte, sich daran zu erinnern, wo sie sich befand und warum sie hier, in dieser fremden Wohnung war. Oder handelte es sich um ihre eigene Wohnung in Ostenfeld? Die Schräge unter der Schlafzimmerdecke würde dafürsprechen, doch das Mobiliar kam ihr nicht vertraut vor.

Als sie versuchte, an dem großen Mann vorbeizuschauen, sah sie einen Tunnel, der über ihr zu schweben schien. Lichtleisten an der kuppelartigen Decke sogen sie in die Tiefe des Nichts. Sie schien zu schweben und glitt in den Tunnel hinein. Sah fasziniert auf die Lichter an der Decke, wurde vom Dunkel verschluckt, als die Lichtleiste endete und sie nur noch trübe Schatten von ihrer Umgebung wahrnahm. Dann schlief sie ein. Wiebke wunderte sich nicht mehr darüber, warum sie hier, an diesem fremden Ort war. Sie begann, die Leichtigkeit zu genießen, dann sank sie langsam in die Tiefe.

*

Tasso fuhr wie ein Berserker. Der Grieche hatte ein Gespür dafür, wenn etwas nicht gut lief. Und diesmal hatte er einen guten Grund dafür, denn Wiebke befand sich in der Wohnung der offenbar entführten Sandra Mathis. Dort hatte sie Überwachungskameras gefunden und ihn um Hilfe gebeten. Er ging davon aus, dass derjenige, der hinter der Überwachung steckte, mitbekommen hatte, dass er aufgeflogen war. Sicher würde er keine Zeit verstreichen lassen, um sich festnehmen zu lassen. Es war zu befürchten, dass er sich auf den Weg zur Wohnung gemacht hatte, um Schlimmeres zu verhindern. Die eingetretene Situation drängte ihn in die Offensive.

Da Tasso davon ausging, dass man Sandra entführt hatte, fürchtete er um die Sicherheit seiner Kollegin. Aus diesem Grunde, so sagte er sich, musste er schneller sein als der Täter, der die Kameras installiert hatte.

Tasso hatte mehrfach versucht, Wiebke zu erreichen, jedes Mal vergeblich. Kam er bereits zu spät?

Panisch hatte er auf der Höhe von Witzwort Christensen angerufen und um Verstärkung gebeten, nachdem er ihm den Sachverhalt geschildert hatte. Mit dem Kastenwagen der Spurensicherung war er nicht der Schnellste auf der kurvenreichen Landstraße, und so blieb Tasso die bange Hoffnung, dass eine Streifenwagenbesatzung mit Blaulicht schneller vor Ort war, als er es sein konnte.

*

Sie trafen fast gleichzeitig auf dem Hof von Ole und Imme Hinrichsen ein. Petersen, der wie ein Wahnsinniger über die kurvenreichen Straßen von Winnert nach Eiderstedt gebrettert war und kurz hinter dem Bahnübergang bei Friedrichstadt prompt von einem Radarwagen der Kollegen in der Fünfziger-Zone geblitzt wurde, Tasso mit dem Kastenwagen der Kriminaltechnik und zwei Streifenwagenbesatzungen sowie der graue Mondeo Turnier mit Kai Christensen, der vorsichtshalber einen RTW zum Schauplatz geordert hatte, parkten kreuz und quer auf dem unbefestigten Hof.

Ole Hinrichsen war kreidebleich bei dem Anblick der zahlreichen Einsatzwagen. „Nee, nee", stammelte er immer wieder kopfschüttelnd. „Hoffentlich kommt ihr nicht zu spät." Seine Frau war im Haus damit beschäftigt, den Beamten einen Tee aufzusetzen.

Petersen nickte dem Besitzer des ehemaligen Hofes zu und wandte sich an Tasso, der mit verschwindend geringem Vorsprung wohl zuerst eingetroffen war. „Wiebkes Privatwagen steht da."

„Ich seh die Keksdose und habe kein gutes Gefühl", brummte Petersen. „Wie gehen wir vor?" Er sah kein anderes Fahrzeug, das möglicherweise dem Täter gehörte, auf dem Hof stehen. Der Panda stand verlassen hinter dem Land Cruiser von Sandra Mathis.

Tasso legte den Kopf schräg. „Habe eben mit Tadsen telefoniert, er hat Wiebkes Handy orten lassen."

„Und?“ Petersen war ungeduldig.

„Hier“, sagte Tasso. „Sie ist in der Funkzelle eingeloggt, in der wir uns gerade befinden.“ Er seufzte. „Und die GPS-Ortung ergibt ein noch genaueres Bild: Wiebkes Smartphone befindet sich im Haus. Sie reagiert nicht auf unsere Versuche, sie zu erreichen.“

Petersen spürte, wie sich seine Kopfhaut zusammenzog. Mit finsterer Miene sah er zu den Fenstern der Wohnung von Sandra Mathis hoch. „Sie ist da drin.“

„Das wissen wir nicht.“ Christensen schüttelte den Kopf. „Ihr Handy befindet sich im Haus, alles andere ist Spekulation.“

„Dann sollten wir Licht ins Dunkel bringen“, fand Petersen. „Kommt schon, Kollegen, vielleicht braucht sie unsere Hilfe.“

„Und der Typ, dem wir das alles zu verdanken haben, hält ihr eine Waffe an den Schädel?“ Tasso atmete hörbar aus und wechselte einen Blick mit dem Kripochef, dem die Anspannung deutlich anzusehen war.

„Ich habe ein MEK angefordert“, bemerkte Kai Christensen.

Petersen schüttelte den Kopf und tippte sich an die Schläfe. „Beim besten Willen, Kai, glaubst du ernsthaft, ich warte untätig hier, bis das mobile Einsatzkommando aus Flensburg aus dem Bus steigt?“ Er seufzte. „Nee, das kannst du vergessen.“

„Hab ich mir gedacht.“ Christensen, der bereits eine schusssichere Weste über dem Jackett trug, reichte Petersen eine Weste.

„Brauch ich nicht.“

„Zieh an.“

„Nee, Kai, echt nicht.“ Manchmal war Petersen stur wie ein kleiner Junge.

„Anweisung.“ Christensen scherzte nicht. „Zieh das Ding an, sonst wartest du hier.“

„Manchmal geht es mir auf die Eier, wenn du den Chef raushängen lässt.“ Widerstrebend streifte sich Petersen die schwere Weste über. Er hasste diese Dinger, sie engten ihn in der Bewegungsfreiheit ein und boten vergleichsweise geringen Schutz. Aber er fügte sich der Anweisung und griff an das Holster, um den Zustand der Dienstwaffe zu prüfen. Kai Christensen stellte eine Streifenbesatzung ab, die sie begleiten würden. Die uniformierten Beamten zückten ihre Dienstwaffen. Ole Hinrichsen eilte heran und schloss ihnen die Haustür auf.

„Was ist denn jetzt?“ Petersens Ungeduld wuchs.

„Wir kommen schon.“ Christensen gab den beiden jungen Kollegen ein Zeichen, dann entsicherte er ebenfalls seine Pistole und folgte Petersen, der bereits an der Türschwelle stand. „Sicher mich.“

„Einverstanden.“ Christensen wies die uniformierten Kollegen mit wenigen Worten über die geplante Vorgehensweise ein, dann betraten sie das Haus. Petersens Sinne waren geschärft, als er sich im halbdunklen Flur wiederfand. Er vermied es, das Licht einzuschalten. Petersen ging voran. Er nahm, dicht gefolgt von seinem Vorgesetzten, die steilen Stufen nach oben und stand in der kleinen Diele. Lauschend legte er den Kopf schräg. „Wiebke?“, rief er. „Bist du hier?“ Er erschrak über den dumpfen Klang seiner eigenen Stimme. Erschrocken wich er zurück, als eine Katze auf ihn zukam. Die Haustiere hatte er gar nicht auf dem Schirm. „Mistvieh", brummte Petersen, dessen Nerven zum Zerreißen angespannt waren. „Nichts für ungut", schob er dann nach, bevor er noch einmal den Namen seiner Partnerin in die verlassen daliegende Wohnung rief. Die Dielen knarrten leise unter jedem Schritt, den er tat. Als er im Wohnzimmer, der offenen Küche und im Bad nichts Auffälliges entdecken konnte, betrat er das Schlafzimmer. Die Tür stand weit offen. Petersen setzte einen Fuß in den Raum und sah sich um. Niemand schien auf ihn zu lauern. Nachdem er einen Blick hinter die Tür geworfen hatte, ließ er die Waffe sinken und gab Christensen ein Zeichen. Der Kripochef näherte sich ihm mit einer gleitenden Bewegung, während die beiden Streifenpolizisten mit gezückten Waffen in der Diele sicherten.

„Sieh dir die Scheiße hier an", forderte Petersen ihn auf und deutete auf das verwühlte Bett, das zerstörte Leuchtturmbild und die umgeworfene Nachttischlampe am Boden.

„Hier hat ein Kampf stattgefunden", sagte er mit belegter Stimme, als sein Fuß gegen einen Gegenstand am Boden stieß. Als er den Blick senkte, sah er ein Smartphone. Er bückte sich, um das Telefon aufzuheben. „Das ist von Wiebke." Er drehte das Handy und erkannte es an der dunkelblauen Hülle. „Wahrscheinlich hat sie es im Kampf unbemerkt verloren." Um beide Hände frei zu haben, steckte Petersen das Handy seiner Kollegin ein.

Christensen nickte schweigend, während er sich im Schlafzimmer umsah. Er betrachtete die Holzsplitter und die Reste der Leinwand auf dem Bett. „Wiebke ist dem Geheimnis unseres Mannes auf die Schliche gekommen."

„Das wurde ihr zum Verhängnis." Petersen betrachtete das manipulierte Bild und schüttelte den Kopf. Jetzt machte er sich Vorwürfe. Niemals hätte er sie nach Dienstschluss alleine losziehen lassen dürfen. „Wo steckt Wiebke?"

„Wir werden es herausfinden", versprach Christensen.

Der Gedanke, dass Wiebke sich in den Händen des Dreifachmörders befand, trieb Petersen an den Rand des Wahnsinns. „Und jetzt?", fragte er an seinen Vorgesetzten gewandt.

„Rückzug", ordnete Christensen an. „Jetzt sind die Jungs von der KTU gefragt."

*

Als Wiebke zu sich kam, realisierte sie schnell, dass sie sich im Kofferraum eines fahrenden Autos befand.

Wo bringt er mich hin?, hämmerte es in ihrem Schädel.

Was hat er vor mit mir?

Sie war ihm in die Quere gekommen und hatte sein Geheimnis entdeckt. Somit war Wiebke zu einer Gefahr für sein krankes Vorhaben geworden. Jetzt würde er sie zum Schweigen bringen, daran hatte sie keine Zweifel.

Wiebke verfluchte sich für die törichte Idee, alleine nach Osterhever zu fahren, um dort von dem geheimnisvollen Mörder in Empfang genommen zu werden. Vergeblich versuchte sie, die Dunkelheit, die sie umgab, mit ihren Blicken zu durchdringen. Ihr Gefängnis war eng und stickig, sie sah die Hand vor Augen nicht und spürte das gleichmäßige Schaukeln des Wagens. Das Brummen des Motors drang an ihre Ohren. Doch das war nicht alles, was sie verunsicherte. Der Mann hatte ihre Fuß- und Handgelenke mit einem starken Klebeband fixiert. Und er hatte Wert darauf gelegt, sein Opfer bewegungsunfähig zu machen, auch für den Moment, in dem die Wirkung der Betäubungstropfen nachließ.

Sie erinnerte sich an die letzten Minuten, bevor er sie mit diesem Gift betäubt hatte. Sah den Mann, der zu ihr ins Schlafzimmer kam und sie mit nahezu spielerischer Leichtigkeit überwältigte, bevor er sie betäubt und aus der Wohnung geschleppt hatte. Wiebke fragte sich, ob diese Aktion niemandem auf dem Hof in Osterhever aufgefallen war. Imme und Ole Hinrichsen waren doch immer sehr aufmerksam, gerade jetzt, da ihre Mieterin spurlos verschwunden war. Hatten sie wirklich nichts bemerkt?

Der brennende Schmerz im Rücken erinnerte sie an den kurzen und ungleichen Kampf und an die Holzsplitter des Keilrahmens, die sich beim Sturz auf das Bett in ihre Haut gebohrt hatten. Sie wunderte sich darüber, wie wach ihr Verstand, schon kurz nachdem die Betäubung nachließ, war. Vor ihrem geistigen Auge sah sie noch einmal, wie der Fremde sie überwältigt und die Flasche mit den K.O.-Tropfen brutal zwischen die Zähne gedrückt hatte.

Noch immer schmeckte sie den metallisch-bitteren Geschmack und spürte die aufsteigende Übelkeit. Doch sie hatte keine Zeit, sich darüber Gedanken zu machen. Wiebke fragte sich, wo er sie hinbrachte und was er mit ihr vorhatte. Würde sie das nächste Opfer werden, das man an einem markanten und geschichtsträchtigen Punkt Nordfrieslands fand – mit einer obskuren Botschaft an die Nachwelt?

Die Vorstellung machte sie wahnsinnig. Wiebke zwang sich zur Ruhe, doch es fiel ihr schwer, die Schmerzen zu unterdrücken und die Gedanken zu ordnen. Irgendwie musste es ihr gelingen, den Entführer außer Gefecht zu setzen. Sicher kein leichtes Unterfangen, da er sie mit dem Klebeband verschnürt hatte wie ein übergroßes Paket.

*

Flensburg, Oluf-Samson-Gang, 18.35 Uhr

„Meinst du, du kommst alleine klar?“ Thies betrachtete seinen Sohn, der etwas verloren auf dem alten Sofa in der Stube seiner Junggesellenbude saß und sich umsah.

„Nee.“

Thies musste los. Die Alarmierung von Kai Christensen aus Husum hatte ihn vor einer halben Stunde erreicht. Und er musste sich eingestehen, dass ihm die Nachricht, dass Wiebke entführt worden war, sehr naheging. „Was fehlt noch? In der Küche findest du Tiefkühlpizza und Coke.“ Er streifte hastig das Jackett über.

Sören grinste. „Gönn mal das WLAN-Passwort.“

„Klar, aber mach keinen Blödsinn mit meiner IP." Thies' Miene erhellte sich. „Den Code findest du auf der Rückseite des Routers."

„Du änderst dein Passwort nicht?" Sören betrachtete seinen Vater, als hätte der ihm gerade gestanden, eigentlich auf Männer zu stehen.

„Nein, warum?"

„Das ist so strange." Sören tippte sich an die Schläfe. Thies hielt kurz inne und beobachtete seinen Sohn. Er hatte im Auto mit Silke telefoniert. Sie waren sich schnell darüber einig geworden, dass Sören ein paar Tage bei ihm in Flensburg bleiben durfte. Sobald er den laufenden Fall abgeschlossen hatte, würden sie ein Gespräch zu dritt führen, um das weitere Vorgehen abzustimmen. Sören hockte schon in der Ecke und fotografierte das Etikett des Routers, um die Zahlen- und Buchstabenkombination in sein Handy einzugeben. „Hoffentlich hast du hier nicht so ne Bambusleitung."

Thies musste lachen. „Highspeed-Internet, mach dir keine Sorgen."

„Hope so." Sören schien alles zu haben, was er für die nächsten Stunden benötigte. Dennoch schien für Thies der Moment gekommen zu sein, ihm noch ein paar Verhaltensregeln nahezulegen. „Duschen, Zähneputzen, und um halb neun haust du dich hin."

„Geht klar."

Thies trat näher und wuschelte ihm durch das dichte Haar, so, wie er es früher immer getan hatte. „Okay, Großer, ich verlass mich auf dich." Kurz war er versucht, seinem Sohn einen Kuss auf die Wange zu hauchen, hielt sich aber zurück, um nicht allzu väterlich zu wirken. „Bis bald, drück mir die Daumen, dass wir den Fall bald beenden können."

„Hau rein." Sören hielt die Hände mit den gedrückten Daumen hoch und grinste. Dann griff er wie selbstverständlich zur Fernbedienung und schaltete Receiver und Fernseher ein, um es sich auf dem Sofa gemütlich zu machen. Als er sah, dass sein Vater ihn nachdenklich beobachtete, grinste er wieder. „Hau schon ab, und sieh zu, dass deine Wiebke safe ist."

„Sie ist nicht *meine* …", wollte Thies sagen, winkte aber grinsend ab und machte, dass er loskam. Seine Sorge um die Husumer Polizistin überwog in diesem Moment.

Kapitel 22

Osterhever, 18.45 Uhr

„Wie machen wir weiter?“ Petersen sah seinen Vorgesetzten besorgt an. Das tatenlose Herumstehen war nichts für ihn, schon gar nicht, solange er Wiebke in den Händen des Mörders wusste.

„Ich habe eine Ringfahndung eingeleitet.“

Petersen lachte trocken auf. „Du bist ja witzig. Wonach suchen wir denn?“ Er schnaubte. „Wir wissen nicht, mit wem Wiebke unterwegs ist, und wir wissen nicht, was für eine Karre der Typ fährt.“

„Es gibt Kontrollstellen an jeder Kreuzung auf Eiderstedt.“

„Wo hast du die vielen Einsatzkräfte so schnell her?“ Petersen war skeptisch. Nach all den Jahren, in denen er für den Verein arbeitete, wusste er, dass der Amtsschimmel manchmal zu langsam wieherte. Eile war geboten, sonst würde sich Wiebkes Spur im Nichts verlieren.

„Der Staatsanwalt hat …“

„Ich hätte es ahnen müssen“, unterbrach Petersen ihn und stöhnte auf. Er machte keinen Hehl daraus, dass es ihm gehörig auf die Nerven ging, wie sehr sich Thies Bendix in die Ermittlungen einmischte und Druck auf die Ermittler aufbaute. Dass er dafür einige Hebel in Bewegung setzte, verdrängte Jan Petersen. Fritz Mahndorf hatte die Polizisten ihre Arbeit machen lassen und sich erst nach Abschluss eines Falls für die Ergebnisse interessiert. Vielleicht musste Petersen sich auch erst daran gewöhnen, dass Bendix anders arbeitete als sein Vorgänger. Während Jan Petersen fieberhaft überlegte, wie sie Wiebke aus den Händen ihres Entführers retten konnten, meldete sich sein Smartphone. Er seufzte, als er einen Blick auf das Display warf. „Wenn man vom lieben Gott spricht …", murmelte er kopfschüttelnd, als ihn der fragende Blick seines Vorgesetzten traf.

„Herr Staatsanwalt, was kann ich für Sie tun?" Petersens Freundlichkeit klang bewusst aufgesetzt.

„Es können nur zwei Männer infrage kommen", begann Bendix ohne Umschweife. An den Nebengeräuschen konnte Petersen hören, dass der Staatsanwalt in einem Auto saß. „Wir haben Finn Larsen und Malte Horn. Haben Sie beide schon überprüft?"

„Selbstverständlich." Petersen rollte bezeichnend mit den braunen Augen und rief bei Christensen ein schadenfrohes Grinsen hervor. „Larsen ist sauber."

„Und der Ex-Freund von Sandra Mathis?"

„Nicht da."

„Wie – nicht da?" Bendix' Stimme klang um eine Nuance schriller. „Was bedeutet das – nicht da?"

„Er befindet sich auf einem Seminar in Flensburg."

„Sagt wer?"

„Seine Mitarbeiterin."

„Die tiermedizinische Fachangestellte."

„Was weiß ich, welchen Dienstgrad sie hat.“ Petersen hatte keine Lust, sich von den Klugscheißereien des Staatsanwaltes nerven zu lassen. „Sie hat mir jedenfalls erzählt, dass Horn an einem Seminar für Hundeverhaltenstherapie im Hotel Hafen in Flensburg teilnimmt.“

„In Flensburg?“

„In Flensburg.“ Petersen stöhnte auf. „Er wird erst Anfang kommender Woche wieder in der Praxis erwartet.“

„Die Buchung haben Sie schon im Hotel abgefragt, nehme ich an?“

„Noch nicht, ich bin sofort …“

„Ich bin fassungslos, Herr Petersen.“ Thies klang ernsthaft angefressen. „Wie konnten Sie das vergessen?“

„Wie wäre es, wenn Sie mir nicht vorschreiben, wie ich meine Arbeit zu tun habe?“ Petersen sprach gefährlich leise. So schnell brachte ihn nichts aus der Ruhe, doch Kai Christensen sah ihm an, dass er kurz vor einem Vulkanausbruch stand, und machte eine beschwichtigende Geste. „Wiebke ist in den Händen von diesem Killer, und Sie erzählen mir, wie Polizist geht?“

„Ich kümmere mich selbst darum.“ Thies Bendix räusperte sich am anderen Ende der Leitung. „Es tut mir leid“, sagte er schließlich in versöhnlichem Tonfall. „Es geht um eine Kollegin, die sich in Gefahr befindet. Da neigt man wohl zu Überreaktionen.“

„Jo.“ Petersen schüttelte den Kopf. „Und nu? Wie machen wir weiter?“

„Ich kenne die Hoteldirektorin ziemlich gut und werde das prüfen.“ Er atmete tief ein. „Und wenn sich herausstellt, dass Horns Alibi Löcher hat, dann knöpfen wir ihn uns vor.“

„Worauf Sie Gift nehmen können." Petersen unterbrach die Verbindung. „Genug gesabbelt", sagte er zu seinem Vorgesetzten. „Jetzt wird Wiebke gesucht. Mir reicht's."

*

Wiebke stockte der Atem, als sich die Kofferraumklappe öffnete. Seitdem der Wagen angehalten hatte, klopfte ihr Herz wie verrückt. Sie hörte in der eintretenden Stille, wie der Wind um die Karosserie heulte. Der Wagen schaukelte leicht, als er von einer Böe erfasst wurde, und Wiebke bildete sich ein, in der Ferne Möwengeschrei zu vernehmen. Alles deutete darauf hin, dass Malte Horn mit ihr zum Meer gefahren war. Doch was wollte er hier mit ihr?

Sie fand keine Zeit, darüber nachzudenken, denn im nächsten Augenblick beugte er sich zu ihr herab. Wiebke stellte sich schlafend. Sie hoffte, dass es ihr nutzte, ihm vorzugaukeln, dass die Wirkung des Ketamins noch anhielt. Als sie durch die geschlossenen Augenlider blinzelte, sah sie ihn dicht vor ihrem Gesicht. Er betrachtete sie mit einem prüfenden Blick, dann griff er beherzt zu. Wiebke spürte seine Kraft und vergaß für den Augenblick sogar ihre Schmerzen. Seine Hände packten sie grob an, als er sie aus dem Auto hob. Das Tape, das er zuvor schon an den anderen Opfern angewendet hatte, machte sie bewegungsunfähig. Unter anderen Umständen wäre dies der richtige Augenblick gewesen, um sich zu befreien, doch er hatte sie verschnürt wie ein Paket. Wiebke fühlte sich wie in ihrem eigenen Körper gefangen. Eilig legte sie sich eine neue Strategie zurecht. Sie beschloss abzuwarten. Sicher würde er ihr das Klebeband bald abnehmen. Dann würde sie die Gunst der Überraschung für sich nutzen und ihm entkommen. Doch noch war es nicht so weit.

Jetzt wuchtete er sie in einen riesigen Koffer, der schon am Heck des Autos bereitstand. Nachdem er sie unsanft auf die Seite gelegt hatte, rückte er ihre Gliedmaßen so zurecht, dass Wiebke tatsächlich in den großen Koffer passte.

Sie dachte an den Fall der Kofferleichen von Berlin. In der Hauptstadt war vor einigen Jahren ein Mörder in aller Seelenruhe mit einem großen Rollkoffer durch Berlin gelaufen. Keiner der Passanten, die ihm auf seinem Weg ans Spreeufer begegneten, rechnete damit, dass sich in dem Koffer die Leiche einer Frau befand.

Panik ergriff Wiebke, und kurz spielte sie mit dem Gedanken, die Augen aufzureißen. Doch es würde ihr nichts nutzen, er war ihr nicht nur körperlich überlegen – durch die Fixierung war sie bewegungsunfähig und ihm ausgeliefert. Also beschloss sie, ihr Spiel weiterzuspielen und den richtigen Moment abzuwarten.

„So“, sagte er nun in selbstgefälligem Ton. „Dann bringe ich dich jetzt in dein zweites Zuhause.“ Jetzt hockte er vor ihr. Als Wiebke es wagte, kurz zu blinzeln, sah sie hinter ihm ein markantes Gebäude in den grauen Himmel über Eiderstedt ragen. Und sie fragte sich, was er mit ihr am Leuchtturm Westerheversand vorhatte.

*

Osterhever, 19.15 Uhr

Petersen schaute auf, als Tasso und Tadsen sich ihnen näherten. Der Leiter der Flensburger KTU war auf schnellstem Wege zum Einsatzort nach Osterhever gekommen.

„Und?", fragte Petersen und erhoffte sich bahnbrechende Neuigkeiten von den beiden Kriminaltechnikern. Streifenbeamten hatten den Eingangsbereich von Sandra Mathis' Wohnung mit Absperrband gesichert. Piet Johannsen hatte Wert darauf gelegt, dass nicht allzu viele Kollegen ihre Spuren hinterließen und ihm mehr Arbeit als nötig bescherten.

Tadsen rückte sich die Pudelmütze zurecht. „Wir haben es mit hochwertigen Spycams zu tun, die über eine Nachtsichtfunktion und die Möglichkeit einer Tonaufnahme verfügen. Somit war Sandra Mathis Tag und Nacht auf dem Schirm des Täters."

„Wie läuft das mit der Übertragung?", wollte Petersen wissen.

Tadsen zuckte die Schultern. „Heutzutage kannst du dir die Bilder einer Überwachungskamera auf jedes Handy schicken lassen – oder natürlich auf den Computer. Da kannst du dann Mitschnitte erstellen und die Aufnahmen speichern, um sie dir zeitversetzt anzusehen."

Tasso reichte Petersen und dem Kripochef, der bisher geschwiegen hatte, einen transparenten Beutel, in dem sich eine der von Wiebke gefundenen Kameras befand.

„Wenn dieses kleine Ding der Sender ist", überlegte Christensen, „dann muss ich doch zurückverfolgen können, wohin es sendet, oder?"

Petersen betrachtete seinen Vorgesetzten mit anerkennender Miene.

Tasso und Tadsen tauschten einen Blick. Petersen ahnte, dass sich die beiden Kriminaltechniker diese Frage auch schon gestellt hatten. „Nein", eröffnete Tasso ihm. „Andersherum wird ein Schuh daraus: Jede dieser Cams hat eine eigene IP-Adresse, so wie jeder Router oder Computer. Derjenige, der die Kameras angebracht hat, steuert sie von seinem Gerät aus an. Die Rückverfolgung ist quasi unmöglich, denn das Ansteuern funktioniert bedauerlicherweise nur in eine Richtung."

„Scheiße", entfuhr es Petersen. Dann stutzte er. „Aber Moment", sagte er. „Um so ein Ding da", er zeigte auf die Spy Cam in Tassos Hand, „in Betrieb nehmen zu können, sollte ich technisch was auf dem Kasten haben, oder?"

„Man kann sich einlesen", überlegte Tasso. „Aber einfacher ist es natürlich, wenn du technisch versiert bist."

„Danke." Petersen kam in den Sinn, dass ihm in der Tierarztpraxis von Malte Horn die hochmodernen Computer aufgefallen waren. Möglicherweise war der Tierarzt technisch interessiert. Er schlug sich mit der flachen Hand vor die Stirn, dass es klatschte. Die Kollegen betrachteten ihn verwundert. „Wir sind so was von auf dem Holzweg."

„Inwiefern?" Christensen runzelte die Stirn.

„Wir haben drei Tote, alle haben im Theodor-Storm-Krankenhaus gearbeitet, auch Sandra Mathis, die offensichtlich von diesem Typen entführt wurde."

„Deshalb sind drei Teams aus Flensburg vor Ort rund um die Uhr im Einsatz, um das Krankenhaus auf den Kopf zu stellen“, bestätigte Christensen. „Jan, worauf willst du hinaus?“

„Das Tape, das Ketamin, die Verbindung zwischen den Opfern … mal von Wiebke jetzt abgesehen, ich mein, merkst du nichts?“

Der Kripochef schüttelte den Kopf. „Alles medizinischer Bedarf, wie er im Krankenhaus angewendet wird“, sagte Christensen. „Aus diesem Grunde hat sich die Mordkommission darauf konzentriert, dort alles zu untersuchen.“

„Bullshit.“ Petersen winkte ab und wandte sich an Lars Tadsen. „Sach mal, Kollege, werden Tiere auch getaped?“

„Wie meinst du das denn schon wieder?“

„Ob Tapeband, wie wir es an den Opfern gefunden haben, auch vom Tierarzt verwendet wird?“

„Natürlich“, fühlte sich Christensen jetzt wieder sicher. „Das Pferd meiner Frau beispielsweise hatte neulich einen Hufverband … Moment. Ich erinnere mich, dass meine Frau erzählt hat, dass diese Tapes eine besondere Haftfähigkeit mitbringen, um auch auf dem Fell von Pferden und Hunden kleben zu bleiben …“

„Oder, um eine Leiche ans Geländer einer Brücke zu fixieren“, ging Petersen dazwischen. „Oder einen Leichnam an eine Skulptur zu befestigen.“ Er schlug sich vor die Stirn. „Sag mal, kommt Ketamin auch in der Veterinärmedizin zum Einsatz?“

Tadsen dachte kurz nach. „Ich könnte mir das gut vorstellen“, sagte er schließlich. „Was in der Humanmedizin erfolgreich angewendet wird, findet auch oft den Weg in die Veterinärmedizin." Lars Tadsen sah Petersen mit großen Augen an. „Du hast einen ziemlich konkreten Verdacht."

„Merkt man das?" Jetzt grinste Petersen. „Die Schlinge um den Hals von Malte Horn zieht sich zu", sagte Petersen an Kai Christensen gewandt. „Der Typ ist angeblich auf einem Seminar in Flensburg, er hat die modernsten Rechner im Einsatz, und er nutzt sicherlich auch Tape und Ketamin in seiner Praxis."

„Fahndung", rief der Kripochef und hatte das Smartphone schon in der Hand. „Jetzt ist er fällig."

*

Flensburg, Hotel Hafen, 19.40 Uhr

Thies Bendix ließ das Ambiente der Lobby auf sich wirken. Vor einigen Jahren hatten hier Investoren Großes vollbracht. Aus einer heruntergekommenen Zeile am Hafen, die aus einem Eroscenter, düsteren Klubs und Kneipen bestanden hatte, war ein moderner, aber maritimer Hotelkomplex in Flensburgs bester Lage an der Schiffbrücke entstanden, der einen eleganten Brückenschlag zwischen Moderne und Tradition der Flensburger Förde mit spielerischer Leichtigkeit schaffte. Gar keine Frage, das Vier-Sterne-Hotel war ein Ort zum Wohlfühlen. Hier trafen Geschäftsreisende auf Erholungssuchende. Edle

Kronleuchter hingen von der hohen Decke und warfen ihr Licht über die unzähligen Glastropfen an den Ausläufern an die maritimen Tapetenbilder der Wände.

„Thies!"

Als er seinen Namen hörte, drehte er sich um und blickte in die strahlenden grünen Augen der Hoteldirektorin. Sie sah wie immer hervorragend aus in ihrem dunkelblauen Zweiteiler, der ihrer Figur schmeichelte. Die schulterlangen, roten Haare fielen in seichten Wellen auf ihre Schultern.

„Katrin", erwiderte Thies und erfreute sich am warmen Lächeln der Hoteldirektorin. Er wusste, dass sie ihr Hotel zu jedem Anlass mit einem Schiff verglich. Die Angestellten waren die Crew, sie war die Kapitänin. Eine mit Herz und Verstand, wie sie immer wieder betonte.

„Schön, dass du dir spontan die Zeit genommen hast."

„Für dich immer." Katrins Ernsts Lächeln war warmherzig offen und wirkte überhaupt nicht aufgesetzt. „Komm", sagte sie und deutete auf eine Sitzecke, die aus einem dunkel gebeizten, niedrigen Holztisch, einem Ledersofa und vier passenden Sesseln bestand. Die Farbe der Kissen korrespondierte mit dem Läufer am Boden. „Setzen wir uns."

Thies hatte keine Einwände und begleitete die Kapitänin zu der kleinen Sitzgruppe neben dem Empfang.

„Was kann ich für dich tun?" Sie ließ sich auf das Sofa sinken, schlug die schlanken Beine übereinander und betrachtete ihren Gast.

„Es geht um eine Buchung", eröffnete Thies ihr, während er sich ihr gegenüber in den bequemen Sessel sinken ließ. „Ich muss wissen, ob ein gewisser Malte Horn hier eingecheckt hat." Ihm war bewusst, dass diese Frage dem Datenschutz unterlag. Doch hier ging es um Ermittlungen in einem dreifachen Mord. Thies musste der alten Freundin nicht erklären, warum er die Information benötigte. Katrin Ernst dachte einen Augenblick nach, dann nickte sie. „Weil du es bist", lächelte sie. „Es ist dienstlich, nehme ich an?"

„Selbstverständlich."

„Dann helfe ich dir natürlich gern." Sie beugte sich vor und lächelte ihn kokett an. „Jagst du wieder Verbrecher?"

„Sagen wir es so: Wenn mir deine Spur weiterhilft, dann könnte ich einem Verbrecher auf die Spur kommen." Thies hatte nicht vor, mehr Informationen als nötig preiszugeben.

„Gut. Was kann ich tun?"

„Malte Horn", sagte Thies leise, nachdem er sich versichert hatte, keine ungebetenen Zuhörer in der Nähe zu haben. „Er soll hier gebucht haben und bis zum Wochenende wohnen. Horn ist Veterinär aus Winnert und besucht hier das Seminar zur Hundeverhaltenstherapie."

„Das glaube ich nicht." Katrin Ernst schüttelte den Kopf.

„Warum?" Thies sah sie irritiert an.

„Weil der Veranstalter das Seminar kurzfristig abgesagt hat. Es haben sich wohl zu wenig Teilnehmer gemeldet, weil der Termin auf die Woche fiel."

„Das ist interessant."

„Wir können aber gern nachsehen, ob er überhaupt bei uns eingecheckt hat." Sie erhob sich und nahm Thies mit zur Rezeption, die einem hölzernen Schiffstresen nachempfunden war. Die Kapitänin nickte dem jungen Mann, der hier seinen Dienst versah, freundlich zu. „Könnten Sie uns einen Augenblick alleine lassen?"

„Sicher." Der Concierge deutete eine Verbeugung an und zog sich zurück.

Katrin Ernst loggte sich am Computer ein und klickte sich durch die Buchungseinträge. „Negativ", sagte sie schließlich und sah Thies mit ihren großen grünen Augen an, die ihn an schimmernde Smaragde erinnerten. „Ich habe nicht einmal eine Reservierung auf diesen Namen im System."

„Warum wundert mich das nicht?"

„Wie bitte?"

„Nichts, Katrin, ich habe nur laut gedacht." Thies winkte mit einem sanften Lächeln ab.

Die Kapitänin legte den Kopf schräg und schürzte die Lippen. „Konnte ich dir damit helfen?"

„Ich denke schon, danke." Thies nickte. Er wollte keine unnötige Zeit verlieren.

„Ich würde dich gern zum Abendessen ins *Columbus* einladen – geht natürlich aufs Haus."

„Sorry, ich stecke mitten in einem Fall", sagte Thies höflich und deutete auf seine Uhr.

„Sehr schade." Die attraktive Hoteldirektorin wirkte ernsthaft enttäuscht, als sie den alten Freund zum Ausgang begleitete.

„Wir werden das nachholen", versprach Thies, umarmte Katrin Ernst zum Abschied und machte, dass er an die frische Abendluft kam.

*

Draußen angekommen, wechselte er die Straßenseite und schlenderte am Hafenbecken entlang in Richtung Museumshafen. Er brauchte einen Moment, um seine Gedanken zu ordnen. Sein Blick schweifte über das Wasser und die historischen Schiffe. Es gab keinen Zweifel – Malte Horn schien der Mann zu sein, den sie suchten. Ein Tierarzt als Dreifachmörder? Der Gedanke gefiel ihm nicht sonderlich, zumal ihm kein Motiv für die Taten in den Sinn kam. Warum tötete ein Veterinär drei Menschen, die sich offensichtlich aus dem Berufsleben kannten?

Warum entführte er seine Ex-Freundin? Womöglich, so überlegte er weiter, handelte es sich bei ihm um einen Stalker, der seiner Freundin nachstellte. Das würde die Kameras in der Wohnung von Sandra Thies erklären. Oft gingen derartige Vorfälle aus ehemaligen Beziehungen hervor. Meist ging es den Tätern um das Ausüben von Macht, Dominanz und Kontrolle. Thies suchte vergeblich den Zusammenhang zu den drei Mordopfern, die wohl auch auf sein Konto gingen. Wenn es sich tatsächlich um Stalking handelte, bestand zumindest für Sandra Mathis noch die Chance, am Leben zu bleiben. Ob das auch für Wiebke, die ihm offensichtlich gefährlich nahe gekommen war, galt, wagte Thies sorgenvoll zu bezweifeln.

Inzwischen hatte er Bens Fischhütte erreicht. Thies verspürte Hunger und bereute ein wenig, dass er Katrins Einladung zum Abendessen abgelehnt hatte. So trat er an das

Fenster der Holzhütte und orderte ein Matjesbrötchen. Mit dem Fischbrötchen in der Hand trat er nachdenklich den Weg zum Parkplatz an. Er aß im Gehen und hoffte, sich nicht das Hemd zu bekleckern. Kurz war er versucht, nach Sören zu schauen, doch er vertraute seinem Sohn. Er würde schon keinen Blödsinn machen, immerhin war er schon sechzehn Jahre und ein vernünftiges Kind.

Das Vibrieren seines Smartphones riss Thies aus den Überlegungen. Während er das Fischbrötchen in der rechten Hand balancierte, zog er mit der linken Hand das Handy hervor. Kai Christensen rief an.

„Kai", sagte Thies kauend. „Ich habe interessante Neuigkeiten."

„Ich auch."

„Okay, dann schieß los."

„Wir wissen, wer hinter den Morden und hinter Wiebkes Entführung steckt."

„Malte Horn, der Ex-Freund von Sandra Mathis."

„Eins zu null für dich, Thies."

„Danke." Thies lächelte, und prompt wurde sein Lächeln von einer jungen Joggerin, die ihm mit wippendem Pferdeschwanz entgegenkam, erwidert. Der Staatsanwalt berichtete dem Husumer Kripochef von seinem Gespräch mit der Hoteldirektorin; Christensen erzählte ihm anschließend, zu welchem Schluss er gekommen war.

„Ich werde Horn sofort zur Fahndung ausschreiben", sagte Thies. „Wir wollen hoffen, dass wir für Sandra Mathis und Wiebke nicht zu spät kommen."

„Wir werden uns um sein Haus in Winnert, das Handy, die Kreditkarten und sein Fahrzeug kümmern, damit wir wissen, wonach und wo wir suchen müssen." Christensens Stimme klang entschlossen.

„Ich rufe den Richter an und besorge einen Dursuchungsbeschluss, sobald du mir die Anschrift gemailt hast."

„Wird erledigt." Christensen klang ein wenig erleichtert.

„Wir sehen uns in vierzig Minuten im Revier." Thies biss ein letztes Mal von seinem Fischbrötchen ab, dann warf er die Reste ins Wasser, bevor er sein Auto erreicht hatte. Während der Fahrt nach Husum würde er einige entscheidende Telefonate führen. Jetzt konnte die Suche nach dem Täter endlich beginnen. Blieb die bange Hoffnung, dass sie noch nicht zu spät kamen.

Kapitel 23

Wiebke war sich darüber im Klaren, dass er nichts Gutes mit ihr vorhatte. Der Riese hatte sie an einen bekannten Ort in Nordfriesland geschafft. So markant wie die Brücke der Gracht in Friedrichstadt, wie der Tine-Brunnen in Husum und der Skulpturenpark in Hoyerswort. Sie war nun am Leuchtturm Westerheversand, wahrscheinlich einem der markantesten Orte in Nordfriesland.

Das konnte nichts Gutes zu bedeuten haben.

Während er sie unsanft im Koffer zu dem stählernen Turm rollte, überlegte sie, warum es kein Aufsehen erregt hatte, dass er mit dem Auto durch die weitläufigen Salzwiesen bis hierher gefahren war. Fahrzeuge waren hier nicht zugelassen, es sei denn, es handelte sich um Dienstfahrzeuge oder um Lieferanten. Ansonsten war der Leuchtturm für Autos tabu. Wiebke erinnerte sich an einen Zeitungsartikel, der von einem Schwelbrand im Technikraum des Leuchtturms vor einigen Jahren berichtet hatte. Damals war es den schweren Einsatzfahrzeugen kaum gelungen, das Wahrzeichen von Eiderstedt zu erreichen. Die beiden ehemaligen Wärterhäuschen zu Füßen des Leuchtturms dienten heute den Mitarbeitern der Schutzstation Wattenmeer als Ausstellungsräume. Es war zu befürchten, dass sich selbst der Leiter der Station, ein Biologe, um diese Zeit nicht mehr am Turm aufhielt. Die

Vorstellung, hier draußen auf sich alleine gestellt zu sein, beunruhigte Wiebke zusehends.

Als das Rumpeln des Koffers endete und sie nicht mehr in ihrem engen Gefängnis durchgeschüttelt wurde, stand Wiebke unter Adrenalin. Sie war sicher, dass er sich jetzt um sie kümmern würde. In düsterer Vorahnung erinnerte sie sich an die schrecklichen Strangmale, die der Täter seinen anderen Opfern mit der Drahtschlinge zugefügt hatte. War es jetzt auch für sie so weit? Sie hielt den Atem an und lauschte in die Finsternis. Der aufkommende Wind rüttelte an dem Koffer. Ein eisernes Quietschen ertönte und überlagerte kurz das Rauschen des Windes. Dann gab es einen Ruck, und der Mann zog wieder an ihrem Gefängnis. Unsanft wurde sie weitergezogen, es rumpelte ein paar Mal so stark, dass Wiebke glaubte, der Koffer stürze mitsamt seinem Inhalt auf die Seite. Sie spannte die Muskeln an und presste sich gegen die Wände, während sie hoffte, dass der Koffer sich nicht überschlug. Dann verebbte das Brausen des Sturms. Eine schwere Eisentür schlug zu, und Wiebke bildete sich ein, dass die Schritte, die sie vernahm, hallten. Es dauerte nur wenige Sekunden, bis er den Koffer öffnete. Wiebke blinzelte vorsichtig. Noch sollte er nicht bemerken, dass die Wirkung des Ketamins schon nachgelassen hatte und sie längst wieder bei Bewusstsein war. Er beugte sich über sie und betrachtete sie. Wiebke konnte seinen Atem im Gesicht spüren. Am liebsten hätte sie sich abgewandt, doch dann wüsste er, dass sie ihm die Bewusstlosigkeit nur vortäuschte. Er schien keinen Verdacht zu schöpfen und richtete sich zufrieden auf. Wiebke nutzte die Gelegenheit, um sich einen kurzen Überblick zu verschaffen.

Tatsächlich befanden sie sich jetzt im Innern des Leuchtturms. Sie waren umgeben von mächtigen, gewölbten grauweißen Stahlplatten, die mit dicken Schrauben verbunden waren. Jetzt erklärte sich auch das Rumpeln ihrer letzten Meter hierher: Der Mann hatte den Koffer mitsamt seinem Inhalt über die drei breiten Betonstufen ins Innere des Turms gezogen. So wie es aussah, befanden sie sich im betonierten Sockel des stählernen Kolosses.

Noch immer wandte er ihr den Rücken zu. Er machte sich am Fußboden zu schaffen und zog eine Holzplatte zur Seite. Darunter befand sich eine Art Falltür, deren Flügel er hochklappte. Gerade in dem Augenblick, als er sich zu ihr umwandte, schloss Wiebke die Augen. Sie hoffte, dass er nicht mitbekommen hatte, wie sie ihn beobachtete. Als er sich über sie beugte, um sie aus dem Koffer zu befreien, konnte sie sicher sein, dass er immer noch davon ausging, es mit einem bewusstlosen Opfer zu tun zu haben. Er nahm sie mit fast spielerischer Leichtigkeit und warf sie sich über die Schulter wie einen Sack Kartoffeln, dann stieg er eine Treppe hinunter, dabei stöhnte er unter seiner Last. Wiebke erkannte ausgetretene Steinstufen und eine niedrige, gewölbte Decke. Der Hüne musste den Kopf einziehen. Jetzt führte ihr Weg durch einen engen Gang. Wiebke versuchte, sich fieberhaft daran zu erinnern, was sie über den Westerheversand wusste. Hätte sie doch damals in der Schule besser hingehört. Es hatte den Anschein, als würde es einen geheimen, unterirdischen Verbindungsgang geben, der den Leuchtturm mit einem der beiden ehemaligen Wärterhäuschen verband. An der gewölbten Decke gab es nackte Glühbirnen, die für ein diffuses Licht sorgten. Am Ende des Ganges angekommen, ließ er sie von der Schulter auf den harten Steinboden gleiten.

„So", sagte Malte Horn zufrieden. „Jetzt sind wir endlich da. Gleich kannst du aufwachen."

Wenn du wüsstest, dass ich längst alles mitbekomme.

Er machte sich an einer feuerfesten Tür zu schaffen, zog den Riegel zurück und öffnete die Eisentür. Dann nahm er sie wieder auf, um sie in einen Kellerraum zu schleppen. Wiebke, die nur unauffällig blinzeln konnte, erkannte eine Wand voller Monitore, einen provisorisch aus Böcken und einer Platte errichteten Schreibtisch, Platten in der Ecke, die offenbar als Schlafstätte dienten und einen einfachen Tisch mit zwei Klappstühlen.

Die Zentrale, durchzuckte es Wiebke, als sie die Monitore der Überwachungsanlage erkannte. Von hier aus hatte er also die Wohnung von Sandra Mathis überwacht. *Die Schaltzentrale des Bösen. Und ich bin mittendrin.*

„Willkommen in meinem Zuhause." Er lachte meckernd und legte sie auf den Palettenstapel. Die Decken rochen nach Schweiß. Wiebke kämpfte gegen den Brechreiz an und atmete so flach wie möglich. Noch immer wartete sie auf den richtigen Augenblick, sich ihm zur Wehr zu setzen, doch solange er sie mit dem Tape gefesselt hatte, sah sie keine Chance für einen Überraschungsangriff.

Jetzt machte er sich an einer weiteren Tür zu schaffen, die anscheinend in einen Nebenraum führte. Auch hier gab es eine massive Stahltüre, die mit einem schweren Riegel gesichert war. Das Quietschen der rostigen Angeln jagte Wiebke einen Schauer über den Rücken. Im angrenzenden Raum herrschte völlige Finsternis. Nicht einmal ein Lichtschimmer, hervorgerufen durch einen der für Kellerräume üblichen Lichtschächte, erlaubte einen Blick in das Innere. Der Raum erinnerte Wiebke an ein Verlies, aus dem es kein Entkommen gab.

Er kam zurück zur Pritsche und nahm sie, um sie in den Raum zu bringen. Jetzt wäre der rechte Moment gewesen, zum Angriff überzugehen, doch sosehr Wiebke ihre Muskeln auch anspannte, es war unmöglich, sich aus den Fesseln zu befreien.

Sie wehrte sich, so gut es ging, und musste schon wieder kapitulieren. Jetzt war ihr Überraschungsmoment verspielt. Er lachte leise. „Stell dich nicht so an. Hättest du nicht rumgeschnüffelt, wärst du mir scheißegal gewesen. So aber …“ Er schüttelte den Kopf und brach ab. Wiebke versuchte, etwas von ihrer Umgebung wahrzunehmen. Auch in diesem Gewölbe gab es eine Schlafpritsche, die aus Decken und aus einem Stapel ausrangierter Paletten bestand. Unter den Decken kauerte eine Gestalt. Als Wiebke, die jetzt die Augen entsetzt aufschlug, erkannte, dass es sich bei der Person um Sandra Mathis handelte, kam ein Schrei über ihre Lippen. Die Frau schien zu schlafen. Sie lag zusammengerollt da und bewegte sich nicht. Entweder war sie völlig erschöpft, oder er hatte sie unter Drogen gesetzt. Wiebke hoffte inständig, dass die Frau noch lebte.

„Was soll das?“ Wiebke trommelte ihrem Gegner auf den Schultern herum. „Lass uns sofort frei, du krankes Arschloch!“

„Du bist aber sehr emotional“, stellte er unbeeindruckt fest und schenkte ihr jetzt sogar ein Lächeln. Doch es war kein freundliches Lächeln, sondern das eines Psychopathen.

„Meine Kollegen werden dich finden, und dann bist du reif!"

Wieder lachte er. „Bis es so weit ist, sind wir längst verschwunden." Wiebke bezweifelte keine Sekunde, dass er recht hatte. Ein Umstand, der ihre Sorge und Wut in eine eiskalte Todesangst verwandelte.

Kapitel 24

Husum, Poggenburgstraße, 20.15 Uhr

Petersen war melancholisch, wie er es gar nicht von sich kannte, als er das Büro betrat, das er sich seit Jahren mit seiner Partnerin teilte. Ihr Schreibtisch war verwaist, und in diesem Augenblick wusste er nicht, ob sie jemals zurückkehren würde, um mit ihm zu arbeiten. Ohne den Parka auszuziehen, sank er auf seinen Schreibtischstuhl und stützte den Kopf in die Hände. Das tatenlose Herumsitzen war unerträglich für ihn, doch den Vorschlag von Kai Christensen, sich zu Hause ein paar Stunden zu erholen, hatte er dankend abgelehnt. Die Fahndung nach Malte Horn lief auf Hochtouren, und nach Annahme des Kripochefs war es eine Frage der Zeit, bis der Tierarzt der Polizei ins Netz ging.

Das brachte ihm Wiebke aber noch lange nicht zurück, und die Sorge um seine Kollegin trieb ihn an den Rand des Wahnsinns. Zwei Teams und ein MEK waren nach Winnert ausgerückt, um die Praxis und das angrenzende Wohnhaus des Tierarztes auf den Kopf zu stellen. Petersens Wunsch, dabei sein zu dürfen, hatten Hauke Jensen und Kai Christensen energisch abgelehnt. „Du bist emotional zu nah dran, Jan", hatte der Kripochef ihm zu verstehen gegeben.

Die Kriminaltechniker waren noch am Einsatzort in Osterhever, um die Wohnung von Sandra Mathis zu durchsuchen und um Spuren zu sichern. Schon vor seiner Abfahrt hatte Tasso ihm zu verstehen gegeben, dass er Schuhabdrücke der Größe 46 gesichert hatte. Der Abnutzung und dem Profil nach zu urteilen, handelte es sich um dieselben Sohlen, wie man sie schon in Friedrichstadt und später auch in Husum am Tine-Brunnen gesichert hatte. Wenigstens hatte Petersen die Aufgabe bekommen, ein Bewegungsprofil von Malte Horn zu erstellen, das er anhand der Einsätze seiner EC-Karte und der Handyortungen angefertigt hatte. Sehr aufschlussreich war das Profil aber nicht gewesen, denn es endete in Osterhever. Danach, so schien es, hatte Horn sein Smartphone ausgeschaltet. Er war wie vom Erdboden verschwunden, und Sandra Mathis und Wiebke befanden sich in seiner Gewalt. Im ganzen Land waren die Besatzungen der Streifenwagen dazu aufgerufen worden, leer stehende Gebäude zu melden, die sich als Versteck für Malte Horn eignen könnten. Piet Johannsen war in diesem Moment damit beschäftigt, eine Karte anzufertigen, die nach Abschluss der Arbeiten dazu verwendet werden konnte, die neuralgischen Punkte abzuarbeiten.

Malte Horns Wagen, ein dunkler Mercedes Kombi, stand ganz oben auf der Fahndungsliste der Behörden. Einen Tempo- oder Rotlichtverstoß hatte es in den letzten Wochen nicht gegeben. Immerhin war er nicht vorbestraft und auch sonst nicht aktenkundig geworden. Malte Horns Weste schien weiß zu sein. Jetzt erschien der brave Tierarzt in einem völlig anderen Licht. Thies Bendix hatte vorhin behauptet, dass es sich bei Horn um einen Stalker handeln könnte, der mit der Trennung von seiner Freundin nicht zurechtkam. Doch das erklärte nicht die drei Morde, die er offensichtlich begangen hatte.

Drei Morde.

Hoffentlich tut dieses Schwein Wiebke nichts an.

Petersen seufzte und ließ eine Hand in die Tasche des abgewetzten Bundeswehrparkas gleiten. Er spürte einen Gegenstand, den er im Eifer des Gefechts völlig vergessen hatte. „Ich Döspaddel", brummte er, als er das Handy seiner Partnerin vor sich auf die Schreibunterlage mit dem Wappen der Polizeigewerkschaft Schleswig-Holstein legte. „Wie kannst du mir helfen?" Als er das Display mit der Fingerkuppe berührte, verlangte das Gerät nach der Eingabe eines PIN-Codes, da die Gesichtserkennung den Zugriff verweigerte. Grinsend erhob sich Petersen und trat an Wiebkes Schreibtisch. Dort stand seit geraumer Zeit ein gerahmtes Bild von Wiebke, das sie an der Seite ihres Vaters, Hauptkommissar Norbert Ulbricht a. D., zeigte. Während ihr alter Herr eher verkniffen in die Kamera blickte, lachte Wiebke unbeschwert.

„Versuch macht kluch", brummte Petersen. Er nahm den Bilderrahmen in die rechte, das Handy in die linke Hand, um es vor das Foto seiner Partnerin zu halten. Doch der Versuch, die Gesichtserkennung mit einem Foto zu überrumpeln, scheiterte kläglich. Er unternahm einen zweiten, ebenfalls vergeblichen Versuch. Jedes Mal wurde er aufgefordert, die PIN einzugeben.

„Wenn ich die nur wüsste." Petersen warf das Handy auf den Schreibtisch, lehnte sich im Stuhl zurück und legte die Füße auf die Schreibtischkante, um nachzudenken. Er überlegte, ob das Handy ihm bei der Suche nach Wiebke weiterhelfen konnte. Was nutzte es ihm, wenn er sich Chatverläufe, Mails und Bewegungsprofile ansah? In der Regel wusste Petersen, wo Wiebke sich aufhielt, und er hatte nicht vor, in ihren privaten Dateien herumzuschnüffeln. Sie hatten sich am späten Nachmittag getrennt, weil er sich um Malte Horn kümmern wollte, während sie dem Haus von Sandra Mathis noch einen Besuch abstatten wollte. Sie wollte joggen gehen, um ihre Gedanken zu ordnen, um danach in Osterhever zu sehen, was ihr eigenartiges Bauchgefühl ausgelöst hatte.

„Ich hab's", rief Petersen plötzlich und hieb mit der flachen Hand auf den Schreibtisch. „Jetzt hab ich's." Er sprang von seinem Stuhl auf und stürmte mit Wiebkes Smartphone in der Hand aus dem Büro.

*

Es war ein kurzes Handgemenge gewesen, in dem Wiebke nicht den Hauch einer Chance gehabt hatte. Malte Horn hatte sie brutal gepackt und an einer Vorrichtung fixiert, die an der niedrigen Decke befestigt war. Es gab Eisenketten, die aus stählernen Ringen herabhingen, an deren Enden sich Metallschlaufen befanden, durch die er ihre Hand- und Fußgelenke geschoben hatte. Jetzt hing Wiebke in dieser Foltervorrichtung und fühlte sich schutzlos und ihm ausgeliefert. Dabei war er so brutal vorgegangen, dass er ihre Uhr zerstört hatte. Die Einzelteile lagen zu ihren Füßen. Es knirschte vernehmlich, als er mit dem Stiefel auf die Scherben trat. Doch augenblicklich war Wiebke froh, wenn sie überhaupt lebend aus diesem Verlies kam.

Zufrieden stand er da und betrachtete sein Werk. „So war das nicht geplant", sagte er und zeigte ihr zwei blendend weiße Zahnreihen. „Aber was mischst du dich auch in meine Belange ein, blöde Bullenfotze?"

Wiebke ersparte sich eine Antwort. Sie wandte den Kopf nach links, wo Sandra Mathis auf der Pritsche lag und von alldem nichts mitbekommen hatte. „Lebt sie noch?"

„Sie ist bei mir in sicheren Händen", behauptete der Riese. „Warum sollte sie nicht mehr leben?"

„Weil dich ein Menschenleben nicht interessiert."

„Ihres schon." Kurz klang seine Stimme weich und fast sanft. Er lächelte, als er Wiebkes Blick folgte. „Ich schütze sie. Vor dir, vor allen da draußen, die ihr zu nahe kommen."

„Was soll der Quatsch?" Wiebke schwankte zwischen Wut und Hilflosigkeit. Tränen der Verzweiflung sammelten sich in ihren Augen. „Warum tust du ihr das an?"

„Ich hatte keine andere Wahl." Seine Miene drückte Bedauern aus. „Alle sind ihr zu nahe gekommen. Ihre beste Freundin, mit der sie zu viel Zeit verbrachte." Er seufzte theatralisch. „Jana war nicht gut für Sandra. Wenn die beiden zusammenhingen, war Sandra wie ausgewechselt. Sie hat mich ignoriert und wollte mehr Zeit mit dieser kleinen Hure haben." Er lachte und schüttelte den Kopf. „Sandra gehört mir."

„Sie gehört niemandem."

„Doch." Er ließ sich von Wiebke nicht aus dem Konzept bringen, trat einen Schritt zurück und zog sich einen der Klappstühle heran, um sich zu setzen. „Ihre Chefin. Wegen des Personalmangels musste Sandra immer Sonderschichten machen. Tag und Nacht, so, als lebte sie für das Krankenhaus. Gyde Nissen hat ihr diktiert, wie sie zu arbeiten hatte. Wenn sie dann nach Hause kam, war Sandra todmüde und ist schnell eingeschlafen. Wir hatten keine Zeit mehr für uns."

Wiebke wollte erwidern, dass Gyde Nissen seit dem Medizinskandal von damals nicht mehr Sandras Chefin war, doch sie erinnerte sich an die Regel, den Redefluss von Tatverdächtigen nicht zu unterbrechen. Das hatte sie auf der Polizeischule in Eutin so gelernt.

„Dieser Peter Harms." Der Hüne spuckte angewidert auf den staubigen Boden. „Er konnte seinen Schwanz nicht bei sich halten, als Sandra den größten Fehler ihres Lebens begangen und sich für ein Leben ohne mich entschieden hat, um kurz darauf mit ihm zu vögeln." Seine Miene war wutverzerrt, als er Sandra Mathis betrachtete, die Hände zu Fäusten geballt. Weiß trat die Haut unter den Knöcheln hervor.

Langsam dämmerte es Wiebke. *Rache,* dachte sie, *er hat alle Opfer aus Rache getötet.* Weil sie Teil von Sandras Leben waren und er sich zurückgesetzt fühlte. Oder weil er sich in seiner persönlichen Eitelkeit gekränkt fühlte, weil sie sich mit dem Ex-Freund ihrer besten Freundin eingelassen hatte.

„Was hast du mit ihr vor?"

Sein Kopf ruckte mit einer mechanischen Bewegung zu Wiebke herum. „Wir werden für immer vereint sein. Bald schon."

„Was hält dich davon ab?" Wiebke glaubte, seine Antwort schon zu kennen. Es hatte sie Mut gekostet, sie zu stellen.

Malte Horn erhob sich und trat vor sie. Wiebke wich, so weit sie die Ketten ließen, nach hinten zurück.

„Du hältst mich ab." Er sprach leise und sah ihr tief in die Augen. „Du Miststück bist mir in die Quere gekommen. Aber ich will nicht riskieren, dass du mich verpfeifen kannst. Deshalb bist du jetzt hier."

„Wirst du mich töten?"

Sekundenlang betrachtete er sie mit regungsloser Miene. Wiebke sah den blanken Wahn in seinem Blick. „Was denkst du?" Plötzlich hielt er eine Drahtschlinge in der Hand. Er drehte aus dem Draht eine Schlaufe, in deren Ende er einen Holzstab schob. Wiebke wusste, was das zu bedeuten hatte. „Das ist Mord", sagte sie leise. „Dafür gehst du in den Bau."

„Muss ich auch, wenn ich auffliege", sagte Malte Horn in gleichgültigem Tonfall. „Aber ich werde nicht auffliegen." Er trat langsam hinter Wiebke. Sie drehte den Kopf und versuchte, ihm mit ihren Blicken zu folgen. „Das machst du nicht."

„Wer sagt das?" Er kicherte. „Du bist es selber schuld, Bullenschlampe." Langsam legte er die Drahtschlinge von hinten um Wiebkes Hals. Sie spürte das kalte Metall an ihrer Haut und schloss die Augen. Schwer hob und senkte sich ihre Brust, als er die Schlinge zuzog und sich der

Draht um ihre Kehle schloss. Der schneidende Schmerz brachte Wiebke fast um den Verstand. Malte Horn stand jetzt direkt hinter ihr. Er ging routiniert zu Werke. Sie spürte seinen heißen Atem in ihrem Nacken, als er die Schlinge immer fester zuzog und ihr die Luft wegblieb. Das Letzte, das Wiebke sah, waren grelle Lichtblitze, die vor ihren Augen tanzten. Dann wurde es schlagartig dunkel um sie herum.

*

„Fahr zu, Staatsanwalt!" Petersen trommelte nervös auf dem Armaturenbrett des Audi Q5 herum. Die flache Landschaft Eidersteds flog an ihnen vorüber. In den meisten der reetgedeckten Häuser brannte bereits Licht. Vor einer Viertelstunde hatte sich die Dunkelheit über Nordfriesland gesenkt. Immerhin hatte sich die aufziehende Regenfront ins Landesinnere verzogen. Jetzt war der Himmel sternenklar.

„Ich gebe alles." Thies Bendix wagte es nicht, den Blick von der Straße zu nehmen. „Was sagt das Navi?"

„Neun Minuten bis zur Ankunft." Petersen hatte das Display in der Mitte des Armaturenbretts im Blick. Die Lichtlanzen der Scheinwerfer fraßen sich durch die Dunkelheit und prügelten jeden Schatten aus den Lichtkegeln. Der SUV des Staatsanwalts wurde von Christensens Mondeo und von zwei Streifenwagen begleitet. Alle Fahrzeuge der Kolonne hatten das Blaulicht eingeschaltet, das mit der hereinbrechenden Dunkelheit bizarr über die Landschaft flackerte. Petersen schielte auf Wiebkes Smartphone. Es war ihm vorhin gelungen, das Gerät zu entsperren. Jetzt würde ihnen das Handy der verschwundenen Kollegin eine wertvolle Hilfe sein. „Da vorne rechts", wies Petersen den Staatsanwalt an, der eben das Hinweisschild nach Westerheversand passiert hatte.

Bendix nickte grimmig und ging schweren Herzens vom Gas. Er wollte keine Zeit verlieren, um Wiebke aus den Händen des Psychopathen zu befreien. Inständig hoffte er, dass sie nicht zu spät kamen. Er war dem brummigen Kommissar aus Husum dankbar, dass er einen Lichtblick bei der vergeblichen Suche nach Malte Horn gehabt hatte. Jetzt kannten sie ihr Ziel und befanden sich in einem Wettlauf gegen die Zeit.

Das Leuchtfeuer des Eiderstädter Wahrzeichens war am Abendhimmel zu erkennen. „Weit kann es nicht mehr sein", entfuhr es Thies Bendix.

„Drei Kilometer noch." Petersen warf wieder einen Blick auf Wiebkes Handy. „Verdammt", schrie er so unvermittelt, dass Thies Bendix um ein Haar das Steuer verrissen hätte. „Das Signal ist weg."

Bendix sah ihn fragend an. „Was heißt das – weg?"

„Es ist nicht mehr da, es sendet nicht mehr, weiß der Geier, warum."

Thies Bendix überlegte. „Dann ist er Wiebke auf die Schliche gekommen."

„Wenn er schlau ist, haut er jetzt ab." Petersen atmete tief durch. „Was machen wir denn jetzt?"

„Wir fahren zum Leuchtturm."

Petersen blickte aus dem Seitenfenster. „Ich kann es immer noch nicht fassen, dass er sie nach Westerheversand gebracht hat. Die alten Wärterhäuschen sind doch immer besetzt von Besuchern und jungen Leuten, die für die Schutzstation ein Freiwilliges Ökologisches Jahr absolvieren."

„Eben nicht", entgegnete Thies kopfschüttelnd. „Der Leuchtturm gehört dem Land, und die haben nach einem Schwelbrand in der Technik vor einiger Zeit beschlossen, die gesamte Elektrik zu erneuern. Aus diesem Grunde ist die Schutzstation bis auf Weiteres geschlossen, und niemand hält sich dort auf."

„Malte Horn ist ein Genie", bemerkte Petersen. „Er wusste davon."

„So was spricht sich rum. Der Leuchtturm liegt einsam und weit draußen. Niemand würde ihn dort vermuten, wenn nicht ..."

„Ja, genau." Petersen nickte zustimmend. „Ich bin eben ein Fuchs."

„Es ist zu früh für eine Lobhudelei", unterbrach Thies Petersens Redeschwall. „Drück uns lieber die Daumen, dass wir nicht zu spät kommen."

*

Geräusche weckten sie auf. Sandra reckte sich. Jeder Knochen bereitete ihr Höllenqualen, und sie war ein wenig enttäuscht, dass man sie noch nicht erlöst hatte. So war sie gezwungen, sich ihrem Schicksal weiterhin zu stellen. Und sie musste ihre aussichtslose Lage irgendwie meistern. Er stand im Raum, doch er war nicht alleine. Sandra wollte gleich losstürmen, doch etwas hielt sie ab. So blieb sie regungslos auf dem Palettenstapel liegen und beobachtete die Situation. Eine Gestalt befand sich in der Kettenkonstruktion. Eine Frau. Ihre schulterlangen dunkelblonden Haare hingen ihr strähnig ins Gesicht. Sie trug eigenartigerweise Sportbekleidung.

Malte trat hinter sie. Sein Gesicht erinnerte Sandra an eine teuflische Fratze, als er die Drahtschlinge um den Hals der wehrlosen Frau legte. Sie bäumte sich auf, war aber in den Ketten gefangen und hatte keine Chance, ihm zu entkommen.

Jetzt erkannte Sandra die Frau. Es war die Polizistin aus Husum, mit der sie über Jana gesprochen hatte. Wie kam sie hierher?

Sandra hatte keine Ahnung, was zwischenzeitlich passiert war, sie wusste nur, dass sie ihrem Ex-Freund alles Mögliche zutrauen musste. Er würde auch nicht zögern, die Polizistin zu töten. Gerade machte er Anstalten, die Schlinge festzuziehen. Der Polizistin entwich ein gurgelnder Laut, dann sackte sie in sich zusammen. Die Ketten verhinderten, dass sie kopfüber zu Boden stürzte.

Sandra hielt es nicht mehr an ihrem Platz. Bisher war Malte nicht aufgefallen, dass sie ihn beobachtete. Er war ganz in seiner eigenen Welt gefangen und schien wild entschlossen zu sein, die Polizistin umzubringen.

Hastig sprang Sandra auf ihn zu. „Du bringst sie um!“, gellte ihre Stimme durch den Keller.

Malte Horn ließ die Hand, mit der er die Schlinge festhielt, sinken. Der Draht glitt zu Boden. „Was soll das?“ Entgeistert sah er sie an.

„Ich will nicht, dass du sie tötest.“ Sandra sammelte alle noch vorhandenen Kräfte und sprang ihn von hinten an. Wild umklammerte sie seinen Oberkörper.

Er stand einfach da und lachte. „Sie wird uns schaden“, behauptete er. „Und das möchte ich nicht, Sandra. Es ist unser Leben, in dem diese Bullenschlampe nichts verloren hat.“ Dann schüttelte er sie mit einer kräftigen Bewegung ab wie ein lästiges Insekt. Unsanft kam Sandra auf dem Boden auf und stieß einen Schmerzenslaut aus. Hier ging es zum ersten Mal nicht nur um ihr Leben, sondern um das einer Polizistin, um das einer mutigen Frau, die sich eingesetzt hatte, um sie aus den Klauen dieses Wahnsinnigen zu befreien. Sandra sammelte alle Kräfte, um sich aufzurappeln. Dann setzte sie zum Angriff an. Diesmal war es ihr egal, ob sie diesen Kampf verlor.

*

„Ist das eine Scheißstrecke“, brummte Petersen, der sich am Haltegriff der Beifahrertür festklammerte, während sie sich dem rotweißen Stahlkoloss auf der Warft näherten, der sein Leuchtfeuer gleichmäßig in die Dunkelheit sandte. Er wies von hier aus mit seinem Leitfeuer Schiffen, die an Helgoland vorbeifuhren, den Weg nach Husum und zum Heverstrom.

Thies Bendix ersparte sich eine Antwort und konzentrierte sich auf den engen Weg, der geradewegs zum Leuchtturm führte. Er musste achtgeben, um nicht auf den unbefestigten Rand des Weges zu geraten. Petersen fragte sich, wie die Feuerwehr beim Schwelbrand mit den schweren Einsatzfahrzeugen zum Turm gelangt war, um Schlimmeres zu verhindern. „Hoffentlich kommen wir nicht zu spät", murmelte Petersen mit belegter Stimme. Er spürte, dass der Staatsanwalt ähnlich dachte. Bendix schien tatsächlich etwas für Wiebke zu empfinden. Doch für Petersen war es nicht der richtige Moment, um ihn jetzt darauf anzusprechen. Jetzt hoffte er erst einmal, dass sie seine Partnerin rechtzeitig aus den Fängen des Psychopathen befreien konnten. Dass sie im Falle eines Erfolgs auch Sandra Mathis, sofern sie noch lebte, befreiten und so einen dreifachen Mörder festnahmen, verzeichnete Petersen in diesem Moment als positiven Nebeneffekt. Hier ging es um das Leben von Wiebke, und er würde sich schwere Vorwürfe machen, wenn sie zu spät kamen.

Jetzt beschrieb der schmale, aber immerhin asphaltierte Weg eine enge Rechtskurve. Thies Bendix drosselte das Tempo und warf einen Blick in den Rückspiegel. Kurz hatte Petersen den Eindruck, dass er auf die Kollegen warten wollte, bevor er sein Ziel erreichte.

„Fahr zu, Staatsanwalt!", gellte Petersens Stimme durch den Innenraum des SUV. Er beugte sich weit im Sitz vor und erkannte das rechte der alten Wärterhäuschen, während sich das linke der beiden Gebäude noch hinter Bäumen versteckte.

„Er ist noch da." Thies Bendix deutete auf einen dunklen Mercedes Kombi, der zwischen dem Turm und dem rechten Nebengebäude parkte. Die Kofferraumklappe stand weit offen.

„Hoffentlich leben sie noch." Petersens Unruhe wuchs ins Unermessliche, doch er war sich darüber im Klaren, dass er gleich einen kühlen Kopf bewahren musste. Nicht umsonst hatte Kai Christensen ihn vorhin aus dem Verkehr gezogen, und auch diesmal hatte der Kripochef ihn nur mitfahren lassen, nachdem Petersen ihm hoch und heilig versprochen hatte, nicht emotional zu handeln.

Kaum, dass der Wagen zum Stehen gekommen war, sprang Petersen ins Freie. Auf der Warft wehte eine steife Brise, die ihm den Atem nahm. In geduckter Haltung rannte er auf den Leuchtturm zu. Das weiße Eisengitter, das normalerweise vor der Tür lag, stand offen. Er fand keine Zeit, sich zu fragen, wie Malte Horn an den Schlüssel zum Leuchtturm gekommen war.

„Komm schon!", schrie er gegen den Wind an. Seine Hand zitterte, als er die Waffe aus dem Holster zog. „Das wird jetzt kein Spaziergang", rief er Thies Bendix zu, der keine Waffe mitführte.

„Darüber bin ich mir durchaus im Klaren." Bendix rang sich ein schiefes Grinsen ab. „Dafür habe ich dich als Begleitschutz."

Hinter ihnen waren die anderen Fahrzeuge angekommen. Sie standen so im Weg, dass Malte Horn unmöglich entkommen konnte.

Die Kollegen sprinteten mit den Waffen im Anschlag zu ihnen. Christensen briefte die Beamten über das geplante Vorgehen, dann wandte er sich an Petersen. „Und du hältst dich gefälligst zurück, Jan. Lass uns die Arbeit machen."

„Ich werde hier nicht untätig rumstehen und Däumchen drehen."

„Davon ist keine Rede." Christensen winkte ab. „Und nun genug gesabbelt, rein da!" Er warf einen Blick zur Küste. „Die Flut nähert sich, und wenn wir nicht baden gehen wollen, sollten wir sehen, dass wir es hinter uns bringen, bevor wir hier festsitzen."

Petersen hatte keine Einwände. Er öffnete die Türe, die ins Innere des Leuchtturms führte, und wunderte sich nicht darüber, dass sie nur angelehnt war. Im Betonsockel des Bauwerkes fiel ihnen die Falltür sofort ins Auge. „Da gibt es einen Keller?" Petersen schüttelte verwundert den Kopf. „Warum weiß das kein Mensch?"

Christensen und Thies Bendix ersparten sich die Antwort. Sie warteten auf die uniformierten Kollegen, dann kletterten sie hintereinander in den engen Raum unterhalb des Eingangs. Sie mussten die Köpfe einziehen, um sich nicht zu stoßen, und marschierten durch den schmalen Gang. „Ein Geheimgang?" Petersen kam aus dem Staunen nicht mehr heraus. „Wusstet ihr davon?" Alle schüttelten die Köpfe.

„Ruhe jetzt!" Christensen legte den Zeigefinger an die Lippe und fuchtelte mit der Mündung der Dienstwaffe vorwärts. Petersen wollte gerade etwas erwidern, als ein markerschütternder Schrei an ihre Ohren drang. Es bestand kein Zweifel, dass es Wiebkes Stimme gewesen war.

„Zugriff!", brüllte Christensen und stürmte, dicht gefolgt von Petersen, Bendix und den Streifenbeamten, voran.

*

Plötzlich überschlugen sich die Ereignisse. Wiebke erwachte aus der Bewusstlosigkeit und sah das Grauen. Malte Horn hatte seine Ex-Freundin mit nahezu spielerischer Leichtigkeit überwältig und zu dem Palettenstapel getragen, wo er gerade damit beschäftigt gewesen war, sie mit medizinischen Klebebändern zu fesseln. Er schnürte sie so, dass sie in embryonaler Haltung auf der Seite lag und sich nicht rühren konnte. Sandra Mathis schrie und jammerte, doch Malte Horn schien das alles nicht zu hören.

Wiebke zerrte an den Ketten und versuchte, sich aus den Handfesseln zu befreien. Die Stahlschlingen schnitten in ihre Haut und hinterließen blutige Spuren an den Handgelenken. Als sie sich an einer scharfen Kante schnitt, kam ein gellender Schmerzensschrei über ihre Lippen. Wiebke wurde es flau im Magen, dann nahm sie im Augenwinkel eine Bewegung wahr, die weder Malte Horn noch Sandra Mathis verursacht hatten. Als Wiebke aufblickte, sah sie bewaffnete Gestalten, die in das Verlies stürmten. Gleichzeitig wurde gebrüllt und geschrien. Wiebke erkannte ihren Partner Jan Petersen, den Kripochef Kai Christensen, der in Begleitung von Thies war, und vier Streifenpolizisten, die gleich auf Malte Horn losgingen. Es kam zu einer kurzen Rangelei, dann war der große und starke Malte Horn überwältigt. Er lag vor dem Palettenstapel auf dem Bauch, während Petersen auf ihm kniete, um ihm die Handschellen anzulegen. Das Gesicht des Tierarztes war zu einer teuflischen Fratze verzerrt. Er fluchte und schimpfte, doch es half ihm nichts. Nachdem man ihn aufgerichtet hatte, wurde er von vier Streifenpolizisten abgeführt.

Kurz darauf kehrte Ruhe ein.

„Gott sei Dank", seufzte Thies Bendix, als er zu Wiebke trat und ihr ein aufmunterndes Lächeln schenkte. „Wir sind nicht zu spät gekommen."

Zärtlich strich er ihr eine Haarsträhne aus dem Gesicht. Kurz waren sich ihre Gesichter so nahe, dass Wiebke fast damit rechnete, dass er sie im nächsten Moment küssen würde. Er schien ihre Gedanken zu erraten und trat einen halben Schritt zurück, dann machte er sich daran, Wiebke aus den Ketten zu befreien. Sie war völlig entkräftet und sank in die starken Arme des Staatsanwaltes. Kurz genoss sie den Moment der Geborgenheit. „Wie habt ihr uns hier gefunden?", fragte sie heiser.

„Das hast du deinem Partner zu verdanken."

„Wie hat Jan das Versteck herausgefunden?" Wiebke verstand die Welt nicht mehr.

„Das ist eine lange Geschichte", erwiderte Thies mit einem sanften Lächeln auf den Lippen. „Ich erzähle sie dir bei Gelegenheit." Er sah auf, als zwei Rettungssanitäter den Kellerraum betraten. In ihrer Begleitung befand sich ein Notarzt. „Brauchst du Hilfe?", fragte Thies.

Wiebke schüttelte den Kopf und deutete mit dem Kinn auf Sandra Mathis. „Ich glaube, um sie müsst ihr euch mehr kümmern. Sie hat alles gegeben, um mein Leben zu retten."

Als Thies den Arm um ihre Schulter legte, um sie aus ihrem Gefängnis zu führen, hatte sie keine Einwände gegen seine Nähe. Im Gegenteil: Es fühlte sich ziemlich gut an.

Kapitel 25

Husum, Poggenburgstraße, 22.05 Uhr

Am späten Abend fanden sich alle unter dem Dach der Polizeidirektion ein, um sich über den Verlauf der Festnahme von Malte Horn auszutauschen. Hauke Jensen hatte als Leiter der Mordkommission auf die unverzügliche Abschlussbesprechung bestanden und alle Kollegen, die nicht mehr am Westerheversand im Einsatz waren, in den Besprechungsraum unter dem Dach zitiert.

Zwischenzeitlich war auch der Ostfriesenbulle zurück in Nordfriesland. Den kurzen Trip in seine alte Heimat verbuchte er als „außer Spesen nichts gewesen", immerhin war Barche wieder in der forensischen Klinik in Schleswig angekommen. Das Privileg, sich im offenen Vollzug zu befinden, hatte er durch seine Aktion verspielt. Von nun an würde man ihn mit Argusaugen bewachen, auch Freigänge waren bis auf Weiteres ausgesetzt.

Kurz nachdem das Einsatzkommando unter der Leitung von Thies Bendix den Leuchtturm gestürmt hatte, war eine Regenfront ins Landesinnere gezogen, die sie zu einer übereilten Abreise von Westerheversand gezwungen hatte. Christensen wollte nicht riskieren, dass sie während der herannahenden Flut auf der Warft mit einem dreifachen Mörder festsaßen. Der Regen trommelte auf das

Dach der Polizeiinspektion und erzeugte ein monotones Prasseln, das Wiebke schläfrig machte. Nach der Untersuchung im RTW hatte sie darauf bestanden, nicht ins Krankenhaus zu fahren. Sie fühlte sich müde und ausgebrannt, was nicht nur an der Entführung, sondern auch an den letzten Tagen mit wenig Schlaf lag. Jetzt war sie froh, dass der Spuk vorüber war.

Malte Horn war im Keller des Husumer Reviers, wo sich die Ausnüchterungs- und Untersuchungshaftzellen befanden. Er hatte weder während, noch nach seiner Verhaftung durch Petersen Widerstand geleistet.

Auf dem Tisch standen wieder Kaffee- und Teekannen, dazu die weißen Tassen aus dem schwedischen Einrichtungshaus und kleine Tabletts mit vorweihnachtlichen Dominosteinen.

Obwohl Wiebke noch lange nicht in Weihnachtsstimmung war, konnte sie der süßen Verführung nicht widerstehen und genehmigte sich ebenfalls einen Dominostein. Sie musste sich eingestehen, dass die Leckereien vor Weihnachten immer am besten schmeckten. Kurz dachte sie an die Weihnachtsfeste ihrer Kindheit. Damals, in Wuppertal, als Vater und Mutter noch zusammen waren. Früher, als sie noch eine Familie waren, bevor ihre Mutter sie geschnappt hatte, um nach Schleswig-Holstein auszuwandern. An diese Zeit erinnerte sich Wiebke nur ungern, sie machte ihr bewusst, wie viele Jahre sie kein Lebenszeichen von Norbert Ulbricht bekommen hatte, weil ihre inzwischen verstorbene Mutter alle seine Briefe, Geburtstags- und Weihnachtskarten verschwinden lassen hatte.

Wiebke schob die Erinnerungen beiseite und hoffte, dass sie bald nach Hause käme, um sich von den Strapazen der letzten Tage zu erholen. Sie sehnte sich nach ein paar Stunden Schlaf.

Thies saß mit Kai Christensen und Hauke Jensen vor dem Kopf des langen Tisches. Als alle Platz genommen hatten, eröffnete Christensen die Runde. Er bedankte sich formell bei allen Ermittlern, die letzten Endes zur Lösung des Falls und zur Festnahme von Malte Horn beigetragen hatten. Sandra Mathis war ins Krankenhaus eingeliefert worden, wo man sich sicher nicht nur um ihre körperlichen Blessuren kümmern würde, auch ein Seelsorger betreute sie. Als Wiebke an die junge Frau dachte, spürte sie den Kloß im Hals. Sie wagte nicht daran zu denken, was Horn seiner Ex-Freundin angetan hatte.

„Was mich am meisten interessiert", sagte sie, mehr um das Thema zu wechseln, „wie habt ihr uns im Leuchtturm gefunden?"

„Jan, dein Part", sagte Thies an Petersen gewandt. Wiebke stellte fest, dass sich die Männer inzwischen auf das kameradschaftliche Du geeinigt hatten.

Petersen grinste stolz. Er nahm Wiebkes Handy aus der Tasche und legte es zwischen sie auf den Tisch. „Das hat dich zu dir geführt."

Wiebke erkannte ihr Smartphone und vermutete, dass sie es infolge des Kampfes in der Wohnung von Sandra Mathis verloren haben musste. Sie runzelte die Stirn. „Ich fürchte, das verstehe ich nicht."

„Nachdem die Ortung deines Smartphones uns in die Wohnung von Sandra Mathis führte und wir dort die

Kampfspuren gesehen haben, wussten wir, dass du in Gefahr bist", sagte ihr Partner. Er legte eine Pause ein. „Ich erinnerte mich daran, dass du, bevor du nach Osterhever gefahren bist, zum Joggen nach Schobüll wolltest."

Wiebke wusste nicht, worauf er hinauswollte. „Und?"

„Ich bin davon ausgegangen, dass du dich nicht erst umgezogen hast, nachdem du die Runde beendet hast." Petersen grinste. „Also bist du gleich in deinen Laufsachen nach Osterhever gefahren."

Wiebke runzelte die Stirn. Sie fragte sich, was ihr Outfit damit zu tun hatte, dass man sie im Westerheversand gefunden hatte – und so Schlimmeres vermeiden konnte.

Petersen kostete seinen Erfolg noch ein wenig aus. „Du hast mir neulich von deiner neuen Smartwatch vorgeschwärmt, weißt du noch?" Fragend hob er eine Augenbraue.

„Sicher." So langsam ahnte Wiebke, worauf Petersen hinauswollte. „Du hast über mein Handy die Uhr – und damit meinen Standort – orten lassen?"

„Exakt, ich bin nämlich davon ausgegangen, dass du sie beim Joggen trägst."

„Das war eine richtige Überlegung."

„Und deshalb war die Ortung deiner Smartwatch die einzige Möglichkeit, dich zu finden." Thies räusperte sich. „Allerdings bekamen wir ein sehr ungutes Gefühl, als wir das Signal verloren."

Wiebke nickte. „Das muss in dem Augenblick passiert sein, als Horn mich fesselte. Dabei ist die Uhr zu Bruch gegangen."

„Dann können wir ja froh sein, dass Jan diesen Geistesblitz vorher hatte", mischte sich Christensen ein. „Sonst wärst du nicht auf unserem Radar aufgetaucht. Und da Westerheversand sich an einer sehr exponierten Stelle befindet, gab es nicht viele Möglichkeiten, herauszufinden, wohin dich Horn verschleppt hat. Allerdings waren wir in größter Sorge, zu spät zu kommen."

„Ich weiß nicht, was passiert wäre, wenn Sandra Mathis nicht im richtigen Moment die Aufmerksamkeit auf sich gelenkt hätte", bemerkte Wiebke mit einem flauen Gefühl im Magen. Als sie sich daran erinnerte, wie Malte Horn die Drahtschlaufe um ihren Hals gelegt hatte, fühlte sie sich unwohl in der Haut. Der Notarzt hatte die Wunde an ihren Hand- und Fußgelenken und am Hals versorgt. Jetzt zierte ein dunkelblauer Streifen ihren Hals. Wiebke würde in den nächsten Tagen einen Schal tragen müssen, um nicht ständig darauf angesprochen zu werden. Doch das war das kleinste Problem.

„Warum hat Horn denn jetzt die drei Morde begangen?", fragte sie.

Thies Bendix ergriff das Wort. „Nachdem Sandra Mathis sich von ihm getrennt hatte, litt er zusehends unter der Trennung. Er fragte sich wohl, warum sie ihn vor die Tür gesetzt hat, und suchte die Schuld bei allen anderen, nur nicht bei sich. Jana Biel musste sterben, weil sie Sandra Mathis seiner Ansicht nach zu sehr für sich vereinnahmte – keine Toleranz, so lautete ja die Nachricht. Gyde Nissen als ehemalige Vorgesetzte war verantwortlich für die zusätzlichen Dienste, Nacht- und Wochenenddienste und damit für die wenige Zeit zu zweit, Peter Harms hat sich an ihr vergriffen und musste deshalb sterben – der Tanz mit dem Teufel von Hoyerswort, wie es in der alten Sage heißt."

„Er ist krank", stellte Wiebke fest. Ihre Hand zitterte leicht, als sie zur Teetasse griff, um einen Schluck zu trinken.

„Deshalb haben wir ihn festgenommen", nickte Thies. „Und jetzt sitzt er in U-Haft. Wir werden alles dafür tun, um ihn seiner gerechten Strafe zuzuführen. Das alles", fügte er hinzu, „wird aber nicht genügen, um den Tod von drei Menschen zu rechtfertigen und um das zu entschuldigen, was er seiner Ex-Freundin und nicht zuletzt dir angetan hat."

„Da war eine Kameraausrüstung in dem Gefängnis", erinnerte sich Wiebke. „Wissen wir, was es damit auf sich hat?"

„Allerdings." Hauke Jensen nickte mit ernster Miene. „Er hat sich mehrfach an Sandra Mathis vergangen und das abscheuliche Vorgehen gefilmt."

Wiebke seufzte, nachdem er geendet hatte. Sie fühlte sich wie ausgelaugt und musste dringend ins Bett.

Als sie sich erhob und ihren Wunsch, nach Hause zu dürfen, äußerte, sprang Thies sofort auf. „Ich bringe dich."

Mit einem dankbaren Lächeln auf den Lippen verabschiedete sie sich von Petersen. „Wenn ich dich nicht hätte …"

Ihr Partner überreichte ihr das Handy und griente. „Dann hättest du einen anderen. Schon gut, Mädchen. Ich habe mich so an dich gewöhnt und kann mir nicht vorstellen, ohne dich zu arbeiten."

*

Friedhof Deezbüll, eine Woche später

Frank Fischer hielt sich ein wenig abseits von der Trauergemeinde auf. Schon während des Gottesdienstes in der kleinen protestantischen Kirche hatte er ganz bewusst in der letzten Bank Platz genommen. Nachdem man Gydes Sarg aus der Apostelkirche getragen hatte, war er den Trauernden in respektvollem Abstand gefolgt. Es wäre sicher nicht gut, wenn man ihn hier erkannte. Trotzdem wollte er es sich nicht nehmen lassen, Gyde Nissen die letzte Ehre zu erweisen. Obwohl der Wind düstere Regenwolken ins Landesinnere trieb, trug er eine Sonnenbrille, um nicht erkannt zu werden. So stand er nun neben einer alten Kastanie zwischen den Gräbern, um den Worten des Geistlichen zu lauschen, die der Wind an seine Ohren trug.

Es war der Tag der Beerdigung von Gyde Nissen. Ihm fehlte sie schon jetzt. Der Ruf seines Krankenhauses hatte nach dem Mord an der ehemaligen Ärztin keinen nennenswerten Imageverlust davongetragen, und dennoch spürte er, als er sich zum Gehen wandte, die Leere, die ihn auf eine eigenartige Weise umfing. Der Kies des Weges zum Parkplatz knirschte unter seinen schwarzen Lederschuhen. Nachdem er das große, schmiedeeiserne Tor an der Westseite der Backsteinkirche durchschritten hatte, blieb er kurz stehen. Mit gesenktem Blick trauerte Frank Fischer um die Frau, die ihm all das gegeben hatte, was seine eigene Frau ihm schon lange verwehrte. Die Freiheit, die Unbeschwertheit und die Leidenschaft, die zwei Menschen Tag und Nacht miteinander verband.

Er hatte, während die Sargträger Gydes Sarg ins Grab hatten sinken lassen, einen Entschluss gefasst. Er würde nach Hause fahren und mit Imke die bevorstehende Scheidung besprechen. Kein leichter Gang, doch Fischer war sicher, dass alle Mühen sich lohnen würden.

Manchmal war es besser, neu anzufangen, anstatt Altem hinterherzutrauern.

Danksagung

Wieder einmal haben Wiebke und Petersen einen spannenden Fall gelöst. Einmal mehr hat das Gute über das Böse gesiegt, einmal mehr ist es Ihnen und euch gegönnt, das Buch erleichtert zur Seite zu legen. Ich freue mich, dass Sie und dass ihr WattenZorn nicht aus der Hand gelegt haben, bis der Mörder gefasst wurde.

Auch diesmal haben viele Menschen dazu beigetragen, dass aus der Idee eines Schriftstellers ein ganzes Buch geworden ist. Diesen Menschen möchte ich an dieser Stelle meinen Dank aussprechen. Allen voran den Frauen und Männern bei den CW Niemeyer Buchverlagen, die für meine mörderischen Ideen immer ein offenes Ohr haben und mir auf dem Werdegang von der Idee zum Buch mit Rat und Tat zur Seite stehen. So danke ich Sarah Krasemann, die gute Fee im Verlag, für ihren unermüdlichen Einsatz ebenso wie Rebecca Frankowitz, die den Text in eine ansehnliche Form gebracht hat. Wenn Sie WattenZorn zum ersten Mal begegnen, sehen Sie ein unglaublich atmosphärisches Titelbild, auf dem diesmal das Wahrzeichen von Eiderstedt zu sehen ist – der berühmte Leuchtturm Westerheversand. Schon oft musste der Turm als Foto- und Postkartenmotiv herhalten, diesmal habe ich ihn zu einem Tatort gemacht. Es war mir ein Vergnügen. Doch ich schweife ab, denn dieses tolle Cover und die Umschlaggestaltung haben wir Carsten Riethmüller zu verdanken, der sein schöpferisches Können in die Gestaltung von WattenZorn gesetzt hat, um das Buch zu einem echten Hingucker zu machen. Ich danke Verlagsleiter Carsten Holzendorff dafür, dass wir nun seit mehr als zehn Jahren ein kreatives Team in Sachen Mord und Totschlag sind.

Ein Schriftsteller ist, glaubt man den bekannten Klischees, ein etwas zurückgezogen lebender, schrulliger Mensch, der zumeist nachts und bei mindestens einer Flasche Wein arbeitet. Mit diesem Klischee möchte ich aufräumen, denn eine literarische Mörderjagd ist durchaus bei Tageslicht – und dann ohne Wein – möglich. Das funktioniert aber nur, wenn die Mitmenschen Verständnis für den Berufskiller im Haus haben. Aus diesem Grunde danke ich meiner Familie, den Jungs und dir, Susanne, weil sie immer wieder Verständnis haben, sobald ich im Alltag in meine literarische Mördersuche abtauche, wenn ich mit meinen Charakteren mitfiebere, damit der Täter bald gefasst wird. Danke an meine Mutter für die Nachsicht, wenn ich mich mal wieder tagelang nicht melde, weil ich rund um die Uhr arbeite, danke an alle anderen in der Familie, die ins Geschehen involviert sind. Meine Schreiberei wäre nicht möglich, wenn ich euch alle nicht hätte, die mir den Rücken freihalten.

Aber was nutzt das fertige Buch, wenn es keiner kennt? Dass es bekannt wird, dafür sorgen die Menschen in den

Buchhandlungen, die nach der Pandemie lokal und digital alles tun, um alle Leseratten und Krimifans mit neuer Lektüre zu versorgen, die sich ein Bein ausreißen, damit auch unter schweren Bedingungen Lesungen stattfinden können und mir so bei den Auftritten in ganz Deutschland den direkten Kontakt zu euch, den treuesten Fans der Welt, ermöglichen. Ihr alle seid die Größten, schön, dass es euch gibt!

Im Verlag CW Niemeyer bereits erschienen ...

Das ehrgeizige Vorhaben, am Husumer Badestrand Dockkoog ein Ferienressort zu errichten, stößt nicht nur bei Umweltschützern auf wenig Gegenliebe. Eine Leiche im Großbecken des Multimar Wattforums in Tönning – schnell finden die junge Kommissarin Wiebke Ulbricht und ihr Partner Jan Petersen von der Kripo Husum heraus, dass es sich bei dem Toten um Holger Heiners, den ungeliebten Dockkoog-Investor handelt. Geht der Mord auf das Konto militanter Umweltschützer oder hatte Heiners noch weitere Feinde?

Andreas Schmidt. Wattenmord
360 Seiten. Paperback. ISBN 978-3-8271-9511-1
E-Book 978-3-8271-9616-3 (Pdf)
978-3-8271-9816-7 (Epub)

#niemeyerbuch

Jetzt kein Buch mehr verpassen

Im Verlag CW Niemeyer bereits erschienen ...

Überfall am helllichten Tag in der Wuppertaler Innenstadt auf einen Juwelier: Die Täter schießen sich den Fluchtweg frei und können entkommen. Maja Klausen möchte ihren Freund Ulbricht in Wuppertal überraschen. Doch aus dem Besuch wird eine Hetzjagd quer durch das Bergische, denn die Täter hinterlassen, wo immer sie auftauchen, eine Spur der Verwüstung. Wird dies der letzte Fall von Kommissar Ulbricht?

Andreas Schmidt. BlutGrab
400 Seiten. Paperback. ISBN 978-3-8271-9550-0
E-Book 978-3-8271-9635-4 (Pdf)
978-3-8271-9835-8 (Epub)

#niemeyerbuch

Jetzt kein Buch mehr verpassen

Im Verlag CW Niemeyer bereits erschienen ...

Im ansonsten eher ruhigen Koblenz am Rhein wird ein Mann an den Füßen aufgehängt und vollständig ausgeblutet aufgefunden. Ein skurriler Einzelfall? Die Mordkommission um Hauptkommissar Auer ermittelt.
Als eine weitere Leiche entdeckt wird, offenbart sich eine Gemeinsamkeit: Beide Opfer litten an einer Zwangsstörung und waren bei demselben Psychotherapeuten in Behandlung. Droht weiteren Patienten Gefahr? Wer bringt diese Leidens-genossen um und ... warum?
Die dritte Leiche bestätigt den Verdacht, dass es tatsächlich jemand auf die Mitglieder einer Gesprächstherapie-Gruppe abgesehen hat.
Der Fall entwickelt sich zu einem Albtraum für Auer, da er bei den Ermittlungen mit der Erinnerung an ein traumatisches Ereignis aus seiner Vergangenheit konfrontiert wird.

Dieter Aurass. Zwang zu töten
352 Seiten. Klappenbroschur. ISBN 978-3-8271-9391-9
E-Book 978-3-8271-8612-6 (Pdf)
978-3-8271-8404-7 (Epub)

#niemeyerbuch

Jetzt kein Buch mehr verpassen